读行者

从阅读走进现实

knowledge-power

k n o w l e d g e - p o w e r

读行者

［有雪］

[有城墙]

［有田野］

有鲁比

［有小象］

敦

[有理发师]

［没了胡子］

麻辣tongue / 译

徒步中国

The Longest Way

Piper Verlag GmbH

图书在版编目（CIP）数据

徒步中国 /（德）雷克著；麻辣tongue译. — 长沙：湖南文艺出版社，2013.6
书名原文：The Longest Way
ISBN 978-7-5404-6161-4

Ⅰ. ①徒… Ⅱ. ①雷… ②麻… Ⅲ. ①随笔 – 作品集 – 德国 – 现代 Ⅳ. ①I516.65

中国版本图书馆CIP数据核字（2013）第071359号

著作权合同登记号：18-2013-167

本书德语版由德国慕尼黑Piper出版社出版。简体中文版通过海格立斯贸易文化有限公司获得授权。

上架建议：畅销书 · 社会调查

Original Title: The Longest Way: 4646 Kilometer zu FuB durch China
Author: Christoph Rehage
Copyright: ©2012 Piper Verlag GmbH, Munich, Germany
Chinese language edition arranged through HERCULES Business & Culture GmbH, Germany.

徒步中国

著　　者：［德］雷克
译　　者：麻辣tongue
出 版 人：刘清华
责任编辑：薛　健　刘诗哲
监　　制：于向勇
策划编辑：杨清钰
营销编辑：刘菲菲　肖云柯
装帧设计：崔振江
出版发行：湖南文艺出版社
（长沙市雨花区东二环一段508号　邮编：410014）
网　　址：www.hnwy.net
印　　刷：三河市鑫金马印装有限公司
经　　销：新华书店
开　　本：787mm × 1092mm　1/16
字　　数：270千字
印　　张：20.5
版　　次：2013年6月第1版
印　　次：2013年6月第1次印刷
书　　号：ISBN 978-7-5404-6161-4
定　　价：38.00元
（若有质量问题，请致电质量监督电话：010-84409925）

目录
CONTENTS

/ 065

/ 153

夏 Chapter 4 第四章 / 215

又一秋
Chapter 5
第五章

秋

Chapter 1
第一章

THE LONGEST WAY

结局

2008年10月

吐鲁番，中国西部戈壁

我站在国道上，前方有收费站和几家店铺，四周是茫茫戈壁。我用汗淋淋的手紧握着把手，拉着我的拉拉车向前迈步。

脚伤、风、沙漠，还有不允许我通行的警察，所有这一切对我而言，全都无所谓了。

我的心，痛。头脑中的想法仅是，这样的心痛应该停止。

“你不能从这儿走。”胖些的警察摆着手说，腰间皮带上挂着的一串巨大钥匙。从此地到北京四千五百多公里，谁若想打开这一路上哪家面馆的门，定能在这儿找到合适的那一把。

重硕的钥匙串以及低沉的嗓音，使这位警察显出几分领导的模样。

“前面太危险了，”另外那名身穿橘黄色警察背心的警察说道，怕我没听懂，他又专门放慢语速，音调生硬地重复了一遍，“危险！”

音节悬在半空中，风刮卷着大漠尘沙而至。一时间，我们仨愕然地相视而立。这一刻，我真希望自己能从他们身后悄悄溜走，不让任何人察觉。

警察背心指向我身后的地平线，说：“有沙尘警报！整条路都要封起来。”果不其然，空中飘着的两朵饱满的云团正在缓慢裂开，散成薄薄的一层，向我们席卷而来，但我还是得继续走，别无他法。

“钥匙串”猛然想起了什么，“你会说中文吗？”他问。

“会。”我答道。

“啊，会中文啊！”警察背心叫了一声。钥匙串接着说下去：“那掉头回城里去，天色再晚点，这城外就不安全了！”

“我要继续走。”“不行！”“我必须走。”“就是不行！掉头回去，明天再说！”我该怎么跟他解释？“我今天必须往前走！”“你要走去哪儿？”“乌鲁木齐。”“乌鲁木齐？那可还有两百公里呢！”

钥匙串似乎渐渐觉察到了几分蹊跷。“等会儿！”他说，“你去乌鲁木齐，干吗不开车？”

“我一直都走路，我是走着来的，也要接着走下去。”

“走着来的？从哪儿走着来的？”“从北京。”“北京？！”中国人爱在句末加上一个“啊”字表示诧异，“北京啊？！”钥匙串把最后一个音节拖得很长，“徒步啊？！”

“对。”

两位警察互换了一个惊诧的眼神，转而上下打量起我来：个头一米九多的老外，衣服有几处磨破了，胡子、头发因为长期没有修剪而蓬乱不堪，眼里布满血丝，拖着一辆白色的拉拉车走在戈壁滩上。

突然，钥匙串好像想起了更为重要的事情，“护照！签证！”他吼起来。

我深吸了一口气，耐着性子，开始在拉拉车深处翻找他索要的证件。

我从眼角瞥见警察背心好奇地朝前探出身子，钥匙串在一旁正举着对讲机说着什么。从收费站周围的店铺里围拢来一群看热闹的农民。长头发、长胡子的老外在大戈壁里撞上警察，嘴里还一刻不停地嘀咕着鸟语，这在此地已经能算上一桩不小的新闻了——我激起了他们的兴趣。

终于，在哈密瓜和饼干之间，我找到了我的证件包。翻出护照，总共四十八页——才用了三个月，几乎还是崭新的。德意志联邦共和国的国有财产，酒红色的封页在戈壁无边无际的灰蒙中显得格外耀眼。

钥匙串伸出两根手指来回乱翻，最后停在印有照片的那页上。克里斯多夫・雷哈格，1981年11月9日出生于汉诺威。钥匙串做出副正在核对这一排排拉丁字母的姿态，然后一手合上我的护照，又高声嚷道：“签证！”

“不就在你手上吗？”我的火气上来了，“你要是看得懂的话，早就看到了！”

他不解地再次举起护照一阵翻，我准备趁机再将他一军，“需要我读给你听听吗？”

围观的几个农民笑了起来，警察背心略带顾虑地朝他们瞥去一眼。钥匙串决定对我的嘲弄不予理睬，接着专心翻看手中的证件。我抬起头，望向铺天盖地而来的云。

“德国人？”他问。“是。”“从哪儿来，到哪儿去？”“从北京，到乌鲁木齐。”“一直徒步？”“对。”“嗯……不用别的交通工具？”

“不用。”我想起了“蓝黄瓜”——几周前，弟弟和我蹬的那辆一直吱呀作响的货运三轮车。

他没吭声，显然在思考下一步该怎么办，“在中国待多久了？”

“三年。”“什么职业？”“学生。”“北京？”“对。”“但这上面说，”他一边说，一边飞快地翻找着某一页，还不时抬眼瞟瞟我，“签证是在青岛签发的！”其实我已经两年没去过青岛了，但我还是决定撒个小谎，避免让情况变得更复杂，“对啊，很漂亮的地方！这签证是我去青岛旅游的时候办的！”也不是所有人都有必要知道，北京奥运会期间，外国人办签证不容易，我在北京托人找关系办了这次延签。

钥匙串将信将疑地把话题转移到了其他重要事项上。“这里面装了些什么？”他指着我的拉拉车问。

“衣服，睡袋，吃的，还有水，都是徒步必需的东西。”

“那个呢？帐篷？”“对。”“这里禁止露营！”“反正我也不喜欢搭帐篷在外面过夜。”

“这车，是在德国做的？”钥匙串接着问道。我一时间没听明白他的意思，车是在德国做的？

我不是说自己要徒步回德国吗？趁着一切尚未全盘沦陷，回德国。

“这车是在张掖做的。”我指指身后，回答说。有几个农民还真伸长了脖子，向地平线的方向望去，好像能在这戈壁的远处看见王师傅和他的焊工铺一样。

“可以了吗？”我不耐烦地问，“我今天还得赶路呢！”

“回城里去。”钥匙串把护照还给我，命令道。

我彻底炸了，“不管你们怎么说，我都得接着走不可！我走过雪山，也遇到过沙尘暴，你们这点小风算什么！”

“回去！”“不！”“回去！”最后，还是发生了：一句带“妈”字的脏话从我嘴里蹦了出来。

一瞬间，所有的面孔都紧绷了起来。“不好意思，我不是故意这样说的。”我说。钥匙串一声不出地立在我面前，直直地盯着我。我的眼泪涌了出来。“以后再也不许这样说话，”他吼道，“尤其不能对警察！”紧接着又问了一句，“你这到底是怎么了？”

出发

2007年11月9日

北京

一阵尖锐的响声，我从梦中惊醒，摘下眼罩，目眩：太阳在房间墙壁上投下明媚的影子，热气笼罩着，被子已经在夜里被我踢到了一边。一定已经快正午了，我差点睡过了自己给自己的生日礼物。

从床上跳起来，我冲到窗边，只见一片蓝色的天空，飞机尾部喷出的两条白线悠悠地划过：在这座国际大都市长久不散的灰蒙中，这样的画面难得一见。二十层楼下，一辆客运列车伴着咔嗒声驶进一片平房区。那尖锐的声音再次响起，四周高楼间荡起千层回音。轨道边，有人匆匆赶在列车驶来前收起晾在绳子上的衣物。今天，我二十六岁了，要徒步穿越半个世界，我早就该上路了。

“我七点之前就要从家里出发，在太阳还没升起，整个城市都还睡着的时候。”昨天晚上，我信誓旦旦地宣布道。拂晓时分离开，似乎是我跟自己的北京生活告别的唯一方式。

但我跟邻居小黑和一群朋友在火锅店一直待到清晨，没有谁真的愿意回家，各种食物在桌上堆成了山，啤酒瓶、可乐瓶满地都是。

“你要是不快点走，我就开着车过来撵你！”小黑说道，笑着伸出食指，“哥们儿，保重！”

刚过十一点，其他人大概都还在昨夜的醉意里蒙头睡着。我穿着内衣立在窗边，又疲倦又兴奋。

几个月的计划和等待后，今天，终于要出发了。我决定让这个日子跟其他所有的日子一样，从冲澡开始。

客厅地板上铺散着我的行李：背包，衣物整理袋，两个睡袋，帐篷，薄床垫，装笔记本电脑的小包，两个相机包，徒步手杖，装有电池、药以及其他零碎的袋子。我挂上湿浴巾，站到前几天刚买的秤上。指针远远地摆出，又晃了回来，最终徘徊在一百左右的位置。我还是成功了？“徒步中的一百公斤级选手？”我弯下腰，仔细看了看指针下的数字。不多不少，正好九十九。真是扫兴！有那么短暂的一刻，我想了想是否要喝一大杯茶，最终还是放弃了这个廉价的欺骗性想法。此外，我也完全没工夫耗在这些愚蠢的点子上，我的生日礼物在等着我。

我穿上T恤衫，小心地扯平所有的褶皱，再套上线衣和长裤，接下来是印有“R”代表右脚、“L”代表左脚的袜子。绑紧鞋带，不然脚很快就会磨破，脚伤的疼痛肯定来得很快。

又在屋里环视了两遍，我确认没有落下什么东西，便穿上外套，再一次抚平所有褶皱，把两个相机包一左一右挂在肩上。接下来是背包，上面挂着帐篷、手杖和薄垫子——这旧垫子已经有些磨损的痕迹了。一种沉闷的感觉忽然间朝我袭来：没有新买一床厚些的垫子，我会后悔的。再次站到秤上：一百二十七公斤。我的天！汗已经沁出我的额头。要不还是先到沙发上坐坐，吃两根香蕉再说？正准备卸下背包的刹那，我猛地意识到自己今天有彻底无法出发的可能性。

刚刮干净胡子，新剃的短头发。我一面想象着自己眼睛中充满着期盼的喜悦，一面试图逃避刚才镜子中流露出的那份畏惧。不能再拖了——出发，现在。

大步迈到门口，按下把手。我最后一次转身看看这套即将有陌生人入住的房子：红沙发，电视机，摆着饮水机的冰箱，空空的书桌，桌上，房门的钥匙一闪一闪地泛着光。迈出一步，我站在楼道上，手轻轻一动，门在我身后关上了。转过电梯口的拐角，墙面上有人在不久前写下几个大字：“贱逼女给雷克操！”旁边还写着：“婊子给老外干！”

雷克，是我的中文名字。在第一次到中国之前，来自台湾的我的语言搭档凯青在慕尼黑帮我取的。

我想要一个听起来阳刚但又简单好写的名字。“那这样吧，”凯青说，“你的德语姓是Rehage，就用第一个音节，找一个发音相近的汉字，比如‘雷’是姓，‘雷鸣’的意思。”我很满意。凯青接着建议，再用我德语名的第一个音节，取一个“克”字，“征服”“战胜”的意思。就这样，我有了自己的中文名字：雷克，“雷电征服者”。

现在，我行装齐备地立在楼梯间的一片悄然中。无处可逃地最后一次看到墙上诅咒的字迹："贱逼女给雷克操！"

小黑试过用彩喷把它们盖住，但没什么用。"女的不会用'贱逼女'这样的词儿，"他跟我解释说，"肯定是个男的写的。没准儿是哪个被戴了绿帽子的老公，或者是哪个掉进了醋坛子的追求者，你还是小心点好！"

乒的一声响，电梯门开了，我挤进去，按下1，门再次关上。我的目光最后一次瞥过"老外"这两个字，电梯便开始咕隆隆下行。走出楼门，踏进阳光里的时候，我心里想着，大概我永远也不会得知这些谩骂出自谁手。光线照得我眯上了眼睛，我送给自己的这份生日礼物是如此的鲜亮、如此的美好：徒步回家之旅的第一天。

百万富翁

振动，紧接着响起一阵铃声。我睁开眼，只见一片漆黑，连个窗栏倒影也没有。该死的手机闹铃，我昨天怎么忘了把它关掉？

伸手摸向睡袋边微弱的蓝光，隔了好一阵我才看清时间，早上六点。有电话打进，德国的号码。

那边正是半夜，把手机举到耳边时，我心想着。

一阵信号不好的杂音之后，我听到父亲的声音。他为我担心了，因为昨天，我的手机一直关机。“注意安全，孩子！”他一直重复这句话，虽然信号断断续续，我依然隐约听出了他语气中夹杂的几分担忧和几分无奈，“你要懂得合理分配体力！”

我忍不住笑了。我多想跟他讲讲第一天的行程啊：院里的老人们友善地挥手道别，穿行在北京四四方方的街道间，冲出车龙人海的重围。傍晚时，我到达卢沟桥边的一家小旅馆。一群游客邀请我一起吃饭，兴致勃勃地询问起我的计划。

但我说出口的只有一句话：“别担心，我会好好照顾自己。”

大概一个小时后，我站在卢沟桥上，几乎不敢相信自己真的完成了第一天的目标！

“出大都十里便至桑干河。商船过往，直至大洋。一石桥跨于河上，世间无与之能及。”七百多年前，马可·波罗曾多次描述这座桥。

元大都，世祖忽必烈的汗八里。如今皇廷宫阙已无，留下的，是现在的北京城。卢沟桥还在，或者说，十七世纪重建的卢沟桥还在，而那桑干河好似已经消失了。泥土堆积的宽阔河床上流淌着的，只剩下一条小溪，真是令人感伤的一幕，一个个粗壮的桥桩显得好像被安错了地方。

早上的阳光很温和，充满了希望。我靠在栏杆上，享受着这能将背包的重量暂时搁一搁的时刻。

马可·波罗真的到过这儿吗？很多人认为，他游记中记载的都是从别的旅行者那里听来的故事，我倒以为未必。

他回到欧洲后，被威尼斯人戏称为“百万富翁”，就因为他没完没了地跟人讲蒙古可汗如何富甲天下，讲自己在他乡曾拥有过多少荣华。在我眼里，他倒更像一个对自己命运怨尤交加的人，只能将自己封闭在那回忆与幻想搭建的世界里。每个归家游子心中，都藏着一个小小的百万富翁吗？

我伸手抚摸这些光亮沁凉的石栏。很久很久以前，这位威尼斯人或许就曾站在这里，身上缠裹着商人的宽袍，手牵一峰骆驼，或者一匹马。身后，是大都宏伟的城门，脚下，是通往欧洲的漫漫长路。这样一幅画面，打动了我。

一群游客蜂拥而至。集体合照，最好得在桥栏的石狮前取景，他们一个个精神饱满，身无负重，我自己显得像一头立在羚羊群中的大象，我此刻最想做的事便是坐下歇歇。

“快看哪，老外！”一位从远处看好像戴着一顶彩色游泳帽的妇女发现了我，便兴奋地大声清数起我背包外面挂着的行李来，“帐篷、睡垫、登山杖，还有还有，他把拖鞋也挂在外面！这是要去哪儿呢？”

“噢！”她身边站着的那个人叫了一声，别的人也饶有兴致地朝我的方向望过来。他们发现了我能听懂他们说什么吗？他们会不会过来要我跟他们合影，手做“V”状，说句“茄子”？快跑！我全速朝桥的另一头跑去，帐篷、睡垫、手杖、拖鞋在背包外上下颠晃着。

为什么每当别人问起我的计划，我就如此不安呢？我像个小偷一样地溜出了北京城，昨天旅馆里遇到的那一群游客，我也敷衍了过去。

我这是准备走到哪儿去，是他们问我的第二个问题，紧跟在“你从哪里来”之后。

“到……呃……保定。”

低声的交头接耳，一个妇女似乎既忘了继续刚才的咀嚼动作，也忘了把嘴巴合上。最后，还是已有几分醉意的领队开了口，“保定？！那可还有四百里呢！不可能走过去的！”

这可让我说什么好？四百里，大约两百公里，我自己也不知道能不能背着肩上的行李走完它。实际上，我还要走到西安，穿过戈壁走到中亚，一直走到德国。但这些还是不说为好。

我一边含糊地挤出一句“看看再说吧”，一边有些羞愧地咬了一口手里的馒头。我像往常一样拒绝了别人递来的白酒，只喝可乐，然后便早早洗了澡，上床睡觉。

卢沟桥和那一团的游客已经被留在了身后，我转向西南，朝保定走去。如果脚的情况都好的话，我一周后就能到，但我现在已经感觉到了鞋子微紧的地方磨起的水泡。

一辆轿车驶过，后排坐着的小孩看见我便手舞足蹈地冲着父母叫起来——那儿有个老外！手机又响了，是佩佩从北京打来的。她听起来很不高兴。“你还真的走了。”她说。我盯着自己脏兮兮的鞋，不知道说什么好。“我们现在不是已经做朋友了吗？”我故意轻松地跟她说，“其实我离北京还很近。”她没笑。

“给我发一首你走路的时候常听的歌吧！”她说。今天晚上到旅馆就发，我心想着，一首发给佩佩，一首发给小象。

但现在我得先找个地方吃饭，还得买手机充值卡。号码是全国漫游，接听电话也要付费。我朝长辛店的街道望去，暗想自己运气还挺不错：树冠堆叠在一起，构成了一顶绿油油的华盖；华盖下面，一排排餐馆和商铺在路两边延伸着，一眼望不见头。自行车和行人都过往匆匆，不时地有一辆车开进人群中慢慢地挪动。

一想到一碗香喷喷的面条，我的脚步便轻快了许多。难道不能一路都这样走下去吗，一直到德国？小吃店一个挨着一个，整整一万公里，满满地飘着饭香？

当我说自己要多买几张时，卖手机充值卡的妇女用奇怪的眼神瞟了我一眼。一沓粉红色的纸币，换了十张印有北京奥运标志的充值卡。还有九个月，北京将迎来中国的第一届奥运会。然后，我走进街对面的一家小面馆，把相机和背包放到椅子上，解开外套和线衣，要了一杯冰可乐和一碗面，双手轻轻地捂着脸休息，脑子里全是小象在打转。

我们认识的过程实在算不上浪漫。两年前春天里一天，本该在北京的教室里上中文课的我，却在成都潮湿闷热的大街上寻觅好吃的馆子。这属于我另外的一个计划：与其和别的交换生一起在语言班里浪费时间，还不如四处旅游，吃遍各种好吃的。

在成都的这一天，我站在大街上向一位穿着花裙子的年轻姑娘问路，聊了几句后，她答应和我一起吃饭。原来就这么简单，跟她坐在火锅店里时，我想。而且对我来说，情况也很不错：婷很可爱，风趣。深红色的辣椒在我们俩之间的锅里沸腾翻滚着。正如我胯间预演的喜悦。

不过后来，全砸了。

“你开什么玩笑！”听到我巧妙但又足够准确的暗示，她气鼓鼓地说，她的样子不是被吓到，而是被逗乐了，“我刚十八岁，父母就住在旁边！”

“但是……”“没兴趣！”

噢。

失败也是难免的嘛，我心想。不幸的是，失败不仅仅于此，我也在火锅面前败下阵来。仓促地说了句再见，我满脑子想的全是回到宾馆，越快越好。我当时很肯定地认为，这姑娘以后再也不会跟我有任何联系了。

正因如此，几周后她告诉我，想介绍她在北京的两个朋友给我认识时，我简直有些受宠若惊。其中一个女孩在学德语，准备去德国上学。

等一下，我是不是有什么地方理解错了？她可是知道我跟女孩子都怎么打交道的呀！

“我当然很乐意！”我答道。

几周后的一个晚上，婷的两个朋友一左一右地坐在我家电视机前的沙发上。年纪大些的那个带来一部电影，关于一个陷入恋爱中的东德异装癖的故事。她滔滔不绝地讲着自己对至死不渝的爱情的观点。年纪较小的那个害羞地坐在一旁，不怎么说话。我则忙着落实我的计划——说服她们俩玩三人行。时间一分又一分地过去，电影场景换了一幕又一幕，终于，那位讲述永恒之爱的女孩把手放到了我的腿间，咯咯地笑起来，一直不说话的那一个则难堪地把头扭到一旁。

当然，这一晚最终没能翻云覆雨，另外的事情却发生了。在永恒爱情女孩离开客厅的几分钟里，我从那张安静的嘴里掳来一个吻：犹豫的，柔软的，悠长的一吻。那双漆黑的眼睛，在她快乐时，便闪着光。小象。

同伴

通往保定几乎是一条笔直的路。邻近市区时，一个个灰蒙蒙的村庄有如项链上的珍珠般连成一串，路在这里划过一道道弯。马路上的司机却对这些弯道毫不在乎，所有的轿车、货车、客运车、三轮车都开足马力，从村民身侧飞驰而过，喇叭声歇斯底里。

我决定稍事休息，顺便从旁欣赏一下这份熙攘，便在一家家具店门口搬了把椅子坐下，休息一下对我脚上的水泡也大有好处。四周堆满了已经组装好的沙发和软椅。过了一会儿，家具店女主人走出来，惊奇地瞅了我几眼后，问我要不要喝茶。

这时，“妞妞”一瘸一拐地跑了过来——一只毛发蓬松、样貌可怜的小黑狗，人们从远处已经能看出她的腿有些不正常。等到她摇晃着尾巴靠近时我才看清，她的两只前爪都生生地折断了。摸过她的人会发现，她身上一块暴露在外的浅色部分，是伤口愈合时没能长回原位的骨头。

“她呀，命大！”女店主推过来另一把椅子。我们的目光越过茶杯，停留在街上往来的车龙上。

妞妞躺在地上，任人挠痒，她粉红色的小舌头满意地在鼻尖上舔来舔去。“我们都可喜欢妞妞了，但她一直很好动，总从院子里跑到大街上，根本看不住。这儿过路的车开得多快啊，终于有一天，还是出事儿了。”

“那是兽医把她救活了？”

“什么兽医啊，我们这儿可是农村！我把她捡回家，也没抱什么希望她能活下来，但是几天后她还活着，拉撒得要人把她抱到门外。‘妞妞，拉不？’我这么问她，如果她抬起头，就说明她要出去。很可爱的一只狗。”

“她现在还往街上跑吗？”

女主人愣了一下，然后笑起来，“幸好不跑啦！我猜，她自己也吸取教训了。”

走了几公里，我看见一只杂交牧羊犬被拴在路边的电线杆上，四周尘土漫天。它不停地绕着电线杆狂奔，拉扯着链子奋力向上跳，还冲着驶过的车辆狂吠。如此绝望的动物，我心里估摸着它到底经历了怎样的不幸，或者也只是妞妞运气好而已？

我沉浸在自己的思绪里，拖着伤脚，继续沿国道走着。忽然，一个与这公路上的忙碌车流格格不入的人出现了：他骑着一辆时下流行的山地车，身穿深蓝色户外冲锋衣，戴一顶米色鸭舌帽，整齐的胡子让他看起来像个日本人。噢，一位日本朋友，我心里想。就在他从左边慢慢超过我，并惊诧地瞥我一眼时，“Hello！”我喊道，他脸上浮现出一个害羞的微笑。接着，他便加快了速度，消失在公路的来往车辆中。走了几百米，我又看见了他。这位日本朋友双脚支在地上，正摆弄着手里的计速器。我想，他大概有兴趣跟我聊聊天，还真是！“你会说中文吗？”就在我以步行的速度从他身边经过时，他问，特地放慢了语速，一字一句非常清晰。原来不是日本人啊，我竟有些失望。得到我肯定的答复后，他脸上一亮，跟在我身边慢慢地蹬着他的自行车，一个接着一个地向我提出更多问题。

“啊，你会中文！”“会一点点。”“你从……哪儿来？”“德国，我之前在北京住过。”“那现在准备去哪儿？”“去保定！”他从车上下来，咧嘴笑开了，“我也要去那儿！我叫朱辉！”

他也要到保定？不过也是，这308国道就是从北京直通保定的。那现在我该怎么甩掉他呢？我可不想跟别人一起走，更不想跟一个我根本不认识的骑车的人一起走。

“我也不是直接去保定，路上还有别的地方要看看。而且，我走得很慢嘛！”我解释道，试图以此打消他跟我同行的想法，却不大奏效。

“那……你准备看些什么？”

“前面涿州的双塔，比如说。”

“那好，我跟你一块儿去！”

涿州是个中型城市，进了城，国道便划过一条长长的弧线，线两边布满了商铺和旅馆，砖和混凝土墙面上的彩色广告显得格外耀眼。自行车、行人穿来往去，唯独那闻名的双塔却不见踪影。我的同伴找人问路后，我们拐进一条蜿蜒在许多居民楼间的迷宫似的小街。

一面刷成白色的墙壁上有一则电器商店的广告：聚宝园，下面印着地址和联系电话。这名字对一家卖风扇和刮毛器的商店来说，也太雅太悦耳了吧。我正忍不住偷笑起来，朱辉突然激动地拽拽我的胳膊，指向小街的另一头。就是那儿了：一座塔孤零零地直立着，并不比周围的房屋高出多少，密密麻麻的脚手架将它层层围住，好像给它罩上了葬礼上的面纱。

我们后来失望万分地发现，塔正在整修，不向游客开放。不过，再走几条街还有一座塔。来到塔门口，我们听见几个老太太正在激动地争论。就在发现我们到来的那一瞬间，她们立刻全都住了嘴，用猜忌的目光注视着我们的一举一动。朱辉锁上他的自行车。

“阿姨，打扰一下，”他礼貌地问其中目光最严厉、最像管事的那一位，“我想知道，参观这塔要买门票吗？”

“你们不能进去！”她大声说道，站起了身。很明显，她的确是管事的，这座塔是她的，她要保护它不受我们这些闯入者的侵犯。

我们俩一头雾水。“为什么不行啊？”朱辉问。“在装修。”“但都没架脚手架啊！”“那边那块牌子看见没有？”管事阿姨应接道。

将塔与我们隔开的墙壁上，钉着一张锈迹斑斑的告示：“禁止入内”，上面歪歪扭扭地写着字，下面还有一行：“小心有狗！！！”三个感叹号一个比一个画得低，就好像写字的人正被这些凶残的畜生撕咬一般。

不能进去参观双塔，我沮丧极了，它们可是大约一千年前辽代的遗迹啊。

那时，契丹人统治着这里。他们信奉佛教，英勇善战，统治长达两百年之久。后来，成吉思汗的大军攻至，他们四处逃散，直到最终完全消亡。仅有一些建筑物还遗留下来，涿州双塔便是其中之一。

我正有些心不在焉地寻找着一个合适的拍照角度，只听见一阵窃窃私语。没多久，管事的那个向我的同伴走来。“你那外国朋友，他从哪儿来呀？”还没等朱辉答话，她又已经疑心重重地接着问道，“他的自行车呢？”

最好今天不接着走了，找个旅馆住下来。脚上磨起的水泡实在难受，尤其是两个小脚趾，每走一步都似在受烙铁灼烧之刑。朱辉也同意在涿州住下，特别是当他想起自己在城里还有事要办的时候。“跟人有约。”他笑着说。我们一道穿过市场，来到一个较宽阔的广场上，交换了手机号码，并说好明天早上再在这里碰头，一转眼，他便消失在人群中。

我站在原地没动。这个朱辉到底是个什么样的人？他说自己三十出头，家在新疆，是健身教练，现在正骑着自行车到各个城市参加跆拳道培训。他身上最吸引人的地方是他的胡子，他悦耳的嗓音，还有他常常挂在脸上的笑容。

忽然，我的惊喜被脚上的刺痛更明显地反衬出来——广场角落里一栋带窗户的房子上，闪着“旅馆”两个字。这些肯定都是“文革”前修建的，我穿过昏暗的大堂，把护照递进前台的小窗户时，心里有些怯怯地想。跟接待说了几句话，递过去几张皱巴巴的纸币，填好表格后，我拿到一把房间钥匙。一边喘着粗气，我一边爬着楼梯。下方的过道空无一人，似不见底，一种奇怪的空间感压迫而来，我加快了脚步。

终于到了房间，我把背包扔到一张床上，自己倒向另一张，两臂张开，一动不动地盯着天花板。

角落里，一只小蜘蛛吊挂在暖气管上。朱辉还在外面，明天，或者从今往后还能不能再见到他，我不知道，反正今天晚上的时间是属于我一个人的。我能用热水泡泡脚，还有几个小时整理照片，写博客。要不要跟当年在法国走路时一样把水泡戳破算了？我抬起头朝窗外望去，天空淡灰的阴影正慢慢融进一帘幽黑里。一个寒战，我突然觉得全身发冷。距第一场霜冻，还有多久呢？

桃园两兄弟

“话说天下大势，分久必合，合久必分”，这是罗贯中所著《三国演义》的开篇第一句。

我到广场时，朱辉已经扶着自行车在那儿等着了。“早啊，小雷！”他脸上的笑容穿过拥挤的人群。我竟然惊讶地发现，自己看见他也有几分高兴。

买了几根香蕉做早餐，我们便上路了。“今天，”他做出一个表演舞台剧般的手势，“我要推着自行车走路，跟你一样，看看到底是什么样的！”

出城前，我们在一所学校门口停下。学生们正在校园里做早操，几百，不，上千名学生整齐地列着队，曲伸着手臂，尖锐的口号声从一只有些嘶哑无力的喇叭中传出。远处，从烟囱里袅袅升起的浓烟散开在深灰色的天空里。

学生们将双手慢慢举过头，合拢，我忽然想到了小象。几年前，在绿荫葱茏的中国西南部，她也曾这样站在操场里：扎两条辫子，双臂伸开，满怀着一个个梦想——她那时就已经想去德国上学了吗?

“Hello！”几个学生发现了我们，鼓足勇气喊出一句英语。“How are you？”他们问，我清晰地答道：“Fine，thank you.”在我回问“And how are you？”时，只有一阵嬉笑传来，还有几双手举起来害羞地蒙住了脸。

一位老师走过来问我们是否需要帮助。我回答说，我们俩一个来自德国，一个来自日本，能不能领我们简单地参观一下校园。在几百双眼睛的注视下，朱辉好不容易才忍住没笑。学生们个个都兴奋不已地看我如何与校长握手，如何有模有样地拍几张照片，如何赞扬他们学校和涿州市。

回到国道上，朱辉再也忍不住了，扑哧一声笑起来，“他们真以为我是日本人！哈哈！”他忽然停下脚步，一脸疑惑地望着我问：“我真的像日本人？”

沿着尘土漫天的辅道走了几公里后，我们又看见一所学校。公路边高高的围栏内，是一片铺满红色和蓝色毡垫的操场，还有很多枪刀棍棒。一名健壮的教练站在旁边，挥着教鞭发号施令。朱辉忽然激动起来。

“原来是一所武术学校！”

孩子们都一副小学生模样，整齐一致地穿着红白相间的校服，操练时还不时朝我们瞥一眼。有几个害羞地抿嘴笑着，哧哧的笑声此起彼伏。教练发现了我们，怔了一下，便一言不发地挥手示意我们进去。

这里的生活对孩子们来说肯定不容易，走在楼上空荡荡的寝室区时，我心里想。朱辉留在楼下接待室跟教练探讨起各种教学和训练方法，我则带着相机四处转，寻找些摄影题材。

构成这里生活的，似乎只有两大主要部分：纪律与俭朴。每十二个人一个房间，屋里除了绿色上下床以外，没有任何别的家具。私人物品我一件也没看到，只有一张手写的作息时间表贴在墙上：起床，早上六点十分；灭灯，晚上八点半。其间的每一个小时都被操练、上课、吃饭、保洁安排得满满的。这里没有周末，每天一样。

一个羞答答的小姑娘不知从哪儿冒出来，在我身后的门边站着。她是老师派来回答我的问题的。

肯定是朱辉告诉了他们我是记者，我一边猜测，一边指挥小姑娘摆个姿势照相。她今年十五岁，到这里已经半年了。最初是为了减肥来的，她告诉我。经她一说我才发现，她的确有些胖嘟嘟的。

“我以前很胖，”她不好意思地笑起来，“所以我爸我妈才送我到这儿来了，要住六个月。”

“那你不是就快可以回家了？”

“本来是的，”她的笑容又展开了些，“但我想在这儿待下去，这儿挺好的！”

接待室里烟雾缭绕，朱辉和两名教练谈兴正高。我端着一杯茶，在挂满奖状的墙边溜达。这时，门开了，操场上那名强壮的教练走进来，板寸平头，宽颊骨，方下巴，近看他显得比先前更加健壮。

“啊，德国人！”他听了我的自我介绍后叫道。还没等手里的茶凉到可以入口的温度，我已经卷入了一场有关纳粹和二战的讨论之中。

再回到国道，朱辉和我开起了那位教练的玩笑。他的那些理论！让我感到高兴的是，我的这位同伴不仅性格和气，而且还时常给人些小惊喜。

“来，我们稍微绕个道！”他指了指主干道车流一侧的岔道，“桃园结义的那个桃园就在前面，我们得去看看！”我几乎不敢相信自己的耳朵：这个

《三国演义》里描写的地方真的存在？而且就在我们的路上，在华北平原？我的眼前顿时出现了一个个高大威武的绿林好汉，手持长枪，身着铠甲，长须迎风，怒发冲冠。刚拐上长满桦树的岔路，朱辉便按捺不住自己的兴奋，讲起故事来。那二十一世纪经济迅猛发展的人民共和国被我们遥遥地留在身后，空气里充满着来自远久的马蹄声、战场上厮杀的声音、兵器间碰撞的声音。

公元184年，大约在秦始皇统一中国四百年后，汉朝摇摇欲坠：粮食歉收，洪灾泛滥，游牧民族入侵，朝廷已经病入膏肓。高高皇城内，荒淫昏庸的灵帝不理朝政，宦官专权，朝堂上阴谋奸计重重。全国各地爆发起义，领袖人物趁机掌权。

这场由此而生的战争持续了近一百年，汉王朝灭亡后，曹魏、蜀汉、孙吴三分天下。近两千年来，这段在中国历史上被称为“三国”的时期为亚洲文化孕育了多少战役传奇、多少良谋上策、多少英雄故事。

谁又会想到，这个满地桦树、农产丰盛的小城市涿州，曾经在这段历史中扮演了如此重要的角色呢？正是这一年，公元184年春，一名鞋匠、一名屠夫和一名武士相会于此，寒暄罢，共谋大计。

第二日，三人来到屠夫家桃园内，在粉白交错的缤纷桃花中饮酒结拜，只为报国大业。三十几年后，出身没落王室之家的鞋匠在西方建国，国号蜀，自此，刘备之名，无人不晓。

他的两位兄弟，惯用丈八蛇矛的屠夫张飞和手持大刀的美髯公关羽，都因其忠诚勇武的形象而被历代传诵。

至今，张飞的样貌大多目瞪珠圆，为的是表现他为保护主公刘备誓不合眼的决心。而关羽更被尊为神：不计其数的人家中、店铺内都挂着他的画像。须髯甚美的武帝，任凭世纪流逝，护佑着人们日常生活的方方面面，他可以算是南方人最为敬重的神祇之一。

“前面就是他们当时喝酒结拜的地方！”朱辉指着一堵红墙说，满心喜悦地咧嘴一笑。售票处的两位老人正在专心地下象棋，不过还是卖票给我们，并提出可以在我们参观寺庙时帮我看着背包。

寺庙？

通道尽头是一个宽敞的院子，院子的另一侧还真有一座新建的张飞庙。红砖砌成的墙身，优雅的绿瓦飞檐，汉白玉台阶边立着的细栏杆，倒也不是无法入眼，但实在太新、太完美了。

朱辉指给我看一块写着“桃园”二字的指示牌。转眼间，我们已经置身一片枯树之中，它们一个个干秃得好似倒插在土里紧绷的手指头。树丛中间有一座台子，上面立着三兄弟饮酒的彩陶人像。

油乎乎的帽子和长长的胡须使他们看上去像三个特大号的花园装饰陶俑，我好不容易才止住了笑。

“请问《三国演义》里描述的那些美丽的桃花在哪儿呢？”我问。朱辉笑起来，“现在已经快冬天了呀！当然没有花啦，不过说不定他们将来会种些塑料花代替？”

寺庙里，一位老道正在看报。游客们付给他些零钱，他便替人算卦。像酒店里的大堂侍者一样，朱辉伸出一只手臂，满脸期望地看着我，“多好的机会啊：算算你能不能走到德国！”

千万别，我怕的就是这个！早知道就不告诉他我的计划了！我不安地原地踱来踱去，一再向他示意性地望向门口，朱辉则跟老道士小声地说着什么。

“抽一个！”他举起一只装满竹签的筒，响亮地对我说。好吧，也没什么大不了的。我抽出一根签，放到老道士皱巴巴的手里。

“嗯。”他一边低低地应了一声，一边研究着手里那根签，并将它放在一张纸上，慢慢移动对比着。我不解地瞅瞅朱辉，他却只高抬了一下眉角。

“啊，”老道士终于开口了，他双手握签对着我说，“你的目标都会实现，生意也会成功，你的后代都是大学生。”

哈!

我谢过他，放了一些零钱在桌上。离开寺庙和桃园，我们抄捷径回到国道。我强迫自己加快速度，今晚要想走到高碑店，路还远着呢。脚上的水泡却折磨得我一次又一次停下来，休息休息。

故障

一面墙上用大字喷印着“生男生女一样好”的标语，我站在墙跟前，不禁感叹自己离首都竟然已经这么远了。在购物中心云集、马路交叉缠绕的北京，这样的标语估计早已在十多年前就为路易威登或者阿玛尼的广告腾出了位置。

而在这里，在树叶遮掩下的村庄的宁静中，空气里隐约飘过阵阵烧煤的气味，时间似乎停止了。

我取出装着广角镜头的相机，记录下这一片刻。轻轻按下快门，机身内的反射镜伴随着咔嚓声，这句标语的图片出现在了相机显示屏上。

忽然，一切全乱了。显示屏全黑，相机不再有任何反应。我花了几分钟时间，将所有按钮都按了一遍，换了电池和存储卡，最后还是忐忑不安地放弃各种尝试。

从买齐相机的所有设备到现在，还不到一个月，这么快就已经有一个寿终正寝了？

我决定到前面村子里找个地方好好检查一下，为了防止灰尘掉进机身里，必须找个封闭的屋子，不能在室外。我走在拖拉机碾出的车轮迹之间，幸好路面已经因为低温完全冻住了，我的脚这才不会陷进泥浆里。马路拐角处，一位裹着头巾的老太太一边堆木柴，还一边自言自语地嘀咕着。跟自己说话的人，这时并不只她一个，我嘴里喃喃的抱怨也被风吹散开来。突然发现自己有些想念朱辉，徒步时有个伴儿是一件美好的事情。

昨天，我在一家路边小店吃过午饭后，竟然累得打起了瞌睡，两臂交叉放在胸前，头歪倒在一边。

猛地一惊醒，我慌忙四下看去，一切仍和刚才全无两样：相机和定位仪在我面前的桌子上，背包斜靠在墙边，甚至连我的空碗也还在原来的位置。

朱辉坐在我对面，手里拿着手机，冲我眨眨眼。“你睡着了！”他非得戳穿我不可，接着又笑呵呵地补充说，“我把你照下来了。等会儿发到我的博客上去，行不？”

今天上午说再见时，我还真有点舍不得。

站在我们住的宾馆门口，朱辉坐到自行车座上，戴好手套和帽子，一只脚踏在脚蹬上。“雷克，话我就不多说了，反正我们肯定还会再见的。别走得太慢，但也别太快，到了新疆记着来找我！”他笑着说，“祝你一切顺利！”

然后他踩下脚踏板，车轮转动起来，越来越快。他头也不回地举起一只手挥挥算是道别，便渐渐消失在了晨雾缭绕的车水马龙之中。

我给自己买了一瓶酸奶，沿着国道朝保定走去，和朱辉一样。

不知什么时候，我来到了一个盛装染料的空桶堆叠成山的院子。院中间燃着一团火，两个年轻人正忙着在桶上打孔，以便把它们当烤炉管道重新卖出去。我停住脚步。他们俩都来自南方，外出打工来到这里，还不习惯北方寒冷的冬天，他们会不会想家呢？“我在家已经订了婚啦！”个子高些的那个眼睛亮亮地说，“钱一挣够就马上回去，办婚事！”

我问他们有没有看见一个骑自行车的日本人经过，回答是没有。等他们老板过来，跟我嚷嚷着“外国人禁止入内”的话时，我也觉得自己该接着走了。没过多久，我便来到了墙上喷着那条标语的小村子。

七八个小朋友在岔路口发现了我，舞着手里的竹竿，大声吵闹着朝我跑过来。

“这儿有小卖部吗？”我问，却只看见一双双疑惑的眼睛。“那餐馆呢？”所有嘴巴都张得大大的。“那你们平时都在哪儿买冰淇淋？”他们看起来好像真的不懂我在说什么。正当我不耐烦地准备走开时，一个耳廓大大的、身穿摩托夹克的胖男孩终于鼓起勇气，说出了那句似乎不可道出的话：“他会说中文！”小群体发出一阵起伏的哄闹声。

不过，这个小村子没有小卖部。

“去问问那边那个阿姨嘛！”另一个男孩建议说。我转过身，一扇门半敞着，门间坐着一位阿姨，身边放着一盆菜头。她直愣愣地盯着我看，就像看见了怪物一样。我穿过马路，走到她跟前，努力礼貌地说：“阿姨，您好！”没有任何回答。“我可不可以在你家里检查一下我的相机？”

一种完完全全的莫名其妙从她的眼神中流露出来。我感到有必要跟她讲讲自己为什么需要封闭的房间检查相机，讲讲我徒步走到保定的计划。我正说着，却发现她一边摇头，一边把菜头盆子往屋里拖着，准备关上门。

“试试下一家吧！”我那群跟班里的另一个说。于是，我叩响了一扇门上狮头形状的铜门环，大家都屏住呼吸等待着。门吱吱呀呀地开了一道缝，半张脸露出来，不耐烦地上下打量着我。“阿姨，您好！”我说，“能不能麻烦您让我进屋检查一下我的相机？它好像出了点问题……”“你想干吗？”“我的相机镜头好像出毛病了……”“不能拍照！”“不不不，我不拍照，我只想检查一下我的相机……”咔嗒，门关上了。“叔叔，这边！”我的这群小跟班显然找到了其中的乐趣，已经跑到下一个院门前等着我了。我跟过去，但同样被拒绝了。接着又试了好几家，反应几乎一模一样：两眼直勾勾地看着我，拒绝，送客，或者干脆摆手让我离开。

问过六七家后，我失去了耐心。“听着，这样不行！”我向自己那群挥着竹竿的伙伴解释道，“这样吧，你们待在这儿，看好村子，我去附近镇上看看能不能修我的相机，怎么样？”一阵心领神会的嘀咕。

“现在我得先回国道，怎么走？”

紧接下来是一段漫长的似无休止的争论，发言者互相打岔纠正，或者干脆互称笨蛋。“市场”这个词的出现频率很高。

我跟他们说了声“谢谢”，最终还是决定相信我的定位仪。就像他们的出现一样，一群小孩儿转眼间就又消失了，我再次一个人站在土路上拖拉机的两道车辙痕之间。隐约的煤炭味还在，那些不愿让我进屋的人正在生火取暖，我心想。

固？还是古？

清晨我离开宾馆时，正好有一个卖气球的人从门口经过。我满心欢喜地跟在他和那片艳丽的气球云后面，仿佛自己的担忧也被一步一步抛在身后了。我的好心情可不是没来由的：怎么把镜头送回北京修理，我已经想好，今天甚至连脚痛好像都减轻了些。

我猛然想起自己忘了给朱辉回短信，便从裤袋里掏出手机，简短地概括道：一切都好，今天到古城！

没过几分钟就收到了他的回复：古城？！

好奇怪的反应。

此时，城内的街道慢慢延伸，与国道合为一体。楼房也接连消失了，给宽阔的田野让出空间。接着走下去，树木又渐渐挤开了农田，一棵棵排列得越来越密集，国道最终变成了一条蜿蜒的林荫道。这四周分明就是一座童话般的白桦树殿堂：生长紧密的树梢铺展开一个金光耀眼的吊顶，地面被秋叶盖满了，时不时有鸟儿的振翅引起一阵落叶雨，层层片片，好似一帘帘瀑布，缓缓飘落。远处，一个个彩色的小点逐渐清晰起来：那是一群背着书包的孩子正从林中走过。幸好我还有一架相机，我心想着，一边准备着长焦镜头。

车轮的辘辘声引得我扭转头朝后看去：扬起的尘土之中有一辆黑色轿车正朝我的方向驶来，光亮的车身和车窗上的深色玻璃纸与周围的一切如此格格不入。一缕和风正在与树尖嬉戏，远处荡漾着孩子们的朗朗笑声。汽车慢慢地越行越近，我让到路边，把上衣拉链拉高了些，又将镜头对准了树林。孩子们的笑声更清晰响亮了：一个男孩跑离了队伍，别的孩子全都欢呼雀跃地追了上去。忽然，我似乎觉得那车轮的辘辘声在渐渐变低，果然，车正在减速，靠着我这一侧缓缓滑行过来。随着轮胎在地面摩擦出“嘎吱”的一声，车停下了。发动机响声渐渐平息，一时间，只有孩子的笑声在这桦树林中回荡，我默默等待着即将发生的事。

这车还真像一只大甲虫，车门开启时，我不禁想。四个表情严肃的男人下了车，朝我走来。

“您好，我们是定西市文化局的。”说话的那位四十来岁，体型稍显敦实，透过鼻梁上的眼镜瞅瞅我，正估量着我是否能听懂他的话。

“您好！”我答道，所有人的表情瞬间轻松了不少。

“啊，您好您好！我们想知道您是哪个单位的，在这里做什么。”

我咽了咽口水，在中国这么久，我还从没这样被“检查”过。

“我叫雷克，是从德国来的。”我尽量保持自然。

“我姓陈，定西市文化局的。”四双眼睛有些猜疑地盯着我，我意识到有必要再多说几句。“我之前在北京电影学院学摄影。现在在河北徒步旅游，拍些照片。”我指指相机显示屏说，“风景照！”

陈先生瞥过头来仔细看了看那张孩子们和桦树林的照片，礼貌地点点头，另外三个人则互换了一道不置可否的目光。

“稍等。”我从腰包里掏出装证件的小袋子。陈先生若有所思地翻看了我的护照后，打开我的学生证：一张白底的标准照下面印着我的中文名字，盖着电影学院的红章。他脸上顿时一亮：“电影学院？北京电影学院？”

忽然，一切都变了：握手，递烟，对我的中文水平大大称赞。几乎都有些几位好友来此相会，享受自然、互赠祝福的味道了。我提到定西一路可见的农业和经济发展，他们则对我的徒步之旅惊叹不已。从北京一直到这儿——完全走路？都快赶上红军长征了！

最后，陈先生递给我一张名片，并伸手拍拍我的肩膀说：“需要帮忙的话，随时给我打电话！”

黑色轿车咕隆隆地向前驶去，载着嘴里正叼着烟的友好的文化局先生们。不一会儿，便只还剩一层薄薄扬起的沙尘徐徐飘洒在马路上。我转过身，再次回望树林，孩子们早已没了踪影。

傍晚到达固城时，我又冷又累，满心期望能找一家供暖的宾馆和一顿热腾腾的晚饭，却一无所获：两排连体住宅楼将街道紧紧地夹在中间，墙上画满了各类汽车维修的广告。两家杂货店，一家小得不能再小的火锅店，还有一家位于后院的招待所。正在玩牌的几个男人一个字不多地告诉我还有空房，但不带暖气。别的房间可没有，我不想要尽可以接着走。

正当我站在冰柜般的房间里，打开背包准备整理时，背后传来一个熟悉的声音，“嘿，小雷？你今天过得怎么样？”

“朱辉！”我几乎不敢相信自己的眼睛，“你在这儿干什么呢？”

“固城，雷克，固城！”他一边笑着，一边面带责备地晃了晃他的手机，“你没发现你把地名写错了？”

中文总共有大约十五万个汉字，但只有几百个音节，也就是说，对应每一个音节的同音字都有好几百个。除此以外，还有音调的区别，对于没有学过中文的人来说，一声和四声几乎没有什么不同。

我们在的这个地方，叫“固城”，我之前却迷迷糊糊地写成了“古城”。

反正，朱辉觉得很有意思，“你难道没听过三国古城会的故事？桃园结义的三兄弟失散后在古城相会？你给我发‘古城’，我当然得回来找你啦！”

“火锅，可乐！”没过多久，坐在火锅店里，朱辉高兴地叫道。店里只有我们这一桌客人，锅里沸腾翻滚的热气蒙住了窗玻璃。

我给朱辉讲了最近几天发生的事。当他听到全村没有一家愿意让我进屋时，忍不住大声笑了出来，“你真的从来没想过，别人看见你可能会害怕吗？”角落里正在切菜的老太太被他的笑声惊了一下，抬起头朝我们望了望。“你想想：一个又高又大的陌生人出现在你家门口，说要进去，为了检查什么相机！”他笑得几乎喘不上气来，我也不由得跟着笑起来，“这些可怜的人可能这辈子都没见过外国人，你就这么冷不丁地出现，还背着个大背包站在他们家门口！”

等到我们俩好不容易平静下来后，我问朱辉他家原籍在哪里。

“我爸爸是上海人，”他一边说，一边把几片羊肉放进漂满红辣椒的锅里，“朝鲜战争之后，他所在的部队被派去援疆了。”

我想象着一名面容和朱辉酷似的年轻人，精疲力竭地在沙尘漫天的戈壁滩里跳下军车的一幕。对他们来说，和这里长相完全不同的当地人一起建造新家，大概也比那些枪林弹雨好太多太多，哪怕时不时有沙暴来袭。尽管如此，他的家，那位于长江下游的东方巴黎，那些迂回的大街小巷和琳琅的店铺剧院也一定在无数月夜里，勾起这位年轻人渴望的叹息。

“那时候的生活不容易，”朱辉说，“‘文革’的时候，人人都互相批斗，我爹每天下班后就进山给领导打野味。他打仗时期当过狙击手，下午进山是他躲避那些政治调查的唯一方式。”

“你们那时候已经出生了吗？”

“嗯，我爸我妈是在新疆认识的，我妈是名护士。他们结婚后生了两个儿子，我还有个哥哥。”朱辉从锅里夹出烫熟的羊肉，放到我的盘子里，咧嘴笑着，“但我不是个好儿子！”

“为啥？”“嗬，我连张高中毕业证都没有！”我愣住了：这个声线温和，尤其爱讲中国历史故事的朱辉，高中没有毕业？

“我啊，就是太懒了。有一次考试作弊被逮住了，就被学校开除了，这件事可丢了全家人的脸！”

接下来的十年，他在一家棉花厂打工，每天弹棉絮，裁布料。起初他看些小人书，后来对哲学和历史产生了兴趣，便正儿八经地读起书来。二十八岁的时候，他辞去工作，买了一张南下的火车票，想到广州做制服代理生意。

“那时候苦啊，”他笑着说，“尤其是，我在广州谁都不认识！”

第一年，他跟另外五个人挤在一个房间里住，房间窗户是用塑料布勉强糊上的，屋内蟑螂不计其数。身无分文的日子，他就到菜市场的垃圾堆里捡些勉强还能吃的东西。

“这应该是我人生最重要的一段经历吧，”他一边说着，一边从锅里夹出一片菜叶，盯着呆看了一会儿，“后来终于挣了些钱。但在广州待了几年后，发现自己还是想回家。”

他用积蓄开了一家跆拳道馆，就在父亲当年援建的这座城市。

“我当时对跆拳道完全不了解！所以得聘教练。后来生意越来越好，教练的要价就越来越高，远远超出了我的支付能力。”

又一次，朱辉面临着选择：放弃，还是坚持？此时，他对跆拳道已经产生了浓厚的兴趣，晚上也常常自己对着镜子练习招式。要么关闭道馆，要么努力训练，自己当教练。对他而言，选择的结果再清楚不过：他骑着自行车穿越中国，走访各个有名的教练和道馆，参加培训课程，终于获得了教练资格证。

当时，他三十四岁，比班内的其他同学都年长许多。

渗血的双脚

第二天早上，房间里冷得我们能看到自己呼吸冒出的气团。到院里刷牙，朱辉和我就像两个疯子般不停地拍手，冰冷刺骨的水将它们冻得通红。

朱辉笑着问我："小雷，今天走到保定？"

"三十五公里，完全不现实嘛！"我抗议道，一边想起了自己曾经给自己定下的那些走路的规矩。其中一条便是，每一米都必须是走的，而朱辉显然已经另有打算。

没过多久，国道上，背包不再像五行山压着孙悟空般地压在我肩上，它与我并排同行着：朱辉把它绑在自行车上，准备一路推到保定。这样一来，只背着两个相机，我的脚步的确轻松不少。尽管每迈出一步，脚趾间的水泡都灼烧般地疼。朱辉的速度不容小看，每次我停下来拍照后，都得小跑才能赶上他。

不知什么时候，他在我前方完全消失了。

淡淡的薄雾笼罩着路面，我靠在一根电灯杆上，抬起右脚，活动一下每根脚趾。忽然觉得鞋里湿漉漉的，也许是某个水泡破了。远处，我隐约看到朱辉弓着腰骑在车上的身影，但一辆拖拉机驶过，我又看不见他了。

全部家当都在背包里，我一边想着，一边惊讶地发现，自己竟然丝毫没有为此而紧张。要是在几天前，情况肯定不一样：有一次，我为了防盗而带上了自己所有贵重的东西进公共浴室，却被琉璃河旅馆的老板娘撞了个正着。她的笑声还清晰地回响在耳边。

塞上耳机，瑞典死亡金属乐队Dark Tranquillity（寂静黑暗乐团）的一张老专辑。这方法还挺奏效：一群北欧小伙挥舞吉他，倾倒出一瀑接连一瀑音阶，弄坏了一架又一架鼓、一根又一根声带。我淡然地迈着步子，向保定前进，我感觉自己就像那犹太神话中被施法便能行走的人偶。

走进一家小卖部，我买了一瓶冰红茶。"您有没有看见一个人用自行车推着一个大包从这儿经过？"我问柜台后的那个老人，他一边数着找给我的零钱，一边从容地摇了摇头。屋内的时间仿佛已被无限拉长过：灯泡吊在天花板上，散发出橘黄色的光，厚厚的门帘将寒风和日光同时挡在门外，货架上的饮料瓶和薯片上积起了厚厚一层灰。

我指指角落里的小木凳，老人许可地点了点头。我坐下来，拧开瓶盖，让沁凉的红茶顺着嗓子流下去。手机振动：朱辉简短地通知我，他已经领先我好几公里，让我加速。我忽然想起自己还得给小黑打电话，商量把相机送回北京修理的事。

"你离保定还有一个小时路程时告诉我一声！"小黑说。

我脱下袜子，瞅了一眼脚，水泡出乎意料的顽固未破。它们一个个珍珠般透亮地端坐在我的脚趾上，充满嫉妒地守卫着那些已经磨损的粉红色肌肉。

店里的老人向我投来同情的目光。"小刀先在酒里过一下，再割。"他一字一句地慢慢说道。何时何地，他也曾如此赶路，满脚水泡？我点点头，谢过他的建议，重新慢慢穿上鞋，站在门口挥手道别。

晚上进城时，我几乎都无法站着了，朱辉不断给我打气，"最后几步了，"我靠在一堵墙边，实在不想再走下去时，他说，"马上就见到你朋友了！"

两条腿如铅注一般，鞋里好似灌了钢。

旅馆房间地面的瓷砖裂开了一条缝，墙壁的涂层也已剥落，但光它供暖这一点，就足以让我们高兴好半天。

小黑带着朋友来取相机时，我已经将水泡捅破并消了毒。好几个已经开始流血。

小黑大笑起来，"牛逼啊！"

他手里拿着我的电动牙刷，摇着头说道："你这一根筋的脑袋，走都走不动了，还非得带上这电动的。牛逼！"

吃晚饭时，我穿着拖鞋，一蹦一跳地跟在大家后面。

接下来的一整天，朱辉和我窝在旅馆房间里，写日记，讲历史故事，吃东西。第二天，他带我去看一所学校的跆拳道比赛。我心情颇好地在体育馆里跳来跳去地给参赛学生拍照，那感觉还真不错。中午，比赛的组织者请我们俩吃饭。当那个鼓着眼的大鱼头被夹到我碗里时，我却不知拿它怎么办好。德国人的食材里，鱼头可不在其列。全桌人大笑。

晚上，烤鸡、薯片、酸奶和可乐，房间里朦胧的顶灯下，我们的最后一顿大餐。我们为三国干杯，为我们的友谊干杯，也为我尽快到达西北，能再次跟朱辉一起吃火锅干杯。

第二天，又是分别的时候。朱辉再一次戴好手套和帽子，我们再一次说了告别的话，我再一次注视着他渐渐消失在城市的车流里。

紧接着，我也上了路。没走几公里，我便意识到，水泡还没长好，我完全无法继续走。

路过一家便宜的地下旅馆，我要了个房间，放下行李，发一条短信给双胞胎姐妹：计划有变，在保定待几天。你们来吗？

洞

四天后的清晨，我又站在了国道上。一层含着怜悯的雾气笼罩着整个世界，它吞噬掉所有的细节，将连绵的田野化成一片农作物的海洋，零星的农家更似一只只形单影只的潜水舰艇散落其间。

终于到了城外，我欣喜起来。

桥上，我望向脚下那一片混浊的泥浆。表面上漂浮着一层绿色粉状物，上面积满了落叶和各种垃圾。几处微弱的光亮闪烁着，充满了责备。这里以前肯定是条河，我心里想着，一面希望自己能开着挖掘机，清除掉这所有的泥浆和垃圾。

保定是个错误，我事前就已预见到的错误，不然我约双胞胎姐妹过来干什么？

“你变化还真大！”姐妹俩在上岛咖啡看见我时叫道。她们身上裹着毛茸茸的黑色人造皮草，旁边站着一个脸上一直堆着笑的胖男人：一定是被她们“选”来开车、埋单的，但他心里，定还打着别的如意算盘。我可能还是要没结婚的妹妹吧，我心想。

东拉西扯地聊天，喝茶。胖子最近刚从朋友手里买下一匹马，我最近刚徒步走了近两百公里。我愿不愿意带上马一块儿走？四个人都笑起来，姐姐假装无意地在桌下碰了碰我的腿。

离开大路，一条窄窄的小径蜿蜒在这不食人间烟火的果林田间。

国道的嘈杂和污浊都显得那么遥远，路边的小树苗被齐腰涂上白色，我静静地听着鞋底挤压在潮湿的路面上发出的声音，时不时有火车轰隆驶过，打破这片静谧，除此以外，方圆几里无人。

走了几个小时，我感到饿了，便找了一个相对干燥的地方放下背包，铺开垫子。背包里的食物不多，但一包饼干、水，还有一罐王老吉也够我填饱肚子了。拾起衣服上最后一粒饼干渣，我平躺到垫子上，心神不宁地睡着了。

那天晚些时候，姐姐悄悄凑到我耳边说晚上我也可以去她那儿过夜，她一个人。我故作惊讶地咕哝了几句“你不是已经结婚了吗”之类的话，便仓促地道过晚安，逃进清澈寒冷的夜色里。我在北京的那种生活已在两百公里之外，小象在德国，保定城正怀着一个个纯洁无瑕的梦睡去。

回到旅馆外的街上，彩灯箱下方本来旅店入口的位置却拉上了卷帘门，看上去就像个车库。我犹豫了一会儿，决定先到街对面的小卖部问问，反正不管我敲门还是喊叫，都不会有人答应。

“买一包口香糖。”我又问店主，“对面的那家旅馆晚上还锁门啊？”亮着荧光的电视机里正在播一部抗日电影。老板目不转睛地盯着屏幕，一只手从柜台上推过零钱说：“打门上的那个电话！”

我把一块口香糖塞进嘴里，人工合成的苹果味在嘴里散开。荧屏上，一座日军碉堡被炸，一个个日本兵就像受惊的母鸡，到处乱窜。我做了决定。

忽然，我来到一个大洞边。它看上去就像一个巨大的弹坑，将四周的景色活生生地撕开一个几米深的口子。大约是采挖黏土时留下的吧，我脚下有一根标示线弯弯曲曲地绕过电线杆，延伸进洞里。我在恍惚间意识到自己正在进入一个软黏黏的、土黄色的世界。之前走的那条路在头顶上方，环绕坑边。每走一步，地面上都留下我踩出的重心不稳的脚印。

下至坑底时，我望向前方，齐膝高的野穗随处可见。在这里搭帐篷过夜一定不错，我心想。但一想到倾盆大雨和泥石流，我的兴奋劲儿瞬间被浇退了一大半。

迈着小心翼翼的步子，我穿过这个深静如海底一般的世界，这个赭色如外太空星球一般的世界。

坑的对侧越来越近，似乎没有路通往坡上。我没有停下来，坑的这一面虽然又高又陡，布满碎石，但也有不少表面裂开的地方坡度较缓，可以下脚。

实际上，我跟家里人保证过不再干这样的事。“我又不是傻瓜！”我大声宣布说。盛夏里和煦的一天，德国北部小城巴特嫩多夫，我们坐在客厅里的蓝色沙发上——这个沙发还是当年妈妈挑的。

墙上挂着居斯塔夫·克里姆特的《花丛》和凡·高的《夜晚的咖啡馆》的影印画。

爸爸并不看好我从北京徒步回家的计划，一支接着一支地抽烟。他深陷的眼眶里，黑眼圈清晰可见。弟弟妹妹的脸上也有几分焦虑。我迫切地感觉到自己必须尽可能排除他们的一切担忧，为自己的徒步计划做做广告，即使谁都无法使我改变它。

“我只走国道，也只在旅馆过夜，”我说道，“我已经跟路上所有国家的德国大使馆联系过了，这次我肯定不会再像上次在法国那样乱走小道抄近路了！”小我八岁的弟弟鲁比脸上掠过浅浅一笑，他肯定想起了当年我从巴黎毫无准备地走回德国时闹出的某个笑话。一转眼，四年过去了。贝琪，我们三兄妹中的老二，神情紧张地拨弄着普克耷拉下来的大耳朵。普克是我们家的格里芬犬，我从巴黎徒步回德国时，它一直跟着我。父亲的嘴角依旧画着下弧线，他坐在一团烟雾之中。

“计划的第一步是，横穿中国，”我接着说下去，并尽量使自己的腔调听起来轻松自然，“我对中国很了解。语言不是问题，而且路上的很多地方我之前已经去过！走完中国，就已经走完三分之一了，完全用不着担心！说不定我之后还能穿过匈牙利，顺便去看看外婆呢！”

“那你万一迷路了怎么办？”贝琪问。

“不会迷路的，我有定位仪！”

“那万一呢？”

“那我就倒回去呗！这也是我已经有过徒步经验的优势：我知道脑子一根筋地接着往前走没有任何好处，有时候就得往回走，才能重新找到对的方向！”

我的话浮在客厅的空气中，眼前依然是三张疑惑不安的脸。

如果他们知道我现在正在干的事会有什么反应，我站在坑边高高的黏土堆前，抬头望向上面时，心想。墙面微微有些倾斜，矮小的灌木从裂缝中生长出来。我伸出手抓住一节枝干，尝试性地拽了拽。好像还够结实。为了再给自己一点时间考虑，我喝了一口水，又回头望去：地面上的鞋印清晰可见，要原路返回并不难。之后我只需要沿着坑边的小道走，早晚都会走过这一段，并且肯定毫发无伤。不用攀，不用爬，没有任何危险。

我摘下手套，把剩下的那根登山杖固定在手腕上（另外那根几天前不知被我在什么地方弄丢了），拉紧了外套和相机包上的拉链。然后我伸出手，抓住那根树枝，抬起脚踏到坡上，那些我曾许下的诺言现在又如何呢？

“你来啦！”姐姐打开门时说道，“我还以为你真的不来了呢！”

“就只是睡觉而已，如果可以的话，我的旅馆关门了。”

她把胳膊抱在胸前，身体微微发着抖。我注意到，她身上的睡裙有一点点透明。“当然可以啦，”她向身后指了指说，“我房间有两张床！”

“你妹妹跟胖子一间？”

“嗯，不过他们不会做什么的。”

几分钟后，我躺在整齐的床上，在黑暗中睁着眼睛。

“他们真的不会做什么？”“谁？我妹妹？”“嗯。”“当然不会！”

沉默。“那要不要问她想不想过来？”没有回答，姐姐大笑起来。

“你真的是个流氓，你知道吗？”“为啥？”“我以为你说过再也不干这些事了，结果现在还想一次跟我们两个一起？”“那你觉得可以吗？”“我觉得可不可以又有什么关系，反正你不是不干这样的事了吗！”“……那如果我还是想呢？”沉默。黑暗中，我能听见自己心跳的声音。窗外，一阵喇叭声。我听着她的呼吸声，也尽量让自己的听起来平缓些。然后我站了起来，走过两张床之间四步的距离。

坦坦荡荡的两百公里都已经走过了，就在这区区四步之内，我又深深地跌进了泥潭。我一边自带鄙夷地想着，一边奋力朝坑上爬去。风吹干了黏土，在手上结起一层壳。脚下的泥石下滑得越来越厉害。背上顶着巨大的背包，我的样子肯定像极了一只拼命想爬出饲养箱的乌龟。手杖下，一大块泥土滑落至坑底，我听见自己从牙缝间恨恨地磨出了一句：“妈的！”我靠着双手和膝盖支撑在坡面上。无辜的植物因无法承受我的重量而丧了命，诅咒和谩骂成了背景声效。

这是我的报应吗？

一个农民直愣愣地立在那儿，手里握着一把铲子，好像见到幽灵现身一般盯着突然出现的我。“老外。”他小声跟自己嘀咕着。

“你好！”我跟他打招呼，一边使劲在腿上蹭去手上的土，连胳膊的里侧都是泥。我终于还是从坑里爬了出来，感觉一下子好多了。

农民依然张着嘴，两眼直勾勾地看着我。

“你好！”我重复了一遍，“请问方顺桥怎么走？”

他终于从嗓子眼里挤出一句："你……你会说中文？！"

"没有没有，就会那么几句话。"我说道，"请问，桥怎么走？听说那边有旅馆！"

"你从哪儿来的？""从德国来的。""从德国一直走过来的？""不不不，从北京走过来的！"

"北京？那你刚才在黏土坑里干吗呢？"

"我本来想抄段近路！对了，方顺桥……"

"往那边！跟着铁路走就是了，大概还有十里路的样子！"

十里，也就是差不多五公里。如果不再碰见别的坑的话，一个小时就能到。

"没了，这是附近唯一的黏土坑。"农民跟我解释道。"但你用不着走到方顺桥去。那儿，"他指指农田尽头长长的一排树，"我家就在那边，你可以在那儿过夜！"

我感动极了：邀请一个刚骂骂咧咧地从地下大坑里爬出来的人去家里过夜，远远超出了中国人好客的一般标准。

尽管如此，我还是拒绝了。我想好好洗个澡，整理整理衣服，不想给别人添麻烦。此外，我也需要一个安静的地方睡觉。得好好想想，要不要跟小象坦白在保定发生的一切。

雾

在望都，距离方顺桥一天路程的一个小地方，有一棵古老的铜铁柏，它的树皮泛着一丝银光，旁边的石碑上记录了它经历的一个个春夏秋冬。

“你想想，他们还准备砍了它！”把我从迷宫般的小巷里带到树前的小丫头愤愤地说。她伸出手指向树冠，千百节茂密的枝干螺旋状伸向天空。各个方向都有铁丝网紧紧缠住，这样它才得以稳立不倒。

“他们是谁？”

“当官的呗！”她冷冷地说道，我吃惊地放下相机，我没料到她会说出这样的话。从外表来看，她也就十二三岁的样子吧，一点点的自以为是和一点点的骄傲在她脸上混杂出的表情，反倒成为一种独特的可爱。

“几个星期之前，离这儿不远的一片树林就被砍了，”她接着说，手上比画出一个很明显从大人那里学来的动作，“可怕极了！”

“当官的就到这儿来随便砍树？”

“我爹说，那些树被一家公司买了，要生产筷子什么的。很可怕吧？”

我心想，同样的事会不会也发生在这棵孤零零地立在楼房之间的铜铁柏身上，还是人们为了避免它哪天自己倒下砸坏其中某栋房子？

但小丫头所说关于砍树的事，又是真的吗？我坐在宾馆床上整理照片时，窗外能见的只有一片茫茫雾海了。车辆、行人就像一箱箱被弃船的货物，若隐若现地漂移其中。与别的地方相比，这里的树是多是少，我无处可知。这一天的大多数时间里，路上能见度不出几米，我有时甚至似乎能感觉到雾气压在我身上的重量。

司机们却对视线的好坏满不在乎，短短几个小时内，我路过了四起车祸的现场，每一幕都相差无几：马路中央躺着几辆车的残骸，四周散着撞坏的保险杠、发动机防护罩，还有风挡玻璃碎片。

没有伤者，也没有血迹。当事司机大都立即混进了周围看热闹的人群里，他们的低声窃语把这蒙蒙雾气填充得更满了。

有一辆货车狠狠地撞进了一辆巨大的油罐车车身里，货车上运的显然是大米，一颗颗米粒像鬼鬼祟祟的告密者般源源不断地从车后架流到地面上。当我看到油罐车车身上红线框起的“易爆”两个字时，马上换到了路的另一边。一则头条新闻似乎就在眼前：米花爆炸——德国人在北京附近丧生！

盆里盛满热水，我把脚放进去。刚开始时有一点痒痒的，过了一会儿，那暖暖的、没有重力负担的惬意便从脚尖传至全身。我今天在路边遭遇车祸的概率有多高啊！如果真是这样，望都的铜铁柏会不会被砍，保定发生的事情有多么糟糕，就都通通不重要了。我决定给小象打电话，已经多久没跟她说话了？四天？线路上传来嘟嘟接通的声音，随后一阵杂音，我听见了她的声音。“喂？”拖长的声调。

“是我，”我说，“我想你了。”

“我也想你，你们破慕尼黑现在冷得要命！你到哪儿了？”

“一个小地方，刚过了保定。”“你在宾馆？有没有暖气？冷不冷？”“有暖气，都很好！”然后我给她讲了黏土坑，讲了铜铁柏，讲了驴肉，还讲了市场上那菜帮子堆起的山，足有一人高，我盯着它看了好久。我们一直聊到深夜，月亮在望都的天空划过了自己的轨迹。挂电话前，我们说好圣诞节见面，我建议她来山西古城平遥找我。

第二天早上我却捂着头，不知怎么办才好，就在发现自己离平遥还有至少五百公里的时候。拖着伤脚，我怎么可能在一个月之内走到平遥呢？脚指头上的水泡虽然经过保定的几天休息，已经好了很多，但脚后跟又有一个新的冒了出来，又大又亮，像一块两欧元硬币。我按了按它，最后还是决定不把它捅破，不然今天就彻底无法继续走了。合上笔记本电脑，收拾好东西，我朝窗外望去：大雾已经散去，是时候上路了。

走出几公里，我站在国道边一堵长长的墙跟前，丈二和尚摸不着头脑。墙上面大大的红字写着“售名犬蝎子”，字的下方画着一只德国牧羊犬、一只藏獒、一棵棕榈树、两只鸟，还有一只黄色的大蝎子，门口摆着一张齐腰高的桌子，应该是接待用的。

正好没人在，我轻手轻脚地靠近些看看。昏暗的院子被结结实实的铁丝网层层围住，正当我使劲眨了几下眼睛，刚开始辨认清一个个笼子时，一团蓬乱的毛球不知从哪儿蹿起来，突然，一只杂交牧羊犬出现在我面前。它的头冲着我的方向，惊恐万分地嗅来嗅去，紧接着，嘶哑的吠声惊醒了整个院子：几十双麻木无神的眼睛睁开了，所有笼子里的狗都踉跄地站起来，空气中瞬间充满了它们悲伤的哀嚎。

我不禁后退了几步。虽然这些动物显然都被作为宠物出售不会被宰杀，但它们的生活环境依然惨不忍睹。我瞥一眼墙壁上画的棕榈树和鸟儿，那悲号声依旧如此刺耳。妈妈若是在这儿，肯定会变身为愤怒的匈牙利复仇女神，呼天抢地地将狗主人碎尸万段，说不定还准备让他们好好地挨些皮肉之苦呢，任何人对狗的不善待都是她无法忍受的。

我思考了片刻，便转身回到国道上，脚步越来越快，不多久，那哀嚎便再也听不见了。

令我感到庆幸的是，定州是一座很友好的城市：宽宽的主街两旁长满树木，餐馆店铺令人应接不暇。脚很痛，尤其是后跟上磨出了新水泡的那一只。我在路边的公里碑上坐下，一辆公共汽车开过，留下一团黑色的尾气缓慢地落在路上和我身上，我决定住进路上见到的第一家旅馆。

第二天早上睁开眼，我惊讶地看到，自己呼出的气团被房间里的冷空气快速地吞噬掉——他们肯定在夜里把暖气关了！我从睡袋开口伸出一只胳膊，又立马被冻得缩了回来。还是先翻个身，闭上眼睛，等外面暖和点再说吧。

等到我终于起床时，已近晌午，我意识到今天哪儿也去不了了。最多能找一家好点的旅馆，路上再顺便看看定州城。就这样，我漫无目的地在街上走了一阵，得出了这样的结论：虽然有一百万人口，但定州更适合与不出名的德国小城哈默尔恩相提并论，而不是与汉堡：街道上的交通慢吞吞的，路两侧的楼房不高，整个城市的气氛很友善，但有些睡眼惺忪的感觉。

后来，我看见了它：一座淡米色的宝塔优雅地立在那儿！十一层楼伸展直向蓝天，美轮美奂。从哪儿进去呢?

“What a pity（真遗憾）！”身后传来一个声音，“The pagoda is closed（塔关门了）！”我吃惊地转过身去，两个女孩站在那儿，显然正为我听懂了她们的话而感到高兴。我马上得到了一段关于塔建造历史的简短介绍——难道我真的不知道这定州塔是中国现存的最高的塔？宋朝年间，人们为更好地监控北方外夷来袭而修了这座塔，因此，它也被称为“瞭敌塔”。

但这外夷是谁呢？我努力回想着冗长的中国古代史课上的内容，忽然恍然大悟：几天前，我肯定已经跨过了一条曾经的疆界，自己却根本没意识到！大约一千年前，正当欧洲神圣罗马帝国皇帝的亨利四世手脚并用地准备在卡诺莎城堡向教皇格里高利七世忏悔时，中国大地上，宋王朝正面临着北方大敌契丹的入侵。涿州双塔便是当时遗留下来的。而这定州塔高出涿州双塔约莫一倍，有八十四米高。汉人的防卫意识很强，修建这么高的塔肯定真是为了做瞭望塔的！

“Very interesting，right？（很有意思吧？）”两个女孩中大些的那个说道。她们俩来自附近的县上，都在定州市一所职业学院学英语专业，现在正好是学院午休时间。我想不想去看看她们上课？塔反正也因为整修无法参观了。

大约一个小时后，我站在教室的黑板前，扮演起了老师的角色。二十名女生、两名男生，个个大约高中生年纪，齐刷刷地坐在讲台对面，满眼期望地看着我。我怎么跑到这儿来当起老师来了，我一边问自己，一边乖乖在黑板上写下自己的名字，并用英语做了自我介绍。

然后我简短地讲了自己的徒步旅行，并用英语问了几个再普通不过的问题，没人回答。老师有些不安起来，我决定换成中文。“听着，”我听见自己说，“你们胆子得大些！谁都难免当一次傻瓜嘛！”全班都瞪大了眼睛，老师也呆住了。

“我想说的是：所有人都会犯错误。没什么大不了的，这甚至还是学习外语、了解外国文化必经的一步。”我给他们讲了一个自己刚到北京时闹出的笑话：一家小卖部里，一瓶可乐，我跟老板砍着价，心里还纳闷他为什么不愿意便宜点卖给我。大夏天，周围已经围过来一些看热闹的人。

我觉得这小卖部老板相当奇怪，不像中国人。“三块！”他只不断重复这两个字。我全然不理会他，只顾自己开出个不到一半的价钱，以便这讨价还价的过程能真正开始。反正如果实在不行，还能以半价成交。这讲价的道理不是人人都知道吗？僵持了一阵后，终于有另一个老外看不下去了，放了三块钱在桌上，将可乐递到我手里，拉着我在人群爆发出的哄笑声里走了。

“够丢脸吧？”我讲完后问。

学生们都笑起来，还有几个伸出手捂住嘴，连老师也笑了。“你真的怕买一瓶可乐也被人坑了？”一个胖乎乎的女生问道。我没说话，点了点头，再一次哄堂大笑。

整堂课气氛都很愉快。我们用中文和英语交替着讨论奥运会，讨论德国菜和中国菜，讨论电影和音乐，笑声不断。下课铃响了，拍张合照自然也是少不了的。老师走到我面前，一边微笑着和我握手，一边说了一句“Thank you and welcome to China！”后便也消失不见了。我暗暗猜想着：就只有一句话，难道也害羞？

之前的两个女孩已经在门外等着我，她们在附近帮我找了一家便宜的旅馆，“A student hotel，very nice！（一家学生旅馆，很不错！）”并且坚持要请我吃饭，“You must try the noodles！（你一定要尝尝这儿的面条！）”大多数时间，我们都说英语，不难看出，她们俩很高兴有这样一个练习的机会，也享受着周围人好奇的目光。在我说到自己当时多少有些巧合地进了北京电影学院时，两人都半信半疑地笑起来。

“你知道在中国上大学有多难吗？”她们问道，接着便给我描述了那年年让无数学生闻之色变的高考。

年长的那个撇了撇嘴，“在定州上学可没意思了。在北京啊、石家庄啊那样的大城市，至少有很多逛街的地方，或者保定也行啊。但是这儿呢？什么都没有。”

晚上，我躺在睡袋里，正为床边暖气管里散发出的热度高兴时，小黑打来电话。他很不好意思地告诉我，镜头还没修好，还差一个配件。问我最近是否行为检点？

“那当然！”我笑着说。“那就好，那就好。”他低声回答道，俨然是个大哥。

洗浴中心

三天过去，我的镜头依然没修好，还有脚痛。昨天在路边一家小得无法再小的旅馆停下休息，我把水泡戳破了也无济于事。

从地图上看，距离省会石家庄大约还有一百公里，之后便进山了，我不知道自己该不该高兴。一方面，我盼望着路上的景色发生些变化，河北平原一眼望去的单色调已经让我有些厌了。另一方面，我惧怕山。万一上山路完全不是我想的那么简单怎么办？万一下雪怎么办？

眼下，差不多所有树木都已经光秃得只剩下枝干了，田野和草地都被罩上了一片稍带伤感的土黄色，路边的羊群以惊诧的眼神注视我经过。在一个遍地油污的院子里，一辆拖拉机骨架百无聊赖地伫在那儿，各种修理工具散放在地面上，远近无人。

忽然，前方出现的标示牌上写着“伏羲台”几个字，箭头指向与大路垂直的岔道。伏羲？我只能模糊地猜出“伏羲”可能是什么。为了弄个明白，我还是翻出了词典：伏羲，华夏太古三皇之一。相传他教民渔猎、文字、建筑、历法以及造丝。不记得自己在哪里读过，如果三皇真正存在过的话，他们生活的时期应与古埃及长老胡夫与哈夫拉相近，也就是在大约五千年前。而就在这里，有一个三皇之首伏羲的伏羲台？等一下，这个“台”指的是什么台？我没有半点眉目，这时突然想到了朱辉，他一定对这很感兴趣。

在下午阳光里瘸瘸拐拐地走了一个半小时之后，我来到了一座大庙前，庙门口停着两辆车。售票员从小小的售票亭里不住地瞟我，毫不掩饰她的稀奇劲儿。

“这儿为什么叫‘伏羲台’啊？”在她把票递给我时我问道，“这个地方，我看就是一座普通的寺庙而已，不是吗？”

“嗯，这儿是座寺庙，被叫作‘台’，是因为伏羲以前在这儿住过！”她回答。

有意思，“他在这儿住过，真的刚好就是这儿？”

“那当然。”“有什么考证吗？”她投来不快的一瞥，“反正就是这样的！每年都有好几万游客从亚洲各地过来。如果不是这样的话，他们肯定也不会大老远地跑来呀！”

寺庙本身并不很特别：跟桃园一样，每一处都像不久前重新修建的，我猜这些建筑顶多也就有二三十年历史吧。大堂内立着一座伏羲像，黄色的帐子下，伏羲半开着眼睑俯视着我。如同大多数中国古代传说中的大人物一样，伏羲也长着胡子，但他的胡子并不厚重，梳理有致，颇有几分美男子的韵味。我不禁摸了摸自己的下巴：三个多星期前，我最后一次剃了胡子，理了头发，现在开始认真考虑小黑提出的建议。

“你得跟电影里那小子一样！”听了我徒步旅行的计划后，他兴奋地说道，“那个谁，嗯……阿甘！”

“阿甘？”

“对啊，你走路的时候，别刮胡子也别理头发，直到变得跟阿甘一样为止！怎么样？”

我花了点时间才弄明白中文里的“阿甘”是谁。

也许我真的该留胡子、蓄头发，看起来肯定很逗。

我坐到庙堂门前的一堵矮墙上，打开一包饼干、一瓶杏仁露。太阳将它最后那一缕温煦的阳光投向大地，我觉得自己似乎是这里唯一的游客，一不留神便打起盹儿来。等我睁开眼时，一个身着酒红色外套的男人站在我面前。

“噢，外国朋友！”他大声嚷道，双下巴紧绷、胡须皱皱地笑起来，“你在这儿干什么呢？”

我还能干吗？“旅游。”并暗暗希望我们的对话能就此打住。

然而，他只需快速地一瞥就已经明白了一切。“你是走路过来的，”他说，“徒步！”他指了指我的手杖。与他同行的六个男人和一个年轻女人都赞许地微笑着，我没有别的办法，只好点点头。

“你从哪儿来啊？”他接着问道。

“我是德国人，现在从北京走到石家庄。”

“嗯，不错！你今天准备走到新乐？”“对。”“那没多远啦！”他挥开的手臂冲着远处几座高塔的方向，塔顶冒着烟，“那边就是新乐城了，我的洗浴中心就在那儿！”

他似乎想到了什么，迅速地转向了他的同伴。“哎！”他说，“我们的德国朋友就跟我们一块儿啦！”他又强调了一句，“一起吃个饭，晚上再给他个休息的地方！”

其他几个人都激动起来。“董哥，好主意！”一个男人大声说道，他的宽脸厚唇让我想起了以前在广东遇见的一个厨师。年轻女人含着笑，“董叔，你真是太慷慨了！”她以一种几近沉醉的语气说道，又转向我，“你知道吗，今天在这儿碰上董哥，你真是交大运了！”

这可让我说什么好？我连应该怎么称呼他都不知道。董哥？董叔？董先生？

中国人的礼仪规矩有时真让人百思不得其解：好像满大街都是哥哥弟弟、姐姐妹妹、叔叔阿姨、爷爷奶奶，不明白的人肯定会想，所有人都是亲戚。

有一次，我在北京跟两个女孩去夜店，其中一个突然说她哥哥马上过来。亲哥亲妹一块儿上夜店？我正纳闷，没过多会儿，果然有一个头发直立、穿着摩托服、戴着墨镜的小伙子出现。他随意地冲我们点点头，兴奋地跟他妹妹拥抱了一下，两人便消失在了舞池里，只剩下我和另外那个女孩站在一边。

音乐实在太吵，无法交谈，我们俩坐在沙发上，呷啜着手里的饮料。我看着隔壁桌上摆着的特大号果盘和一瓶威士忌，一群人正在玩骰子喝酒，相当热闹。三个高个子老外站在旁边，都一只手握啤酒瓶，另一只手插在裤兜里，面露垂涎之色地扫视着在场的女孩。人群中，我忽然好像看到刚才那对兄妹正在舞池中搂在一块儿，摇摆着身体跳舞。

低音轰响，我费劲地盯着舞池想再看个清楚。终于，在周围人群露出一道缝隙的瞬间，强光恰好射来，毋庸置疑，就是那对兄妹，他的手放在她的腰上。

我彻底糊涂了。

“哎，”我难掩惊诧地指指舞池，大声朝着留下的那个女孩叫道，“他们俩不会真是亲兄妹吧？”

她先一脸疑惑地看看我，好像完全不明白我的问题，又过了一会儿才忽然回过神来，大声笑起来，“谁告诉你他们俩是亲兄妹了？”

从那时候开始我才明白，中国人之间互相称兄道弟，是为表达两人间的关系：近还是远？谁说了算？两人年龄差距多大？这位董先生的情况还算相对简单：他看起来跟我爸年纪差不多，所以我该叫他“董叔”，以示尊敬，但另一方面，我又觉得他好像不愿意显得那么老。

“董哥，”我说，就像他和我那玩滑板的哥们儿小黑一样，我组织好语言，委婉地拒绝他的提议，“你这么慷慨，实在是我的荣幸。但我确实不想给你们添麻烦！再说我还不知道自己什么时候能走到城里，不想让你们饿着肚子等我吃晚饭，所以还是算了吧！”

一张张嘴大开着，一双双眼睛凝神注视着。

董哥第一个开口。“啊？”他笑起来，“一个老外中文说得这么好，太不可思议了！你必须跟我们吃个饭，给我们大家讲讲你的故事！”

“最好让他坐我们的车一块儿走！”“广东厨子”提议，另一个人已经立马开始准备把我的背包搬到车上。

“不不不！”我冲着他们不停地摆手，饼干包装袋在空气中窸窣作响，“不行不行！我必须走，不能坐车！”

所有人都不知所措地左顾右盼，只有我的新朋友笑起来，他心意已决，“就别跟我客气了！新乐是我的地盘，你至少该让我请你吃顿饭吧？！如果你想走过去的话，当然也没问题！这是我的手机号——进了城给我打电话！”

几小时后，我端着米饭坐在一张大餐桌旁，瓶子碟子堆满了玻璃转盘。董哥请客，该来的人都来了：他妹妹、老婆、眯着小眼睛不停瞟我的胖儿子，还有我白天遇见的那一群人，也包括广东厨子和年轻女人——他们叫她李老师。除此以外，还有石家庄来的一位警察，“某某局长”。他一定就是这顿饭最重要的客人了，因为他正对主人董哥入座，在场所有人都不停地给他敬酒。在我眼里，他似乎对自己的重要程度心知肚明，因而有些神情冷淡。

幸好没人敢劝我喝酒，董哥在开席时给我倒上一大杯雪碧，说：“你不喝酒，我完全可以理解。你也是搞运动的嘛，和我一样，喝了酒步子就不稳了，速度也不行了！”他端起自己的酒杯，仰头一饮而尽，并享受地吧嗒了一下嘴，有些骄傲地看着在场的人，“我，可是练功夫的！”

那个广东厨子叫起来：“董哥，给我们露两手！”

还没等他说第二遍，董哥就以一个大幅的手势将杯子放到桌上，轻跳着在房间里走了几步，然后一拍掌，敏捷地向前伸出上身，双手撑地倒立起来。

“哈哈！”下方传来他胜利的呼声。

李老师凑过来对我说：“你知道吧，董叔今天的一切都是他自己辛辛苦苦挣来的。他家条件很不好，小时候跟着杂技团跑场子，你看看现在的他！”

“噢！”我故作兴奋，“啊！”

当董哥涨红脸再次入座时，我灵感突发，端起杯子站了起来，用没人能听懂的德语说了一段很长又很复杂的祝酒词。

话音落下，一席茫然的面孔。

“你刚刚说的，什么意思啊？”李老师友善地问道，而我自己还真的想了想刚才到底说了什么。

“嗯，我首先谢谢董哥的热情好客，然后祝你们大家一切顺心如意，财源滚滚，最后祝中德友谊长存！”

所有人都满意地微笑着，也包括局长，大家又接着喝了起来。

饭后，我们没有结账便直接离开了餐馆，这时我才恍然明白，这家饭店跟对面的洗浴中心一样，也归做东的董哥所有。

“这还不是全部呢，”广东厨子满嘴酒气地说，他呼出的酒精恐怕都足以将一个小孩熏醉，“董哥在城里还有一家宾馆、几家电脑店和一些别的生意。”他伸出手臂画出一个大大的弧形，似乎要把整个新乐城都包含在内，并满怀崇拜地轻声说：“所有的一切都是他的！”

做东的董哥也有了些醉意，咧嘴笑着，“哎我说，现在女士们都走了，我们去洗个澡怎么样？”

在洗浴中心，我得到了一个房间，可以把东西先放下，晚上也能在这儿睡：酒红色的地毯、彩灯、床、桌子、椅子、电视——还有一个圆鼓鼓的痰盂，里面有一半不明的液体和若干烟头。墙上挂着一幅睡房裸女的影印画，画中人怀里抱着一只花瓶。

洗过澡后，我们每人得到一条质地轻便的一次性内裤，裹上了白色浴袍，被带进一间并列着很多按摩床的大休息室里。我们聊着天，墙上的超大屏电视开着，衣料精简的姑娘们来回走动，给我们斟茶。

不知什么时候，局长消失了。

“哎，”董哥盘着腿坐在我对面，手里晃着一杯茶，我注意到他手腕上那块大大的金表，“你每天走那么多路，肯定会肌肉酸疼吧？”

“是啊，尤其是腿和肩膀。”“那按摩一下会不会有帮助？”“不知道，我还从来没想过这个问题。”他心有所想地冲我眨眨眼，“那要不要看看，我们这儿的按摩师能不能帮你？”

噢，原来他说的是那种“按摩”！

“不不，董哥，没这个必要！我本来准备今天早点休息。你知道的啊，搞运动的嘛！不过还是非常感谢！”

他脸上露出惊讶的神色，但正在这时，广东厨子的声音从另一边传来。

“两年前我去了趟澳门，日本妞！”他扫视了一下在场的人，确定所有人都在听之后，他接着说，“我当然也要了一个！虽然花了我两千多，但是——”他故作悬念地停顿了一下——“才刚满十八！”

一阵低沉的赞许声。

他浮想联翩地重复着，“那日本妞!”又重新端起了茶杯。

董哥突然从我旁边一下子跳了起来，在脚边找了找拖鞋，有些踉跄地跑到电视机边上。屏幕里，一位女歌手正矫情地唱着情歌。他站在那儿，闭上眼睛，好像正在思考某件重要的事情。或者他仅仅是有点晕，我心想。突然间，他睁开眼，伸出手指直直地指向女歌手的臀部吼起来：“毛！”整个房间霎时安静下来，所有人都着了魔似的盯着女歌手身上的蓝色晚礼服，好像真能看出些什么名堂来似的。歌词的内容是爱人不在身边，她久久无法入眠，而董哥的声音却盖过了她：“女人，无论高矮，无论胖瘦，无论中外——毛都是一样的！你们觉得这个的会长什么样？”他满意地点着头，似乎刚决定了要做一番意义非凡的阐述，“又黑又卷！”斟茶的姑娘们跑得更勤了。

没过多久，我躺在房间的垫子上。为了安全起见，我在床上铺上了自己的薄床垫。隔壁隐隐约约地传来一些声响，我越想越明白今天这一切的关键所在：董哥预备把局长拉到自己的一边，所以才去寺庙参观，所以才有晚上的饭局，所以才有后来洗浴中心的娱乐活动。但在此之中，我的角色又是什么呢？

我想起了去年参加CFP视觉中国组织的一个活动：巨大的圆桌，当地官员，中国摄影师，还有各方媒体。我们，几个外籍摄影专业的学生，被邀请拍摄记录一些著名景点。没过几天，大家都再也无法自欺欺人了。“我们到底是来干什么的？”一个问道。另一个相当准确地回答说：“增添国际性氛围！”

好吧，对我来讲，倒也不是不可，我一边这么想着，一边决定再去一次卫生间，但要非常小心，不碰任何东西。正当我站在走廊里，准备关上房门时，董哥出现在我面前，醉意未消地看着我。

“等会儿，”他冲我摆着食指说，“按摩，你还没做呢，是吧？”

“真的不用了！”

“就别跟我客气了！你是我的客人。稍等！”

那好吧，按摩，反正也不是头一回了。

过了一会儿，董哥再次出现，身后跟着刚才休息室里的一个姑娘。她不仅仅是她们当中姿色最差的一个，而且换在别处，我估计更会以“阿姨”相称。不管怎么样，她已经换了衣服，现在一身短裙，双手拿着一个很小的手包放在身前。

“那我就不打扰你们了！”董哥哧哧地笑起来，在我肩上拍了一巴掌，便摇摇晃晃地走了。

我们两个不知所措地在我的房间门口站了一会儿。“现在怎么办？”她毫无兴致地问。

我该不该直接让她走？万一董哥知道了，认为我不领他的情怎么办？

办法只有一个，“你跟我进来，我们聊一会儿天，一刻钟左右，怎么样？”

“好。”

“那你到底会不会真正的按摩？”为了打破屋里的沉默，我问。她坐在床沿上，观察着自己的手指甲，我躺在之前铺上的床垫上。

“不会，”她吃惊地抬起头，“我们提供别的服务，如果你知道我指的是什么的话。”

“这样啊，这个我不太了解。”我撒了个谎。

又一阵沉默后，我想到了新的话题：“那你之前是做什么的？”

“你是说干这个之前？”“对。”“卖手机。”“那为什么现在要干这个？”“钱多，活少。”“噢。那生意好吗？”她惊讶地看看我，“生意当然好啦！我们的服务可是一流的！”

一流？

“噢！”我发出一声。

“你不懂，”她说道，突然变得善谈起来，“你去没去过那种特别大的歌厅，随时都有五六十个女孩为了抢客人吵得不可开交？那才真是‘廉价大甩卖’。我们这儿人少，但是我们满足客人的所有要求！”

“噢。”

她定睛看着我。我心里想，或许她曾经也多少有过几分姿色吧。

“你多大了？”她问。“二十六。你呢？”“比你大点。你是从美国来的？”“德国。”“我们这儿还从来没来过外国人呢。”沉默。

又过了几分钟，跟她说再见时，我看见手机上有一条小黑发来的短信：镜头应该今天就能修好，他准备尽快给我送来，我最好待在现在的地方。

继续在这家按摩洗浴中心待两天？脚也暂时免受折磨？再好不过了！

一半人口

“二十二、二十三、二十四……”我旁边的两个小学生非要数数这尊观音像到底有多少只手，但数着数着便乱了套，不得不又从头来过。

观音像很大，只有登上高高的木栈道才能看到全身，我猜它的每只手都跟我整个人一般大小。现在来看，我在新乐留下等我的广角镜头还是值得的！

当我问董哥能不能多待两天时，他很高兴，两手一拍，旋即计划要把我介绍给他私下的和生意上的各路朋友。当天剩下的时间里，我都穿着凉拖鞋，跟在他身后。晚上，我在一排高楼前下了车，据说这里是艺术学院，李老师在这儿工作。

她来门口接我，带我简单地参观了校园。

“你跟董哥是怎么认识的？”我们站在结起了薄薄冰层的人工湖边，我问她。

她先诧异地看了我一眼，转而笑起来，“我父亲跟他很熟！董叔对我来说就跟家里人一样！”

整个洗浴中心只有一间供暖的浴室，我得跟姑娘们共用。为了避免尴尬，每次我去洗澡或者刷牙时都会先大喊两声：“有人在里面吗？我进来啦！”有一次，果然有一个软软的声音从浴室深处传来：“稍等，德国帅哥！”不一会儿，两个姑娘抱着浴巾浴帽嬉笑着跑了出来，之后，浴室就归我独享了。

咔嚓！相机快门的声音，一个保安面带狐疑地瞥我一眼。我不禁想，观音菩萨怎么看我这样整天在“那种”洗浴中心闲逛，还未经允许就拍照的人。不管怎么样，它的塑像一直都温柔慈善地俯视着众生，似乎丝毫不为凡间悲喜所扰。

“到了正定，你可得多花点时间看看！”虽然李老师之前已经这样说过，但我对这个就在眼前的地方没有半点了解：正定距新乐只有步行两天的路程，几乎已经笼罩在石家庄市区重工业的浓烟之中，在地图上看来就像一个不起眼的郊县。而就在这里，有至少以半打起计的千年古塔。我眼前这座观音像位于朱砂红墙的隆兴寺内，寺院里一座石碑上碑文的年岁竟可追溯至隋朝。

走出庙堂，我到院子里找了把凳子坐下，边吃苹果边看着过往的游客。这座两面刻字的石碑有一人多高，在阳光照射下象牙似的反着光。石碑顶部刻有盘龙，保存相当完好，它可是在公元586年凿刻而成的呀！那时的欧洲，民族大迁徙正慢慢减缓，中世纪的黑暗正逐渐笼罩在罗马帝国的废墟之上。

碑文内容是隋朝前期的建寺历史。这个朝代虽然只历经两个皇帝，统治不足半个世纪便灰飞烟灭，饱受后人讥笑，但它的功绩仍是不可磨灭的：这对父子皇帝在距离三国时期三百多年后，首次完成了中国的重新统一。此外，他们大兴土木，改革政法，不仅在西北修筑了长城，减轻了刑法，还开通了运河，重分了土地，为接下来几百年的盛世奠定了基础。

但为什么历史对这两位君主不予认可呢?

史书上，他们保守、封闭，仅仅沉湎于复仇之中，隋炀帝更为皇位杀父弑兄，奢靡铺张到了让人哭笑不得的地步。

小象发来一条短信：今天慕尼黑下了第一场雪——问我这里是不是也一样冷。让我记得戴好帽子，按时吃饭！旁边是冒号和括弧画出的一个小小的笑脸。

她是对的，一向如此。现在是下午三点，天越来越冷，我今天还没吃上一顿热饭。但为此，我在正定的地图上划去了三个点：一座博物馆、一座塔和著名的隆兴寺。还有三个点等着我，距省会石家庄也还有大约三十公里。

我决定，今天在下一座塔附近找个地方住下，明天出发去石家庄之前再去别的景点。

两天后，我坐在一家小饭馆里，等着上菜。“这个地方可怕吧？”坐在我旁边的男人边说边满意地将一个饺子塞进嘴里。虽然已经有些中年发福的迹象，他的脸依然相当瘦削。我正在思考应该如何回答这个问题，他已经将下一个饱满的饺子咽了下去，带着期待的眼神望着我。还用说吗，这个城市当然可怕！在我眼里，石家庄跟北京差不多，只是人口少一些，文化氛围淡一些，空气更糟一些。这里的浮尘多到了有人晚上便把私家车罩起来，以免它们第二天变成“灰车”的程度。

餐馆服务员走过来，将一盘蒸饺放到我面前。“肯定很好吃！”我礼貌地说，并为自己还能在其他方面保持点乐观感到高兴，“而且，正定的寺庙基本上也可以算是石家庄的嘛！”

“嘿，你知道的还真不少！”他笑起来，先给我，再给自己斟上茶，“但这个城市本身还是很可怕！”他伸出大拇指，指了指身后的玻璃门，门外，一辆又一辆的车缓缓驰过大街，“之所以有石家庄，完全是因为火车站！”

“计划修建的城市？”他点点头。“重工业，还有军队。”其实我已经注意到了这一点。“我住的宾馆还真的住满了当兵的！”“你住在哪家？”“火车站边上的惠文大酒店。”“高楼？你住一晚多少钱？”“两百。”“还行，不过部队的人住肯定更便宜，”他说道，“而且不光房间更便宜！”他话里有话地撇嘴一笑，我突然想到了昨天晚上在宾馆电梯里遇见的那一群年轻女孩，紧身衣裤，头发高高梳起，睫毛涂得又卷又翘，像是正在去往夜店的路上。不过，电梯是上行，而不是往下，我忍不住笑了起来。

我们俩一边哧哧地笑开了，一边把几个饺子送进嘴里，味道还真很好，尤其是蘸过辣椒酱之后。

趁着嚼咽两个饺子之间的空隙，我问了他一个从我们交谈以来我一直想问的问题：“你不是这儿的人吧？”

他愣了一下，“我？这儿的人？你怎么会这么想？”

“也不是不可能呀！”

“什么啊！你去过山西没有？”

没有，但光想到那些山，我已经不禁打了个冷战，“山西就是河北西边的那个商贸大省吧？”

“对，还不只如此呢，它还是中华文明的摇篮！”

“是吗？我以为那是西安附近的地区。”

“什么啊！你没听说过那个说法吗？十年中国看深圳，百年中国看上海，千年中国看北京，三千年中国看陕西。五千年中国，”他骄傲地瞅我一眼，“看山西！”

晚上回到宾馆，我整理着照片，翻来覆去地考虑着下一步的行程。刚才应该问问他老家具体在山西什么地方，那里是什么样子，我心想。距离山西的山区还有三天或四天的路程，前面等着我的到底是什么，我心里完全没谱。到现在为止，我走过的都是一段段几乎笔直平坦的路。尽管如此，我还是不得不屡屡停下休整几天。而在山西，地图上的路像在向我发出挑战似的盘盘绕绕。

我现在想象着自己在山路上的惨状，几乎都能听到自己压在背包下发出的呻吟。

当年从巴黎走回德国时，山路也是最辛苦的：起初是阿尔登山脉的橡树林，后来是埃菲尔山区，最后是那阴雨绵绵似乎没有尽头的绍尔兰地区，而这一次，我的行李至少是那时候的三倍多!

正想着有些东西早知道还不如留在家里，我脑海里突然闪过藏在背包深处的降临节历，一种德国人为迎接圣诞节到来而做的礼物，二十四个小门后面藏有巧克力或别的小玩意儿，12月的头二十四天，每天打开一个。

幸好，只是角上有些压损，包装上的画和我在超市买下它时一样：一群胖胖的孩子正在冷杉树下烤饼干。我一共买了两个，一个给小象，一个给自己，那时到现在还不足一个半月。

“我也很想留在你身边，”在她慕尼黑的公寓里，我对她说，“但我没办法。”

她躺在床上，日落前的最后一缕阳光照进来，几分惊诧、几分忧虑混杂在她看我的眼神里。

“你爸说，这个想法糟透了。”

“……他还说，我这样以后找不到工作，才不会呢！我既不抽烟也不喝酒，会几种语言，会拍照。而且我已经在欧洲走过，人们对这样的事情有兴趣。我会每天写博客，绝无例外，你就等着瞧吧！”

紧接而来的是她那典型的小象式的笑容，映托着闪闪发亮的黑眼睛，“你呀，还有你的那些原则！”

我把降临节历放到桌上，打开了前五个小门：马、月亮、冷杉树、车和圣尼古拉。还没等自己回过神来，我已经把它们通通吃进了肚子里，一股奇怪的空洞感蔓延开来。看了一会儿电视，写了一篇关于昨天在正定碰到的和尚的博客：他穿着橙色的僧服坐在庙门口，头歪在一边，显然正沉浸在某种冥想之中。我轻轻地走近些，拍了几张照片，随时注意尽量不打扰他——他一动也不动。

最后，我站到他跟前，他眨了眨眼睛抬起头来，一个微笑挂在脸上，把一部手机举到我眼前，屏幕上闪着“SETUP”——英语。

过了一会儿我才明白过来。“师傅，”我笑着说道，“你把语言调成了英语，现在不知道该怎么把它改回中文了，是吧？”

他边笑边点点头。

几秒之后，一个显示中文的手机又回到了他手里。“阿弥陀佛！”他念起了无量光佛的名字。

黑

闪闪反光的白色泡沫向世人昭示着这里遭受的破坏，它们堆在一座高速路桥下的小溪沟里，就在刚出石家庄市区不远的地方。到处都闪着亮光，好像那些泡沫扼杀掉一切生灵之后，还将它们逐个儿清洗过一般。灰暗的苍穹下，孤独锈蚀的废铜烂铁又给这一幕涂上完结的一笔，空气中弥漫着一股腐臭的鸡蛋味。我以最快的速度拍下几张充满哭诉的照片，便接着赶路。城市在我身后，地平线上已有起伏的山影，柔和，充满了希冀，好似那些遥远的记忆。

我对高原山区的看法在不到半天时间里就被完全颠覆了：身后的石家庄好像一条喘着粗气的大章鱼，向四面八方伸展出腕足似的街道，似乎随时都能把周围的一切通通吞噬，难道那一段段无害的山路还能比这更糟?

肯定不可能。我满怀期待地朝山里走去：我希望看到一片未经开采挖掘的景色，寺庙、小村优雅地点缀其上，希望碰见身着长袍、蓄着胡须的长老，希望听到女人们在河边打洗衣服时清亮的歌声。脚下的路不会轻松，但空气肯定比在山下清新自然得多!

这是一个多么天真的想法！一天过去，我没有见到风景如画的村庄，反倒看见一栋又一栋的混凝土房。路过一所监狱，人们半掩着嘴告诉我，在看守的高压下，犯人们每天都得如牛马一般地挖采黏土。寺庙是没有的。四周的地表已经被不知翻挖过多少回，一片污浊。我脚下的路被煤坑、煤堆、煤炭装卸场包围着，其间，货车来回轰鸣，将这些煤运出去，整个世界都蒙着黑黑的尘灰。

我在一棵树边停下，这片景象中，它就好似火中的木柴块那样立着。一个想法在我脑子里打转：它想在这里长得郁郁葱葱，真是幼稚可笑！就光说我吧，连呼吸都很困难，嘴里反复结起一层又一层干壳，用水也无法冲掉。

偶尔，有几个骑自行车的人迎面而来，个个戴着防尘口罩。我们在煤灰的缭绕中互相望望，我能看见他们因惊讶而睁大的眼睛。许多口罩在鼻子和嘴巴的部位都是黑乎乎的一团，这样至少不会直接将煤灰吸进肺里，我心想，并下意识尽量浅呼吸，就像小时候坐在妈妈车里，她神经紧张地抽烟时一样。“你如果不戒掉的话，迟早会为此送命的！”有一回，我这样对她说，她只抛给我一个并不愉快的短暂的笑脸。

山坡上有一座观景亭。我高兴起来，拖拽着身体气喘吁吁地沿着小路上爬了近五十米。亭子由几根柱子支撑，中间连有长凳，檐角向上扬起。山坡下方，车辆依旧来回轰鸣驶过。我靠在一根柱子旁边，舒了口气：高处的煤灰确实比大路上少许多，天空中甚至可以看见一小抹隐约的蓝色。

我打开一瓶酸奶饮料，喝了几口，拉长呼吸，舒畅极了。

中午休息向来都是徒步中最美好的部分，那年在法国走路时已经如此。徒步本身相当辛苦，一点都不舒服，此外，多数时候还有脚痛的问题。晚上也是没有保障的：万一没有旅馆落脚呢？万一黄昏时还在为晚上的住处一筹莫展呢？

中午的休息就不同了，只要老天赏脸，我愿意在哪儿坐坐就在哪儿坐坐。无论是林中的一片空地还是田里的稻秆堆上，超市门口的停车场还是风声呼啸的山峰间，小餐馆冒出的油烟里还是寺庙墙壁的阴影下——前一分钟还又累又饿，一瘸一拐地走着，一转眼，我已在最美的地方舒展开了身体，背包当作枕头塞在头下，鞋也脱下来摆在旁边吹干。长长地伸直双腿，我观察着匆忙过往的人们，他们还不知道自己面前躺着一个连亚历山大大帝都嫉妒的第欧根尼。

突然，离我不远的地方，什么东西炸了。一声震耳的响声，几乎与此同时，粉红色的酸奶雨点般落在我的衣服上。又一声响，又一声响，紧接着传来一阵噼啪声，我这才反应过来，一定是有人在放鞭炮，多半是谁家有喜事。

我骂骂咧咧地走到山坡边，想找出这噪音的制造者，一边心不在焉地试着擦去衣服上的酸奶。

不是红喜，是白喜。

几百米外，一列大约由五十人组成的队伍正缓缓地跟在一具棺材后面，棺材载在拖拉机后挂车里。一个人吹着唢呐，完全听不出任何调子，还有两个人跑在队伍最前面，间隔有致地点放鞭炮。他们大多身着白色的传统丧服，披风式的外套，戴着一直遮到眼部的大帽子，一些人手里还拿着大大的彩色花圈和纸制的像。

毫无疑问，这是场葬礼！我激动起来，完全忘记了外套上的酸奶。直到现在为止，我也只在书本上读到过一些关于中国传统葬礼的内容，却从来没见过真实的场景，在北京的两年也没有！我匆匆忙忙地顺着小道返回大路上，咿呀的唢呐声夹杂在震耳的炮响中越来越近。

家家户户的人们都从屋里出来看个究竟。一家小卖部门前站着几个老人，我也试图不引起他们注意加入其中，当然没有成功：一双双眼睛诧异地望着我，大概都在猜测着我在这里干吗，但没有一个人开口跟我说话。我不好意思地耸耸肩膀，指了指送葬队伍走来的那个方向。

“他肯定是怕放炮！”一个人说道，剩下的人都笑起来。有人一声不吭地递一支烟给我，接下来，我的国籍被确定为美国，围绕我行李的讨论展开了。过了一会儿，大家都扭过头，朝向大路的方向。

那两个领头放炮的男人已经差不多走到了我们跟前，我举起相机。

“啊！原来是摄影师！”所有人立刻回头盯着我，“瞧那相机多大个啊！”“嘿！”这一声是冲着那两个负责放炮的人喊出的，“我们这儿有一个外国摄影师！”“美国的！”放炮的两人腼腆地笑了笑，在我们跟前放下了特别大的一堆鞭炮，引线得先绕在一起，再用烟点着。一阵嗞嗞声响，所有人都不自觉向后退了一步。

爆了。

我敢肯定，沥青路面上裂开了一道口子。

一张张脸充满期待地望着我。我想了片刻，耳朵里还回响着尖锐的哔声。“Okay！”我大声说道，并竖起大拇指，“Okay！”大家都满意地笑了，没过多久，整个送葬的队伍也来到我们面前。

当我在一顶顶白色丧帽下发现好几张稚嫩的脸时，我的微笑卡在了嗓子眼里。我见过这种眼神：透过它，世界似乎被模糊的玻璃瓶底隔开了，身处一个从未想过会与自己相关的仪式之中，它便抛不开，也甩不掉。

我放下相机，在胸前画了个十字。整个队伍通过后，我急匆匆地加紧脚步朝西方走去，不假思考。

路上的下一个小镇几乎就等于一个岔路口，几十栋房子，外加一座立着两根又粗又大的冷却塔的火电站。但今天，我也不大挑剔了，只要能有一个带暖气的房间就行。

一幢楼上写着“宾馆”二字，我没多想便走了进去。

楼内给人的感觉却像货船的船舱：几乎没有窗户，天花板很低，前台边还相当多余地立着一个仿真船舵。但这里暖气很足，而且据说二十四小时供应热水。

拿到房间钥匙几分钟后，我穿着内裤和拖鞋站在前台，想要一点洗发露，我自己的不知在什么地方弄丢了。前台接待是一个戴着厚眼镜的上了些年纪的阿姨，她有些不好意思地咯咯笑了起来。

“老板！”她冲着屋内喊道，“这个老外要洗发露！”

“老外？”里面答应着。

门帘一阵窸窣，一个年轻女人出现了。她大概跟我差不多年纪，脸部线条整齐柔和，蓬松的鬈发，一定是这个小地方的美人之一——她就是这儿的老板。

她从上到下地将我打量了一番，“你怎么知道他要啥？”她问前台接待。

“他自己说的啊！”前台转向我说，“你是不是要洗发露？”“对。”老板的表情一下亮开了。“你会说中文啊！”“会一点。”“那太好了！我姓齐，这是我家的宾馆。稍等啊，我找找看有没有洗发露！”

我从浴室里出来时，齐老板坐在我房间里。

“你喝过碧潭飘雪吗？”她指着桌上两杯热气腾腾的茶，笑着问我。飘雪就是漂在绿茶上面的茉莉花，她给我解释道。我们能不能聊会儿天？

等着我收拾好了洗澡的东西，在她对面坐下，她便开始问我各种各样的问题：我在这儿干什么，什么时候来的中国，在北京上了多久学，喜欢北京什么，已经到过哪些地方，最美的是哪里。

只有一个问题，我想不出准确答案，“你怎么会想到做走路这么奇怪的事？”我正慢慢地穿上右脚的袜子，她的语气中几乎带有几分歉意。

我机械地重复着自己一直重复的话：我从很小的时候开始就对冒险故事感兴趣，曾经没做任何准备从巴黎走路回家，第二年还走过意大利北部和法国阿尔萨斯地区，我想通过拍照和写博客记录下我走过的路。我在走路时，才觉得自己真正地活着。忽然，我还想起了另外一点，“在中国我也走过，你知道桂林漓江吧？”

她眼睛一亮，“当然啦！”

“有一次，我顺着漓江走了一个星期，上山，下山。另外还有一次，我沿着长城从东向西走，也走了一个星期！”

“那你去过山海关！”她激动地叫道，还拍起手来，“走路的感觉是什么样的？”

“很累，但是感觉很好。”

她陷入了思索中，“那你家里人怎么看？你在这儿……到处乱走？”

“噢，我爸强烈反对！他希望我赶快拿到大学毕业证。”

“中国父母根本就不可能同意你这么做的，你知道吧？”她笑着问，“你哪儿来的钱啊？”

“我继承了一小笔遗产。”“噢。”“没关系的。我三岁的时候，亲生爸爸就去世了。”

“但你不是刚说你爸爸……”“后来我妈又结了一次婚。从那时候起，我其实跟有父亲的孩子没什么两样。对了，这家宾馆完全是属于你的？”

“嗯，我们家在这里还有一些别的生意。你晚点要吃饭的话，就到对面的那家餐馆，也是我家开的，比别的地方便宜多了，还干净！”

茉莉花蕾已经吸饱了水，沉到了杯底茶叶之间。突然，我感觉到她的手放在了我的膝盖上。

“你知道吗，我也想出去看看，”她的双眼就像阳光下的积雪那样闪亮，“我真想随便坐上一辆火车，离开这里，去哪儿都无所谓！认识一些新的人，看看外面的世界，我也想！”她停顿了一下，“跟你一样。”

她把手抽了回去，盯着自己的指甲。

“那你干吗不出去旅游呢？”我实在想不出更好的答复。

她面无悦色地勉强笑了一下，“我已经结婚了，还有个孩子。”

“你这么年轻就已经结婚了？”“二十六岁在我们这儿已经不算年轻了！”我们各自盯着手里的茶杯，喝着茶。我的杯子上，黑粗字体写着火电厂的名字。

茶散发出淡淡花香，夹杂着一点苦味，咽下后，还有一丝茉莉的芬芳留在舌尖。

“说实话啊，”她专注地望着我，很直接地说道，“你觉得我们这个地方美吗？”

美？我差点被呛着。“呃，这儿的人很好，”我边咳边说，“吃的也很好！”

她一脸不相信的表情，“我的意思是，你能接受在这里生活吗？”

“这个嘛，”我托词说，“我是德国人，也不太懂……”

她向我投来充满责备的一眼，我立刻羞愧起来。“这么说吧，”我说，“从石家庄走来的路上我已经注意到，这里的环境遭到了一些污染！”

她点点头。

“但这也是很正常的！”我赶紧补上一句，“整个国家都在努力发展经济，需要大量原料——所以有些地方不太理想也是很自然的事情啊！”

上海城里，林立的摩天大厦伸入天空好几百米，而这里，一切都是黑的，我心里想着。

她一定猜出了我的想法。“但这里更严重。”她有些沉闷地说。

“更严重？”我不知说什么才好。

“是啊，明天你上路就会看到了！有些地方和这里一样，有些还更糟。”

“噢。”

“没事儿，”她挤出一个微笑，“发展也不是一两天的事。而且你说得对，我们这里的人都很好！”

她又想起了什么，“你打算去看石头村吗？”

石头村？“把你的地图给我！”她说。我打开电脑，一张我和小象的合影出现在屏幕上。照片上，我们俩站在巴黎蓬皮杜艺术中心前，正拿我一直系在腰间、我颇感自豪的腰包开玩笑。

就在这张照片拍下后没过多久，我们在香榭丽舍大街上大声争吵，周围行人都纷纷绕道走开。

“你女朋友？”

“对。”我说。其实也不完全对。小象一直坚持说，只要我还在路上，我们就不算真正在一起。

齐老板高兴地咂了一下嘴，“中国人？”“成都的。”“噢，四川辣妹子？那你可得小心啊，她们不光长得好看，还性格火辣呢！”

这点我还不知道吗？

“这张照片不是在中国拍的吧？”

“不是，在巴黎，她在德国上大学。”

“等一下！”她笑起来，“你女朋友是中国人，在德国上学，你是德国人，在中国徒步！这恐怕有什么不对吧？”

“我的计划就是要走到她那儿去。”我带着些悲情地说，一边打开地图软件。

她饶有兴致地看看我，便指向地图上一条迂折的路，“明天，你就从这条路走，一直走到天长，从这儿开车过去大概需要半个小时。”她的手指在屏幕上移动寻找着，然后停在了山里一个点上。

“这儿就是于家石头村！”

我们说好明天早上她带儿子过来给我认识。八点半，我的房门准时开了，一个精力过盛的小子冲进来，第一个动作便是朝我做个鬼脸。我乐了，问他多大了，小朋友高声喊道：“四岁半！”一秒也不消停地抢过我的定位仪，一通乱按。

正当齐老板笑骂他的时候，他爸爸也走了进来：体形微胖，看上去已年过四十，牙不太好。除此之外，脸有些浮肿，就像其他过于频繁地好喝几口白酒的人一样。他伸出来跟我握手的那只手又软又冰，我不禁后背一阵寒战。你好，《指环王》里的咕噜姆，我们面对面站着却又无话可说的时候，我心里这样想。

“拍张合影怎么样？”齐老板说。我们一起走到大堂，我干脆让那兴奋得高声尖叫的小子坐到我肩上。夫妻俩一左一右地站在我旁边，年长的前台接待负责拍照，我冲着镜头笑起来。小朋友紧紧地抓着我的手，爸爸无精打采地站在一边，我能感觉到齐老板的发梢触碰到我的小臂。她今天不仅穿了时髦的皮夹克和长靴，还喷了香水。

没过多久，我又上路了。在一座长桥上，一个人骑着自行车向我迎面驶来，车篮里装满了苹果，也不知为何，我的眼睛一直跟着他向后望去，直到再次看到远处电厂的冷却塔。我倚在栏杆上探出身子，望向桥下，突然明白了齐老板的话：从这里开始，一切将更糟。

迷路

现在怎么办？我坐在石头村的台阶上，一边啃着馒头一边想是不是倒回去走国道比较好。一只绵羊从矮墙上探出头来看着我，它耷拉着耳朵，眼神中带着几分昏沉的猜忌，空气很冷。

今天早上，我在天长镇醒来，盯着那盖在山谷废墟上的白霜足足看了好几分钟。朝南顺着一条小道在山里走了两个小时，便到了石头村。每走一步，空气就清新一些，四周景色也自然美好起来，尤其在经过了几天的满眼疮痍之后。

齐老板的话仍然是对的：沿着国道走下去，一切只变得越来越糟。昨天，我站在桥上向下望的时候，看见了一只大鸟，也许是一只鹭，形单影只地盘旋着，似乎不知在何处下落才好。它下方的水面呈现出一种令人惶然不安的颜色，使我联想到海底沉船上的斑斑锈迹，水面上还斑点般密集地漂浮着各种垃圾。岸边，几幢多层楼房的墙基相连着，每隔一段距离有一些方形的孔。墙面有蓝色液体从孔里流下的痕迹，一直延伸到下方的大堆污浊之中，远看更像这些污秽正沿着墙壁向上攀爬入侵。

我从两个正弓着身子干活的人身边经过，他们一铲接一铲地把高高的煤堆铲进一台机器里。机器发出震耳欲聋的响声，又将煤从另外一个方向吐出去，空气里满是黑色的煤渣。没过多久，我被眼前所见惊呆了，停了下来：面前这条河道的蓝绿中混杂着奶色，里面的液体黏稠如牙膏一般。

令人不解的是，液体表面不见半点杂物。我猜想，落入其中的物体一定都立刻被通通吸入河底，消解殆尽了。远处隐约出现一个工厂的轮廓。我从旁经过时，看见墙上的一个小洞，一股细细的粉白色液体从墙内流出来，似乎还闪着有毒的光。

而在这山上，一切都很美：没有污染，没有车辆，空气清爽通透。小小的石头村已静静地在此伫立五百年之久，就好比意大利托斯卡纳地区的世外桃源，仅有几根木制电杆架于其间，我几乎不敢相信那满是煤坑车场的国道距离这里不过十几公里而已。站在山上，似乎国道从未存在过。

“你都不知道自己多幸福，你这个傻帽儿！”我对那只依然百无聊赖地盯着我的绵羊说。

我站起身，背上背包，它便躲到了墙后，等我走远几步才又探出头来。

整整两个小时过去，我在山里兜着圈子。村里的人警告过我，别再往山里走了，还是倒回去走国道比较好，他们说，不然我会迷路的。但我心意已决：如果从石头村朝西直走的话，大约八公里，就又回到国道上了。难道还真会出什么意外？不管怎么样，我还有定位仪呢！

从那一刻起，我就再没见着半个人影。脚下的路穿行在田野绵延的山谷间、山脊上，也时不时有几间房屋可见。但注意到我的到来的，只有那些看家狗。时而响亮，时而小声，时而刚健有力，时而沙哑孱弱，时而充满了愤怒，时而又好像在说：“小心啊，外面有个陌生人过来了！”它们的叫声伴随着我的脚步。

后来，连狗吠也听不到了。田间小路从一个地方开始变成一条人走过的模糊小径，没有房屋，也没有看家犬：那是一块刻着“张井沟”三个字的石头。字上方还有一行红色的告示：“禁止外来人员及长期在外居住人员入内。”

看样子村里人大多姓张。附近很多村庄都如此，于家石头村也不例外，村里人几乎全都是明朝某位姓于将军的后代。但在张井沟一定出过什么事，以至村民不愿让外人进村，会是什么样的悲惨事件呢？

我暗忖了一会儿，便接着往下走，希望能尽快回到国道上，从定位仪上来看，再向西几公里就到了。

而现在，我正在一条都不能称为路的小径上踉踉跄跄地走着，四周丘陵起伏，一眼望去，枯草的黄褐色深浅不一，这景象就像随时有一队蒙古骑兵突然出现一般。

我爬上一个山包，站在那儿竖起耳朵，想听听能否听到国道上的汽车声。但什么声音也没有，除了那正对我软软耳语的风：我在这里，完完全全一个人。我失望地朝四周望去：这里到底有路吗？如果没有的话，我沿着那条自己臆想中的路已经走了多久？

忽然，额头上一点凉：雪。它如此轻柔地落下，几乎令人无法觉察，但那肯定是雪。来得还真是时候！我期待着冬天的正式到来已经好几周了。而偏偏在这个时候，我正在荒郊野外，没准儿还得在山坡上支帐篷过夜的时候，它却来了！等我明早醒来只见白茫茫一片？

不行！必须继续走，就算要斜穿山坡也得走。我把路线稍稍向北调整了一些，顺着国道的走向，一咬牙，沿着定好的方向摇摇晃晃地向前走去。

又过了一会儿，似乎柳暗花明又一村了：模糊不清的小径重新变回一条道，这些原始的丘陵也不知何时变成了山谷，两边还出现了划分好的农用地。看到地面上那昭示着人类文明世界就在咫尺的拖拉机的轨迹，我激动地叫出声来——国道肯定不远了！

突然，我的兴奋劲来了个急刹车：山的一侧撕裂开一道口子，里面是一条隧道，昏暗得就像一个庞然大物的咽喉。我再次转过身仔细看了看，没错：之前那条小道确实通向这里，但这隧道实在让人没有什么安全感。参差不齐的隧道顶只比我的头高出一点点，有些地方甚至还低些。拖拉机肯定开不进来，我得小心以免撞着头、缠上蜘蛛网或者碰到什么虫子。

另一端：在黑暗深处，远远的出口发出微小的亮光，我似乎能隐约听到大路上传来的声音。

如果对面什么都没有的话，谁又会在这山里挖一条隧道呢？

我从包里拿出小照明灯戴在头上，便一脚跨进了黑暗里，紧跟着每一步发出的沉闷的回声。

从另一端走出来时，眼睛过了好一会儿才重新适应了日光。前方，一个小村子扎在山坡上，房檐个个向上扬起，墙体厚实，看起来和石头村有些相像，一股浓郁的气味飘来，不远处正有人张罗着饭食。真香！

我忙着摘下头顶的灯，并正为自己终于重新回归人类世界高兴不已时，传来一阵嘈杂的叫嚷声：一群小朋友发现了我，正连蹦带跳地朝我跑来。篮球伴着一声声欢呼在空中飞来飞去，短短几秒钟，我已经被团团围住，就像小孩子生日聚会上的小丑一样。

“叔叔，你从哪儿来？”一顶篮球帽下传出一阵嬉笑声，“你怎么这么脏？”

另外一个怀疑地问道：“你是从隧道里走出来的？”

却连回答的时间都不留给我，随着一阵嗡嗡声，一个绿色的悠悠球猛地在我眼前弹起，好几双小手正兴奋地摸着我的手杖。

“快看，原来他是滑雪的！”“酷！”“他的手机长得好奇怪！”他们指着我的定位仪。等我好不容易有了开口的机会，跟他们解释我不是滑雪，而是从石头村走路过来的时候，没一个人相信。

“你不是老外嘛，怎么没有车？”“你说的是哪个石头村？”他们迷惑地互相看看，好像我刚才说的全是天书。最后，戴着篮球帽的那个小大人似的扬了扬眉毛，指着身后的村子说：“石头盖的村子？叔叔！所有的村子都是石头盖的！”

我重新站在国道上时，惊讶地发现自己居然为重新回到这个满是煤堆、卡车轰鸣的世界感到高兴。至少我现在不用在野外过夜了，还能有顿饭吃。在一家小卖部买了一瓶可乐和一块巧克力，我又心满意足地在来往车辆排放出的尾气中接着走——今年的第一场雪羞答答地从天而落。

天快黑的时候，我到了山西的省界。本以为会有标示牌，但什么都没有。我事先已经在定位仪里做了标记，所以才知道准确位置。还真的就在这个地方，手机上收到一条自动发送的短信：中国移动——山西欢迎您！但标示牌无处可见。只有几个上了些年纪的男人穿着军用棉袄，在一栋灰色的楼前铲煤。

这个蚂蚁一样小的地方旧关，出乎我意料地连一家旅馆也没有，不过我目睹了一位卡车司机和一群人就谁该赔偿房屋损坏而展开的争吵。就在几分钟之前，卡车一个车轮爆胎，响声大得连脚上有伤、疲劳不堪的我也吓得跳了起来，此外，还震碎了那栋房子的几扇玻璃。

还是别管他们争论的结果如何吧，我决定到这里唯一的小饭馆里点一份番茄炒蛋。店主人兼厨师，是一个留着普鲁士式大髭须的友好胖男人。把菜端上来之后，他便在我旁边坐下，我们东拉西扯地聊天。我问他知不知道附近哪里有旅馆，他想了想，点了根烟，便消失在门外的夜色里。十分钟后，我在一对和蔼的老夫妇家里分到一个房间，把脚泡在热水里，为自己不用在外面过夜而窃喜着。窗外，雪正像一条冰凉的白色纱巾，铺盖在丘陵和山谷上。

冬

Chapter 2
第二章

THE LONGEST WAY

错城墙

2007年12月10日

旧关，太行山脉

第二天，我朝窗外望去，白茫茫一片——不可思议，雪还真积上了！

我急忙扣紧了背包，向留我过夜的夫妻俩道别。老太太塞了两个苹果到我手里，叮嘱道：“慢点走，最要紧的是注意安全！”

她老伴送我到门口。

“今天准备走到哪儿啊？”他点上根烟，打量着我说。

“走到柏井应该没问题吧？！”

他深吸了一口，又将烟吐到这清晨寒冷的空气中，我忽然发现周围异常安静，国道上听不见半点发动机的噪音。

他指指我的相机包，“你这么爱拍照，路上可别错过了固关的长城！”长城？？

我此刻的表情肯定傻极了。老爷爷笑得前俯后仰，还被呛得咳了起来，老脸上的皱纹交错地连成了一张网。他好不容易才缓过了劲来，擦擦眼角笑出的眼泪，又悠悠然地望着我。一个啥都不懂的老外——这下跟村里人可又有的聊了！

“就是长城嘛！”他放了我一马，“你以为只有北京才有长城？”

几小时后，我果然站在了长城脚下：停车场，售票亭，纪念品商店，几家饭馆，还有一个独立的公厕小楼—— 一切都和八达岭长城相差无几。只有一点不同：八达岭一年四季游客无数，兜售纪念品的小商小贩、从各地前来的旅行团络绎不绝，而这里，一个人也没有，真的一个也没有，就连地上的雪都没有半点被人踩过的痕迹。

我敲了敲售票亭的门，又到纪念品店看了看，没人应答，所有餐馆的大门也都紧锁着。入口处，一段陡峭的台阶笔直向上，通往城墙。台阶前面有一扇铁栅栏门紧锁着，旁边竖着的牌子上写着那句经过添改的毛泽东名言：不到长城非好汉，不登北段更遗憾。

我有些失望地抬头望去，这古老的防御建筑如此泰然地蜿蜒于山脊之上。要不要沿着山坡爬上去，看看是否有其他入口？我正思考着，猛地想起当时人们修建长城，不就是为了抵御外族入侵的嘛！

正当我略有焦躁地准备离开时，一个男人突然出现在我身旁。如果不是从地底下钻出来的，那他就是从天上掉下来的，反正我压根儿没看见他是怎么过来的。他约莫三四十岁，留着小胡子，头发有些蓬乱，脸上挂着友好的微笑。

“你想上长城去？”他径直问道，我有些迷茫地点点头。“那就跟我来！”他话音刚落，我已经紧随其后了：沿着公路快步走了一段，穿过地下通道，在高速路边停下左右观望，飞快地跑到对面，翻过隔离网，上一段坡，再挤进一道很窄的小门——长城到了！

我累得上气不接下气。

“那我先走了啊，”那男人说，“你知道怎么下去！”

他边说边摆摆手，还没等我回过神来，已经消失不见了。

微风轻拂山坡，四周悄然无声。长城在我眼前蜿蜒盘桓，一直延伸到地平线，每一处转弯都如此坚固有力，雪的薄纱轻披其上。我望向谷底，公路像长虫般缠绕在山脚下。即使踩着马路的中线走也未尝不可，反正整条路上一辆车也没有，只有高速路上还有几列运输车队在慢慢行进，我不由得为自己是徒步来此而感到高兴。

目光所及，雪是如此的无瑕。我小心翼翼地抬起脚，放到一片白色上，随着脚慢慢下陷，雪轻柔地从鞋两侧拱起。保持这个姿势站了一会儿，我才把脚缩回来，又满心欣喜地看看雪里深深的鞋印。

这一路，我可是从北京走过来的，我心里这样想着，一股暖暖的幸福感荡漾开来。再也无法抑制自己：响亮的一声声欢呼穿透山林峡谷，沿着城墙传至两端，传到黄海，传到戈壁，又再次回荡至我脚下。我兴奋地在软绵绵的雪地里蹦来蹦去，挥舞着登山杖，握紧拳头朝向下方，朝向外族入侵我长城的方向。

因为这长城，是属于我的。当然，它也是属于明朝皇帝的。十四世纪，开国君主朱元璋颠覆元朝后，决定改建这些已经伫立了上百年的防护堡垒。他下令，城墙须由石块砖瓦取代压制黏土。此外，不得再修筑于山坡或峡谷中——对，他的长城必须建在最高的山脊之上！一段又一段的城墙，一个又一个的烽火台，将敌人阻拦在外。千百万人开工，一干好几百年。

它是人类建筑史上最浩大的工程之一。但此时，这里的人大概没有一个知道，世界另一端正发生着什么：1493年3月，喜欢兴建的弘治皇帝在此摄政，一艘三桅帆船在西班牙靠岸。船身斑驳破损，一个男人从船上走下，向世人宣布，在大海惊涛骇浪的另一面，有一条通往亚洲大陆的海路，他，找到了这条路。这个男人就是哥伦布。尽管他发现的并非亚洲，而是今天的北美洲，但世界殖民时期由此拉开了序幕。明皇帝片刻不息地继续长城的修筑工程，而就在仅仅二十年之后，第一支葡萄牙船队已在中国南部靠岸。

接下去的通往柏井的路泥泞，而且冷。虽然路上车辆不多，但也足够将路面上的雪轧成黑色的泥糊，沾在鞋底，走起来便发出吧唧吧唧的响声。多数时间，我都把相机留在包里，一心想着赶路。

等我好不容易到达柏井时，既没见柏树也没见井，只有几家商铺、餐厅、小作坊，还有一家旅馆。旅馆的停车场相当宽敞，似乎是专门为卡车司机准备的。

要一个房间，没有暖气。我把两个睡袋套在一起，打着哆嗦钻了进去。帽子留在头上，电脑屏幕的亮光散发出一丝暖意。移动着冻僵的手指写完博客后，我跟小象通电话。她看到长城的照片，坏坏地笑起来。

“那长城上面真有那么美吗？”她想知道。这问题是个圈套，我已经觉察到了，但我还能怎么说？“是很美，因为站在长城上从来都是很美的事。”我回答。

她咯咯笑开了，“那你有没有想过，你爬的那段长城压根儿就不可能是真正的长城？”

“你的意思是？……”

“这长城很明显是新修的呀！原来的长城有可能确实在同样的地方，但也是推倒又重修的啊！”

我无语，她的语调柔和了些，“你这个笨蛋！你今天兴高采烈地看到的长城说不定岁数还没你大呢！况且，固关出名的不是长城，而是关楼，那个你没看到？”

丝质马桶

三天后，我来到阳泉市，找了一个窗外有河景的房间，在洗脸池里用香波洗衣服，等杨先生给我回电话。电脑正播放着黑色自由乐队（成立于牙买加的雷鬼乐队）一张专辑，我一边洗衣服，一边不时地摸点吃的塞进嘴里。桌子上满满地堆着橘子、果味酸奶、巧克力、薯片和大可乐——全都是我的！

窗外，河面在冬日阳光下泛着蓝灰色。我坐在窗台上，惊喜地发现附近几乎没有积雪。这里海拔较低吗？从柏井过来的路或是烂泥淤积或是滑溜得无法下脚，有时还两者兼备。

国道上一个前不着村后不着店的地方，我看见一个模糊的人影，样子就好像刚从矿井里爬出来一样：全身上下都是黑的，甚至连脸也不例外，唯一干净的衣物是那条在他脖子上飘动着的红围巾。一边走，他一边不时地啃两口手里的馒头。在他的衬托下，馒头的颜色显得格外的亮。另一只胳膊上挂着一个大大的旅行包，敞开着。他走路时身体摇晃得相当厉害，每一步的移动看起来都非常辛苦。等到走近了些，我发现他的眼神有点怪异。

“你好！”我说。他在我面前站住，一边睁大眼睛盯着我，一边慌张地继续啃着馒头。除此以外再没有别的反应，显然活在一个只属于他自己的世界里。

“你好！”我重复了一遍，而他盯着我看的眼神变得更加慌乱。我示意地朝路边让了一步：好吧，那就直接过去嘛！他不知所措地看看路，又看看我，再看看路，最后，还是摇晃着身体慢慢从我身边绕了过去。我听见他小声地自言自语，旅行包重重地吊在手臂上，跟着他的步子摆动着。

手机响了：杨先生想知道我住在哪儿，他马上过来接我。马上？我最终还是说服了他让我自己单独待到晚上，因为我还有一些衣服要洗。事实并非如此。

其实，他在国道上截住我，我们说好见面的时候，我的兴致就不太高：我当时正全神贯注地在雪地里一步一步往前挪动，生怕滑倒。一辆银色小车从我旁边驶过，在前面停了下来。刹车灯一亮，换到倒车挡，车又嗡嗡地倒了回来。

驾驶座上坐着一个约莫四十岁的男人：高额，短发，脸部轮廓硬朗。薄薄的眼镜让我联想到那些“文革”时期的照片里被“乌合之众”暴打的知识分子。

他激动地冲我笑，“你就这样在我们美丽的中国徒步？”没等我答话，他已经将名片塞到了我手里：杨某某，上面写着，某某经理。“等等。”他说道，身体转向后座。片刻后，我注视着他的车越开越远，手里拎着一大袋苹果和橙子，这是他用来作为我答应到了阳泉跟他联系的交换。

晚上七点，杨先生来宾馆接我，他还带着另外一个男人，向我介绍说，是他大哥。

“大哥？关系很铁的哥们儿？”我不解地问。

杨先生指了指他的脸，“你不觉得我们俩长得像吗？”

“不过，在外国人眼里，我们全都长得差不多嘛！”他大哥笑着说，“我们也看不出来老外长得有什么不一样啊！”

他们解释说，我可以称呼他们老杨和小杨。当我说，我自己也想被称为小雷时，他们笑得合不上嘴。我们到他俩承包经营的餐厅吃饭——老北京，一家相对高档的火锅连锁店。

老杨说了第一段祝酒词，“小雷，”他高兴地说，“我们哥俩儿祝你的计划都能实现，一切顺利！”蒸汽从桌子中间的锅里不住地冒上来，杯子相碰，每人都喝下一大口。我好不容易才忍住了没做出什么奇怪的表情，这饮料的味道真令人始料不及。

小杨笑了起来，“是可乐！”他指着自己的杯子说，“我们这儿都喝热的！你没喝过？”

我摇了摇头，老杨从锅里夹起一块肉，笑眯眯地放到我的盘子里。这个晚上我出乎意料地感到惬意又有趣，无数美食，热可乐，一段接一段的祝酒词，哥俩儿还是对我的徒步计划最感兴趣。

“小雷，”小杨说，“在我们这儿，你完全可以放心，这点你知道。万一发生什么事，我们都会帮忙。但等以后到了甘肃、新疆大戈壁里，你怎么办？你知道那儿什么样吗？”

他大哥警示般地抬了抬眉毛，“在沙漠里，径直开几个小时甚至几天的车，都不见一个人影。”

我不知所措地拨弄着碗里的食物，表情一定沮丧极了，小杨的语调里立马多了几分安慰。

“我想……说的是：你千万不能忘了，自己的安全是最重要的！如果你在沙漠里发现情况不妙的话，还是最好搭车或者坐一段火车吧，也没什么大不了的！”

那我定的规则可怎么办？我想。整条路都要用脚走，每天写博客，留胡子留头发，没有例外。

他当然看出了我的心思，“就算中途一小段路坐了车，你本来的计划还是没变啊。从北京到德国那么远的路，也不是每一步都必须走吧！”

“我也这么觉得，”他大哥表示赞同，“想法才是最重要的嘛。”

“人啊，有时候不能太倔，别守着原则不放！”

我笑着摇了摇头，感觉被逮了个正着。

第二天上午，杨家兄弟俩准备带我去一个特别的地方——大寨。

大寨？我从来没听说过，但他俩闪亮亮的眼睛就好像刚拿到了迪斯尼乐园的门票一般：大寨！

那可是全国知名的地方呀！难道我真没听说过陈永贵，还有那句“农业学大寨”的口号？

晚上，在电话里，我问小象。她想了一会儿说：“不知道，我猜跟‘大跃进’有关吧！我爸我妈肯定听说过。不过你要是有时间的话，就去看看呗！”

“我要是有时间的话！”离圣诞节还有十天，平遥还有两百五十公里……

经过一段几乎可以算不要命的驾驶后，我们坐着小杨的车来到了一扇高大的门前，门上密密麻麻地挂满了彩灯。四周只有一片灰蒙蒙的山景，这里就是大寨了。我的目光落在了红色标语上：“在中国特色社会主义伟大旗帜下奋勇前进”一排大字赫然在目，下方的大理石板上刻着“大寨人民欢迎您”。

欢迎的便是我们四个了吧：杨家兄弟俩还带来一个朋友。他留着光头，浑圆的腰身塞在一套蓝色运动服里，令人一见便萌生好感——他让我想起了以前北京的房东。

“欢迎到大寨！”小杨高兴地说道，一边指着大门。

进到里面，一位导游负责给我们介绍。我尽力回想着大学里中国历史课上的内容，才能把她的讲解贯穿起来：大寨，原是一个粮食收成还不能满足当地农民果腹的穷苦山村。新中国成立以后，农民陈永贵出任大寨村的支部书记，带领百姓修建梯田，开沟蓄水。自此，大寨的粮食产量逐年上升，他们的惊人事迹传到了北京。国家领导人毛泽东情绪高昂地指出，他提出的人民公社化政策结出了丰硕的果实，在这里，人们终于看到了一个成功的例子，而全国其他地区那样皆以失败告终。

二十世纪五十年代末，当第一、第二世界的人们正忙着向太空发射一枚枚航空导弹，相互较劲似的进行大规模的核弹爆炸实验时，中国也在悄悄地研制着属于自己的核武器。为建立起足够强大的农业和工业后盾，毛泽东提出了“大跃进”的口号，开展人民公社化运动，但最终酿成了规模空前的大饥荒的悲剧，导致全国几千万人口死亡。1964年，人民共和国终于迎来了第一次原子弹爆炸实验的成功，但“吃草根啃树皮”这句话至今依然被人提起。

不难想象，陈永贵成功的消息在当时是多么的激动人心！1964年，全国掀起了学习大寨的热潮，“工业学大庆，农业学大寨”的口号一下子尽人皆知。紧接着，中央领导纷纷来到大寨参观学习。平日里头上一直裹着块毛巾，好像刚下地归来的农民陈永贵，从此步步高升，直至1975年被任命为国务院副总理。

但没出几年，他的运数便发生了转折。1976年秋，毛泽东去世、粉碎“四人帮”后，邓小平终得以主掌大局，而中国的工作重点转移到社会主义现代化建设上来，人民公社体制下产生的农业学大寨运动逐步结束。1980年，陈永贵辞去国务院副总理职。

“那大寨的人现在都做什么呢？”我问道，因为整个地方看上去是一幅已被遗弃的景象。我们脚下是一个大大的广场，广场边有两位老人坐在折叠椅上，售卖纪念品，其中大多数都是橙色的布老虎。

“我们这儿有游客来啊，”导游说，“还有酒厂。”

杨家兄弟带来的胖朋友从一家店里兴高采烈地跑出来，手里握着一尊亮闪闪的雕像，他时不时充满喜爱地瞧上两眼：那是一座和白酒瓶差不多高的毛泽东塑像，双手背在身后，两眼注视前方，大衣好似被风吹动的样子。塑像底座上写着：历史伟人。

我忽又想起了“吃草根啃树皮”的说法，但没吭声。

接下来，我们看到的展品是一把由蓝色丝绸包裹起来的椅子，正中间掏空的大孔明确地道出了它的用途。见我一脸疑惑，导游解释说，这是当年毛泽东的夫人江青用过的，我一时不知该说什么好。

“她那么积极地宣扬打倒帝国主义，最后还被定为发动‘文化大革命’的反动集团，她真的用丝绸做的马桶？”

导游一言不发地笑了笑，指指门口——该接着去看下一件展品了！

自制

接下来的三天，我离平遥的距离大概缩短了一百公里。国道在崇山峻岭间拐着一个又一个大弯，有时，会有几只看门狗朝我撵来。我远眺见榆次的盏盏灯火时，虽然才傍晚六点，但天几乎全黑了。

榆次有意思的地方并不在于它有一片老城区，而在于这片老城区一点也不老。

但我意识到这一点时，自己也已经兴致勃勃地逛了好几个小时，在寺庙、牌坊、街道和楼宇间拍了好几百张照片了。其实我早该猜到的：在这些“保存”得几乎完好的幢幢建筑之间，时不时可见一堆堆几米高的建材碎料在阳光下闪耀。

正当我在小巷里拍照一堵倒塌的土墙时，身后传来一阵尖锐的笑声。一位老人坐在板凳上，一副典型中国老爷爷的模样：深蓝鸭舌帽，棉衣，黑裤子稍有些短，白袜，布鞋。他双手撑在一根满是节疤的拐杖上，嘴里叼着手工卷的叶子烟。那张几分神似老鹰的脸以及他鼻梁上的眼镜，让我想到了1946年获得诺贝尔文学奖的德语作家赫尔曼·黑塞。

“是俄国人？”他问道。我摇了摇头，用中文回答：“德国人。”

“噢！”他听起来有些失望，“你们那儿说俄语吗？”

“一般不说。”

他伸出两根手指将烟从嘴里拿出来，指着那堵墙说：“这堵是老墙——古城剩下的唯一老东西！”

“但是……”我环视周围：街道上铺着大大的石板，街两边立满了石屋，透过一个个飞翘的屋檐，我看见远处的钟楼，彩绘缤纷，直冲苍穹。

“全是新修的！”中国黑塞说，接着又发出一阵刻薄的笑声。

后来，我回到国道朝西南方向前进时，才后悔起来自己怎么没问问他，为什么整个榆次都是新建的？说不定他会给我讲讲打仗，讲讲“文化大革命”，也说不定一切只是现任市政府的决策罢了。

而且这种可能性还不小——所有人都知道，政府官员新修新建的热情几乎和他们反对旧物、厌恶烂尾的程度相当。

晚上，我找了家宾馆，点了一份炝炒油菜，然后给小象打电话。

“榆次简直就是中国的明斯特！”我趁着咀嚼的间隙说。

她笑了，“明斯特？不知道，德国北边的一座城市，是吧？”

“这样说吧，纽伦堡也是一样的，榆次就是中国的纽伦堡！”

“为什么这么说？你不是说榆次整座城都是新修的吗？”“对啊，就跟纽伦堡一样啊！一切都是新修的！”

“但德国城市可都是因为在二战中被炸毁才重建的呀！”小象的声音里突然多了几分愤怒，“在中国，人们却在和平时代把古建筑一个个拆毁！”

“可能是因为对历史的认知不同吧！”我需要一点时间，在头脑中整理大学里学到的内容。

“在西方的观念里，历史就是一条线。在东方，人们则更偏向于把它看作一个环。一个朝代接着另一个朝代，一切都只是不断的重复而已……”

“所以政府就要把老房子通通拆掉？”

“这个嘛，因为人们觉得历史就是个圈，所以修房子的石头到底是新是旧，也就不那么重要了吧？”

小象讽刺地笑出了声，“我可不信他们在拆房子之前还思考过这样的哲学问题！不光如此，国内到处兴建楼房，更多只是为了能尽快谋得高利！”

至少在一点上她是对的：中国国内对古建筑的破坏，相当大程度上都是自找的。

第二天，当我在常家庄园造型优雅的石桥前，惊叹着停下时，还不知眼前所见不过是这座堂皇的庄园在经历了二十世纪的各种劫难后所留下的凤毛麟角而已。尽管如此，它依然使人震惊：高大坚实的护墙延伸出足足好几百米，正中心的钟楼下方是庄园的入口，从整体上来看，略有几分北京故宫的影子。

“这儿全归一家人所有？！”在我们穿过大门时，我问导游。

“对啊，”她骄傲地说，“我们这儿以前有很多大户人家，山西很长一段时间都是全国最富裕的省！”

“而且还是中华文明的摇篮！”我重复了在石家庄饭馆里那个吃饺子男人的话。发现导游眼睛一亮，我便尝试着说另外那句，结果却乱成一团，“三十年中国看……呃……上海……一百年中国……不对，五百年中国……还是一千年中国……看……北京？”

我们在庄园里边走边聊，街道，房屋，庭院，山坡，还有湖相连成网，看起来更像一个城市，而非私家大院。这里的主人一定家财万贯，富有到我无法想象的程度——院内还有先祖祠，祠内的龛里供奉着常家始祖的青铜像。

“好奇怪，‘文化大革命’居然让这些都留下来了。”光线朦胧，我站在塑像前小声嘀咕着。

“你知道得还真不少！”导游表扬我道，“这个当然是后来的复制品啦!”

“那原件呢？在博物馆？”

“被破坏了，庄园里几乎所有的东西都被破坏了。今天你看到的，还不到原来的四分之一呢！”

四分之一？！

“不可思议吧？”她声音中莫名地混杂着一些感动，还有几分骄傲，“先是抗日战争，然后是‘文革’，最后还有八十年代的建筑政策。”

她叹了口气，我们俩一言不发地并排走着。

然后我突然想到：“那常家的人呢？他们现在在哪儿？”

她的回答听起来不太确定，就像是头一次思考这个问题一样，“估计都在国外吧！”

我从一个侧门出了庄园，穿过羊群，很快又回到了泥泞的国道上，向南走。通过一个小村时，我注意到自己视线的一角泛着深红色的亮光。我激动地举起相机，走近了些——一座由辣椒堆成的小山！我想到了小象。和所有的四川人一样，她也爱吃辣，还会取笑我这样沾点辣椒就喘不上气的人没出息。

两个男人正忙着把辣椒铲到一堆儿，装进大袋里。我问他们是否可以拍张照，他们笑了起来。

年长些的那个立刻丢下铲子，手里拿着一个辣椒摆好了姿势——这辣椒长得圆润丰满，散发着危险的光。“小象肯定会喜欢的！”我心里想。

“你要不要带上一点儿？”他指着小山说。

“谢谢，不用了！我走路，背不了太多行李。”

“这些辣椒没什么重量。”“对啊，拿上几个嘛！”他的伙计也表示赞同。“但我拿它们没用啊，走路的时候我又不做饭。”“如果饭菜没味儿，就直接放几个进去。”他们俩坚持着。最后，我只得不顾面子，说出了真相：

“它们太辣了！”

“太辣了？”年长者看看手里的那个辣椒，重复着我的话，“这个品种可没那么辣啊！”

“不过，”他的同伴说，“老外受不了我们的调料！我在电视上看过。”

我们的对话变得有意思起来。当我跟他们说起小象家在哪里时，他们差点笑晕过去，“四川——哈哈，你还真会挑呢！那她已经带你见过父母了吗？”

“我已经去过一次，不过那时候我们还算一般朋友。”

“噢，那你可要当心了！”年长的那个做了个怪表情，好像要讲述一个传奇故事一般。

“如果她介绍你是她男朋友的话，那你不光得能吃辣，还得能喝酒呢！不然，通通没戏！”他的伙计咧嘴一笑。

我指着院子那头一栋看起来古香古色的楼说：“对了，那个是什么？”

两人一脸惊讶地看看我。

“以前是座庙，”老些的那个说，“现在只是个仓库而已。”

这座庙让我想起了榆次和常家庄园：满地都是成堆的建材，透过玻璃窗看进去，里面一片昏暗，只有那些廊柱和墙面上已模糊斑驳的壁画还记载着这里曾经香烟缭绕、经声琅琅的年月。

“为什么现在成仓库了？”我问。

“六十年代的事儿了。”老些的那个低声说。那也就是“文革”了。

再仔细看看，我注意到屋子靠后的地方一些彩色的东西：有人在这里支起了张桌子，桌上铺了块红布，布上摆了尊佛像。在这堆砌成山的石膏板、油布和纸箱之间，佛像显得如此渺小。

但这里，是它的庙。只需发挥一点点想象力便能预见，它将如何随着时间推移，重新夺回这座属于它的寺庙。

我身边的两个人样子有些茫然。

我摆摆手解释说自己得赶路了，还得在圣诞之前赶到平遥，小象跟我约好在那儿见。

年长些那个松了口气，笑起来，“四川女朋友？那当然比什么都重要啦！”

几乎算是

小象闭着眼睛，呼吸很轻，床单散发出白色亮光。床是清朝的古董，衣柜、桌椅，还有那重实的抽屉柜也是，窗前坠着翻起大褶的丝质窗帘。今天是12月24号，我的家人聚在德国埃菲尔山地区，唱着匈牙利传统圣诞歌，而我不在。我在平遥的一家四星级宾馆里，距北京四十五天，七百公里远。今天是星期一，虽然星期几对我来说早就不重要了。

小象终于来了。

几个小时前，一辆黑色轿车驶入宾馆，车门呼地开了，我怀里瞬间出现了一个笑意盎然、个子小小的中国女孩。就在我抱着她转圈的时候，她一边手握拳头轻捶在我胸口上，一边喊着“停停停，晕了，晕了，停！”

“我本来准备自己从机场坐火车过来的，”我们走进宾馆大厅时，她小声在我耳边说，“但你知道我爸，他非要找人送我！”

她现在睡着了，宾馆走廊里隐隐约约地传来中文版的《铃儿响叮当》，我整理着前几天的照片：

太谷那著名的白塔惹得我直冒火，就因为它中午居然胆敢不开门。“你在这儿又吵又闹的，干吗不干脆去看看孔祥熙宅院？”门后的一个声音终于不耐烦地问我，院子里的狗都因为我的喊叫而焦躁起来。

我感到很不好意思，孔祥熙是谁?

我后来了解到，太谷是二十世纪二三十年代一位显赫政客的出生地，他不仅在政商两界行走自如，而且还拥有让所有的皇亲国戚都俯首景仰的高贵血统：孔祥熙是孔子的曾曾孙，反正，总共七十三个“曾”。

可惜的是，这宅院里真正值得看的东西并不多。“文化大革命”已经过去三十多年，这里看上去仍像共产主义家族里不受宠的继子：到处可见空荡荡的过道和庭院，家具和书画零星散落着，这些都是那位富可敌国的人遗留下的财产。我正四处逛着，有一搭没一搭地寻找合适的拍摄题材，听见角落里传来一阵怪里怪气的声音：三位已过不惑之年的男人正肩搭肩地站在一堆砖块前。看见我，他们便兴奋地招招手，喊着一句话听上去类似“哈”。

“哈？”

“中国功夫！”三人中的一个含糊地说，他看上去早已过了退休的年纪。

等一等！你们不会玩儿真的吧！

但他已一晃三摇地走向了他哥们儿堆叠起来的砖块，一个快得令人始料不及的手上动作，哈！最上面的一块砖裂成两半，各自飞了出去。

“哈！”三人都叫起来，一边来回跳着，一边激动地互相拍肩膀。

正是他们建议我去乔家大院看看。虽说它不及常家庄园面积大，但出名得多，因为几年前的一部电视连续剧就是在那里拍摄的。果不其然，第二天，我参观乔家大院时感觉自己似乎置身于北京西单，汹涌而至的游客和纪念品商贩从各方拥挤着我。

这里甚至还有一个骑骆驼点，人们可以跟电视剧里的几峰骆驼合影。我问它们叫什么名字。

它们没有名字，只有编号。三号和四号骆驼有幸成为我西行途中所见的这一物种中出场最早的两峰，它们真美啊！又长又弯的睫毛，无限温柔的眼睛，头顶耸起的毛发让它们看起来有点像某种热带水果。就在我轻轻抚摸它们的鼻子时，四号“菠萝”朝我投来充满信任的眼神，紧接着放了一个雷声般响亮的屁，吓得三号浑身一抖。

接下来通往平遥的路冷，而且平。从榆次起，连绵的山脉就变成了一马平川，与河北平原有几分相似。经过前几天的降温，路边的排水沟里和树木下方都积起了脆弱易散的雪堆，小溪和其他有水的地方也结了一层冰。

“你饿了吗？”小象醒了，惬意地伸了个懒腰，“我们吃饭去吧，我请客！”

我们走进一家针对外国游客的餐馆，名为“老平遥”，提供英语菜单。这座城市深受背包客喜爱。

“Good evening！”我们进门时，服务员说道。每张桌子上都点着蜡烛，我们是唯一的客人。我点了一份西冷牛排配薯条，在今天这个日子，我想不到更合适的菜了。

我们聊到慕尼黑的圣诞市场，聊到小象新的住处和她的学业，我用叉子插上几根毫无反抗力的薯条，满心欢喜地吃着，切牛排时笨拙地切得太大块，几乎无法塞进嘴里。

突然，小象安静下来。我询问地看着她，而她只摇摇头，搅动着面前的奶油土豆浓汤。

眉尖扬起。

她叹了口气，“哎，慕尼黑的冬天不好过呀。每次看到身边的人成双成对，我就很嫉妒。”

几秒沉默，我手中餐刀划在盘子上的声音停止了。

“我也想要一个真正的男朋友，”她最后说道，“我还从来没有过呢。”

“但我们几乎算是在一起啊！”

“几乎算是？”

我再一次跟她承诺自己很快就能回到她身边，我盘子里剩下的牛排凉透了。我提到发邮件，打电话，提到特价机票，提到我们能在丝绸之路上最美的地方见面。我不停地重复着同一句话：时间将会飞一般地过去。过去的那些士兵、水手的妻子在丈夫被迫离家的时候又说了什么呢？

小象继续搅着面前的汤，脸上的表情不太信服。

我抓住她的手，“我在北京的那种生活已经过去了，已经过去快一千公里了。现在，我就只有走路，还有你。”

一丝微笑出现在她脸上，“走路，还有我？这个顺序？”

我抓起一把薯条塞进嘴里，“你不知道我是要走到你那儿去吗？你这个笨蛋！”

她笑了起来，“你才是笨蛋！还是个贪吃的笨蛋！”

接下来的两天，我们看中国电视剧，吃东西，睡觉，在老城散步。厚实的城墙，大红灯笼高挂的窄巷，房屋相连形成迷宫般的布局。只有在为数不多的几座中国城市里，人们还能隐约看到那些早已丢失的万千妩媚，平遥便是其中之一。但为什么偏偏这里，这个十九世纪晚期的商贸重镇，得以保存下来呢？

在中国第一家银行的楼里，导游给我们讲解了平遥经历过的沉浮。小象轻轻撞了我一下，小声说：“塞翁失马——你还记得吗？”

这个成语是她前两天教给我的：塞翁失马，焉知非福。其中的故事每一个中国孩子都知道：古时塞北一老汉家的马跑到胡人那边去了，他的朋友都来安慰他，他却摆摆手说，这说不定还会带来福气呢。果然，不久后，他家的马回来了，还带回来一匹更珍贵的骏马。他家儿子喜欢骑马，结果被那骏马摔了下来，折了大腿。最后，这一不幸也转而成了幸事。没过多久，胡人入侵，所有健康的壮年男子都得从军，只有这家摔折了腿的儿子被允许留下来。

小象的头发在晨光中闪闪发亮，我静静地听着她的呼吸，柔和得好似一个个飞入又飞出的梦影。我的背包靠在房间角落里，正等待着再次整装出发。相机和定位仪摆在桌上，电池在充电器里。旁边的电脑开着，它记载着我到现在为止的所有经历：照片，路线，博客。

鞋在窗台上，它们两天前就已经干了。

小象回成都的航班就在几个小时后起飞。

“你跟我回家待几天吧，”昨天，我们吃着蜜汁烤翅时，她说，“我爸我妈肯定会很高兴的！”

坐上飞机飞几千公里？离开我的行走路线？

我努力挤出一个笑容，尽量显得严肃又带些安慰，“你知道啊，我不能跟你一起去，不论我有多想都不行！”

临别时，小象伸手从上衣口袋里掏出一个包装好的小物件放到我手里，等她走后我才能打开看。一个笑容，一个吻，一个拥抱，再一个吻。然后，她走了。

粉色吸管

又过了整整两天，我终于打起精神，离开宾馆房间的朦胧灯光，接着做我来到这里本来该做的事——走路。那天上午，我装备整齐地迈出门时，冬天就这样硬生生地击中了我——哪怕戴着手套和帽子，哪怕裹着棉裤，这严寒也令人难以忍受。

离开平遥，路面上的泥浆冻住了，我朝西南方向逆风走了六公里后，来到了双林寺。双林寺是一座约建于公元五世纪的佛教寺庙，当时的中国四分五裂，无人料到那傲气十足的隋文帝重新一统天下，已经近在咫尺。以此推算，双林寺几乎跟伊斯坦布尔的圣索菲亚大教堂一般年岁，将近一千五百年。但只是几乎，如果寺庙的原迹没被战火完全摧毁的话。十一世纪宋朝年间，几乎所有建筑和雕像都经历了多次大规模整修，如今人们所能见的那些也不过就几百年历史而已。榆次的那位老人是怎么说的？“再过一百年，”他指着一栋栋仿古的新楼，那张酷似黑塞的脸上堆起一个嘲讽的笑容，说，“这些东西就也成古董了！”

双林寺默默无声地立在那里。我在寺内散着步，陷入了深思之中，差点踩到了一位正在后堂专心诵经的妇女。日光从门间斜射而入，她跪在垫子上，双手虔诚地合在胸前。尽管穿着厚厚的棉衣，但也一定很冷。我轻迈着脚步朝殿堂深处走去，眼睛也逐渐适应了屋内昏暗的光线。墙边竖着一长排陶土像，它们个个身着华丽的服饰，怀里抱着孩子——原来是座求子殿。

我望向那位跪着的妇女，她嘴里还在无声地念着经。或许她的儿女生活在几千公里以外的大城市，收入颇丰却无暇组建家庭。大城市中的生活和旋涡四布的商场人情都是在这里，在这尘沙漫天的安宁中，无法想象的。和他们通电话时，她都会说些什么呢？你爹跟我只不过想抱孙子而已！又能有多难呢？

忽然，我注意到那些雕像看上去有些怪异。走上前一步看，我浑身起了一阵鸡皮疙瘩：那些眼睛！一个陶土雕塑的年轻母亲面朝着我。她柔鼻薄唇，一定也曾是玲珑面容。但现在，双眸的位置上却只开着两个深深的孔。她怀里的孩子欢喜地笑着，他的眼睛还在。

我问门口的保安这都是谁干的，又是为了什么。而他只摆摆手，目光严肃地瞟了一眼我的相机，说这些是文物古迹，禁止拍照。

这一天，我没走多远，天太冷了。我流着鼻涕，用力朝前弓起身子逆风而行，一边咒骂起那怯生生地悬挂在空中的太阳，为什么只发出蓝冷的光，却没有半点暖意。

塞上耳机，放上硬核朋克音乐，在Urban Waste（城市废物乐队，美国二十世纪八十年代初朋克乐队）和第三包纸巾的伴随下，我到了一个小镇。看到一块牌子上写着房间供暖，价格实惠，我便毫不犹豫地走了进去。

昏沉无梦的一夜过去，第二天，一切重演，12月31日紧接着便来了。我在窄小的房间里醒来，奇怪自己的屁股为什么火燎般地疼。收件箱里有一封弟弟鲁比发来的邮件：我哥在网站上晒自己的屁股？几个愤愤的字，大写。我这才想起自己昨天果然拍了一张照片发到网站上，还注释道："My butt is burning，and it's flaming red.（我的屁股火烧般地痛，而且还通红。）"

或许这确实不是个好主意，但话说回来，我也不好在大街上随便拦个陌生人，扒下裤子来问他我的屁股为什么这么红。

有人提出了我对某种洗衣粉过敏的假设，我觉得大有可能。我一边收拾背包，我一边制订着计划：天黑前走到静升。找一家条件较好的宾馆，把所有衣服重新洗一遍。明天，新年的第一天，我就原地歇息，等着衣服晾干。

通往静升的路再次蜿蜒入山，气温升高了几度。途中，我在一栋楼前停了下来，一个法国埃菲尔铁塔的仿造品岿然立于楼顶。虽然不过几米高，但我还是不得不仰头看它。鸟儿正围着塔尖盘旋，从大小比例来看好似一列战斗机编队。

天快黑时，我遇到两个年轻男人，正站在汽车的黄色远光中激动地比画着。看样子，他们的车掉进了路沿里。我上前一步，站到他们身边，再一个动作，我戴着手套的双手扣住了挡泥板。

两人都目瞪口呆地望着我。

"我看他想帮我们！"其中一个终于得出了结论，另一个则无奈地耸耸肩。

一阵辛苦推抬后，尽管车子陷得比预想的还要深，我们还是将它推上了路面。我看见两张微微发红、兴奋难抑的脸。

"Thank you."他们喘着气说，听起来就像是"三颗油"。

几个小时后，我站在温暖舒适的宾馆房间里搓着衣服。浴巾围在腰上，脚下积起的一大摊泡沫水慢慢流进排水口里。水池里的衣服发出惬意的挤压声，我突然禁不住笑了起来：那两个推车的人今晚可有话聊了！

就在我发现这个新年之夜没有烟花、没有音乐、没有祝福、没有拥抱、没有德国传统电视节目*Dinner for One*（《单人晚餐》）的时候，午夜已经过去了八分钟。取而代之的，是洗了七双袜子、两条底裤、两件内衣、一件T恤、一条长裤、一条棉裤、一件长袖棉衣和一件毛衣，再把它们一件件拧干，挂起来。

桌上摆着一瓶刚打开的雪碧。我给自己倒上一杯，翻出之前买的粉色吸管，走到窗边。玻璃窗中，我变形的影子后面只有一片黑暗：小村静静地躺在外面，这一天对它而言全无特殊之处。

人们早早上床睡觉，清晨起床，欢喜地准备春节的到来，还有三十七天，猪年即将过去，鼠年来到。

为了不太过安静，我打开了电视。新闻和综艺节目我都没兴趣，最后，我停在了一部电视剧上——《戈壁母亲》。故事讲的是二十世纪五十年代，一位母亲带着孩子探望随部队驻扎新疆的丈夫。当她历经波折终于到达目的地时，却发现丈夫已经有了新伴侣，正准备跟她离婚。

在感人的一幕中，她最终决定留下来，因为孩子们需要父母。

我伤感地啜着我的粉色吸管。

这是我第二次一个人过新年。第一次是在十八岁那年，巴特嫩多夫小镇上，我们家里堆满了悲伤哀恸的亲戚，我接连几周无法好好睡觉。

晚上十点，我便系好鞋带出发了：下楼梯，出门，经过欢庆的人群，穿过隐隐有些光亮的公园和盖满积雪的田野，树林里黑色的小丘好似野兽般蜷缩在一片幽暗中。

进入树林的第一步我是闭着眼睛迈出去的，就像头一次跳十米跳水板一样。四周昏暗无光，令人起疑的窸窣声，冷杉树的气味。我的外衣下穿着三件毛衣，感觉不到寒冷。但黑暗是令人恐惧的，不管怎样，我千万不能停下脚步。调整好呼吸的节奏，我在手电筒微弱的亮光中向前走，黑暗渐渐褪去，空地显现出来，一幢建筑巍然的黑影映入眼中——观景塔到了。

我登上一级级楼梯，脚步声沉闷地回响在老墙之间。塔顶仅比周围最高的树木高出一点点，但也足够看到远处的房屋。离午夜还有一个小时。我到一个角落里坐下，翻开日记本胡乱写着。

但这美妙的宁静并未能维持多久，我先听到了一阵咯咯笑声，紧接着，鞭炮嗖嗖地飞向天空，炸开成一朵朵红色的烟花。欢呼声、嬉笑声、脚步声越来越近，转瞬间，我已被彩带和香槟酒杯团团包围了。

我惊恐地逃了出来，站在空地边上回头看去：塔尖被烟花点亮了，鞭炮的呲呲声穿透夜空。

饱满且带着醉意的笑声，含糊不清的歌声，树林已经失去了它先前的可怕。我走着，走着，走入更深的黑暗中时，能听见那惊疑的窸窣和动物们相互询问的声响，人的噪音吵了它们的美梦。

“别怕！”我听到自己轻声说，就在新千年最初的几分钟里，我朝家的方向走去。我感觉到，走，使我慢慢安静下来。

儿子们

新年第一天，我很晚才起床，去参观了比常家庄园和乔家大院还要壮观的王家大院，吃了一顿对于我一个人来说太过丰盛的晚餐之后，我便早早上床睡了。

第二天和第三天，脚下的路穿过煤矿区：满眼黑色，每走一步都有尘土扬起。晚上洗脸的时候，池中的水打起深色的漩涡，流进排水口。但走在路上的感觉是好的，太阳露出脸来，无论脚还是身上别的地方也都不疼了。

我跟着那些已有些风化的路桩走下去，脚下，一条浑黄的河潺潺流过。手机响了。

是柯儿！身在北京的她想知道我现在在哪里，想没想过春节在哪里过。

“到运城来吧，跟我家里人一块儿过，”她说，“正好在你的路线上！”

她说得没错：定位仪显示，运城距我四百公里，西南方向，几乎刚好在我原本计划的路线上。

过了运城，黄河就不远了，古都西安也将进入一个可以想象的距离范围，但我能在2月6号前赶到运城吗？

“你加油，雷克！”柯儿的笑声就像那北京城里的一个个不眠夜。

小村里一户人家房顶上的十字架落入我的视线，它在阳光下闪着点红光，下方有一扇门和一块牌子，上面写着“出售水果、蔬菜、米、面及各种日用品”。随着一阵吱呀声，生锈的门开了，我走进去。

“上帝保佑你！”女店主神采奕奕地说。

她姓胡，小店以及这一片桌子、柜子、篮子、箱子、袋子都归她所有。屋里墙上贴着一个外国人的画像，长发，大胡子，眼神慈爱——胡阿姨是基督教徒。

但这个并不是最重要的，她认为，在耶稣基督面前成为兄弟姐妹才是关键。“你肯定饿了吧！”她一边说，一边不顾我的推辞泡上一盒方便面，还在里面加了几块泡菜。短短几分钟后，我吸溜吸溜地埋头在一团牛肉味的热气中，抬头便望见她那张充满欣慰的脸。“你们那儿所有人都信基督教吧？”她问。她最大的骄傲是一本旧《圣经》，书很厚，外面有绿布包裹着，她自己还在布上缝了个红色的十字架。书里很多地方都有她用铅笔做的记号，每一页的边角都因经常翻阅而光亮发黑。我问她可不可以给她和她的书拍张照，她点点头，满脸欢喜。

“胡阿姨，你一直都信教？”“不是，”她叹了口气，“我性格不太好。”怎么可能？我眼前站着的简直就是一位完美的热心肠的阿姨。“以前我很爱吵架，”她解释说，“为些鸡毛蒜皮的小事都会大发脾气。”

“后来呢？”

几秒沉默，透过相机取景器，我看到她的手指在那本旧书上又扣紧了些。

“后来我找到了上帝。我的心从来都不坏，你知道吧。”

她让我稍等，再次出现时，手里拿着一张小照片。照片上是一个小伙子，衣着整齐，严肃的眼神中又透着几分不确定。

“我儿子，”她自豪地说道，把照片放到我手里，“在北京上大学！”

“哇！”我不自觉环视这家小店，几乎无法想象这里赚到的钱如何支付大学学费。

“我丈夫在矿上，”她又叹了口气，“但这对他身体可不好。”

我看看照片上这个年轻人：二十出头，轮廓分明，还算得上英俊。父母为他所做的牺牲，他都能体会吗？

“再过一个月他就回来了，”胡阿姨骄傲地说，“每年春节他都回家过。”

我把照片还给她，边角上已经磨得又黑又亮，如同她的《圣经》一样。

这天晚上，我感冒了。在胡阿姨店里待了太久之后，我接着上路。山路起伏的一抹黑暗之中，卡车车灯的光束在舞蹈，远处可见小镇南关的点点灯光。天冷，灰大，我多么希望自己此刻已经躺在了睡袋里，吃个苹果，吃根香蕉，以减轻肩上的重量。

“南关比你想的要远呢，小伙子！”胡阿姨一边说，一边再次全然不顾我的推辞，给我装上一袋又一袋水果，然后她送我到门边，说，“上帝会保佑你的！”

走出几步后，我转身，只见门框下她那小小的身影还在朝我挥手。

眼下，路的一侧是山岩，一侧是悬崖，耳边有重达四十吨位的轰鸣声，嗓子眼里隐约有些感冒的征兆。我意识到胡阿姨的话是对的：到南关的实际距离几乎是地图上显示的两倍。

该死的盘山路!

终于到了一家小旅馆，我把一沓纸巾和一大瓶水放在枕旁伸手能及的地方，便钻进了睡袋里。

躺了整整一天一夜，我旋绕在一个个昏沉沉的梦境中。梦里，狗被老虎吞食，马在一旁笑着。

不知什么时候，我满身大汗地醒来。阳光透过纹影斑驳的玻璃窗照在我脸上，恍惚中，我突然不知身在何处。片刻后，所有的一切又回来了：灰蒙的煤区，耶稣画像下的那个午后，寒冷，黑暗，还有这家旅馆。我吃掉胡阿姨给我的最后一个苹果，又沉沉睡去了。

第二天早上，我顶着发红的鼻头，双腿颤颤地走着。忽见路边地面上一条线，弯弯曲曲望不见头，不由得纳闷起来。线大约有一手宽，粉笔般的白，只须稍稍发挥点想象力，人们便会以为它是超大球场的边线。

“这儿有球赛吗？”我问一个坐在自家门前晒太阳的男人，一边指指那条延伸至他脚下的“球门线”。

我本来想开个玩笑，但那人迷茫地摇摇头，“啊？”

我又试了一次，“他们要用这个来打排球？”他一脸疑惑，“用什么？”“就是这根线呀！”“这根线？这根线是……”

我这才得知，线是划分拆迁区域用的。再过几周，这里的路面将被拓宽，线以内的房子通通都得拆掉。

“那栋房子呢？”我不解地指着一栋砖房，房门前，一个小孩子正在玩耍，线从房子正中直穿而过。

那人望向我手指的方向，思考了一会儿，然后慢慢摇了摇头，重复了那句大概已被好几代中国农民重复过的顺命的话：“那也没办法。”

在戈壁滩中歇脚。远近只有路牌投下的唯一一片阴凉。

中央电视塔有近400米高。它为我指引着出城的方向。

朱辉，我在路途中的第一个朋友。他用自行车为我驮了一天背包。

新乐的十字路口。这是一座常居人口超过五十万的城市。

满载建筑材料的货车消失在雾中。

卢沟桥上的石狮。他们已在此守卫了很久很久。

孤峰山顶。前方等着我的是一段艰辛的下山路。

雪中的国道，骑摩托的人载着两个孩子及采购的物品。

午夜过后，华山脚下的小卖部。

我一个人走路的时候，在山西灵石县附近碰见了婚礼。

山西运城。春节刚过，人们又出来坐在马路边上。我也很享受重新出来的阳光。

古都西安的街上。

丁村葬礼：人们点燃了花圈。

纸制及塑料的陪葬品。

山中老道

白线将我一直引至霍州，找了家宾馆，带着感冒躺了整整两天。既然来了霍州，我还是完成任务似的参观了鼓楼和明朝留下的衙门霍州署，其余大多时间都窝在房间里，看些充斥着山崩地裂镜头的灾难片。

离开霍州时，我觉得自己的头大得像一块胶冻状的海绵。呼吸着早晨清爽的空气，路在脚下延长出去。而眼底只见旋风来袭，彗星陨落，城市似被熔岩吞噬。

小象好像认为我这几天的过法并不怎么明智，“你就是爱看灾难片，是吧？”她笑着问。

我不得不承认她是对的。成片的毁灭之后，仅有一丝柔弱的希望留存下来，昭示着一个崭新的开始。对我来说，这是电影里能见的最美的场景。我会着了魔似的坐在那儿，不停将地大把大把零食塞进嘴里，咕噜咕噜地喝可乐，心满意足，开心不已，即便后来头晕脑涨。

穿过一条狭长的山谷时，我看见一侧山坡上立着一栋奇怪的红房子。房子墙上有个黑白标志：一个圆被曲线一分为二，每边中央还有一个点——是座庙！

所有的灾难片和头疼通通被我抛到了脑后，脚下的步子也不自觉加快了：这将是我路上遇见的第一座位于山里的寺庙！

费了好大力气才爬上山坡，我气喘吁吁地站在门口，“五圣庙”三个字写在拱门上方，门边挂着一块牌子“霍州市圣佛道教活动场所”。

“喂？”我略有迟疑地朝门内喊。透过墙门，我看见院子由低矮的灌木和树丛点缀着，寺院的红墙将它围在其中，这山坡上极宁静，没有任何杂音。

我又试了一次，“喂？有人吗？”回声四起。我正要转身离开，忽然听见一声关门声，一阵急促的脚步紧接而来。出现在我面前的这个人高扬着眉毛，一脸诧异。那样子看起来既不像道士，也不像任何一个其他宗教的教徒，轻便随意的着装，留着细楂儿胡子，完全是前些天那些卖给我灾难片光盘的小贩的模样。

“呃，我想参观一下这座庙。”我有些迟疑地说道。

他笑了，“外国客人？进来吧，闫道长肯定会很高兴的！”

没过多会儿，我站在一间窑洞状的屋子里，屋内只微微有些亮光，我眼前忽地一黑。屋里的五六个人显然刚刚还沉浸在一段交谈中，一位长者起身朝我走来，他的胡须又长又白，头发在头顶挽成一个髻，肩背笔直。

“这位就是闫道长！”我旁边的人低声说。老道长将双手合在胸前，向我问候。

我尽量使自己不显得滑稽地模仿他问候的动作，道长脸上扬起一个微笑，他指了指板凳。

“把行李放下，坐吧。”我臆想中的碟片小贩说。在我忙着打理接受这一邀请而带来的各种不便时，道长从罐里抖了些茶叶到杯里，倒入热腾腾的开水。茶，是沏给我的。

闫道长和我之间后来的交谈非常愉快。假如没有语言障碍，那就更好了！我们无数次在句子刚说到一半的时候无助地相视而笑，不得不向旁边的人求助，在我的教科书中文和他顿挫有致的方言之间解释翻译，但谈话内容本身很有意思。

他很欣赏我的计划，“读万卷书，行万里路。”他说。这句话听起来如此短促悦耳，难怪是句谚语。

闫道长在这寺庙的宁静中已生活了四十多年，几十年前伟大领袖领导下的动荡，邓小平接班后的改革，随之而来的整个国家的蓬勃发展——所有这一切都与他擦肩而过，他在山上诵经，习字，维护寺庙。

聊得愈深，我的兴致愈高：这位老道长与我之前见过的所有道士大不一样。比如，武当山上的道士们身着鲜丽的袍服习武练剑，难免给人一种故作神秘、不易接近的感觉。

闫道长却非如此。他穿着军大衣坐在我对面，努力在纸上涂涂画画，给我讲解道和《易经》。每当我们的对话卡住的时候，他便笑笑，摸摸自己的胡须。当我谨慎地问他是否可以拍照时，他高兴地点点头，还要带我看看整座寺庙。这样一来，我不仅可以给他拍照，还能拍到五圣殿和他的房间。

最后一项尤其吸引我：道长的房间其实是个窑洞，这片黄土地上长久以来最普遍的居住方式。

窑洞的内壁由报纸包糊着，布置简陋，但墙上的龛里堆满了神像、牌位和供品，龛前摆着一张垫子。就在我忙着固定三脚架的时候，闫道长摆弄起了插座，不一会儿，一串彩灯将整个神龛笼罩在一片红绿黄的交织之中。我冲他微笑，他还以一个微笑。

我们接着喝茶，谈天说地，直到我不得不告辞的那一刻——最近几天，我已经做了太多的休整。

这里离我春节前要到达的运城，还有很远的路要走。

我站在庙门口，紧了紧背包带，叹了口气，心里想的是，背上的行李又变重了：闫道长送给我一本小小的折叠式《道德经》和一个手指状的护身符——它会在险境中为我指明方向，还有一罐自己种的茶叶。等我成家立业之时，可会再来拜访他？临别时，他问我。

“会！”我答道，心里也确实这样想。

我沿着村民们描述的路线，穿行在山间。山坡上的空气洁净又清新，与谷里截然不同。静悄悄的林荫路穿过一片由田野、沟壑延展而成的山景，我的呼吸跟随着自己脚步的节奏。在一棵树下，我睡了半个小时，醒来时恍惚仍在梦中。四周全无半点声响，一只鹰泰然地展翅云霄。

晚上到达辛置镇时，我不禁吞了吞口水：这个小镇比夜色还要黑。辛置是一个位于煤矿入口处的工人居住区，小镇主街的上方便是条缆道，黑乎乎的煤块由此被运到山谷里。若不是不时有些煤块从中掉落，人们还真会以为这些上下滑行的大桶是运载游客所用呢。

我走进第一家旅馆，询问房价。

“六十块。”负责接待的人说。六欧元，不便宜。我构想出一间与此价格相符的房间，有暖气，带淋浴和卫生间。但我看到的，是一间泛着霉味的冰冷的屋子，门边还孤零零地立着一只夜壶，没有浴室。

“二十块。”我对前台的人说，脸上的笑容分明写着，我们双方都很清楚他开的价钱多么可笑。

“六十。”他无动于衷地应了一声，一边继续整理着桌上的单子。

“这样吧，二十五？”“六十。”“三十？”“六十。”

我渐渐不耐烦起来，“哪有这样的？你的价钱就不能稍微低一点吗？”

他从一堆单据里抬起头来，“不好意思，我们这里不还价。”

“但你开的价钱简直就是好笑，你自己也知道啊！是不是想让我去别家住啊？”他脸上掠过一丝嘲讽的微笑，“这儿没有别的旅馆，不过您也不必勉强！”紧接而来的一幕并不是我原本希望发生的：怒火在我体内沸腾了，沿袭着匈牙利血脉的怒火，咆哮，怒吼，摔门。

一个小时之后，我闷闷不乐地坐在一家小餐馆里，对着面前的饺子，自问情况怎么成了这样。

餐馆服务员过来坐到我对面，好奇地看着我，我是这里唯一的客人。

“出什么事儿了吗？”她问。

“呃，没什么。”我犹豫着，她依然目不转睛地盯着我，我只好说了出来，“我不知道今天晚上要睡哪儿。”

“旅馆没有空房了？”

“不，不算是吧。我跟那儿的人……吵了一架。”

她睁大了眼睛，“为啥啊？”

“太贵了，没有浴室的小破房间要六十块。”

“那又怎么样？我以为你们老外不缺钱呢！”

“这不是缺不缺钱的问题！我只是不想傻乎乎地被敲竹杠。”

“那现在你没地方过夜了？”“嗯。”最关键的问题是，旅馆前台的那个人在一点上说得没错：

整个小镇只有一家旅馆，就是他那家。

“这样吧，”女服务员看着我，眼神中似乎另有深意，“你还是回那家旅馆去，要一个小破房间！好好睡一觉，明天感觉就会完全不一样了。”

“那怎么行？那我的面子怎么办？”我愤愤地在桌下跺着脚，“绝对不行！”

她笑了起来，“原来你们老外也那么讲面子呢！”

我耸了耸肩膀。

没得到我的回答，她便接着说：“我们有个说法叫‘死要面子活受罪’。你知道是什么意思吧？”

我半懂不懂地点点头，那些饱含生活智慧的谚语现在对我帮助不大。我沮丧地握着手机乱按一气，没有新短信。

她还有另外一个主意，“要不你就坐车到隔壁镇上，在那儿找家旅馆？”

“但我是走路的啊！”我叹了口气，“其他交通工具通通不能用！”

“噢！”她最后发出一声，听上去却不怎么信服的样子，然后说要打个电话，便出门去了。

我继续垂头丧气地吃我的饺子，一个，再一个，再一个。喝一口茶，吃一个饺子。早知道就不该发那么大脾气了！

门开了，女服务员笑着，“我刚刚打电话问了我爷爷，”她说，“今晚你可以在他那儿睡！”

刘爷爷的窑洞

我坐在刘爷爷家的客厅里，知道自己一定羞得满脸通红。

“这是从德国来的雷克！”餐馆的女服务员一边说，一边将我推进屋里，爷爷奶奶一脸愕然。

她又喊了一句：“不用怕，他懂中文！”便消失在夜色中。

两位老人似信非信地望着我，在他们眼里，我的出现一定如同一片阴沉的黑影，笼罩了他们家。

两个小孩和一只黄狗怯生生地从另一间屋子探出头来。

“你好！”我笨拙地摆摆手问好。

奶奶先开了口，“你好，德国雷克。”她大声说，抬起胳膊轻轻撞了撞老伴，又指了个位子让我坐下。不一会儿，我面前的桌子上就摆上了茶和饼干，接下来，她想听听我流落到她家的经过。

我结结巴巴地讲了自己徒步旅行和我的坏脾气，还有在旅馆发生的不愉快，努力使一切听上去都在情理之中。说完后，我询问地看看刘家奶奶——这家里看样子是她说了算。

她点点头，“你可以在这儿睡，没问题。”

“但我真的不想给你们添麻烦！”

“哪里的话！”她摆摆手。

“你们住的这个……窑洞，真是美！”我赞扬道，一边故意四下望望。

粉刷得白亮的房间的确被布置得非常舒适：电视、沙发、桌子，还有那不免几分俗的沙滩挂历，应有尽有。人们几乎不会意识到，这里可是掘进山里好几米的窑洞。

奶奶脸上出现一抹自豪的微笑，“全都是我们自己修的。实用，冬天暖夏天凉。”

“而且还那么干净！你都是怎么保持的呀？”

她脸上的笑容又绽开了些，因受了我恭维而摇摇头。

两个小朋友终于壮起胆子走上前来，“雷克叔叔，”小女孩怯怯地问，

“你有北京的照片吗？”

问我有没有北京的照片？！

短短两分钟，我翻出笔记本电脑放到桌上。

“北京！”第一张照片刚出现在屏幕上，她就高兴地叫了起来，“我也去过！”

“是吗？”“当然啦！”她看我的表情似乎在说，这个问题真是荒谬。“你什么时候去的呀？”“去年夏天。”那时候她估计也就七八岁吧。

她的小脸上洋溢着自豪的光，“北京可好啦！那儿很干净。”

干净？我想起了自己第一天到达北京的情景，想起了那散不开穿不透的尘雾。

我问小姑娘她说干净具体指的是什么，她则似乎对我的无知惊讶不已。“你不知道在北京白裙子可以穿一整天吗？”她说完，又小声补充道，“在这儿，几个小时就变黑了。”

奶奶带着两个孩子回里屋睡觉后，刘爷爷和我还在客厅里坐了一阵，喝茶。

他身体结实，话不多，桀骜不驯的头发偏分着，右眼皮微微下垂。从前，他和这里大部分男人一样在矿上干活，现在儿子在外挣钱，他照顾孙儿孙女。

不知怎的，我们聊到了“文化大革命”。

“那时候惨啊，”他声音低沉，“真是惨啊。”

这一段历史是人们不乐于谈及的，如果谈到了，语气也往往和德国人谈到“第三帝国”时相近。人们努力寻找一个客观中性的语调，谨慎地择选每一个用词，句子都以“他们”而不以“我们”为主语。

“最惨的是，那时候连自家人也斗，”他说，“兄弟之间、父子之间，没有例外。”

我忽然想起了朱辉给我讲的他父亲的故事。“文革”中朱辉的父亲为躲避政治斗争进山打猎孤独度日。

“那时候，人们关心的究竟是什么？”我问。刘爷爷思考了一会儿，“关心的是对毛泽东思想的正确解读，谁领会得最到位。”他叹了口气，“你们外国人可能无法理解。”

“文化大革命”发生在二十世纪六十年代中期。

这场风暴席卷全国十年之久，愤怒的红卫兵将老师赶出学校。伟大领袖观望着，拍手叫好。紧接着受到批判的是所有知识分子和党内老干部，许多人被殴打至死。相比之下，那些和邓小平一样仅仅被下放到农村劳动，平白给农民添了不少乱的人们，可以算是大幸了。

大字报贴满了整个中国，“某某是修正主义者，革命的敌人！”或者，“某某与某某有不正当男女关系！”无论城乡，没有一处的庙宇佛像不被损毁。在走上革命道路前曾留学德法的国家总理周恩来，也只得借助军方力量才使紫禁城免遭一劫。

有一个问题困扰了我好久：“刘爷爷，真是江青和她的团伙发动了‘文化大革命’吗？”这是官方的历史结论。我又想起了博物馆里所见的丝质马桶。

刘爷爷带着一副诧异的表情看看我，“当然啦，他们不是还被判了刑吗！”

“江青是毛泽东的夫人，对吧？”

“是啊，怎么了？”

“我只是在想，如果毛主席不是真的……呃……希望‘文革’发生的话，他难道没办法阻止她吗？”

刘爷爷歪着头，“毛泽东，”他说道，还在末尾附上了一声长长的“啊”，“毛泽东啊……那时候已经是个老人了。”

假树

在山坡上走了两天，尘土伴着寒冰深深地刺进了我的衣服里。我满脑子想的都是洗个热水澡，躺在干净的床铺上好好睡一觉。踉踉跄跄地走在石块铺砌的路上，我还莫名其妙地为此付了门票。一名导游自豪地走在前面，我精疲力竭地跟随其后，并非出于真正的兴趣，而是抱着既来之则安之的心态。

来到平地中央的大树跟前，导游站住了，将手臂高举过头顶，期望满满地看着我高声说："洪洞大槐树！"声音中带着激情，显出几分夸张。

我仰头观察起来，主干粗壮，树冠茂密，形状倒像一株盆景，一株疯长了二十多米的盆景。

"很……大。"我故意没话找话地说。

"是，大小也是尽量按原貌还原的。"

"按原貌还原？"

"原来那棵大槐树三百年前就被洪水冲倒了！"

"然后人们就栽了棵新的？"

"对，"她吃惊地看看我，伸出手指指向平地的对面，那边什么也看不见，"在那边，现在都已经第三代了！"

我不明白了，"那这棵呢？"

"这棵？这棵当然只是个模型啦！"

"模型？"

"对啊，这棵树是塑料的。"一棵塑料树做得比楼房还高？我的笑声顿时响彻了整片空地。没给导游开口解释的机会，我已经要求她帮我拍照了。站在这庞然大物下，我左蹦右跳地大声喊着：

"这么大一棵树，原来是假的！都是塑料的！"

导游也略显尴尬地跟着笑起来。

她此时一定已经发现了我对整个情况毫无了解，帮我拍完照后，她把我领到一堵墙跟前。

墙上刻着一个字，很大，金色的。她注意放慢了语速，问了我一个简单的问题："这个字，你认识吗？"

为了不张口瞎说，我思考了一会儿才说："是'根'吧？"

"没错！"她投给我一个学校老师般认可的微笑，又指指地面，地面上间隔有序地嵌满了金属徽章。

"人们回到这里寻根拜祖的时候，整个家族就会聚集在这里，"她解释道，"连总理也来过呢。"

"温家宝？我以为他是天津人。"

"对，他是天津人，但他祖籍是山西的！"她笑了笑，"我们这里流传着这样的民谣：问我祖先来何处？山西洪洞大槐树。问我故乡叫什么？大槐树下老鸹窝。"

"噢，对哦，山西是中华文明的摇篮！这个说法我也听过。"

"你还真不赖呢，不过这还不是最关键的，"她依然微笑着，"这棵树的历史没有那么久远。"

她引我走进一间展厅，厅内展出的主要是图片，然后，她给我讲述了这段历史。

十四世纪下半叶，与黑死病肆虐的欧洲一样，中国也经历了一场大规模的人口剧减。盘踞北京、统治中国近一百年的蒙古人终遭驱逐，在1368年仲夏，南方平民出身的朱元璋登基建立大明，但此时，华夏大地已阴云密布。十年征战都没给这个国家带来如此沉重的苦难，黄河任性地耍了个脾气，便路绝人稀了。全国大部分地区人口骤降，中原地区几近成了人烟稀少之地。

"移民！"明太祖决定，迁移当时在一定程度上躲过了战乱洪灾的山西人民。

"我们洪洞是这一带人口最密集的地方。"导游骄傲地说道，又指给我看一幅大版面的画。

画上画着一座村庄和一棵体形巨大的树——这肯定就是大槐树了。

"那时候，人们当然谁都不愿离开自己的家乡。你多半知道，我们中国人对故乡的感情有多深。结果御史们就使了个伎俩：他们发出布告说，不愿意迁移的人要去登记。"

"……然后，恰恰是这些人被迁走了？"

"对，从这里可以看到当时的情景。人们的双手被绑在身后，一个挨一个排成一列。他们回望家乡所见的最后一物，就是这大槐树，耳边听到的家乡最后的声音，就是这槐树上的乌鸦叫。有些人家甚至被迁到了好几千公里之外的地方。”

“那总共有多少人被迁移了？”我问。

她叹了口气，“具体数字没人知道，但肯定不少。举个例子吧：你知道现在的人们想去洗手间时都会怎么说？”

“解手？”

“对！这个说法就起源于此次人口迁移。人们在迁移行进途中，双手一直都是被绑着的，只有在内急时才能请求看守解开。”

但这还不是全部。

“甚至还有人说，许多老人习惯的这种站姿也由此而来！”她一边说，一边将两臂交叉，背到身后。以前在北京我住的小区里，老人们确实经常这样在院子里站着。

“人们不想忘记自己的家乡。”她说。

我想到了自己某个夏天在长江上认识的一个小姑娘，我们并排站在渡船上，四周环绕着鲜亮的绿色：江面，岸边，甚至连渡船的船身也被涂成了深绿。当我问起她的家乡时，她笑着说本来离这儿不远，但因为修建三峡大坝被迁走了。

新家在什么地方？

她说出上千公里之外广东的一个地名。

你真可怜，我诚心地说。我之前还从未碰到过被迁移的人。

她只惊讶地看看我，笑了笑。船一靠岸，她就消失了。

这天夜里我没睡好。虽然冲了个热水澡，洗掉了满身尘土，也有一张舒适的床，但迷迷糊糊不知几点的时候，我被一阵嘈杂的嚷嚷声吵醒了。我的心猛跳着，过了一会儿才反应过来，那是个醉鬼在走廊里大叫服务员的声音。“服务员！”他不停地吼着，“服——务——员！”

而服务员偏就不出现。

虽然本来不想发脾气，我希望自己变得平和，有耐心，成为一个温和的徒步者。但我已经感觉到了怒火在身体里缓缓上升，突然觉得特别热，我拉下了睡袋拉链。

“服务员！”那人还在门前喊。你敢再叫一次，我就来收拾你，我心想。又一声“服——务——员”之后，一片安静。我竖起耳朵听这夜晚的声音，又疲倦地拉上了睡袋拉链，还带着一点点失望。

但那人其实只是为了发出新一轮更大声的叫喊而歇了口气罢了。“服——务——员！！”他咆哮道。

几秒之后，我出现在房间门口，眼前是一个目光呆滞的瘦瘦的男人，几乎站都站不稳。他双手紧紧抓住一节栏杆靠着，嘴里还喃喃地念叨着什么。这时，一个年轻女人手拿钥匙，快步走上了楼梯——服务员，终于还是来了。他们俩都满脸诧异地看着我，我的怒火彻底爆炸了。

“你在这儿吼什么吼？！”自己声音的分贝似乎远远高过了他的，但这个尴尬的念头也只是在我头脑中一闪而过。

他依旧紧抓着扶手，不自觉退后了一步。服务员已经被吓呆了。

但我的话还没说完：“别人正在睡觉，你在这儿喊什么？！”

他举起一只手，解释道：“我呃……忘了房间钥匙，然后……”

“那还劳您大驾，自己去前台取！在这儿又喊又叫算什么？！”

服务员努力想使气氛缓和下来，“实在对不起，是我的不对，”她畏畏缩缩地小声说，“那现在两位都可以回房休息了吧……”

我指着那闹事者还想再说什么，却没了词，便火气未消地紧了紧拳头。这时，服务员已经打开了房间门。那男人脸上挂着几分无知的自足，摇摇晃晃地走了进去，门在他身后吱呀一声轻轻关上了。

“您也回房休息吧？”服务员询问地看着我。

“但如果他又……”我的话刚起了个头，还是索性一转身，没接着说下去，只余怒未消地扔下一句“哎，算了算了”，反正不管怎么样都是她的不对嘛，谁让她没早点上来？

我又过了好一会儿才反应过来，自己的房间门关上了，但钥匙不在我的裤兜里！我把它放在了房间桌上，电脑右边。我推了推门把手，没有任何动静。

我赶忙急跨一步，冲到栏杆边上，只见女服务员的辫梢在下层一掠而过，没了踪影。

“呃……服务员？”我使出了吃奶的力气大声叫道。

乌烟瘴气

“简直太典型了。”电话里，一万公里以外传来的小象的笑声就像清脆的银铃声，我刚给她讲了自己半夜在宾馆里叫嚷的事。

“你都还好吗？”她问，“累不累？天气怎么样？”

我环视四周，白茫茫的一片，雪花在空中打转。

“又开始下雪了，”我说，“有点累。”

“冷吗？”

“现在还不冷，而且，我离下一个城市也不远了。”

“哪个？”

“临汾。”

这个名字在我脑袋里已经转了很久，就好像它要告诉我些什么，而我实在不知道到底是什么。

“你知道临汾有什么特别之处吗？”

小象想了一会儿，“有很多煤矿？”

“噢对！”我突然想起来了，“曾经有一本德国杂志报道过，临汾是全中国环境污染最严重的城市，也属于全世界最严重之一。”

我四下望去。积雪在鞋底嘎吱作响，轻柔的雪花挂在我的睫毛上。在如此一片白色的寂静中，这样的话真令人难以置信。

我在雪地里走了一整天，每隔一段时间就有客车冒着蒸汽从我身旁开过。每辆车上都有乘客把脸贴在窗户上，朝我投来惊诧不已的目光。坐在客车加温坐垫上的他们，一定觉得我的这个业余爱好相当愚蠢。但我并不孤独，我碰到了一位在雪地里漫步的老人，他打着把蓝伞，仿佛这世间无以与此媲美，鼻梁上的墨镜和微微卷曲的头发，使他看起来有几分像朝鲜前领导人金正日。

不同的是，他脸上挂着笑容。

“呃，请问，这儿离附近的餐馆还有多远啊？”我们之间还有几米距离时我问，我不想我们一句话不说就擦肩而过。

他停下来，指指身后的路。

“那边，”他说，“就是临汾了！”眉毛在墨镜上方愉快地上下跳动着，“不远了，最多也就几里！”

棉布裤，衬衫，薄外衣，他这身着装看起来没有半点旅行徒步者的样子。手里拎着一个红布包，还拿着一样木制的栅格状的东西，我完全不知道是用来做什么的。不过我注意到，他打的其实不是雨伞，而是一把大号太阳伞，和很多亚洲女性出游时为了保持皮肤白皙而撑的那种一样。

“多谢。”我想不出别的话。他也同样礼貌地回答：“不客气！”便又迈开步子，从我旁边经过，朝我来的方向走去。

我的目光有些迷惘地跟随着他的背影。

“嘿，”在他就快要听不见我说话时，我喊道，“您这是要去哪儿啊？”

“我？”他站住了，举高手里的伞，“回家啊！”

回家？当然啦！我陷入自己的思绪中，拖着重重的脚步继续朝前走。

不知何时，扬起的雪尘中又出现了一辆客车，正与雪努力做着斗争。就在它翻卷起我脚边的积雪时，我又一次看见了车上乘客张成O形的嘴和睁大的眼睛，一根根手指伸出来向我指指点点。

乘客惊奇地注视着背包老外，背包老外惊奇地注视着撑阳伞的人，所有人如此迷茫地相互盯着看，没有任何差别。

我自个儿咯咯地笑着，走完了通往临汾的最后几公里路。

进了临汾城，我跪在停车场入口前，给一群孩子拍照。他们个个都一屁股坐在雪地上，嘻嘻哈哈地从斜坡上往下滑，每张小脸都乐开了花。正在这时，有人碰了碰我的胳膊，问：“不好意思，请问您在干吗？”

我扭过头，声音来自一位直愣愣地打量我的妇女。

接下来的几分钟里，她笑得很少，但说得很多：她丈夫在电视台工作，我一定得跟他认识一下。他是临汾电视台的记者，人特别好，应该马上就到了。不过现在人跑到哪儿去了？怎么还没来？她把手机举到耳边，冲里面吼了几句我听不懂的话。

一定是老婆下达了命令。五分钟之后，一个跟我年纪相当的瘦小男人出现了，他朝我伸出手。

“你好，雷克，”他说，“我听说了很多关于你的事！”

见他对我友好地笑着，我也回以一个友好的微笑。他老婆只轻轻扬了扬嘴角，令人几乎无法察觉。

接下来的几天，我的新朋友带我逛他的家乡，并分秒不停地举着摄像机拍我。似乎没有什么是不值得详细记录的：雷克在吃大碗面条，雷克进了一家户外用品店，雷克正盯着商业街上摇曳过往的女孩子看。

他常常在放下摄像机的那一刻兴奋地喊出句北京话："牛逼！"

这个词从像他这样腼腆的记者嘴里说出来，实在有些怪怪的。我跟他说到临汾的污染完全不如媒体报道的严重时，他高兴地笑了，"是啊，是啊，媒体，牛逼！"

近几年来，政府花大力治理环境，中国受污染最严重城市的称号早已转到了别的城市上了——没准儿是乌鲁木齐呢！他这样说。

我想到了朱辉：他家离乌鲁木齐不远。现在回想起来，我在保定注视着他消失在车流之间的那一刻，好像已经是很久很久以前的事了，下次什么时候才能见到他？

我这位记者朋友有他风趣幽默的一面，但他跟无拘无束的朱辉全然不是同一类人。他很早就结了婚，认认真真地为自己在电视台的事业奋斗着。"没有对口的人际关系，实在是不容易。"他语气平淡地说，毫无半点讽刺或不平。

有关他老婆，我只知道她在医院工作，对他管得很严。比如说，他绝不会在她面前说他那句口头禅；每次她打来电话，他那本就不算洪亮的嗓音瞬间变成了恋爱中苍蝇般的温柔呢喃；而且大多数时候，他都会为这个或者那个给她赔不是：为了我们的时间安排，为了气温下降，为了今天刮风，我几乎能想象出电话那端她那张微微动气的脸。从他充满歉意的微笑推断，他脑海中的图像肯定也是如此。

我们在城里转了两天，第三天又一道走了几个小时，一直走到城郊的一座寺庙。他想拍摄记录我走路的过程：收拾东西，穿鞋，出发，拍照，休息，吃饭，喝水，还有最关键的，走，走，走。晚上，我们到达一家小旅馆，便互相道了别。按计划，我会在这几天完成我的第一个一千公里，这个时刻，我想留给自己。

"你肯定会高兴地跳上一阵吧？"他问。那双闪亮的眼睛仿佛在说，他也希望能跟我一起，用摄像机拍下我跳舞的样子。

每一千公里来一段庆祝舞？嗯，还真是个好主意，绝对牛逼！

第二天中午，正下着大雪，我被一个开车经过的人拦住了。他坚持要请我一起吃饭，跟他还有他的朋友们。他姓曹，身上穿着件时髦的皮衣，大概四十岁光景。因为他给人印象很友好，我便答应了下来。等我到餐馆时，他已经和三男一女坐在那里等我了。在把我介绍给大家时，他的态度有些过分亲热，似乎我们已经认识很久了一样。

饭菜很可口，有宫保鸡丁、炝炒油菜、水煮鱼、回锅肉还有馒头。我享受着室内的暖意，不停咕噜地喝着可乐，一边讲着这个或那个我旅途中发生的故事。所有人都很礼貌，兴致也很高。突然，曹先生神色镇静地从外衣口袋里摸出一个小锡纸包，小心翼翼地打开，一团白色的粉末显露，他动作熟练地将它吸进了鼻子里。

悠然的笑容在他脸上荡漾开来，我吃了一惊，甚至忘了说完自己正在说的那句话。

至今为止，我在中国见过的在公开场合吸毒的人，都是外国人。

即使是中国人，最好也别被逮着。就在前几天，一位曾经教过我的电影学院的老师就因此被捕。上周三，他的面孔出现在晚间新闻的荧幕上：警方缉获贩毒团伙，北京电影学院摄影师谢征宇因涉嫌吸毒被当场抓获！醒目的标题下方，我们的老师眼神迷离地盯着镜头。

但在这家山西的餐馆里，一切都离得很远。曹先生抬起手背蹭了蹭鼻子，满意地咯咯一笑。

我迷糊了：难道他就不怕自己这爱好被逮着吗？还是我完全理解错了，那些白色的粉末其实不是毒品？

但我不是唯一疑惑不解的人，坐在我旁边的那位女士突然骂开了，“你还在搞这个，曹哥？”她伸出食指，远远地指了指那锡纸包，好似指着一只恶心的爬虫，“你又不是不知道，这对你身体不好！”她的声音听起来既严厉又亲切，像在教育一个不听话的孩子。

曹先生的回答则跟美国或欧洲的每一个瘾君子一样，他咧嘴一笑，说：“是是是，我知道，我知道。”便收起他的小包，重新放回了外衣口袋里。

老村长

我在一阵鞭炮声中醒来，心想：这回是红喜还是白喜？天太冷了，我也懒得起来看个究竟。

自从到了临汾，天一直在下雪。我站在雪地里跟曹先生一行道了别，手脚冰凉地上路。他们后来又在雪地里找到路上的我，给我一张我们的合照，再次祝我好运。昨天，我在雪地里跳了舞，一步不多也一步不少地在导航仪公里数显示一千的位置。与其说是跳舞，还不如说是几下精疲力竭的左摇右晃而已，但也少不得。

之后没过多久，我从国道转向西方，找一个名叫丁村的地方。临汾的记者朋友告诉我，那里很老，很美。前往丁村的途中路过了一个小村子，一位白发老人指给我看一座高墙围筑的门楼，门楼顶部长着一棵树。

“当年慈禧太后出逃路过这里时，还大为惊叹呢。”他说道。我问他慈禧太后为什么要出逃，他声音嘶哑地笑了起来，“还不是为了躲你们外国人啊。”

1900年，是中国历史上的一个低谷，德国与此也难脱关系，“就如一千年前，匈人帝国在阿提拉的带领下称霸欧亚的威名流传至今一样，德意志这个名字也要在中国如雷贯耳：不能让任何一个中国人，胆敢再对德国人目以斜视。”

德意志帝国的末代皇帝威廉二世正是以这段无情残暴的宣言，在二十世纪的第一个夏天发兵中国，为报其使者遇害之仇。

这场战争是不平等的，一边是英、法、美、俄、日等殖民大国的联军，一边是本已在饥荒、鸦片及农民起义的多重危机中摇摇欲坠的大清朝廷。

洋兵逼近北京，皇室西逃。正如许多王朝灭亡之际一样，此时掌权决策的不再是皇帝，而是另有他人——他的姨妈慈禧太后。

“就是从这儿，”老人伸出细细的手指，指着门楼骄傲地说，“他们当时就是从这棵树下过去的！”

我想象着慈禧脸上带着那典型的微愠的神情，伸出长尖的指甲撩开帐帘一隙，一瞥外面的世界。在她看见这棵奇妙地扎根于门楼之上的小树时，是否联想到了那些垂涎她的疆土几十年之久、现已危及皇权的洋人呢？还是这棵树当时还并不存在？

短暂地休整之后，我终于攒足了精神，爬出暖暖的睡袋，迎接这寒冷的冬日。我在客厅里见到了收留我过夜的女主人和她的儿子，儿子正在玩电脑游戏——《反恐精英》，一声不吭地举了下手算跟我打招呼，女主人坐在沙发上做剪纸。我手里拿着馒头，端着一杯茶，坐在皮沙发椅上，整个房间的景象反射在新型平板电视的黑屏上。我嘴里嚼着无味的面团，心想，这家大概是全村最富裕的一家，或许也是最不幸的一家吧。

“你觉得丁村怎么样？”女主人没抬头，问我。我用尽缤纷的词语描述她的村子如同珍珠般的美。我电视台的朋友推荐我绕道过来看看丁村如画的庭院和这里的风土人情，果真名不虚传。

她沉默了一会儿，似乎在思考，“你的意思是，外国人也会喜欢这儿？”

“何止喜欢？他们会爱上这儿的！飞檐，柴香，静土……”

“如果以后来这儿的游客多了，没准儿我该长期出租房间。”她说道。沉浸在电脑游戏里的儿子抬起头来看了一眼。

钱，她反正是不缺的。丈夫一年里多数时间都在广东工作，收入不菲，所以他们才有了这幢楼，有了平板电视，有了新电脑，或许这也正是家里这份怪异的压抑的由来。

我在想，小儿子上一次见到他爸爸是什么时候。

其间，鞭炮声再次响起。“邻居家下葬。”女主人干巴巴地说道。几分钟后，我站在一个院子里，院里堆满了彩色的花圈，聚集了一大群前来哀悼的人。他们中几个穿着白色的孝服，但大多数身着日常的衣物。棚屋下的一张桌子上摆满了水果和饭菜，桌后停放着木棺。

“沉痛悼念杨福生同志”的条幅挂在墙上。在我看来，这些黑字就像是一个生手用大号毛笔涂抹出来的。

四处都是偷瞟的眼光。一个穿着大红色外套的小朋友拽拽妈妈的胳膊，指指我。几个送葬的人也察觉到了人群中的异动，抬起头来看看究竟发生了什么。在我的目光落到一双哭红的眼睛上那一刻，我明白自己不该来这儿。

我早该离开了，踢踹着国道上的积雪继续朝前走，而不是在这个院子里好奇地注视送别逝者的人们。

院门口，留宿我的女主人突然出现在我面前。

“你现在就要走了？”她惊讶地问道，仿佛我即将错过一场盛大的聚会一般。

我前言不搭后语地说着些“尊重亡者，尊重送葬人哀悼”之类的话，想起了曾经的自己被一片鲜花和哀伤的面孔包围着，握着弟弟妹妹的手，暗暗希望今天已是昨天，一切都已结束。

但女主人早已发现我只不过有些害羞而已。“你等等。”她说。不一会儿，她带着李村长出现在我面前。

村长是个通情达理的人，当他听说我想拍摄记录村里的传统习俗但又不想影响葬礼时，只说了句“稍等”，便叫来亡者的女婿—— 一个身着丧服的高个子男人。在其他人向他解释情况时，高个子男人神情严肃地微点着头，末了，又再一次许可地朝我点头示意。

就这样，我成了葬礼的正式摄影师。

我的任务是，尽可能完整地记录全过程，之后将洗好的照片寄给这家人。我不禁一愣：他们真的愿意让我拍照？

我犹豫不决地站了一会儿，还是无法下定决心举起相机。李村长把手搭在我肩上，和蔼地说：“还不快拍！”

随着这句话，我真正融入了这场悼念辞世的长者——老杨村长的仪式中：念悼词的人不住啜泣着，作为祭品的一碟碟菜肴都是满怀敬爱精心准备的；男人们争着抬棺材，希望借此能受到亡灵的保佑；走上弯弯的上山路前，抬棺材的队伍必须跨过火堆；体形高大的儿子们带领着拖长的送葬队伍，一言不发，泪流满面；妇女们脚步颤抖着朝地面已结冰的落葬点走去；送葬人利落地铲土掩棺时，村里有雪球飞来掷去；陪伴亡者离开阳世的花圈、纸房、纸车和纸钱都在熊熊地燃烧，还有逝者的遗孀虽然左右都由人搀扶，却依然几乎瘫倒在地，她走在送葬队伍的最后，离开这个她的亡夫在雪里等待她的地方。

我离开丁村时，天色已经很晚了，双脚全湿，但我毫不在意。跟送葬的人们告别，跟村长告别，跟留宿我的女主人和她儿子告别后，我踏进了愈来愈暗的宁静的雪世界里。不知何时，这个世界被黑暗整个笼罩了，只时不时还有车灯彗星般地划过。我停下一次擦鼻子，眼里涌着泪，恍惚间，我不知道是因为这寒风，还是因为我的伤感。我戴上耳机，选了萨利夫·凯塔（生于西非马里共和国的非洲流行乐歌手）的*Ana Na Ming*，按下重复键，音乐瞬间浮游在这片黑暗之中。

铁道路基

两天后，我在冰封中到了小城曲沃，终于找到了一个供暖的旅馆房间。

我把不住发出水挤压声的湿透了的鞋从脚上拽下，放到暖气下面，晾挂起所有的衣服。淋浴的水惬意的温暖，我让水流冲全身，直到手指的皮肤都发皱为止。

手机里有一条柯儿发来的短信：她已经回到运城，想知道我什么时候到。

这是个好问题。其实我在一周之内就能到，但我真的想去吗？

我的目光落到房间电话旁的彩色广告纸上，捏着它在指间摆弄了一阵后，我拿起电话听筒。

没过多久，有人敲门。我打开门，一位面无表情的中年妇女站在面前，双手做着一个推捏的动作。按摩？

我失望地摆摆手：今天我还是早点睡觉吧，谢谢，再见。她耸了耸肩膀当作回答，便消失在走廊的昏暗中。

我倒在床上，反复斟酌着。

运城。我跟小象说，运城有位朋友邀请我去过春节，却对漂亮的柯儿只字未提。不过，我最后一次见她又是多久之前的事了？

或者我也可以先绕路去那个神秘的地方。地图上，距这里大约一百公里向西有一片颜色很深的地区。看样子可能是座山，也可能是片洼地，我无法确定。我跟小黑说起时，他立马激动地说我必须去看看，就像过去的世界探险者一样。这样一来，我将晚些到达运城，干出什么蠢事的概率也将小些……

另一阵敲门声将我扯出思绪，这次是一个长着副长途司机或者饭馆厨师样貌的矮小的男人。

他清了清嗓子，“要按摩吗？”一阵嬉笑声从某处传来。通过接下来的对话我才得知，楼下的按摩沙龙里已经闹开了锅：楼上有个外国人叫了按摩，但无论如何不让女人碰。

因此，这位勇敢的先生就被大家派上来看看到底是怎么回事，一群觉得好玩儿的女孩子乐呵呵地跟在他后面看热闹。

其中一个长得跟小象有几分相像，光滑的小麦色皮肤，黑汪汪的眼睛，我差点在一念间被引诱地指指她，说出“就要她吧”！

但我最终还是只烦躁地为这场误会道了歉，回到屋里，门外走廊里的嬉笑声渐渐远去。我倒在床上，伸手摸向手机，手指似乎无须大脑控制便敲出了回给柯儿的短信：我到运城过春节，之前还有事情要处理！

这片地区所有城市的距离都不远，从曲沃出发，走一天便到了侯马，再走一天便到了新绛。

我站在一座桥前。桥边似乎正好有集市，四下摆满的桌子和垫子上堆放着待售的物品：办公椅、内衣、毛绒玩具、塑料花……应有尽有。人们都暖暖地裹在厚棉衣里，紧挨着慢慢移动，高声的讨价还价此起彼伏，空气中飘来一股烧豆腐的香气。

我被淹没在了人群之中。

凭着北海道破冰船般的不屈不挠的精神，我在这人浪中前行。四面八方都有老头老太太朝我挤来，小孩子尖叫着在我脚边跑来跑去。突然，我手里捧着一件相当吸引眼球的东西站住了。大红色，圆盘状，自行车轮胎一般大小，包装上面写着：一万发精品红炮——年年红。

这件宝贝怎么到了我手里？我正不得其解地琢磨着，猛然意识到自己已经在考虑怎样将它固定在背包上带走了。卖鞭炮的老板爆发出一阵大笑，我羞红了脸。“你真要把这玩意儿背着走？”他问道。一位老太太也以她的“理智之声”掺和进来，“离春节还有两个多星期呢，小伙子！你到时候再买吧！”

她的话当然在理。我犹豫地把手中的宝贝放回桌上，又伤感地伸出手摸摸它道别，周围的人个个都笑弯了腰。

“不管怎么样，我一定要在运城放炮！”我暗暗给自己许诺道。

就在离开集市踏上桥的那一刻，我已经把这一切都抛诸脑后了。河对岸是新绛，一座比我见过的大多数中国城市都美得多的小城。

在中国这片土地上，许多地方给人的第一印象都有些令人摸不着头脑：密密麻麻的高楼大厦扑面而来，人们得慢慢习惯宽得过分的大街，慢慢习惯一座座人行过街天桥和高速路天桥。人们会不无惊讶地发现，蓝色和绿色的窗户似乎尤受喜爱，想找古代遗留下来的老屋、寺庙、门楼或尖塔，却往往不能如愿。人们需要一些时间，才能将无处不在的建筑工地噪音——轰鸣声、咆哮声、砸夯声、钻刺声当作生活的背景乐。

但这里不一样。

踏上城外的桥，便能见河转过一道弯，弯后面有一座小山，新绛城倚山而起。有四合院古色古香的飞檐，有宝塔和教堂细长的尖顶，有新城区低矮的板房，也有亮闪闪的电视天线和排放着气体的厂房烟囱。汽车、自行车和行人就像一股汹涌的密流，翻滚而去。一个人经过，肩上挎着个胀鼓鼓的编织袋。我跟了上去，他走过桥，下至进城的公路上，不知什么时候，他从我的视线里消失了，但此刻，我也已经来到了城中心。

接下来的一天，我是在努力尽量参观完新绛全部名胜中度过的。首先，是龙兴塔。登塔的楼梯很窄，我好几次差点被卡住。到了塔顶，我看到的是两张惊诧不已的脸，一男一女，两人看起来都十七八岁的样子。虽然他们礼貌地微笑着和我打招呼，但很显然，我的到来打扰了他们，更何况这里并不比一间淋浴室大多少。

我匆忙对着墙上深情款款的涂鸦（甲＋乙＝心）拍了几张照，便又挤进楼梯间里，把爱的小屋还给他们俩。十三层楼，还有覆盖在闹市尘埃和日常焦忧之上的那十三个百年。

站在形似新哥特式建筑的主教座堂前，我失望地发现它没开门，便走上前去问那在门前广场上扫雪的妇女。她神色飞扬地告诉我，这教堂在此已有千年之久，她的神态就像一只笑容满面的海豹。我对她的话表示怀疑，她轻松地咯咯笑着，又称，那至少也有九百年了。

经过几分钟无果的讨论，我们决定叫醒午睡的神父，让他给个答案。一位满脸皱纹的老人没好气地拉开教堂门，朝外吼了一声："1937年，荷兰人修的。"

"海豹"和我都被逗得哧哧笑起来。

参观了几座塔、陵墓、古戏台和庭院之后，我拖着疲劳的身体回到宾馆，手机响了：是小象。她情绪很高地跟我聊了些她学校的事，我给她讲了丁村的葬礼，以及我还是决定去地图上那片神秘的不明地区看个究竟，"不然，我在运城的朋友那儿待的时间就太长了。"我说，事实多少也确实如此。

离开新绛时，我犯了一个决策性的错误：不知谁跟我说，沿着火车铁轨走到下一个城市比走大路要近得多。所以，我选择了铁轨，并用整整二十五公里路的时间来后悔自己的选择。

最令人恼火的是铁轨枕木的间距——两两之间近得让人只能小步跳着前进，却又远得让人无法一步跳过两个。我灰心丧气地试着走轨道边的碎石，但时间稍长，脚腕关节就会疼。每隔三十分钟就有一列火车轰隆隆地开过，我只好跳下路基，并自我说服道："我才不羡慕车上那些舒舒服服地躺在卧铺上，有如时间旅行者一般从我身边经过的人呢。"

另一个问题是吃饭。我出发时头脑发蒙地几乎没有带上任何食物，而整段铁轨几乎都是修在架高的路基之上的。就这样，我肚子咕咕直叫地经过了一个又一个居民点，无法下去吃点东西。中途，我在一个小山包上停下休息，从背包里翻出核桃花生奶和两个玛芬蛋糕，在最短时间内塞进了我的肚子。天空是白色的，四周一切都被雪掩盖着。远处，一只孤零零的狗在雪地上留下自己的行迹，那样子就像一大张纸上的一只微小的爬虫。我吹声口哨，它便停住一会儿，转过头对着我。我想起了我们家普克，只是它不喜欢雪，它怕冷。

当我走到稷山火车站时，天已经几乎全黑了。一列火车锵锵入站，我看见了车窗内的一张张面孔。

对我来说，没有几件事能与坐着卧铺出行相媲美。就在火车从我身边驶过时，我小心地爬上站台，心里确实有些羡慕。一个身着制服的保安目瞪口呆地望着我，我只冲他挥挥手，便挤进了朝着出站口方向移动的人群中。站口还有一次查票，轮到我时，我摊开双手伸了出去。

脏乎乎的手里什么也没有。"票！"检票员不耐烦地说道，就在我解释自己没票的时间里，排在我身后的队伍停止了移动，顿住了，不断有人被推挤到我的背包上，嘴里嘀咕抱怨着。

"票！"检票员更加不耐烦地重复了一遍，我也重复答道，"我没票。"排在我后面的人开始嘟囔起来。这时，站台上的保安跑过来，朝着他的同事喊道："那个老外不是坐车过来的！"

检票员瞬间变了脸色，"不是坐车来的？"

"不是，是从那边走过来的！"保安指向了铁轨的方向。

另外那位此时似乎已经决定，今晚，"怎么"和"为什么"对他而言都不重要了。他摆摆手示意我通过，一脸丧气的表情。

在车站里，我成为旅客中的一员。我有一个包，和一张疲惫的脸。我身旁充满了其他带着包的人，和他们疲惫的脸。几位老人坐在一堆打牌，我从旁经过时，没有人抬头。脚疼，我累得几乎会马上倒下。但这也没关系，因为我不是坐车过来的，我是走过来的。

1.25升

在距离万荣县还有几公里的地方，我敲响了加油站的窗户，一个戴眼镜的年轻男人开了门。

他诧异的目光从我身上移至我身后漫天飘舞的雪花，又转了回来，然后一笑，连忙邀我进屋。

我手里接过一杯热水，正准备坐到板凳上，却被引进了里屋。屋里，他的老婆和女儿坐在床上。

交谈中我们发现我俩同年，他看管这家加油站已经有些时候了，并不是很喜欢自己这份工作。

“你能这样满世界走，不用操心赚钱的问题，真是太幸运了。”他说道。老婆抚摸着女儿的短发，一言不发地点点头。

屋子里有一张木床、一张桌子和一台汩汩轻声作响的取暖器，墙上贴着广告“特卡加油更轻松，滴滴积分有回报”。旁边还有一幅画有各种动物、水果、交通工具和职业的大贴画，画上还一一标注出了它们的名称，是给小女儿识字用的。她四岁，鲜红色的外套上缝着闪闪发亮的纽扣，看样子是个很听话的孩子。

当我夸她的外套好看时，她爸爸有些自豪地咧嘴一笑：在中国，人人过春节都得穿新衣服，最好还得是红色的。我准备在哪儿过节呢？

我东拉西扯地说到运城的朋友，还有那个我想去看看的神秘的地方，却立刻就被他打断了。

“你说的是孤峰山吧！”他说，“离这儿没多远，就在万荣的正南边。”

孤峰山！看来小黑还真说对了。那地图上的不明物绝非坑洼，而是在这茫茫雪景中直耸着的山峰！

第二天，我离开万荣县，四下却远近看不见山，只有一块蓝色的指示牌上写着：孤峰山景区，5.8公里。就在我正要迈步继续前进时，突然注意到牌子下方画着一个颇有代表性的滑雪者的标符，落款的口气可不小：国际滑雪场。我不禁一愣。

不过话又说回来，怎么就不可能呢？有山又有雪。近年来，冬季运动在中国也越来越流行了。

为什么我就不能跟那些身着彩色滑雪服的人，在新建的牧民小屋里一道吃碗面呢？

沉浸在期待的喜悦中走了几公里，我来到横跨于路面之上的大门前，“孤峰山”几个金色的大字刻在门廊上。远处，公路好似没有尽头般盘绕而上。路干净明亮，没有半点积雪，虽然方圆几里一个人影也见不到。我从门下走过，又看见一条横幅，上面写着热烈欢迎各方领导之类的话。难道他们还约好到这山上来滑雪吗？哈！

在山上，我连一个滑雪者都没见着，更别提滑雪的领导了。

路迂回而上，山下的大地沉进了一片蓝色的云雾之中。我路过一片梯田，路过另一个刻有“孤峰山”几个字的大门，还路过一栋空置的房子，看起来似乎本是为了设立公安执勤点而修的。公路转了道弯，我眼前果真出现了一条滑雪道，好似一块巨大的披肩搭在山坡上。雪洁白一片，无人，与这盘山公路遥相照应着。雪道边，有人按奥运五环的图形栽下了一片灌木。周围一片寂静，甚至没有一丝风抚过。

路终止在半山腰的楼群前。我随便选了扇门，敲了敲。一名警卫出现，一边打着哈欠挠挠头，一边给我解释说，现在山上暂停营业。

我问“为啥”，他很简短直接地回答：雪太厚。

这样的原因让我实在弄不明白。不过眼下，我有更紧要的问题要解决，于是便请他帮忙给我找个住处。他扬了扬眉毛。一刻钟后，我果真得到了个房间，而且还是个能看见滑雪道的房间！不只如此，还有位好心人借给我一台电暖器，以免我在夜里冻着。

像一位国王一般，我进入了梦乡。

当我第二天早上拉开窗帘时，一片刚落上新雪的冬景闪烁在我眼前。无须半点犹豫，我决定今天休息。打开手机看了看才知道，今天是周三。

手里拿着本书，我软绵绵地走向一栋写着“餐厅”二字的楼。楼的墙面是玻璃的，从外面看来就像是间很大的温室，门没锁。几秒钟后，我站在日光通透的大厅中间，不禁呆住了：各种仿真植物和灯笼彩带挂满了屋顶，大厅内摆放着好几十张圆桌，还搭起了一间小木屋和一个卡拉OK舞台，舞台是由绿色的塑料草坪和一幅巨大的海滩风景画装饰的。这里简直是开一场中国式滑雪派对的绝佳场地，只是没有游客而已。

这一天剩下的时间，我都裹着厚厚的衣服坐在卡拉OK舞台前，津津有味地喝茶和汽水，吃方便面、薯条，还有巧克力，周围充满了舒适慵懒的气氛。我试着读那本几周前买的中文小说。时不时有几位工作人员出现，睡眼惺忪地站在我身后，瞟我两眼。小说讲述的是二十世纪动荡的社会里，一个家庭悲惨的命运。内容很感人，更重要的是，作者用词很简单易懂。

一个留着点胡楂儿的保安在我对面坐下，点了根烟。他年纪不大，身型干瘦。他一声不吭地坐了一会儿，才指着我的书说，他很喜欢这本书改编的电影。当我问他对影片导演近期的作品有什么看法时，他有些腼腆地笑起来，“张艺谋啊，现在就只拍些武打演员在空中飞来飞去的动作大片，没劲了！”

“外国人就爱看这样的片子，他们觉得这样才有中国气息。”我说。

他一下子被逗乐了，“你们老外，还真奇怪！”

我决定向他透露一点自己明天的计划——先登上山顶，然后从南侧下山。我话还没说完，他就已经忙不迭要打消我这个念头了：再往山上走，积雪太厚，路面完全被盖住了，而且，山的南面也根本没有路下山。见我没有半点动摇的意思，他使劲摆起手来，指间香烟的烟灰散落在我们俩之间的桌子上。短暂的沉默后，他和好般地笑着说道：“你们老外啊，总是有些新奇的点子，对吧？”

第二天早晨，我往背包里塞进了三袋饼干、两瓶水，还有一大瓶雪碧，脚步轻快地离开了还在睡梦中的楼群，朝着那片蓝天出发。

我满腹乐观在半小时之后就烟消云散了，半山腰以上的路不仅极陡，而且还被厚厚的积雪掩住了。有时，一脚踩下去，雪深过我的膝盖。

几个小时后，我到了山顶，满身大汗，精疲力竭，世界在我的脚下浸在金属般耀眼的蓝色里。喝几口雪碧，吃几块饼干。突然，我意识到自己正站在地图上那片神秘地区的中央，小黑肯定会为我骄傲的！

我翻出手机，输进几行字告诉他，他果然说对了，这神秘的不明物是座山，没准儿还是座死火山呢！而且，山顶下方还有一间小小的佛寺。

红色的院墙使它看上去和闫道长的寺庙有几分相似，但在白雪的反衬下，它显得更浪漫。我跟着雪地上的一串脚印走下去，好像置身于童话世界一样。

孤孤单单的一座山，在这片僻静的土地上。一座庙，深深地被雪掩埋。一位疲惫不堪的步行者，在寻找落脚歇息的地方。他拍打掉鞋上的雪，一跛一拐地跨进门槛，双眼充满阳光中的红墙和黄幡的颜色。多美的地方啊，他想。正当他准备提起登山杖敲打地面来引起别人注意的时候，却有一个问题闪过：怎会如此安静？

我立住没动，竖起耳朵细细地听。雪地上的脚印通往大殿内，风轻声地与黄幡还有树枝上的积雪做着游戏。我思考着是否要沿着那脚印走过去，但最后还是转过身，小心地沿着来路倒转回去。它就应该童话般地留在我的记忆里！我的目光落在自己的鞋印上，它们大得就像洞穴巨人迷失在精灵王国时所留下的一样。

下午一点半，该是考虑实际问题的时候了：虽然天空现在还是通透的蓝，但最晚六点，这里便将一片漆黑了。远处有零星的村庄可见，这些村庄在地图上小得只能用一个个浅色的小点来标示。如果我运气够好，天黑前能到那儿的话，也许还能找到一户愿意收留我过夜的人家。

我的意识突然清晰无比：必须尽快下山，但脚下没有一处看起来像有路的样子。我忐忑不安地爬上山南侧的最高点，布满大石的山坡起伏不平，是我能看到的一切。

要原路返回吗？回到暂停营业的滑雪场，坐在卡拉OK舞台前吃碗方便面，在电暖器的陪伴下睡一夜，第二天再从北侧下山，沿着山下的平路绕回南边？

脑子还在和这个问题做着斗争，我的双脚已经帮我做了选择，它们无须指挥地将我带到了看起来下山最容易的地方。密密麻麻的荆棘像大网般覆盖着地面，刚走出几百米，我已经为手里至少还有一根登山杖而雀跃不已了：路况越差时，可以用来保持身体平衡的各种辅助工具就越显重要，不管它们看起来有多傻。

这条下山路简直是对人的精神折磨。山坡上的岩块有些高过一人，横七竖八地堆叠在一起，好似发生过爆炸或者山崩一般。一脚踩下去，我失去了平衡，身体翻转了一百八十度，卡在了一块岩石上。我被吓没了魂，幸好还有背上的背包隔在了我和岩石之间，唯一的损失似乎只是定位仪屏幕上的一道小小的划痕。手机响了：我就知道是山吧，牛逼！你自己注意安全。

下山花了三个多小时。

当我终于到达山脚时，夜幕已经笼罩下来，整个世界披上了一层蓝色。我脑袋昏昏沉沉脚步踉跄地穿过一片农田，走进一个小村。村子里弥漫着熟悉的烧煤的气味，但我一个人也没看到。我没有勇气敲开一家门，请求人家收留我过夜。

似乎就在转瞬间，我又站在了空旷的田野上。我身后，地平线上的山影好似一个安静平和的大三角，身旁两侧，光秃秃的果树直直耸在雪地里。地面就像被棉花盖了起来，下一个村庄在远处模糊地散发出亮光。我注视着一片片飞云轻柔地交织在一起，又互相分离开，但我心里知道，而且早已知道：时候到了。

事实上也没那么复杂：登山杖插进地里，背包放在旁边，再把相机放下。把帐篷小心地铺开在地上，将细杆从环里穿过去，再把它们用帐篷桩固定在雪地里，越深越好。手电筒挂在顶部，铺好垫子，背包和相机放到垫子旁边，先喘口气再说——最费劲的部分已经完成了。

天空投下的影子从深蓝色过渡成了黑色，我喝完剩下的雪碧，又吃了几块饼干，便刷了牙钻进帐篷里。正要爬进睡袋时，我突然意识到自己忘记了一件无比重要的事情：洗脚！每天洗脚，每天换袜子——这是我徒步规则中的一条，绝不能例外！但今天怎么办呢?

我与自己斗争了一会儿，最终，原则再次取得了胜利。我一边打着哆嗦一边嘀咕咒骂着抓了把雪揉搓双脚，尤其是脚趾间的部位，然后擦干，换上一双干净袜子。现在，终于能进睡袋了。

而我对暖意的等待，只是徒劳。

虽然我穿上了所有的衣服，躺在一个贵得过分的羽绒睡袋里（“可抗零下二十五摄氏度严寒”），套在另外一个睡袋里（“更加抗寒”），我还是全身哆嗦得像一支摆动着的音叉。我左右翻滚了一会儿，没过多久，我就意识到自己买垫子时图便宜是个非常严重的错误：垫子太薄，寒气从地面穿过垫子，深深地潜入我体内。我匆忙地将所有不会压坏的东西塞到垫子底下，希望能隔挡住一些寒气，但并不怎么见效，情况依然很糟。

最惨的事情是，我刚刚喝了很多雪碧！现在真的要穿着夹脚拖鞋爬到外面的冷空气里去吗？我拉开帐篷拉链试探情况。没错，我的鞋还在那儿，里衬上已经结起了一层薄霜。我的目光落到了旁边的空雪碧瓶上，不需要过多思考了。

先将电筒固定在头顶，再扭开瓶盖。1.25升，应该够了。瓶子小小的开口在电筒摇晃不定的光线里，就像一只不情愿的眼睛，而我管不了那么多了，它和我都知道，此路无法回头。

完事后，我把瓶子举起来：所容的液体虽然少得让人失望，但至少它是暖暖的。或许我应该把它放进睡袋里，我想，最终还是把它放回了帐篷口外的雪地上。

战区

夜最深之时，一种令人不安的认知渗透进了我的意识之中：中国北方某处立着一顶帐篷，我在帐篷里翻来覆去，冻得全身发抖，自己却无计可施，睡觉是根本不可能的。但如果我起来，很有可能会在外面被冻僵，还是情况其实没那么严重？中国的这片地区到底能有多冷——零下二十摄氏度，二十五摄氏度？

我打开手机，盯着屏幕上淡淡的蓝光：没有新短信。发一条信息给小象：我这儿有点冷，我想你。另一条给柯儿：我过几天就到。屏幕暗下来。亮亮的长方形在我眼前跳动了几秒，直到这光也完全消失了，又添一抹黑暗。

我在脑海中努力勾画着身边各个物件的颜色：鸭绒睡袋橘黄色，合成面料的睡袋蓝色，帐篷内层黄色，外层绿色，背包深红色，我穿着一条棕色的裤子和一双米黄色的袜子。

帐篷外，夜的黑色在咆哮。

当天空终于泛白时，我爬出睡袋，小心地伸展身子，迎接黎明。借助已经冻得全无知觉的手指刷完牙后，我深吸一口气，把双脚伸进结冰的鞋里。我讨厌搭帐篷。

我的目光又落到了雪碧瓶上：它依然靠在雪地里，依然以我们上次幽会后我将它放在那里的姿势。我将它举到阳光下，竟带犯傻地惊讶发现，瓶内的液体已经冻住了。这样的情况当然再自然不过了！可现在怎么办？倒也倒不出来，把瓶子留在原处又污染环境。带上？

接下来的几个小时，我饿渴交加地走在这冬景中，双脚在结了冰的鞋子里冻得冰凉，我又困又累几乎马上会栽倒在地上。但这些都还不是最糟的：最糟的是我的羞耻感。好一个了不起的徒步者！半夜差点被冻死，从昨晚开始饥肠辘辘，能喝的东西早就没了，但还背着一瓶冻结成了固状的小便到处走，真是太棒了！

德籍徒步者在中国不抗严寒身亡——一瓶尿液引人深思！

到了临猗县，我找了家供暖的宾馆，房间在转眼间就被散发着生冷的霉臭的帐篷和睡袋铺满了。我洗了个很久的热水澡后，把自己裹进两床被子里。窗外，人们在筹办年货，所有的房屋都已被装扮得红红的。我点了一份加辣的宫保鸡丁，虽然舌头辣得发烧，我依然浑身发冷。电视里闪过一幅幅中国南方雪灾的画面，所有火车站交通严重堵塞。一个念头在我脑海中划过：其实，我不想在外面走了，也再不想挨冻了！身体会对曾经经历过的严寒存有记忆吗？反正，又过了许久之后，许多杯热茶下肚以后，我终于感觉到了一丝暖意在体内扩散开，我对运城充满了期待。

一天后，2月3日傍晚，我抵达了运城。见到我，柯儿笑得几乎停不下来，尤其是我的头发和胡子触到了她的笑神经。“你看起来还真像阿甘！”她激动地拍着手叫起来。我浑身又脏又臭，而她则特意打扮过：深色调的彩妆，高束起的头发，一根细细的项链希冀满满地在她胸口若隐若现。见面拥抱还是免了吧，我全身上下还沾着最后三十公里的汗水和灰尘。

进到宾馆房间里，她只给我两分钟洗脸的时间，便又催着我出门，她的朋友们已经在餐馆里等着我们了。我原本想先洗澡再出门见人的计划，被她置以一笑地否决了。

餐馆里已经坐了满满一桌人，一声响亮的“Hello”是我们进门时的欢迎词。我认识了她最要好的女友，大嗓门，话很多。还有一个似乎刚从监狱出来的胖子（——“里边怎么样？”——“没劲”）。

晚饭后，柯儿带我回宾馆。她有几分醉意，非要看我路上拍的照片不可。我说自己现在必须马上洗个澡，她便坐到了床边，摸出手机摆弄起来，并朝着浴室的方向对我不耐烦地挥了挥手。

水是温热的。

当我正在擦干的时候，屋里传来她的声音。“马上！”我把浴巾裹在腰上，叫道。她指着我背包上的小熊，“是她送的吧？”

我点点头。

这个熊是小象送的圣诞礼物。在平遥送她上车后，我慢慢拖着步子走回到宾馆沉静的房间中，头脑空空地坐了一会儿。然后，我打开了她给我的小包裹：一张不知总共写了多少个“笨蛋”来称呼我的卡片，卡片下面躺着一只小布熊。它双臂张开，耳边的商标条上印着德文商标和“Made in China”，小象在一侧画上了一个笑脸和一颗心。

当然这些我都没跟柯儿讲，我只点了点头。

“可爱！”她说。

紧接着便指着我的肚子，佯装伤感地嘟起脸说：“你瘦了。你说，我是不是也该像你一样去走走啊？”

“你？千万别！”我坐到她身边，扶着她的腰说，“你看你现在已经多瘦了！”

短短几秒，她没有动。我能看见她的双乳伴随着她的呼吸上下起伏，颈上的项链闪闪发亮。

我的手不经意地上移。

“喂！”她一把推开我，没什么表情地盯着我看了一会儿，小声说道，“你不是要改嘛！”

但她还留着没走。当我再次靠近她，伸手抚摸她的项链时，她也一动不动。她颈上的皮肤很软，很滑，还微散着香气，我的一只手伸进了她的内衣里。

就在这一刻，气氛消散了。

“住手。”她低声说着，站了起来。她整理好身上的衣服，四周只剩下一阵轻轻的窸窣声。随后，鞋跟咯嗒咯嗒地响彻了整个房间。她又回过头看了我一眼，门便在她身后利落地关上了。

第二天早上，有人敲门，柯儿站在门口笑盈盈地看着我。她昨天答应了带我去邮局，我们现在就去。我想把照片寄给那些我近几周拍过的人们：胡阿姨、刘爷爷，还有那个一见我就号啕大哭的孩子。

到了邮局，我把要寄的信递给工作人员，其中一封却引起了不小的轰动，是我准备寄给闫道长的信。轰动的重点似乎在信封上，“这是谁写的？”一位工作人员指着我贴在信封上的地址问。

“这个地址？是闫道长自己写的，”我说，“我只把它粘上去了而已，有什么不对的地方吗？”

工作人员笑了，“你没注意到这书法吗？”

我不觉也扬起了嘴角，闫道长伏在桌上，洋洋洒洒地写下自己地址的场景仿佛又出现在了眼前。几周后，在这个几百公里以外的积满尘埃的邮局里，人们为看到如此美的书法而兴奋不已。

“中国真是太有意思了！”我说道，转身看看柯儿。她正全神贯注地摆弄着手机，只抬头茫然地瞥了我一眼。

接下来的几天，我们一起参观了各种景点，柯儿是位不仅很有耐心而且还不知疲倦的导游。

所有景点当中，最有意思的是位于关羽出生地的一座庙宇。这些房屋算不上古老，也没多大特别之处，但这里有一棵据称已经两千多岁的枯树。当时的关羽已经见过这棵树吗？我的一只手放在它满是节疤的树干上，脑海中想象着关羽当年南征北战的情景。或许他也途经过所有我看过的风景：从桃园出发，穿过河北平原，翻越阳泉山脉，再穿越山西高原。千百年来，那些尘土应无大异，只有名字和房屋是新的——当时的这位年轻人现已成神。

坐在回城的出租车里，我注意到了仪表盘顶上的一尊小塑像，红布缠绕，金光闪闪，长须，握刀。“关羽？”我问。柯儿和司机一起笑了起来，“当然啦，不然还会是谁？！”

2月6日晚上，春节正式开始。我很开心，因为我手中的袋子里有一万发鞭炮，新绛城外集市上的鞭炮老板肯定会为它感到骄傲的。首先，我们要到柯儿妈妈家接她弟弟。小伙子刚刚二十出头，留着小胡子，热爱各种武器以及文身。听柯儿说我喜欢拍照，他立刻跑回房间，举着一把黑色的大砍刀走出来。

“这可是见过血的。”他神秘兮兮地向我透露。柯儿和她妈妈都斜翻了翻眼睛。还没来得及享受家里的舒适，我们已经又坐上了出租车。

一刻钟后，当站在另一个城区的另一家门前时，我才明白我们在城里穿来跑去的原因：柯儿的父母正在办离婚。

奶奶打开门，叹了口气，“他已经又上床待着了。”

“我爸爸最近情绪不太稳定。”柯儿小声对我说。这时，她的脸蒙上了一层惨白，增添了许多忧虑，和我曾经在北京电影学院认识的那个染着彩色头发、身材上佳的活泼姑娘判若两人。

过了一会儿，房间门开了，一个穿着棕色睡衣的男人出现。和他握手的时候，我心里在想，这个人的生活就像是隔在一块玻璃之后一样。他的每一个动作都如此小心谨慎，发出的每一声都如此轻微胆怯，他最爱聊的话题莫过于茶。给我们泡普洱的时候，他从茶田谈到了茶的发酵工艺。在我接过杯子，连夸这茶香时，他的眼睛令人几乎无法察觉地微微一亮。

我发现，这时柯儿的表情也轻松了一些。

家里装修得很精致，跟柯儿妈妈的房子一样，于是我问起他的职业。“我老婆和我都是做茶生意的。”他微笑着说。我毫不感到意外。他点上一根烟，眉间的犹豫立刻又少了几分。

我们心不在焉地在院子里放了些鞭炮，便跟他告了别，又回到柯儿妈妈家。厨房里，包饺子的材料早已备齐，我也被允许参加。我包的饺子与别人的比起来，相去甚远，不仅如此，我的大部分作品还煮散在了锅里。

九点刚过，外面已经响起了鞭炮声，我坐不住了。但柯儿弟弟只懒懒地摆了摆手，躺到沙发上：离十二点还早着呢。好吧，那我们就嗑瓜子，喝可乐，看春晚——等着。十点的时候，窗外的鞭炮声已经和德国中型城市的新年夜相当了。临近十二点，我们终于出门了，踏进这个火光闪耀的夜晚里。我们铺开我的一万发年年红，周围的响声轰隆震耳，我感觉自己似乎身在战区。打火机打不着火，我紧张了一下，但立刻就有一个新的递到了我手里。柯儿笑了笑：她跟弟弟都抽烟。还有十秒就到午夜，我点燃了导火线：随着一阵嗞嗞声，我的万发年年红噼里啪啦地爆起来。十二点整，四周炸开了花。

眩晕

我在鼠年的第一个清晨醒来时，耳朵里还回荡着前一夜的巨响。鞭炮声好似战场上的大炮轰炸，还有无数汽车防盗警报尖声尖气地夹杂其中。昨晚其实很好玩儿，但我那万发年年红的响声几乎完全被淹没了。它只噼里啪啦地爆响一气，我在将近两点钟上床睡觉的时候，还在纠结它是否真有一万发的问题。

出租车突突嗒嗒地载着我们穿行在这个还半梦半醒的城市，过了一会儿，我们来到某家宾馆的一间套房里。一屋子人个个面带倦色，哈欠连天，显然一夜都没合眼。饱满的麻将碰撞声回响在房间里，一张张钞票在桌上来回换着主人。

有人递给我一瓶啤酒，我摇摇头，自己倒了杯可乐。“雷克不喝酒！”柯儿说，那语调听起来仿佛这是件多么好的事，其他人却都不得要领地看着我。

我不好意思地耸了耸肩，举起可乐喝了一小口，坐到沙发上。可乐里的碳酸早已经跑没了，还是温温的。我突然想起了经营火锅店的杨家兄弟俩，他们那儿的可乐是加热了喝的，就在外面寒风凛冽，桌上的菜肴冒着热气的时候。“想法才是最重要的。”他们俩当时跟我说。那是多久以前的事了？

我终于打起精神准备离开运城时，已经是一个多星期以后了。

“我明天就上路了。”最后一次聚餐时，我举起杯子向大家宣布，并还信誓旦旦地说，离开他们，离开运城对我来说真的不是件容易的事。虾壳在我的盘子中堆成了一座尖尖的小山，香辣味，美味至极。

柯儿带我回我的房间。

我问她要不要进去坐坐，她只淡淡一笑，摆了摆手，“行啦，瞧你那样儿！好好走，走快点儿，回到她身边去！”她竖起食指命令我说。她给了我一个拥抱，又暖，又柔，然后在我脸上轻轻一吻，转身走了。我感觉到，终于，这才是一个好的道别。

第二天，我睡过了自己计划动身的时间。就如三个月前，我在北京睡过了头一样。天空很蓝，背包很重，我感觉自己和二十六岁生日那天出发的时候一样虚浮、无力。

煎熬过两个小时，我终于到达了城西郊的盐湖，运城的象征。我站在那里，远眺白茫茫一片，如同我搭帐篷过夜的雪地一般。远处，隐约有一些黑点可见，走近才发现，那是采盐工人们。他们靠着长而灵活的传送带，将盐从湖里采集上来，再堆到高高的盐山上。我自问他们是否知道自己受关羽庇佑：在一个流传千年的传说里，关羽曾在这湖边显灵，降伏了阴谋破坏盐场的厉鬼。百姓为了感激他，便为他修了一座庙——这是关羽从武将化身为神的最关键的一步。

一条窄窄的小径直达湖对岸。干吗不去看看呢，我想。不多会儿，我穿行在盐山与干土之间，穿行在停放着的自行车与蒸汽腾腾的废料堆之间。阳光照射到白色围绕的水面上，我几乎可以想象这里曾是一幅多么美似童话世界的景象。

前方等着我的，是从南面截断山西高原的山脉。它们看上去并不算非常雄伟，反倒更像盖在白雪之下的丘陵。我不由自主地问自己，翻过这些山岭，在另一面朝下望的感觉会是怎样。

我能看见古代的皇城开封和洛阳吗？我犹豫不决地驻足了一会儿，掏出定位仪东按按西弄弄。手指滑过屏幕上的刮痕时，我想起了孤峰山的那段下山路：滑溜溜的岩石，我一踉跄，摔的那一跤，夜里无助的寒战，结冰的鞋子，还有那段背着雪碧瓶的路程。

不就是山吗，我才不管呢，我心里这样想着，转身西望，一马平川直至天边。黄河在后方流过，以它汹涌的波浪分割开山西与陕西，相邻的两省读音如此相似，令人颇为恼火。中国人站在德国行政区地图前，猛然发现德国有萨克森、萨克森-安哈尔特，还有下萨克森州的时候，大概也是类似的感觉吧。或者是发现德国原来有两个名为法兰克福的城市，还有无数名叫新城的地方。

而我，现在要迈着大步，从山西进入陕西。

接下来的四天，我穿行在漫天尘土之间，山一直在左侧陪伴着我。我的前方，一条条地平线接连不断地舒展开来，睡意未消的村庄一个个显露出来，全都好像刚从盛宴狂欢中苏醒过来。

不过事实上倒也基本如此：过年可不仅仅是过大年三十那一晚上，人们一直要庆祝到正月十五元宵节，吃好喝足玩儿尽兴。“玩儿”可以指代很多方面，中文里的这个“玩”字几乎包含了所有能给人带来乐趣的活动：孩子们玩球，大人们玩扑克牌、打麻将、去郊外玩、上山玩、玩摄影，或者唱歌跳舞看电影。只要是与工作无关、能让人休闲放松的，都可以算“玩”。

当然，男女之间也能说“玩”。

这几天的徒步就美得几乎可以用“玩”来指代：天刚亮我就上路，中午时分找家面馆吃饭休息。如果附近没有地方落脚，我就到一棵树下躺下，吃几片背包里的饼干。天气已经暖和起来，我不用戴帽子了。有一次，我看到一只小小的蜘蛛正顺着我的裤脚向上爬，它比一枚图钉大不了多少，伸着细腿，在我裤子褶皱间撑爬，看起来被冻得够呛。看见它我很开心，因为对我来说，它是春天送来的第一位信使。

在永济城里，我住进了建于二十世纪六七十年代的、我所见过的规模最大的国家干部宾馆。宾馆的楼身好似三个巨大的混凝土盒子紧挨在一起，深色的窗户，宽敞的停车场。院墙内园林环绕，汽车道穿梭其间，好似一根根试探的手指。

站在有警卫看守的大门前，我感受到了一种类似来到中国第一天时的不安。那一天，北京的空气所带给我的震惊还未完全过去，我站在电影学院的大门前，茫然不知所措。怎么会有身穿制服的警卫呢？我拖着行李走到一位保安面前，操着教科书上学来的中文，问他我能不能进去，我是这里的语言交换生。让我惊讶不已的是，那保安只纳闷地瞟了我一眼，就挥挥手示意我通过，并没检查任何证件。当时，我花了不少时间才弄明白，每个大门入口处的保安几乎全都是年轻小伙子。他们得到这样的工作所需符合的，仅仅是一定的身高标准，以及愿意为挣不多的钱站到腿麻脚软。

这里也不例外。我随意地挥挥手，门口的两个保安也朝我挥挥手，我冲他们笑笑，他们也笑笑。我走入院内，进入了庞大的混凝土盒子——这家现已对普通民众开放的国家干部宾馆。

睡了一夜，我似乎又有满满的精神上路了。只有一次，我停了下来：一群孩子正围着一架战斗机嬉戏玩耍。那是一架喷气式单引擎歼-5战斗机，中国空军昔日的骄傲。孩子们的乐趣显然在于，在两侧机翼上又蹦又跳地尖声争抢飞行员的位置，看起来玩得很高兴的样子。他们的这种玩法多半也不是第一次了，飞机的上半部分机身已经被蹭得油亮亮的了，好像每天都被孩子们用双手和衣物抛过光一样。

接着没走多久，我便到了万固寺。塔有几分歪斜，山峦终止于寺塔伫立的位置，黄河的泥沼延绵开来。

我爬上一个小山坡，惊讶地发现自己身处一片竹园之中。竹身淡绿，微散着竹子的芬芳，尖部相互重叠交错，在我的上方形成一片篷顶。若是没有地上的雪，我肯定会以为自己在四川，小象的家乡。在那里，湿暖的空气中好似一直飘溢着饭菜香。你知道北方也能长竹子吗？我给小象发去一条短信，但现在还早，她一定还睡着。

塔门前，一群年轻人围在一起讨论着票价的问题，卖票的妇女一脸无奈的表情。她头顶上挂着一块价目牌：每人两元。见到我走近，几个小姑娘有些害羞地咯咯笑起来。她们大约十七八岁光景，显然个个都为这趟郊游精心打扮了一番。还是他们在集体约会？我掏出一把纸钞放到柜台上。售票员正伸出手指准备数出一张票的钱时，我摇摇头，指着身后那群年轻人说："他们跟我一起的。"

几分钟后，我心惊胆战地坐在三十米高的台子上，开始问自己我干吗要上来。我不敢往下看，只好盯着旁边刻满了各种爱情誓言的墙壁。

"你得去那边，雷大哥。"坐在我旁边的小姑娘说。她手指西边的地平线，眼睛里闪着光。

天地与那里的朦胧雾气混为一片，"黄河就在那儿，河对岸就是陕西了。"我正试图辨认出什么，突然，几个女孩兴奋的叫声转移了我的注意力，两个男孩站了起来，在台子上来回踱步，好像他们并不是在没有护栏的三十米高的地方。

我两腿发软，手指紧紧地抠着台阶沿，又坚持了几分钟，我便以今天还得赶路为借口，爬回了塔内。

双脚终于再次踏到了地面。我撞见一个身披红色袈裟的和尚，便问他有没有人从塔上掉下来过。他双手在胸前合十，微笑着摇摇头，"佛祖保佑我们！"

通往山谷的路一片寂静。我穿过一个个弥漫着炭香的村庄，嘎嘎的鹅叫、汪汪的狗吠四起。

转过身，万固寺塔火柴般地矗立在远处。从这里看去，它不算高，还有几分歪斜。方才在塔顶所见的雾蒙蒙的地平线，已将我融成了它的一部分，这是种奇妙的感觉。塔顶的一个个小点是人影吗？我眯起眼睛想辨认清楚。是刚才那些年轻人吗？虽然他们根本看不见我，我还是举起一只手臂挥了挥，但愿佛祖真能保佑他们吧。

四大美女

在我北德的家乡巴特嫩多夫有一条小河名叫奥厄，它全长近三十公里，河很窄，几乎没有一处超出两米。在距离树林不远的地方，奥厄顺着一道低矮的瀑布，汩汩地注入一湾小潭里。夏天，孩子们都来这里玩耍：在瀑布顶追逐嬉戏，抓蝌蚪逮小鱼儿，用河里的石头砌出一个个小水坝。

大约在我十二岁那年，我有一次滑倒跌进了水里，衣裤全湿透了。我先被吓了一跳，后来索性让水流带着我向下游漂去，河岸两边绿色的倒影惬意地从我眼前经过。就在奥厄河水推着我越漂越远的时候，我心里想着，如果永远不上岸，这河水会把我带到哪儿去呢？

黄河比奥厄可大得多，五千公里长，很多地方有几百米宽。谁要是在黄河里漂，一定用不了多久便会化作“泥沙怪人”，因为黄河的含沙量高得惊人。岸边的沙石被河水冲走，下沉，淤积在河底，直至河床越积越高，河水泛滥，黄河改道。在中国历史上，黄河决口属于造成损失最为惨重的自然灾害之一，平均每一百年就有一次大洪水，致使两岸尸横遍野。

但我纳闷了：如果黄河真有这么浩大，那我找它怎么会这么难呢？就在定位仪显示出黄河中心的位置，我看到的只是一片无法分辨轮廓的褐色泥淖地，一段堤坝将它与马路分开，零星有几株植物从泥地里冒出头来。又过了一会儿我才明白过来，这片泥沼地多半是为了应黄河再发脾气时的排水之需。

看够了泥沼地，我顺道拐进山里，去杨贵妃的出生地看看。博物馆本身没多大意思，但我觉得想象四大美女之一的杨贵妃在此长大成人的经过十分浪漫。自古以来，中国人就有整编罗列的嗜好，比如“三国”“四书五经”“六艺”“战国七雄”“八大菜系”“龙生九子”，以及这沉鱼落雁闭月羞花的“四大美女”。杨贵妃杨玉环，便是其中之一。

她生活在公元七世纪初的唐朝。那是一个开启了中华文明鼎盛时期的朝代：领土版图扩展至中亚绿洲地带，佛教及各类艺术空前繁荣，流传至今的上万首唐诗创造了中国古诗的巅峰。

直至今天，每一个中国人都能随口地背诵几首唐诗。因此，唐朝也被人们尊称为“大唐”。

当时的皇城位于长安，也就是今天的西安。皇家后宫，公元八世纪前半叶，一位太子正等待着自己新的妃子。

我走在这些因为建于高处而显得好似山中寺庙的房屋之间，四周无人。看着山下黄河褐色的泥淖，我试想着十六岁的玉环接到谕旨召她进宫时的心情。

这里距西安还有两百公里，那时护送她的人要走二十五万步，跨过黄河，途经华山及秦陵，来到华清池。过了华清池，离皇城的城门便不远了，离集市上人群的喧嚣便不远了，离宫内金碧辉煌的庭园不远了，离朝堂上下的权衡阴谋也不远了。

当那年轻女子站在这里向西远眺时，能预料到前方四伏的危机吗？

两天后，我到了黄河边。在这个名为风陵渡的地方有一座混凝土桥，晨雾中，我无法看清对岸的桥头。我停下脚步，深深地吸一口气。黄河在我脚下潺潺流过，这一刻，我已经期盼了不知多久！

然而站在桥上却不见黄河，首先看到的，又是那一片片熟悉的泥地。只是在这里，泥地上成排地立满了干枯的果树。前一次河水上涨至此应该已经是很久之前的事了，我心想，也不知是政府修坝筑堤方法得当，还是近年来黄河频繁断流的原因。

终于，它出现在我脚下。看到它确实仍比家乡的奥厄河要宽大许多时，我着实舒了口气。这里的河宽足有好几百米，我把手臂撑靠在栏杆上，俯望那汩汩流过的赭色的河水，很壮观。

但也有不少泥沼浅滩可见，河水的冲击力不足以带走淤积沉淀的泥沙，水流在这里打起漩涡。

我静静地站着，静静地听着河水淌过的声音。想起了毛泽东的一句话：“轻视黄河就是轻视中华民族。”我一直没明白这句话的真正含义是什么。昨天跟小象通电话时我问她，她只笑笑说：“还能有什么含义？毛老人家的名言太多了，肯定还有类似的说长江或者某座名山的句子！”一辆货车轰隆驶过，引起了桥身的震动。我接着向前走。河对岸的泥淖里停着几只小船，那里便是陕西了。我看了一眼时间：中午十二点。如果加快速度，没准儿今天还能赶到华山脚下呢。从那儿到兵马俑就不远了，古皇城西安也将近在咫尺了。

陕西的景色与山西相差不远，到达对岸后，我迂回穿梭在大大小小纷杂的车辆之间。几位身穿厚棉衣的老大爷悠闲地坐在一家店门前，满脸惊讶地瞅着我。我沿着尘土飞扬的大道一路向西，直到雾气中缓缓显现出铁路桥才停下脚步。修长的脚架延伸向远处，消失了，似乎一直通往北京。我当时在西部旅行时坐的那列火车，是否也从这里经过了呢？那又是什么时候的事？两年前？

从北京到西安的一路并不轻松：虽然坐火车只需二十个小时，但因为正是旅游旺季，我没买到坐票。于是，这二十小时的时间是在汗流浃背的人群和一件件行李间拥挤着度过的，那是一段不堪的经历。就在夜幕刚刚落下的时候，就在母亲们刚刚哄着孩子钻到座位底下铺好的报纸上睡觉的时候，车厢广播里忽然响起了一首歌——邓丽君的那首《月亮代表我的心》。“你问我爱你有多深，我爱你有几分……”她柔软的声音伴着悠悠的小提琴回荡在车厢内，“轻轻地一个吻，已经打动我的心……”她自问自答地唱道。

人群中隐约传来低低的歌声。我朝四周看去，大多数乘客都在小声地跟着哼唱着。无论是坐着的还是站着的，我身边的情侣，门口的那位父亲，还有那位紧紧地把包抱在怀里的老太太——所有的嘴唇翕张之间都是这首曲子，所有的目光都沉浸在自己的梦境中。列车轰轰地行驶在这个暖意融融的夏夜，人们唱着歌，一种不同寻常的感觉忽然袭向我，我似乎正在慢慢浸入对这整个国家的爱情里。

赛跑

暗夜中，华山高耸在我头顶，漆黑一片几乎无法辨认。午夜刚过，整座城市已入梦乡，零星还有几点亮光。我把背包留在宾馆，只带上了定位仪、相机、三脚架、水和饼干。小卖部的老板娘眼神疑虑地瞅瞅我，提醒道：夜里山上冷，路又滑，多加小心！

来到山门，我吃惊地发现虽然已经深夜，但门票还是要买的。虽然中国各种旅游景区都要收门票，但我没想到售票员们夜里也得工作。除了我以外，还有别的游客夜里登山吗？

我敲了敲售票厅窗口的玻璃，没动静。又过了一阵，一个人睡眼惺忪地出现在霓虹灯下：四十块。我将一把钞票递进窗口，换回一张彩色的门票和几张零钱。栅栏状的大门前站着一个保安，他撕下票的一角，扭动手中的钥匙，示意我进去。绿色的路灯照亮了路。没走几步，我便进入了它的光柱之中。铁门在我身后吱呀一声重新关上，紧接着是一片寂静，我只听见门口保安轻声的脚步渐远。小卖部的老板娘说得一点儿也没错：哪怕还在山下，气温已经很低。一级级石阶在我面前的黑暗静谧中延展，我知道，这只是成千上万级阶梯的前奏。

我准备数数登顶台阶的总数。

其实华山并不算高，仅有两千多米，也称不上特别雄伟壮观，但它作为五岳之一，在道家文化中占据着举足轻重的地位。以东、南、西、北、中五方而定的五岳，体现了古代中国人对“世界边缘”的理解。它们被诗人吟诵，僧侣们登顶修行，直至今日，每年仍有无数游客慕名前往。

华山是西岳。去年，我和小象一起去了东岳泰山。当时她刚去慕尼黑上大学，我留在北京，并不带一丝怀疑地认为我们俩之间是没有希望的，我们甚至都不算真正在一起！

然而就在一个春日，她突然出现在我家门口，印花裙子，小象式的微笑。她说，我们有一个星期的时间。

北京楼梯间墙上的涂鸦还太过新鲜，不能待在那儿。我们俩坐上火车，到了山东。

我们去了孔林，去了曾经的德国殖民地青岛，还爬上了泰山。山顶上，就在我们脚下的云海被落日灼得通红时，我突然意识到再让小象离开，并把我的徒步计划真正付诸实施，将会是多么不容易！

现在是第四百六十八还是第四百八十八？每二十级台阶一数的计划看来是以失败告终了，我都不知道自己是否能从一顺着数到一千，而且，肚子在这会儿开始咕噜噜地叫起来。我来到一堵画满了人名的墙前，一屁股坐下，借着电筒的灯光喝橙汁，吃巧克力玛芬蛋糕。现在将近凌晨三点，距离七点日出还有四个小时繁星闪耀的时间，它们一个个好似小小的舞台旋转灯般闪烁着。

我掏出手机，翻找适合爬山的音乐：朋克，太吵；古典，又太优雅；八十年代嘻哈？我犹豫了一会儿，还是想到了更好的：迪斯科！我戴上耳机，选中*Get Down on It*，按下播放键。

当耳机里响起*Shake Your Booty*时，我在一片漆黑中手舞足蹈地大声跟着唱起来，享受着在属于我的华山上这个属于我的夜晚。

但路上还有别的人，没过多久，我就遇见了这些别的人。那对在坡前停下休息的情侣？超过他们。那群在我身后嬉笑着用英语跟我问好的大学生？也超过他们。还有那一队身穿鲜艳的户外夹克的退休老人？早就被我远远地甩在后面啦。我就如一道引吭高歌的闪电，而且因为没带背包，我跑起来也压根儿不觉得累。

正在此时，我碰见了四位显然不甘被我轻易超过的年轻人，便在转弯处耍了个小伎俩。眼看我刚把他们甩在身后，他们中领先的那个又冷不丁出现在我面前。一个，再一个。我惊讶地回头看看，只见另外两个人紧跟在我身后，满脸坚决的表情。等一下，我突然想到，这怎么会成了一场赛跑？不是爬山的过程才最重要吗？

后面那两个人也赶上了我。我关上手机里的音乐，耳边只剩下他们和我自己的呼吸声，我意识到自己已经接受了他们的挑战。四周依然漆黑一片，上山小路弯多路滑。在这半山腰上，一场有关尊严的赛跑开始了。

约莫半个小时后，我们前方一左一右出现了两排阶梯平行向上。那几个年轻人冲上右边的台阶攀爬起来，我于是朝左边跑去。脚步越来越大，每一步跨过的阶梯越来越多，我抓着冰凉的栏杆向山顶冲去。相机包和三脚架不住地随着惯性左右拍打着，我却毫不在意，一心只想首先登顶。

两列台阶重新合为一列，前方路上没人，我身后传来一阵夹带着惊诧的呼声。他们难不成被惹恼了？我独自偷笑起来。享受最终的胜利刻不容缓！山顶就在眼前，对手就在身后。

随着海拔的上升，地上结冰的地方也越来越多。山路在岩石、树丛之间蜿蜒，经过一座又一座凉亭。他们其中一个领先了，不久又成了另一个。有一段时间我跑在最前面，但又被超过了。我大汗淋漓，直喘粗气，但它还是发生了：我一脚踩到了结冰的斜面上，猛一下子失去平衡滑倒了。我抓着身旁的树枝，无助地在冰面上打滑，站不起来。一位年轻人已经来到我面前。他是四人中速度最快的一个。借着头戴便携电筒的灯光，我看到一张轮廓分明的脸和一副架在鼻梁上的眼镜，他伸出手拉我站起来。

到达山顶的时候，我并不是第一个，但这对我来说已经没那么重要了。路越来越滑，我们只能一个紧挨着一个朝前走，相互搀扶着通过结冰的路段，没有多余的话语，也不互相争挤。

忽然，我们眼前出现了一块倾斜的岩壁。崖边被铁索隔开了，边沿后方，电筒的灯光投射到一片漆黑的深渊之中——我们到达了东峰。

我扶靠在铁索上，铁链上挂满了金色的小锁，每一把锁上都刻着一对情侣的名字，每一把锁都是一段关乎地老天荒的誓言。我是否也该带一把上来呢？瞟一眼定位仪，时间显示五点，离日出还有两个小时，我感觉到额上的汗珠逐渐变冷。一阵大风刮过，似乎专程等待着我们的到来，转圈、扭腰都无济于事。我们陷在冬天冰冷的拳掌之中，无处可逃。

“我操！”我冒出了一句。所有人都满脸诧异地望向我，这是我们间的第一句话。

接下来的一个半钟头简直分秒都是煎熬。我们躲在山峰下小木屋的背风侧，个个都缩成一团蹲在地上，有一句没一句地聊着天。

“你们刚才干吗要跑那么快？”我一边责备似的问，一边对着手套哈气。

“我们跑得快？”戴眼镜的年轻人笑起来，“我们本来是慢慢走的，突然冒出来一个老外，非要争个先后不可！”

我简短地讲了讲自己徒步的计划，当作对我的行为的解释。

“我们可不能随便就让你超过啰！还在我们的山上。”

“为什么不能？”

“因为我们是正回家探亲的……”眼镜片后面泛着自豪的光，“空军战士。”

六点半，其他游客中速度最快的一队也到达了山顶：竟然是那些退休老人。他们礼貌地跟我们问好，找地方铺好垫子坐下，又翻出冒着腾腾热气的保温壶。没过多久，学生们出现了，剩下的人也陆陆续续到了，山顶这片本只属于我们几个的空地上回荡起他们的说笑声。我们则越发强烈地意识到自己如何沦为了虚荣心的牺牲品，哆哆嗦嗦的牺牲品。

日出弥补了一切，刚开始时，一条亮闪闪的横道出现在天边，慢慢变成了山尖上的一团火光。

黑暗退了下去，红色和橘色交织而成的扇子铺展开来。所有人都着了魔似的盯着远方，直至那耀眼的圆盘最终毅然一跃，将世间万物都浸在自己的光芒之中。“噢！”一声带有几分激动的女音传来。空军战士们和我相视一笑——让我们振奋的不只是这景象，更是这随之而来的暖意。

咆哮

电话铃响了，窗外天已经大亮，时针指在十一点的位置。我真的睡了这么久？我脑袋昏沉地抓起听筒，一个声音通知我半小时内退房，否则将加收半天房费。我说了声“谢谢”，还补充说自己大概还要四十分钟。

十一点半，电话又响了，请我在一分钟之内下楼。我笑笑，挂上电话。

楼下大厅里，前台接待说，我已经超过退房时间了。

“嗯，”我说，“但不就几分钟吗！”

双方都略带焦躁地争辩了几句后，她不耐烦地摆摆手，开了一张收据，和零钱一起放到我面前，还当真了：六十块。不到十分钟的时间，就多收了我半天房钱!

我生气地要求找负责人理论。

一位自称经理的女士出现，面如磐石地跟我解释说，规定是不能改的，欢迎我下次光临。

接下来发生的一切都似在梦境中一般。

我把几张纸币紧紧揉捏在手里。“那这一半也拿去好了！”我叫道，将手里的钱狠狠朝她们脸上扔去，花花绿绿的纸像雨点般落下。

我走到院子里，扯着嗓门吼出几句“欺骗游客”“做生意不公平”之类的话。声波反射在围墙之间，一位清洁女工好奇地盯着我看。

宾馆旁边有一家附带的餐厅。

我拉开门，只见上百个人头攒动，有婚宴。我一时没回过神来，呆呆站了一会儿，方才高举起双手声调沉闷地大声喊道：“真是不好意思，我本来也想祝你们新婚愉快的，但你们这儿的人完全不懂怎么接待客人！”

立刻，我被两名保安推了出去。

宾馆门前的人行道上已经围了一群人，我比所有人都高出至少一头，就这样才好呢！这样才能让他们见识见识我发脾气的样子。况且，他们还很乐此不疲。一个个都在交头接耳地发表着评论，研究我的神态表情，还时不时有几根手指伸出来指向我。阳光刺眼，一个满脸皱纹的老太太从人群中挤出来，问我怎么不去公安局，或者去县政府。

去县政府？

对，走路只用二十分钟。我板着脸跨进政府大门，注意到了头顶写着红字的横幅：春节快乐。

一个短暂得几乎可以忽略的瞬间，我在想，自己不是本来早该在路上了吗？这里离兵马俑已经很近了。

政府大楼有几分冷清，前台让我稍等。我一边啃着手指甲，一边纳闷自己的一肚子怒火现在跑到哪里去了。似乎到这里来，只是为了结束某件自己引发的事情。

一位头发灰白的男人带我走进一间屋里，屋内光线昏暗，我非常礼貌地向他讲述了先前发生的不快。他抽着烟，安静地听着，一脸严肃，还时不时点点头。等我说完后，他打了几通电话，然后问我是否愿意见宾馆老板。

“你到底想干吗？”小象气鼓鼓地叫道，“人家又没对你做什么！”

太阳暖暖地照着，快到傍晚了，我已出城几公里。

“宾馆老板还真来了，”我接着说，“一个穿着西装的胖子。他不停地给我赔礼道歉，满脸是汗，最后还摸出一沓钱要我收下。但我没要，你知道为什么吗？”

“因为你知道自己没道理？”小象的声音里带着几分尖锐。

“不。因为我在乎的不是钱，而是那些人应该为他们的行为付出代价，这一点我也跟他说了！”

我尽力发出一声富有感染力的笑声，但电话那头没反应。

“你还在吗？”过了一会儿，我问。“傻逼！”回答是。

谁要是以为“傻逼”跟“牛逼”发音近似，因而也指的是什么好事的话，那可就大错特错了：“傻逼”基本属于人们平时常说的脏话中分量最重的之一，从北京出租车司机嘴里就常常能听到这个词。

小象劈头盖脸地教育了我一顿：可怜的宾馆服务员一点都没做错。人家可提醒了我两遍时间，两遍。就因为我是外国人，也远不能说明我可以想干吗就干吗。还有：那个举世闻名的计划现在怎么样了？谁说的要尽快走回德国？好像比起走路，我倒更愿意跟人吵架！

就在她用四川妹子特有的方式朝我铺天盖地骂来时，我意识到她说得没错：我的脾气还是跟从前一样暴躁。在路上走了三个月，一点也没变。

我还想到了自己抵达西安后得买张机票去北京，签证该延签了。此外，我右脚上一小块皮肤红痒得要命，估计得找个地方看看，但现在可能不是跟她讨论这些的最好的时机。所幸她的火气一般来得快，去得也快。

前往兵马俑的路花去了我五天时间。一路上，我走过一些看似还沉睡在半个世纪前的村镇：褐色的砖瓦房间挂着晾晒的衣物，工厂烟囱烟雾缭绕，不时还有大字标语出现在墙上。大街上能见到的几乎只有老人和孩子，空气中弥漫着烧木柴和煤炭的气味。

在渭南市内，一幅雷锋的画像吸引了我的视线。画像已有些褪色，但画中人看上去依然面颊红润，信心满满。要不是因为手里握着钢枪，整体形象如此悲壮的话，让他做Kinder巧克力（健达，德国巧克力品牌，包装上有小男孩头像）的广告也未尝不可。

1962年8月15日，年仅二十二岁的雷锋被木桩砸中头部身亡。

毛泽东对雷锋大加赞赏。1963年3月5日，尚在他发出“农业学大寨”的指示之前，他就号召全体中国人民向雷锋同志学习。具体来讲，也就是号召年轻人要崇敬他，要以高于师长辈的高度来崇敬他。

如今，情况大有不同。现在每年3月5日学雷锋纪念日，孩子们不再背诵毛主席语录，取而代之的是去公园拾捡垃圾。

我自问雷锋如果还活着，会作何感想。如果他还活着，今年就该有六十八岁了，与胡主席、温总理相当，他也该属于历经从共产主义理想至今无数变革的那一代人。他对毛泽东的看法又会如何？我想起了住在窑洞里的刘爷爷关灯睡觉前对我说的话：“毛泽东啊……那时候已经是个老人了。”

在前往兵马俑出土坑的路上，我拐下大路，走上一条泥泞的田间小道。四周一片寂静，田地温存地躺在那里。西边，落日的金光溢出了地平线。我不由得兴奋起来，终于，路的前方有我曾去过的地方。那老棺木工人还在吗？再次踏上自己曾经走过的街道会是什么感觉？

我一直走到天黑，想距兵马俑越近越好。后果是，我不得不在部队招待所里过夜。起初，我几乎不敢跨进招待所的门槛。在我迟疑着询问是否还有空房时，前台的阿姨热心地说：“别担心，楼虽然归部队所有，但这里也不过是家普通的招待所而已。”我要了一间房。屋内干净简单，唯有床上用品与别处不同。被子上写着大大的红字：空军西安军械厂。我把睡袋铺在床上，躺下。华山上的空军朋友们现在在做什么呢？夜里，我梦见许多许多小雷锋高举冲锋枪，带着友好的微笑，把我从招待所里扔了出去。

棺木工人

第二天上午，我站在兵马俑一号坑展厅里，惊得屏住了呼吸，我简直无法相信具有这般震撼力的事物在我的记忆中竟然无聊透顶。当时的情景我还记忆犹新：经过北京到西安二十个小时的火车和紧接着的公交颠簸，整个展厅在我眼中就好像飞机的停机棚，我的身边人山人海。挤到栏杆前，我朝下面的兵马俑望去，顿时大失所望：不过是几百个灰褐色的人像而已。我也不知道自己当时的期望到底是什么，但那感觉就好像人们挤过半个卢浮宫，好不容易来到一幅又暗又小的油画前，看到画中面带笑容的女人时心想：大家真的都觉得她很美吗？而观者的眼睛是有魔力的。故地重游，这次，我了解到这些陶俑在被挖掘出土之前都曾是彩色的。就在考古学家们一双双惊慌的眼睛的注视之下，颜色在陶俑出土后很短的时间内便剥落消失了。现在虽已有几千个陶俑被挖掘出土并被修复，但和秦始皇陵一样，这支军队的大部还静静睡在地底。最令人震撼的一点或许正在于，人们现在看到的兵马俑只不过是很小的一部分，是整个秦始皇陵的一部分，一个千年夙愿的一部分——统一中国。

公元前三世纪末，罗马人和迦太基人正在地中海沿岸打得头破血流，世界这边天下已定。七雄独存——秦，它的君主嬴政凭其过人的谋略以及同样过人的凶残铲除了所有对手，自封为秦始皇，那是公元前221年。虽然他的朝代仅在十几年后便分崩离析，但他对中国历史的影响是几乎无人能及的，中国大地上接下来两千年的各朝各代都以他建立的君主专制集权国家为典范。

桃园三兄弟结义，隋炀帝开凿运河，明朝大规模修建长城——这一切都不过是为保卫始皇几百上千年前统一起来的中国而已。

从兵马俑出来，我朝着它们守卫的皇陵走去。两公里长的国道蜿蜒而下，我睁大了眼睛。曾经，我也是从这里一路走过去的。快要到达目的地时，我终于在路右侧认出了棺木工的红房子。敲敲门，没人答应。我走进隔壁的餐馆打听，老板娘笑起来：她当然还记得我啊，但这胡子，是这次新留的吧？她给棺木工打了个电话。不一会儿，一辆小拖拉机载着他驶进院子。

拖拉机上停着一具盖着红布的棺材。他下车时，我突然注意到他比我记忆中矮小许多，但他身上的黑色中山装和脸上严肃的笑容依然让他显得很庄重，只不过矮小一些而已。

“你在这儿还能找到我，真是缘分啊！”他把头朝自家房子偏了偏，说，“也就还有三个星期啦。”我知道，他指的是国道扩建，我看见了地面上画出的白线。上次我来的时候，我们就已经谈到过这个话题。当时，我和他们一家人坐在这儿，啃着大西瓜。我的问题一个接着一个：挖掘出兵马俑之后，这里的生活变好了还是变糟了？载游客的大客车就在鼻子跟前开来驶去，不烦吗？他们一点也不怀念从前那种宁静的村庄生活吗？

全家人都像看傻子似的看着我，最后还是已经成年的儿子——回答了我的问题：发展，他放慢了语速，非常清楚地说，发展才是关键。他的这句话，便是掌控着整个中国夙愿的魔咒。

他接着说下去，眼睛里闪着光，“说白了，发展的意思就是，有游客的地方就得有宾馆，有餐厅，有纪念品商铺，有交通运输工具，其实最后对大家都有利。你想想，这路马上就要扩宽了，可不就是为了方便更多大巴通行嘛！这些不都是发展吗？”

现在，真的发生了。

“你们准备搬到哪儿去？”我问。棺木工面有倦色地摆摆手，“离这儿不远的一个村子，我得在那儿重新盖个房子。虽然我都不知道到时候会不会有生意。”他叹了口气，“你知道最可笑的是什么吗？”

我已经猜出了几分。

“他们付的拆迁补偿费。”他不屑地噘了噘嘴，可怜的老棺木工人。

为了治治脚上那块发痒的皮肤，我第二天起程前往华清池，它位于半山腰上，离大路不远。

池水的医疗效用，尤其针对皮肤问题的疗效已名传千年，甚至大美人杨贵妃也在此沐浴过。

她作为后宫宠妃的日子并不长久，兵变危及皇权时，她卷入朝廷权力斗争之中，无奈被玄宗赐死。直至今天，人们还讲述着贵妃缢死后，玄宗落下的苦泪。在数不清的凉亭、树木和喷泉间踉踉跄跄地走了一会儿，我终于找到了出租浴房的楼。我的那间布满了大理石和仿金装饰，俗气得反倒让我激动起来。

需不需要小姐陪同？门口的女士问我，但我考虑的时间对她来说显然太长了。门咔嗒一声在她身后关上，我独自和泉水待在一起。

要想治疗脚气，把脚在热水里泡上几个小时当然是没用的。而且，如果你之后还有很长的一段路要走的话，皮肤被泡得又涨又软，结果恰恰适得其反，但这我也是后来才知道的。

2月29日，我终于到了西安，西安城似乎在最后的几公里之内从尘土中拔地而起一般。首先，只有一座高速路桥。然后，我来到一个十字路口。路口站着两名交警，正绝望地疏导着交通。

与此同时，道路两边的各种作坊及破旧餐厅渐渐消失，占据它们的位置的，是一栋栋越来越高、离得越来越近的楼房，广告牌的数量在增加。通过长乐门，我来到了古城墙内，玻璃墙体的高楼直耸云霄。现在，我得穿过主干道上熙攘的人群。购物袋无处不在，售卖食物的小摊儿上散发出各种香味，一个姑娘的裤子上写着一句英语："That's all folks!（到此为止啦，伙计们！）"这一句话形容我倒也有几分合适：横跨古代中国的这条路我走了快四个月，从清朝最后的皇城走到中国的第一座国都，近一千五百公里。这一部分路程已经告一段落，丝绸之路的起点将从这里开始！

一直到晚上，我才意识到今天是2月29日，是妈妈和我每隔四年都要一起庆祝的日子。

我们第一次一起庆祝是1996年。那年我十四岁，父母正为离婚闹得不可开交。那天，妈妈突然出现在我房间门口，说："他们不能在这儿待下去了！"他们，指的是我的曾外祖父和曾外祖母。

他们是二十世纪七十年代随着妈妈的匈牙利家族从特兰西瓦尼亚逃亡出来的，我称呼他们为"Nagytata"和"Nagymama"（匈牙利语的"爷爷""奶奶"）。问题的关键在于：他们不仅已经老得干瘪，而且实在无法相处。自从他们住到我们家，家里就如战场：Nagymama是个爱扇人耳光的尖声尖气的复仇女神，Nagytata自从某次有关电视音量的争吵之后，每次走向餐桌时总是拖拉着脚步，手里握着根短棍。

十二年前的这个2月29日，妈妈和我只看到了一条出路：住在埃菲尔地区的舅公，不管怎么说，他也是这两个老人的儿子。我们直接把人卸在他家，不管他是否愿意。就这样，我们把人塞进车里。车行驶在路上，他们俩手拉着手，用匈牙利语互相交谈着。我让妈妈翻译给我听，她说，他们在聊我们刚路过的那片桦树林。Nagymama和Nagytata认出了这种在他们年轻时生活过的喀尔巴阡山区随处可见的树木，认为妈妈和我准备把他们带到一个偏僻无人的地方灭口。妈妈翻译完后，干巴巴地笑了两声。我就在也跟着笑时却发觉，她其实是在哭。

游泳

右臂，左臂，换气，别忘了腿部动作。蹬离池壁，滑行一段，再伸展手臂，身体似乎没有任何重量。透过眼角，我看见一个个小气泡上升。水清而且凉，所有声响都被削弱了，我自己的呼吸声如同一阵阵规律的低吼。似乎又回到了当年在游泳协会的日子，我一抬头，看见站在池边饶有兴致地注视我的宾馆工作人员。

“游得真不错！”其中一个在我靠在池边喘气休息时说道。虽然我摇了摇手，但对他的赞扬还是心存感激，因为游泳基本上是我会的唯一的体育运动。

之前几天过得有些混乱，我楼上房间里有整整一百张粉红色毛主席头像，滚烫地堆叠在我的背包里。那是不属于我的一万块人民币，它们是我到达西安的那天，一位名叫毛毛的女士交给我的。此前，她已经为我付了晚饭钱、我住的星级酒店房间费和导游的费用。“是你朋友Steven（史蒂文）给的。”她把装着钱的信封塞到我手里，我蒙了。Steven跟我连面都没见过！关于他，我只知道他是香港人，已经在加拿大生活了好几十年，对我的徒步似乎很有兴趣，偶尔给我发来几封鼓励的邮件。

我不能收下这笔钱。

但我试图把信封退还给她时，毛毛却说她不想掺和，我得自己跟Steven说。当天晚上，我收到了他的邮件：“Chris，keep the money for now，we can talk about it later!（雷克，钱你先拿着，以后再说！）”

小象也不知道该怎么办才好。

不管怎么样，我都不想在那家星级酒店住下去了。得另外找家宾馆，最好价钱便宜，网速够快。导游表示愿意帮我一块儿找，于是，我把背包扛在肩上，慢慢跟在她后面走。要在这个百万人口的大城市找家合适的宾馆，肯定不是什么难事。

我们在西安城里东窜西跑地走了六个小时，有些宾馆太贵，有些没有网，有些又没有空房。

心里越不踏实，我越固执—— 一向如此。

傍晚时分，导游脸上的微笑已经夹带着几分备受折磨的神色。在城西的工业园区，我们终于找到了我的理想住处：一家刚开张不久的商务酒店。霓虹闪亮的高楼塔一般地竖在这个钢筋混凝土世界里。我住进二十四层的一个房间，一种完成了某件伟大事业的感觉莫名而生。

实际上，我要面对的问题一个都没少：脚伤、签证，还有信封里的钱，都与之前一模一样。不过，我现在住这家宾馆配有游泳池，每天都有好几十万立方米清凉的水二十四小时地候着我。

没过多久，我便意识到自己还是赶紧从池子里出去比较好。我在更衣室的镜子里看见自己：比几个月前瘦了一圈，头发乱糟糟的，胡子像个草窝——一名脚气患者就是这副模样。

昨天我去看了医生，更准确地说，我去了医院，大清真寺和大雁塔并没给我留下多么深刻的印象。跟小象通电话时，我抱怨脚不舒服，她坚持说我必须马上把脚治好。因此，我去了医院，挂了个号，百无聊赖地坐在皮肤科等着叫号，又观察了一阵其他在等的人。然后，我领到一支药膏，以及至少两周别穿登山鞋的建议，真是令人沮丧。

我决定回自己房间洗澡，坐电梯上二十四楼。走廊墙壁上挂满了酒店各种服务设施的彩色广告：游泳池、歌厅、按摩以及中、西餐厅。我忽然想起晚饭的事，毛毛和她的一个朋友临别前请我吃了顿大餐，并点了一道极具特色的菜：驴鞭。不说肯定没人认得出来，盘里盛的东西看起来就像切片的萨拉米香肠，只在稍稍偏离中心的位置有个孔。

毛毛的朋友笑得就像一位慷慨的施主，一边声称这玩意儿益精壮阳效果不凡，一边冲我眨眨眼。我做出了每一个外国人在类似情况下都会做出的反应：吃下那傻兮兮的驴生殖器，并对全过程进行摄像。

回到房间里，我略有些恍惚地在床边站了一会儿，注视着下方城市的盏盏灯火，接着，我走到电话旁，拨通了按摩中心的电话。

一个男人的声音传来，问我想要普通服务还是特殊服务。

“哪儿的？”我回问道。“国外的。”他说。“国外的？”“对，我们有外国交流生，有英国，俄罗斯的，还有捷克的。”我一惊，“多少钱？”“一千，加一百块路费。”一千块，真贵，但我已经禁不住开始设想起了可能发生的情景。我们是否会在对方的臂膀中躺下？卖身女和徒步者。我们是否在床上嬉闹，给对方讲述自己的故事呢？那些将我们共同引至这个遥远的地方的故事。

“俄罗斯的。”我听见自己说。

半小时后，有人敲门。我刚洗了澡，披着酒店的浴衣。打开房门，我看见的不是一张而是两张脸：一位身着小礼服的金发女郎旁边还站着个穿西装的中国男人。

“啊！”我叫了一声。“啊！”中国人回应一声。金发女郎却已立即破口大骂起来，双眼鼓起，筋脉暴起，唇角扭曲，手臂乱舞，她的漫天咒骂冰雹般砸在中国男人和我身上。虽然一个词也听不懂，但我知道她说的不是什么好话。

我的眼神和中国男人的撞在一起，他也全然不知所以。此时，金发女郎已经转过身，继续骂骂咧咧地走向了电梯。就在中国男人朝她追去时，我突然想到别人或许以为他们是对正在拌嘴的夫妻呢。他们俩走了，周围又安静下来。房门慢慢关上，我走到窗边。桌上有一张飞往北京的机票。日期是3月7号，还有三天。我还在纳闷着刚才发生的事，电话响了，是那个中国男人：他对先前发生的情况感到非常抱歉，但他事先也不知道俄罗斯女郎不愿意与外国人合作，需不需要叫捷克姑娘过来？

我想了想，同意了。半个小时后，又响起敲门声。我打开门，刚才发生的一幕却又分毫不差地再次上演。就在我重新关上房门时，西安成为了不止一个，而是两个卖身女暴跳如雷地拒绝我的城市。

第二天早上，我系上鞋带时，一种获得自由的感觉油然而生。

离开酒店，我踏上了西安的出城公路。我从公园中一座大漠商队的石雕旁路过，雕像有人，还有骆驼，一幅古丝绸之路的标示图立在一侧。我把食指放到西安那一点上，慢慢滑向我的下一个大站：工业城兰州，大约还有一千公里。过了兰州，戈壁滩便从某一处开始。我想着脚和签证的问题，想着整个情况现在已如此复杂，到了戈壁滩上又会变成什么样子呢？

幸而走路能让人平静。接下来的六个小时里，我要做的事情就是将一只脚伸到另一只前面，注视路边的房屋如何越来越小，越来越少。不知何时，我又回到了乡间。西安城以一周前向我问好时同样的方式与我道别：一座庞大的高速路桥。

白痴

我在北京待的四天既真实又虚幻，有如回忆一个频繁反复的梦境。飞机着陆时，天刚蒙蒙亮。

我坐着机场大巴回到了曾经住过的城区，奥运宣传牌随处可见。小黑来给我开门时还穿着内衣，就像个幽灵一样，整个家里乱得几乎无处落脚。

“老婆带着小子在湖南，我就一直工作。”他一边说，一边打着哈欠又倒回床上。

他儿子出生的那天，我在于家石头村迷了路，一晃都快三个月了。那天，我们通了好几次电话。我在山里探找着通向国道的路，小黑正从离我不远的地方开着车向南开车狂飙一千公里，回家迎接儿子的降临。

“你屋里搬进了一家公司，”他躺在被子底下嘀咕了一句，“现在比以前还没劲。”

今天是周末，使馆不上班。星期几对我而言似乎早已失去了意义，连我自己都对此感到惊讶。

无事可做。小黑平时都在夜里工作，白天，我们就一起看碟，玩游戏，好像我从没离开过一样。楼下院子里一切如前：老头儿、老太太欢喜地招手，水果摊儿老板娘开着我胡子的玩笑，卖DVD的小贩说了句“好久没见啊”，便将一沓动作片递到我手里。

我在西安买的治脚气的药膏遭到了小黑的嘲笑，“你听我的，那玩意儿没用！我是南方人，我们那儿的人都知道要怎么办。不然，你说它为什么叫‘香港脚’而不叫‘北京脚’啊？”

不一会儿，我的脚泡在了一盆绿色液体里。药水很刺激，皮肤一阵阵火辣辣的疼。“半小时！”小黑说着，一边笑嘻嘻地把游戏机手柄塞给我。

时间刚过一半，我已经疼得受不了了。

第二天，我在大使馆申请护照时，双胞胎姐姐打来电话，她娇嗔地责怪着我回了北京居然没跟她联系。姐妹俩想找我去她们家玩儿，她说。她说这句话的声调语气几乎让我的心滑进了裤裆里。

姐妹俩?

填表格，交照片，付费，一切似乎都是自动进行的。我来到她告诉我的地址时，手心里都是汗。她打开门，妹妹站在她身后。屋里洒满了阳光，她们脸上的微笑一模一样，问我要不要喝点什么。

我们坐在沙发上，随意聊着些关于她们住的房子的事：一切都是姐姐婆家出钱置办的，她老公收到一辆跑车作为结婚礼物，妹妹就住在楼上，房子结构一模一样。我听着，拨弄着她们的头发，抚过她们背部的曲线。我能感觉到她们的每一呼，每一吸，她们俩就像猫一样。

突然，妹妹站起来走开了。

一个小时后，我靠在公车站牌边，手里端着个蛋糕——是妹妹送的。在姐姐和我重新穿好衣服时她才回来，还带了个蛋糕给我。站着等车时，我感觉自己好像一个魔鬼，一个需要饭食和活人供奉的魔鬼。蛋糕上有很多奶油，我讨厌奶油蛋糕，把它扔进最近的垃圾桶里，上了公交车。

站在小黑家的楼梯间里，我又看见了墙上的那些字，它们被人用白漆涂了一遍，但还隐约可见。我真是个白痴。

“你简直就是个白痴，”小黑说，在送我去机场的路上，他看我的眼神中夹杂着几分同情，还有几分嘲讽，“你先干了这么个事，然后还跟你女朋友说?”

“她不是我女朋友。”我答道。他只应了一声：“嗯。”我想到了那一万块钱，想到了那些尖叫的妓女，想到了一切怎么变得这么复杂。电话里，小象哭了。

坐在回西安的飞机上，脚痒难耐，皮肤长条长条地脱落。不用担心，小黑说过。科隆市市长办公室发来一封邮件：回巴特嫩多夫的途中，我能否绕道科隆呢？北京和科隆可是友好城市。

我的座位靠窗，旁边坐着一对老夫妇。老太太怕坐飞机，老爷爷伸出一只手放到她手上，她充满感激地望着他。我闭上眼睛，身体陷进飞机座椅里。我真是个白痴。

母鸡

四周没有一丝声响，也没有小象的短信。我在咸阳一家名叫“彩虹”的宾馆里，却满眼全是褐色，墙面、地板、桌子，从内到外，只是褐色的深浅不同罢了。我无法继续走，我的脚就像一只刚蜕了皮的爬行动物，感染的地方已经形成了一块血痂。我不停地给小象打电话，她的手机关机。

西藏有动乱，有人送了命。全国的小朋友本来都该去参加学雷锋纪念活动的，但在警察和示威者真刀真枪相见的时候，大概也没有谁还有这个兴致了。

李露打来电话，我们之前一起上了两年北京电影学院。当时的我们俩都认为中国很美好，其他外国人都个个太傲慢。不管是她还是我又干了什么糗事，我们都能一起笑得前俯后仰。但这一次，她没有笑。她很严肃，“你就发了个短信？”她问。我没吭声，她接着说：“我能理解，小象不想再跟你有任何联系了。你知道她看到你的短信时的反应吗？当时我和她坐在咖啡馆里，突然她就不说话了，整个人变得很小很小，接着就哭了起来。”

糟了，糟了。

我给爸爸打电话。他问起我的脚气和护照，问我是否想过减轻一点背包的重量。我说完小象的事情后，他没吱声。我知道，他一直希望小象能把我带回理智的生活轨迹上，让我终止这个满世界乱走的计划。然而，正在我心中的沮丧慢慢膨胀时，他却给我讲起了一群母鸡的故事。我爸爸的职业是兽医，他说他在工作时注意到，鸡群中只有一小部分敢走到院子里去，绝大多数都一直待在谷堆旁。此外，还有为数不多的几只，非要一直朝前跑到栅栏边去不可，无论对它们来说有多危险。

我感动极了。我不知道这故事是不是他自己编造的，也不知道其中是否含有更深的道理，反正，我感动极了。我爸爸，一个从来都保持着清醒的头脑、专心搞科研的人，给我打了一个有关母鸡的比喻。

“我可不是母鸡！”最后我说。他轻声笑了笑。

三天后，我再次上路。双腿发软，整个人都疲倦极了。这三天，我几乎没有睡觉。我在脚上抹好护理乳液，便直勾勾地盯着窗外：太阳上升、下落，城市街灯通明披上金色的裙装，我能看到西边那条自己将要走的路。相机架在窗台上，每隔几小时，我便按一次快门。

我用这些照片剪辑连成了一段视频发给小象。除此之外，我想不到更好的方式。一天后，我收到了她的答复：“你也睡不着？”

走向城外时，我心里在想，其实自己对不起咸阳城。我什么都没看到，也没有跟任何人说话。

我目无一物地在城里游荡，就如古时的商旅一般。现在，我却真要把这座城市留在身后了。

刚迈出几步，脚又疼了起来，但我为重新上路欣慰不已。我要走向地平线，要去看看地平线之后的风景，然后去下一道地平线，再下一道。我的目的不是在寻找自我，也不是在采风赏景。山西的污染与别处的山间幽静对我来说拥有同样的意义，所有的一切都是新的。我呼吸的空气无论滋味如何，永远都是新的。

走路的时候没有烦恼，有的只是需要解决的问题。在哪里睡？在哪里吃饭？脚疼。当我在这世界之中胡乱走路的时候，当我抬起一只脚伸到另一只前面的时候，我努力不烦恼——我讨厌烦恼。

天渐黑时，我问一位老人到礼泉还有多远，他只呵呵地笑了两声作答。“你今天肯定走不到了。”他大声说道，还一边嬉笑着模仿起我一瘸一拐的样子。我对他油然而生好感，这位满口无牙的“国道之王”。

我在名为店张的小镇上找了家旅馆，这个地方是如此的小，似乎一个十字路口已是它的全部。

水果摊儿上有胖胖的毛茸茸的桃子卖。我走进一家小餐馆，点了份有土豆的菜。土豆让我想到家里，只是这里做的比家里的好吃。我正吃着，忽然过来几个人坐到我旁边，他们声称店张曾经属于丝绸之路上的第一站。我把盘子里的菜送进肚子，幻想起一支驼队突然出现在门前。我给小象发了条短信，就只有一个单音节的单词作为回复，但也总比没有好。

这天晚上，我一觉睡到了天亮，好多天以来头一次。醒来的时候已经不早了，我迷迷糊糊望向窗外，外面有集市，地上堆满了待售的货物。天如此的蓝，阳光如此的暖。人们纷纷支起阳伞，大大的、色彩缤纷的阳伞。我又想起了在快到临汾的地方遇到的，那个打着阳伞走在雪地里的人。又愣了一阵，我才辨认清眼前的事物：街道、人群、伞和太阳。

今天是我上路的第一百三十天——春天来了。

春

Chapter 3
第三章

THE LONGEST WAY

不许推辞

2008年3月17日

店张，陕西关中平原

我躺在一棵苹果树下，天已经暖和起来，我脱掉外套和冲锋衣，索性连T恤也一块儿脱了。

世界充溢着春天的芳香。一只蜜蜂在我眼前飞舞，繁忙地停留在一朵花苞上。我自己也一怔，纳闷起来：我竟对它没有半点害怕。不过，我也实在懒得跳起来跑开，为安全起见，我还是盯紧它为妙。它飞向另一个花骨朵，再次跳起了忙碌的舞蹈。

离开咸阳后，我转向西北。虽然通往兰州的另一条路山路较少，但我还想去看看武则天墓和平凉市。两年前我已经去过平凉，现在去是想知道它在这两年间是否发生了什么变化。

我站起来，穿上T恤。在果园中放眼望去，遍地都是低矮的果树。树上的花大多还没开，但看样子也不过还需几个小时，最多不过几天的日照，这里便将化为一片花海，方才那只蜜蜂定会在这漫花丛中转花了眼。

今天的目的地是礼泉。走进县城，我看见了许多小朋友，有坐在楼门口小桌前做作业的，有在行道上追打嬉闹的，还有穿着开裆裤在父母腿边跌跌撞撞、惊声尖叫的。

眼前的一幅幅画面让我完全忘记了找住处的事情。我走过小县城的一条又一条街道，朝孩子们招手，给他们拍照。一不留神，我已经横穿了整个县城，再次站在了西北方向的国道上。

一家按摩店门前挂着“住宿”的牌子，我走进去问问。经理注意到我脚上有伤，坚持要请我做个足疗。我带着几分惊慌连忙拒绝，但他显然误解了我的意思。他以为我只是客气而已，于是便采取了任何人在这种情况下都会采取的行动：强迫我接受他的好意，“不许推辞！”

他一边细声说，一边把我推向门边，“外国朋友在我们中国走了这么远的路，我们起码得请他做个足疗嘛！”

我离门越来越近，怎么办？现在只剩下最后一个办法了——说出尴尬的事实：“我有脚气。”

我小声说，两眼直盯着地板，脸唰的一下红了。

“那又怎么样？”他笑起来，“完全不成问题！”

我们进入休息室里坐下，喝茶。女按摩师们黄黑相间的制服看起来有点像慢跑服，整间休息室又大又亮。我心想，这跟以前北京我家附近的那些按摩店可大不一样，那些店里晕红的柔光中，总时不时地传出几声嬉笑和呻吟。

“我们这里可是正规按摩店，没有那些乱七八糟的东西。”经理郑重地对我说，我点着头应了声“嗯”。

轮到我了，一位按摩师指指门口，带着疑问的眼神看看经理。

“脚。”经理说。见我还在犹豫，他便起身又推我到门边。

女按摩师话不多。我也不知道她是否能够忍受我这双走路的脚，先把脚泡在热水里洗干净，用毛巾擦干，接着她便开始揉捏起来。这是最惨的部分，我忍不住在座位上扭来动去，还小声叫起来。脑子里有一个问题在打转：这个纤瘦的姑娘哪儿来这么大的手劲。对她来说，我就像块面团一样。好不容易结束了，她瞥了我一眼，问是不是所有的老外都跟我一样敏感。

我四肢发软，一瘸一拐地走回房间。

第二天，在路上，我收到小象发来的短信：圣灵降临节她还是决定留在慕尼黑。圣灵降临节是复活节后第五十天，一般在五月中下旬，德国学校放假一周。她原本计划来看我，但现在改主意了。我走在明媚的蓝天下，看见路旁树上的花苞缓缓绽放，心里在想：圣灵降临节，我自己又会在哪儿呢？

一座教堂从天而降般地出现在我面前，我离开大路朝它走去，走近些才看清：教堂很小，但外墙装饰华丽，三个塔尖上都立着十字架，拱形大门，整体看起来很新很干净。我突然想起了胡阿姨，想到她家小店墙上挂着耶稣像，身旁的照片中是她在北京念书的儿子。

一位中年妇女朝我迎面走来，手里牵着个小朋友，她面带微笑地把手放在胸前说：“上帝保佑你！”我忽然莫名地觉得，这句话和“阿弥陀佛”听起来竟有几分神似。这座教堂让她备感骄傲，它全是靠教区的兄弟姐妹们自己出钱修的，阿姨告诉我，政府不支持，也不反对。她为我打开门，我走了进去。高顶，空间大，蓝绿色调很重，画着乌云的墙前竖着钉着耶稣的十字架。这倒有几分像某个死亡金属乐队的专辑封面，我心里这样想着，立刻又为自己居然拿这种事开玩笑自恼起来。我独自站着，四周静悄悄的，空气沁凉。我又看看这位“死亡金属耶稣”，在胸前画了个十字，走到木椅前跪了下来。在我一个人的时候，我已经慢慢养成了吃饭前做祷告的习惯，大多数时候我都有愿可许：希望自己能更有耐心，或者希望谁现在过得很好。但有时我也不知道自己该祈祷什么，于是便在心里默数到十，感谢眼前的这碗面条或米饭，运气好的时候还能感谢一份鱼香茄子。

我在教堂外的阴凉处躺着看书，之前那个小男孩跑了过来。他大概只有两岁，跑起来的步子摇晃不稳但还迈得挺大。奶瓶含在嘴里，用两只手握着，他看我的眼神中流露出一种十分严肃的好奇。他跑到我身边，伸出一根指头指着我，另一只手握住奶瓶，嘴里开始嘟哝起来，听上去好像是一连串的“嘎，嘎嘎，嘎嘎，嘎”。

一场对话就这样开始了：他说嘎，我随便回答一句什么，他又说嘎，如此下去。

那位中年妇女回来时，我惊讶又嫉妒地发现她居然能听懂他的话，他叫豆豆。见我叹了口气背上背包，他便又指着我，嘴里念叨起他的嘎嘎文来：“嘎，嘎嘎，嘎！”阿姨笑了，豆豆把奶瓶放回嘴里。只有我一手撑在登山杖上，茫然地望着他俩。

“他刚才又说了啥？”“他说，你的背包看起来好像很重。”

佛教徒

武则天名曌。

我渐渐走近时才发现，她的墓看上去不仅比秦始皇陵要大，而且还大得多，有如一片泥泞中耸起的一座山。

起初，售票员没听懂我的问题，后来又转而笑起来。实际上不是这样，她跟我解释，秦始皇陵是他当年下令人工堆砌的，而唐朝的皇帝都倚靠天然的山岭修筑他们的陵墓。

一条铺满石子的小路通向山顶，路两旁立有许多骏马以及各方贤人志士的雕像，其中许多少了头。一位戴帽子的老人若有所思地站在一匹马前，从他身边经过时，我听见他低声的自言自语。除此之外，四周一片寂静。天空是灰色的，下着毛毛细雨，这样的天气，参观陵园拜访逝者再合适不过。

武则天在此已经躺了一千三百年，我尝试着在脑海中勾画出她的形象。应该既不像杨贵妃那么柔也不像慈禧那么硬，我觉得她应该更像毛主席的夫人江青，手握大权的同时又拥有丝质的马桶，只不过比她更美些。

公元638年，武则天入宫时，才是个十四岁的小女孩，当时无人料及她将颠倒乾坤。

而她也的确与众不同。帘幕之后的权势无法满足她的胃口，决定改唐为周时，她已年过六十五。她自称“圣神皇帝”，掌权至病逝将近三十年。

武皇墓的可看之处不多：矮塔，几排塑像，还有一块墓碑。塑像都整齐排列着，身上的袍服样式各异，个个都双手对抄在袖筒中，几乎所有都缺了头。我想到了“文化大革命”中麻木的人潮，平遥城外辣椒堆旁被毁的寺庙，以及提起那段岁月刘爷爷发出的那声叹息。

我后背微微发毛地没有目的地转了一会儿，最后在墓碑前站住了。碑足有两人高，由浅色石块雕刻而成，没有刻字。我又绕着它转了两圈，整座碑上的确一个字也没有，非常光滑。

这碑上从来不曾刻过字吗？还是从前刻上去的字后来被磨掉了？我注视着空空的碑身，绵绵细雨亦渐柔和地润湿了我的脸。我越来越觉得这样的墓碑多么适合武则天啊。这位容貌倾城却心狠手辣的女皇，这位提佛教于道教之上、改天下为周的女人似乎在说：任随你们评论，我悉听尊便。

沿着北面的小路下山时，我不禁猜测到，我脚下的这座山里不知埋着多少稀世珍宝。政府至今都没挖掘秦始皇陵，也没挖掘武则天墓，不免蹊跷。官方的说法是技术不够成熟，如此的审慎耐心与地面上标示拆迁的一道道白线以及已被推倒的一座座老城实在不符，不过，我还是为此感到高兴。

我走在田间小道上，弯弯曲曲直至山谷。天空中出现一抹灰色，整个世界的轮廓都模糊了，细雨轻轻从侧旁打在脸上，很有家乡巴特嫩多夫的感觉。

这一地区山多，但又与山西有所不同：山西的一条条公路就像蛇一样在山中弯来绕去，这里的路相对较直，延伸进一段段黑洞洞的隧道之中。

来到第一节隧道时，我还停了下来。隧道口上方挂着一块牌子：行人免入。我抬起头，目光在山坡上搜索着一条可穿行过去的小道。但除了低低的树林，山坡上什么也看不到，没有别的办法了，我只好把便携灯戴到头上。

隧道连着隧道，尘土压着尘土，我尝试用可乐冲去嘴里的隧道味。

傍晚，当我到达仅由几幢房子和一个加油站构成的居民点时，已经顾不上先安排晚上过夜的地方了，首先做的事是吃饭。结果当然是，我吃得太多了。等我终于放下筷子，扶着肚子找老板要一个房间时，被收到的答复猛然一震：住满了。

听说附近有新的建筑工程上马，所以村里到处都是民工。我四下看去，这才注意到身边的这些人果然都不是卡车司机。他们身上既没穿立领衬衣，腰上也没拴手机包或者钥匙串。一双双眼睛中透出的，是流落异乡者才有的那种胆怯和好奇，他们看起来个个疲倦不堪。

我费力地重新背上背包，抓起手杖，朝人群挥了挥手。门外，天已经黑了。我今天已经走了三十公里。从这里到下一站，还有二十公里。几个民工跟我到门口，我再次挥挥手，他们也害羞地抬起手臂舞动了两下。接着，我慢慢迈步走起来。每一步，都是煎熬——我刚才吃得太多了。

这天夜里，还有一个隧道在等着我：我走得最辛苦的隧道。在离隧道口还有一个小时的时候，我已经意识到了它的存在。放眼望去，堵在路上的车龙似乎没有尽头，几乎全是卡车，只有为数不多的几辆小车夹在中间，好似一个个侏儒。我向一位司机打听，他叹了口气说：“交通事故呗。没办法。”

具体有多少辆车堵在隧道前，我没数，但少说也有好几百辆，一一挨着一直排到隧道口。隧道无穷尽地长，大约走到一半的时候，我看见两名警察站在他们的警车前。他们是怎么把警车开进来的？我实在无法想象。他们俩都情绪激动地打着手势，然后，我看到了造成堵塞的原因。

两辆牵引车撞在了一起，不留半点挽回的余地。我站住观察了一下眼前的情形：警察、警车、庞大的牵引车、隧道里汽车大灯的黄光以及不见尽头的车龙。他们要如何处理？既没有人行道也没有应急车道，他们怎样才能疏通隧道呢？

其中一位警察发现了我，他伸出手指指着我喊道：“哎，你！”他的目光中带着几分慌张。

他先看看我来的方向，又望向自己的同事，同事只耸了耸肩膀。他似乎本来还有话要说，但最后还是放下了胳膊，摆摆手示意我通行。他的声音回荡在我身后：“快出去！这里面太危险了！”

从另一端隧道口出来，我走出了光亮，踏进了夜幕中。车龙继续延伸着，足有好几公里。周围的气氛有如一场盛大的晚间野餐会：发动机熄了火，大灯也都关上了，驾驶室中不时地传来音乐声，人们坐在车前，聊着天。有的人在玩牌，其间甚至还可见一两只酒瓶。一位司机正对着后视镜刮胡子，另一个已经进入了梦乡。我沿着这长长的车龙，足足走了一个多小时。虽然脚痛难忍，但我备感轻松：我想到哪儿，就能走到哪儿。

在美丽的小城彬县，我休息了一天，不光为城中心的古塔，也为它名字中的“彬”字欣喜不已。

小象的名字里也有这个字，“文雅”的意思。我们又开始通电话了，这是好事。

过了彬县就是石窟地区了。我爬上摇摇晃晃的阶梯，正站在木架上努力保持着身体平衡，眼前突然出现了玄奘含笑的塑像。身着华丽的长袍，头戴精致的僧帽，这位几乎算是中国最为出名的行者与武则天生活在同一个世纪。

公元629年，武则天进宫之前，玄奘上书太宗，请求西行取经。虽然没有得到朝廷发放的通关文牒，玄奘依然私自上路了。整整十六年，他穿过中国西部以及中亚来到天竺。他带着佛经回到长安时，受到了唐太宗的热情接待。将近一千年之后，他也经历了三国英雄们同样经历过的遭遇：他成了明代小说人物的原型，并以此流芳千古。西行之路为他的故事增添了传奇色彩，使其广为人知。现在的每一个小孩都知道他在小说以及后来拍摄的电视剧中的名字——“唐僧”，所有人都听过三个徒弟护送他前往西天取经的故事。他们一个长得像猴子，一个长得像猪，一个长得像马，还有一个样貌欠佳的男人。

我过了好一会儿才反应过来，眼前的这尊雕塑不是玄奘，而是小说人物唐僧。他手里牵着马缰，猪就站在旁边，猴子甚至有一间属于他自己的房间。

离开石窟后，我来到一个围着煤矿井而建的居民点，满地都是煤渣，饭馆里坐着一群正喝着柠檬味啤酒的十一二岁的小朋友。现在是下午，时间还早。一幅瀑布装饰画挂在墙上，饭菜不怎么可口。喝啤酒的小朋友偷瞄着我，其中一个还给自己点上了一根烟。我多想跟他们说，酒还是最好过几年再喝吧。但我又有什么资格呢？我嚼着嘴里煮得过软的面条，盯着墙上的瀑布，耀眼的亮蓝。

匍匐与躺卧

我正从矿门口经过，发生了一件在我意料之外的事：一个煤矿工冲我挥起手来，似乎在示意让我进去。我回头看看，身后没有其他任何他可能挥手的对象，他笑着朝工友喊了几句话。

不一会儿，我站在了矿井口。工人们都双手支在铁铲上，正了正头上的帽子，冲我笑着问，我从哪里来，走了多远了，吃过午饭了没有。我们头顶上，运煤的传送带轰隆作响。一层轻薄的尘纱蒙罩在半空中。在黑煤的反衬下，工人们的脸就好像几副白色的面具。

我没待多久，因为不想给我们双方惹来什么麻烦，但对话中有两点我记在了脑子里：第一，矿上的工作很辛苦，但挣的钱比别处多；第二，再往前走几公里有一座石窟，据说比我之前见过的所有石窟都要大得多，气派得多。

他们说得一点没错：彬县大佛寺果然非同一般，整整五层楼高，屋檐优雅地翘起，主殿倚岩壁而建。佛像正襟危坐，俯瞰殿前的广场，广场上的人看起来个个都身型微小。通向石窟的通道都在殿内，大佛就位于其中一窟。佛像足有二十米高，周围的光线有些昏暗，它金色的脸和半闭着的眼睛差点吓了我一跳。

从石窟出来，一位老人招手，把我叫到身边问："哪儿来的啊？"并摊开手心，请我吃他手里的瓜子。

嗑开它们还真得费点时间。"你喜不喜欢中国菜"？他问。我的回答让他一惊，"我还以为你们德国人不喜欢吃中国菜呢！"

我问他为什么这样想，他给我讲起了几年前到这儿来修复寺庙的德国工人。

"一个个都可高啦，"他一边说着，一边朝上伸长一只胳膊比画了一下，一粒瓜子飞过，"都跟你差不多高！不过可比你胖多啦！"

这群又高又胖的德国人每天早上被大巴送来，晚上完工后又被大巴接走，但中餐，他们可从来没碰过。

"他们就吃些面包和西红柿，生西红柿！"他望望我，咧嘴笑了，"你说奇怪不奇怪：就吃这些东西，怎么能长得那么胖？”

他咯咯笑起来，我也觉得如此情景颇有几分意思：一拨来自德国工业区的人吃面包和西红柿，路途周折来到彬县后，维修佛像，继续啃面包。

“他们肯定是因为害怕闹肚子才自己带上了吃的。”我说。老头将信将疑地瞥我一眼。于是，我便跟他讲起了欧洲人在中国生活有多么不容易，没完没了的肚子疼，找厕所……

“……但过段时间习惯了，就好多了！”见他投来的目光中充满了同情，我急忙补充道。话题被我转移到了“文化大革命”上。我跟他说到处的雕像一个个都没了头，让我伤感，心疼不已。

老人摇摇头，“那可不是因为‘文革’，是唐武宗。”

他跟我讲起了晚于武则天一百多年，因信奉道教而大规模灭佛的唐武宗。在武宗的眼里，佛教是妖夷诳惑，威胁朝廷统治。他拆毁了成百上千座寺庙，勒令僧尼还俗，并没收其财产。

“把雕像的头毁掉就是为了让人们知道，这天下还是他说了算！”老人笑起来。

第二天，我脱掉外套，光穿T恤走都还觉得热。小朵的云彩悬挂在空中，一棵棵树木朝它们伸展出枝干。眼前的景色每一步都不同：绵延几里的尘土与园林般的春色交替登场。

一座高架桥将公路高高托到四周风景之上，桥拉长为一个大弯。桥下方，一条浅棕色的河流过。从上通过时，我看见脚底深处桥身的影子，还有我自己的，一个缓缓移动的小点。

有人正将一头牛运往渡口对岸，远处可见房屋和田野。我观察着自己如何作为一个点在桥上移动，不禁一阵欣喜。

村里的人心情都不错。冬天已经过去，夏天还没来到，这时候还有一个大胡子老外冒出来给大家添点乐子。不少人聚拢到一堆，那架势好似要在公路边开个小派对一般。你知道阿甘吗？其中一个问。所有人都笑起来。阿甘，又是他？另一个人则拿我在西安买的手杖开起了玩笑：你是不是正在找滑雪道呢？又一阵爆笑。只有一个小男孩神情严肃。他专注地望着我问：“你是美国人还是日本人？”我好不容易才忍住没笑出来，因为他看起来没有半点像在开玩笑的样子。

我手里端着碗面的时候才听说，外国人从来都不会在这里停下。人们虽然有时会见到坐大巴的、开车的、骑摩托车和骑自行车的老外，但所有都只是匆匆路过而已。

“他们这群笨蛋！”我甩了甩手，“谁不在这儿停下来看看，完全是他自己的损失！”嘴角扬起，拍拍肩，再来碗面，一张被笑脸充满的合影，完美的一天。接着朝前走了几公里，我看见一个不是在走，而是在地上匍匐爬行的人。那样子看起来多半是个女人，但我看不清脸。她身上穿着件很厚的大衣，头上裹着一块也许曾是白色的头巾，双手戴着工作手套，膝盖上绑着垫褥。头低垂着，手脚并用地朝着与我相同的方向行进。

我蒙了。我上一次见到这样的场景是在拉萨大昭寺门前，喇嘛教徒按照佛礼习俗在殿外原地磕长头，几百次，几千次，年轻人磕的次数得是老人的两倍。

眼前的这个女人是要去哪儿呢？我们前方是穆斯林地区。如果她要进藏的话，不是该往南边去吗？难道她弄错了方向？

我清了清嗓子，谨慎地与她打了个招呼，但她连头都没抬一下。一个骑自行车的人出现在我身后，他瞪大了眼睛先瞅瞅我，又看看她。我抬起胳膊请他停下，一张脸上画满了问号。

我提出的这位五体投地的女人所做为何的问题被他一句话就敷衍过去。“肯定是个疯子，”他说道，歪着嘴一笑，“别管她！”疯子？我从没考虑过这种可能性。哪个疯子会在爬行前进之前戴好手套绑好护膝？“肯定是个疯子！”那男人见我有些犹豫，重复了一遍，还形象地举起手来在脸前晃了一下。

“如果真是这样的话，我们不该帮帮她吗？”

“不用我们帮她，政府会来管的！你接着走你的路吧！”

他再次举起手在脸前晃晃，冲着那个女人的方向，又竖起一根大拇指算跟我道别，然后，他便消失了。我能听见的，只剩下那女人匍匐在地面上划刮的声音，以及车辆渐渐驶近的低沉的嗡嗡声。我给她拍了张照，又小声说了句“不好意思”。她依旧没有抬头，我便接着走我自己的路，朝着甘肃的方向，还有多远？二十？还是三十公里？

我在甘肃的第一顿晚饭就如经历了一场围攻。天色刚黑下来，我跨过省界，看到两块牌子不禁兴奋起来：“驶出陕西，祝您一路平安”“您已驶入甘肃平安大道”。我走进第一个村子里的第一家饭馆，点了菜单上的第一道菜：面条。照旧，接下来，围攻开始了。

那是一群为数过十的孩子，他们站在窗外，一张张脸贴在玻璃窗上，对我的一举一动发表评论，哪怕隔着玻璃，我也能听见他们高高的嗓音。

“他在吃面！”“他在喝可乐！”“他留着大胡子！”饭馆老板跑到门边，佯装生气准备把他们赶走。我跟他说没关系，他们完全不会妨碍我什么，还正相反。

我离开饭馆时，他们跟了上来。

“叔叔，你干吗不去我们村住呢？”我换到马路左边走以便随时能看见对面来车时，他们问道。还没等我开口，另一张小嘴里已经蹦出了下一个问题：“我们为啥走路这边？”

一个年纪稍大的男孩对如此这般的无知长叹了口气，“这还用问吗！”他神情严肃地环视了一周，说道，“国外的车都是靠左开的！”

“噢！”孩子群里发出一声。

我让他们跟着我走到一家小卖部门口，村子就在前面，现在该是回家的时候了。但要摆脱他们没那么容易，我不准备拍张照吗？

其中一个男孩在我们走来的一路上都没说话，我问他愿不愿意帮个忙，“你能不能直直站着，三十秒不动？”

他的小脸一亮。

我把相机固定到三脚架上，其余的孩子都围过来看。我们的模特儿已经到位：他得站在小卖部门口，成为相片上一个黑色的人影。在越来越沉的黑暗中，门窗间透出的光亮使得整幢房子看起来像一个巨大的灯笼。“开始啦！”我叫道。快门咔嚓一声响，所有人都屏住了呼吸。

三十秒的时间很长，小男孩一动也没动，相机终于发出了第二声咔嚓。照片出现在相机显示屏上，我身边一阵欢呼雀跃，我把小男孩叫了回来。

第二天早上，我生平头一次在鸡鸣声中醒来。我躺在一家药店里屋木板床上的睡袋里，窗玻璃上有几道泛着绿光的裂纹。

与收留我过夜的夫妻俩道别后，我又为这漫长的一天储备了些食物。自从出了西安，公路的海拔一直保持在一千米以上。从地图上来看，今天我将经过一个山口，进入一片延伸到平凉城的平原地区。

离开小村时我才注意到，村子名叫“飞云”。我仰头望向天空，无云。

岩壁接连出现，愈来愈高，也愈来愈宽大。公路划过长长的弧线，将自己挖埋于其间。突然，眼前出现了一段很陡的下山路，这里一定就是山口了。

车辆从我身边嗖嗖驶过，许多都熄了火，脱挡滑行。弯道处，喇叭声四起，货车左右躲闪互相避让。我紧贴在岩壁边，情况糟透了。

我仅有一次见到了另一个行人，他迎面朝我走来，长发，长胡子，挎着布包，手握一根棍子。样子就像是从某部老功夫片里走出来的，民工？还是流浪汉？

我们俩之间的距离越来越近，他谨慎地瞥了我一眼。我问他进城还有多远，他微微一笑，礼貌地说：“到泾川还有大概十公里。”便又接着走了，只剩下我还立在原地，感觉有几分奇妙。

为什么他说的不是中国农民习惯用的里，而是公里？为什么他说话不带任何地方口音？为什么他身上的衣服看起来那么干净？

我低头瞅瞅自己，似乎我所走过的三千五百里的尘土都通通沾在了身上一样。再抬起头时，那人正慢慢消失在公路弯道处。他身后的布包最后一甩，便没了人影。我想象着他会是个什么样的人。或许是位徒步者。

在上海城中，便立着这样一位徒步者的塑像。他叫余纯顺，二十世纪八十年代末徒步游历了几乎整个中国。1996年6月，他计划徒步纵穿罗布泊，结果遇上了沙暴，不幸脱水遇难。在他的日记中，我一次又一次读到像“意志”“坚持”这样的词语。有时我会想，最后，这一切对他而言是否已经成了某种自我强迫，连他自己也无法操控了呢？

这些山岩也并非密不透风，它们时不时拉开一条口子，泄出一抹旷阔的风景——山谷起伏绵延，白色、粉色的桃花和杏花装饰其间。我从远处惊讶地注视着它们，来到一排栅栏跟前。栅栏上标注着“禁止攀爬”。我翻过去，小心地试探着寻找下山谷的路。没过多久，马路和那人类文明的喧闹就再也听不到了。鸟儿叽喳叫着，野蜂嗡嗡飞舞，果树的花蕾散发着微香，柔得如雪花一般。

这才是真正的桃园，我心想。要勾勒出三兄弟结义的场景，也不再是难事。自我在涿州见到朱辉到现在，已经快五个月了。

我放下背包，铺开垫子。又脱下袜子扯出鞋垫，摆到一旁晾干。看看我的脚：右脚恢复得似乎不错，感染发炎的地方已经慢慢结起了痂；但左脚有些不尽如人意，后脚跟已经磨破了。我拿起鞋来看，吃了一惊：鞋的里衬已经完全脱落了！我伸手进去又按又捏地摆弄了一会儿，最后还是索性躺下来，把这恼人的事情抛诸在脑后。我躺在一丛杏树之下，静听着鸟儿鸣唱，何必焦躁不安呢？

一缕软柔的微风抚过草尖树梢。我脱下T恤衫，环顾四周：一个人也没有。我解开拉链，脱下裤子，还有内裤。光着身子，我躺在这属于我自己的山谷里，阳光暖暖的，不算灼热。

自然地，它便发生了。无须任何想象，任何画面，任何渴念，任何愿求，也并非为了寻找那随后而来的一刻清醒。山谷和我，无旁人打扰。天暖，日明，空气中漫着杏和桃的香气。我把自己投入这个世界中，睡去了。

我的花环

我在泾川待了两天，小城临河，四面的平原更如狭长的山谷，河岸两旁山岭伫立。

我拎着鞋来到市场上，跟人打听附近哪里有鞋匠。他正与几位同行坐在篷下阴凉处，等着顾客，一支香烟叼在嘴角。

听我说完，他瞧了瞧鞋里衬，建议在里面加一层皮料。

皮料？

“不用担心，这种皮很软的。”他说道。但我心里犯起了嘀咕，还是走为上计。

我宁愿再穿一天拖鞋，看看这个地方。我参观了一座道家寺庙，王母宫，与三名留着胡须的道士及一名道姑拍了合影，跟他们讲了我在一千公里以外的霍州结识的闫道长，直到现在，我还喝着他送给我的茶。

寺庙所在的山里有许多立着佛像的石窟，人称“千佛洞”，它们的历史可追溯到隋唐之前。

也就是公元五世纪，动荡的北魏年间。

刚踏进洞中，我就不禁放轻了脚步。一座座雕像在朦胧的光线中充满神秘地闪烁着，我几乎无法想象它们所经历过的一切。唐武宗灭佛，十三世纪被蒙古人占领，还有“文革”。我正要举起相机拍照，却被生硬地制止了——照相要有许可才行。

我回到市场修鞋匠的摊边，把鞋子交到他手里，他点点头。一根烟的时间里，刀子、剪子、胶水、锤子和针线便完成了它们的工作。一小堆人把我们围了起来，他们问我想干什么，我说我想去平凉。每小时有一班公交车，他们说。第二天早上，我走着上路了。

沿国道穿过山谷，朝西北方前进。修鞋的效果不很理想，穿上两双袜子倒也还能凑合。路很宽，几乎没车。我忽然听见身后传来一阵高高的嗓音，回头看见一群孩子，咯咯的笑声中，年纪最大的那一个被派来问我在这里做什么。

我们可以一块儿去他们最喜欢的鱼池边玩儿，他们提议说。就在山下河边，温房中间，不见一条鱼的影子。不过没关系，两个小丫头握着我的手杖跑来跑去，其余的孩子都在我身边坐着，在池塘边。我们从天上聊到地下：

——我妹妹漂亮吗？——漂亮啊，很漂亮。

——你们老外真的喝很多牛奶吗？——比中国人喝得多吧，尤其是小朋友喝得多。

——你到底有多高？还会长得更高吗？—— 一米九二，我十四岁的时候就不长了。

——走路无聊吗？——有时候确实挺无聊的。

——你从来不会想家吗？

在这个我们最喜欢的池塘边坐了快两个小时，离开的时候，我头上戴着一只花环。我给在巴特嫩多夫家里的妹妹贝琪打电话，她笑着说，我最近常提到小朋友，是不是自己也想要几个了。

就在这几天，我进入了回族地区。在北京和西安我已经见过回民了，西安城里就有他们最大的清真寺，但整村都是回民，我还是第一次遇到。

回族可能算得上是中国五十五个少数民族中最为复杂的民族，当然啦，这个藏族人与那个藏族人不同，这个蒙古人也不等于那个蒙古人，但至少他们的长相都与汉族人差别很大，也有自己的语言，而回族人又该如何定义呢？

他们最大的标志是，他们是穆斯林，但又不属于其他任何一个少数民族。他们在相貌上与汉族人差别不大，没有属于自己的语言，各个地区回族人之间的共同特点也不多。他们中许多都是几百年前丝绸之路上商人的后代，波斯人、阿拉伯人、乌兹别克人、塔吉克人，其他的都是改信了伊斯兰教的中国人的子孙。回民分散在全国各地，但生活在丝绸之路周边地区的尤其多。

我在这里首先见到的，是一位留着大胡子的老汉。我从村子里穿过时，他坐在板凳上，朝我投来一笑。接下来是一位围着鲜亮头巾的年轻母亲，把孩子抱在怀里。孩子手里捏着把小锄头，有些怕生地瞅瞅我。在名叫白水的小村里，我走进一座清真寺，一位戴着白帽的男人领我到一家穆斯林旅馆。

老板姓马，人很慷慨。旅馆住满了，他把自己的办公室让给我过夜。“我们这里可比汉族人开的店干净多了！”他面带几分骄傲地跟我解释说，并坚持点燃了煤炉，好让我洗个热水澡。

第二天早上我才发现，马老板的办公室里摆着一样的东西：一尊财神像。那画上的大胡子总让我联想到关羽。神像摆在小桌上，旁边立着一只香炉和两盆塑料花。有人在神像前放了一个苹果和一个馒头，这一切都实在难逃供品的嫌疑。

我没跟马老板提到这一点，不想让他觉得尴尬。临别时，白色的小帽无瑕地戴在头顶，短胡楂，眼神中满是欣悦，这一刻的他实在令人油然而生好感。我笑起来，“Salam aleikum（愿你平安）！”最后说道。他回答：“Aleikum as-salam（也愿你平安）！”双手合在胸前。

飞转的辅助轮

平凉对我来说是个不同寻常的地方，从我两年前第一次来到这里开始我就这么认为。当时，我从西安坐火车过来，整整两天什么都没干，只毫无目的地在城里转悠。我吃了不计其数的甜瓜，为鞋上扑上的赭色尘灰兴奋不已，这一切可都比坐在北京中文教室里好多啦。

那时，我认识了一位姓袁的老农民。

我从他家院门前经过，他邀请我进去喝杯茶。就在刚要拒绝的一瞬间，我却改了主意。我希望自己能变得大方些，别再用礼貌的幌子来掩藏自己的害羞。袁家的小孙子们在院里跑来跑去，我们坐在矮墙上喝茶，还聊到了德国。

他跟我这样解释，东德的经济衰退及其政治腐败尽人皆知，东西德合并其实早该在人们的意料之中。他忽地看我一眼，问我：你可是东德人？

他没有想让我不舒服的意思。

我差点被茶水呛到。

“袁爷爷，这些你都是怎么知道的？”身旁不远处传来母鸡的咕咕声，平凉城离这里还很远。

他微微一笑，“我喜欢看书，觉得这些很有意思。”

我想到了北京，想到了我在那里经历的一场又一场尴尬的对话。在首都，还真有一手一部手机、会说多门外语的大学生发表荒谬至极的言论，诸如“二十世纪五十年代末中国饿死了那么多人，是因为农民沉浸在共产主义的喜悦中，忘记了收割”等等。

他们的愚昧无知与那些盲目地认为中国除了功夫和佛教之外一无是处的欧洲人并无大异，但这位袁爷爷不同。坐在尘土飞扬的中国腹地，他思考着这世界上发生的一切，就因为他感兴趣，想法睿智，评论温和。

但这次，我没找到他。我花了整整一天的时间，最终还是放弃了。或许是因为中国城市变化的速度太快，或许是因为我自己不堪的方向感。

不过，我还是找到了另外一样相识之物：火车站的桥。就在我认出它的那一刻，心咯噔地跳了一下。

这座桥虽然既远比不了卢沟桥的美，也赶不上横跨于黄河之上的风陵渡桥的气派，但我对它的喜欢丝毫不比另外两座少。

我加快脚步朝它走去，站在桥栏边探出身子。

但那行字已经不在了。

两年前的酷暑，河床几乎完全干涸了。我站在桥上向下看，忽然发现了一行字：“相爱的人为什么不能在一起？”旁边还用英语写着“love you”，是有人用大石块堆出来的。

现在，两年过去了，这些字当然已经不在了。我正要转身，却有了新的发现。字形已经有些不清了，石块之间的距离很大。“我爱……”笔画有些生硬，旁边还有“……五年……”是我能认出的全部。平凉对于我来说，就是渊博的袁老先生与河滩上这些伤心的情誓。

我的电子邮箱里收到德国某家幼儿杂志发来的邮件，他们从报纸上了解到我，问我愿不愿意写几篇讲孩子们生活的小故事，给他们拍几张照呢？

我想起了鱼池边那群小朋友，想起了他们给我编的花环。想起了山西矿区刘爷爷家的小孙女，以及她说到北京的空气时脸上的那股兴奋劲。还想起了走路时国道旁注视我的一张张小脸，有的兴致盎然，有的则微带愠色，但大多都被好奇心充胀得快要炸开了。

我当然答应下来。

第二天，我在城里瞎逛，寻找合适的采访对象，又意外地再次碰到李师傅。

“你怎么会在这儿？”我刚跨进一家小卖部，就听见了他兴奋的声音。我们是几天前在国道上认识的，他正在去电站上班的路上。

李师傅又一次碰见我非常高兴，坚持要为我付账。小卖部老板是他家亲戚，他跟我解释道，还慷慨地补充了一句：“在平凉有什么需要，尽管说！”

我立刻想起了什么。

科科笑着，那是一种四岁孩子脸上的无邪的笑，她的眼睛里闪着光。

“德国叔叔！”她一直这样叫我。她叫的次数越多，听起来就越好笑。

她留着短发，脑勺后面稍长些。她就是我的摄影模特儿以及采访对象，她妈妈跟李师傅是同事。李师傅站在旁边，脸上挂着满意的笑容。

不过，人们一般向四岁的小朋友提些什么问题呢？

我努力回想着自己的童年，游泳时戴的充气臂套，擦伤的膝盖，还有眼泪，我对亲生爸爸的印象只是一个手里握着气球的留着大胡子的男人。

这时，我突然想起了一个好问题。

“你喜欢玩积木吗？可以组合成房子、车子的那种。”我问。我一时间不知道中文里乐高积木该怎么说。科科望了妈妈一眼，摇摇头，笑起来。德国叔叔又在说什么奇怪的话。

我们一块儿待了两天，我去参观了她上的幼儿园和书法学校，听她练钢琴，还认识了她的爷爷奶奶。李师傅开车带我们去崆峒山，山上密布着大大小小佛教和道教的寺庙。

我给科科拍了许多生活照，并记录下我了解到的各个方面：最喜欢的食物——饺子；最喜欢的玩具——妮妮（北京奥运福娃中绿色的雨燕）；最喜欢的运动——骑自行车（虽然还带着辅助轮，但骑得飞快）；最喜欢的颜色——黄色；最喜欢的动物——猫。我问科科妈妈，她对女儿最大的期望是什么。她想了片刻说，希望科科能成为一个独立自信的姑娘。

更大声

脚痛。在平凉七天的休整也没有多大帮助，修鞋真是个错误，我把袜子叠在一起塞进后跟时心想。修鞋师傅为了使里衬光滑些而贴上了一小块牛皮，但它的样子依旧如我周围的景色一般：颜色深褐，凹凸不平。脚更痛了。

现在是上午，我一脚深一脚浅地走在蜿蜒曲折的公路上，崆峒山慢慢推入了我和平凉城之间。

我转过身，要离开一个待我不薄的地方，总是不容易。

“那你为什么要走路啊？”临别时科科问我，从那闪着几分狡黠的神态中，我已经猜到了她想说的到底是什么。

“骑自行车我也会啊，只是我更喜欢走路。”

“为什么？”“因为……走路更慢。”这样的解释对她没有任何说服力，但我也实在想不到更好的说法。我最后一次揉揉她的头发，并答应她妈妈，如果杂志刊登我的采访的话就寄给她们一本，之后，我离开了平凉。

只要有机会，我都要停下来歇歇。我在一片草地上伸直了双腿，看着天上的云朵在我头顶船一样地划过。小科科问我为什么走路时，我有一点没告诉她：走路时，我能感觉到自己在对的地方，做着对的事情。一路走来，我所经过的那些地方似乎都有一小部分是属于我的，我对它们不再感到陌生，或许这才是走路最美的一点。

这天晚上，我睡在一家小店里屋的床上。小店在山里，国道边，三名货车司机与我同坐一桌。这一趟，他们要把足有二十吨的婴儿车运到哈萨克斯坦边境，返程再换运棉花。他们对戈壁滩的印象可不怎么样：不光漫无边际、没劲透顶，而且每年都有司机在沙漠里丢掉身家性命。

我对他们消极的描述表示抗议，他们笑了起来。我们中间的餐桌上，面条和鸡肉正欢乐地冒着腾腾热气，这里离沙漠还远着呢。

司机们发动他们的卡车消失在夜色中。我跟老板一家道过晚安，便钻进了睡袋里。我睡的其实是张木板床，一块帘布将它和房间的另一边隔开，但这样也比睡外面要好得多。

然而，我没考虑到电视机的问题。不知是谁叫嚷着要来遥控器，舞蹈音乐的声波一下子淹没了整个房间。几句小声的赞许后，音量越来越大。我塞上耳机，但一点帮助也没有。

屋中间的帘子一次又一次被拉开，一张又一张神情惊异的脸低下来瞅瞅我。

两个小时后，最后一位客人离开了，电视机被关上了，老板一家也终于能睡觉了。我听见他们在帘子那边小声嘀咕着，孩子们被带上床，爸爸妈妈也躺了下来，灯灭了。

这份安静就似一片飘零的树叶。

忽然，一声烦躁不满的声音传来，小婴儿扯着嗓子号啕大哭起来，直到第二天早上。

也许还不如在外面搭帐篷好呢，我机械地摆着腿，心里想着。头似乎和肩上的背包一样重。

那年在法国走路时，我几乎每夜都是在外面睡的，虽然连顶帐篷都没有。我在田间，在公车站点，也在谁家的阳台下醒来。大多数时候，整个人都因为着了露水而湿乎乎的，还有小虫子和蜗牛来做客。哪怕那样也好，那感觉就像我真能顺着奥厄河漂进大海里一般。

小象说，我还不如关掉博客卖掉相机，让走路成为纯粹的、自我的事，她不喜欢这与走路相关的周边的一切。我不知该怎样回答。她又跟我说话了，我觉得很高兴。哪怕现在跟之前不一样了，她的笑声少了。

安国乡有座陵墓，墓的尖顶微翘着。要不是年长的管理员解说，乍一看，我都没发现它的穆斯林风格。从白顶不难辨出，这是一座回民墓。

"都是新修的。"他说道，指的是这些房屋。一栋栋都是在二十世纪九十年代重新修建的。足足八百年的时间，它们立在这里，守卫着一名穆斯林传教士的遗骸。后来，"文革"来了……

"是被汉族人破坏的？"我问道，估测的成分大过提问。

不料他摆摆手，"才不是呢，是我们自己人干的。"

"陵墓就这样散落在全乡，到处都是！"

他干巴巴地笑了两声。虽然那是一阵低沉悲伤的笑，但我对他心怀感激，因为有那么一刻，它盖过了历史那压抑的沉默。

走出安国没多远，我便离开了甘肃，进入宁夏回族自治区。中国共有五个这样的省级地区，每个都由一个少数民族自治管理：藏族在西藏，维吾尔族在新疆，壮族在广西，蒙古族在内蒙古，回族在宁夏。但事实上没有那么简单，除了省以外，全国还分布着许多自治州和自治县。在绝大多数情况下，自治并不意味着在文化方面完全不受限制。甘肃与宁夏的省界毫无任何出众之处，我从一块牌子下方经过，牌子上简明地写着四个字：“进入宁夏”。之后，我在回族自治区的草地上打了个小盹儿。

夜幕降临时，我还走在山路上，同时为中午睡得太久而懊恼起来。路边有家孤零零的小饭馆，我要了一盘面，问他们是否有房间可以让我过上一夜。服务员摇摇头，我还是到采沙场问问吧。

整整两万吨，门外传来机器的轰鸣，但我仍无法想象这个数目到底意味着多少。“确定是两万？”我又问，周老板骄傲地点点头，每天两万吨。

周老板经营这家采沙场。我们坐在他办公室里聊天，他哥哥也在。这两兄弟比阳泉的杨家兄弟俩年轻些，但在某些方面非常相似。他们都是老板，都穿西装外套，而且都属于那种精力旺盛得似乎连睡眠都显得多余的人。

我靠在沙发靠背上。“今晚你就睡这沙发。”周老板大方地说。肚子饱饱的，脚刚洗得干干净净地穿在拖鞋里。我手里的茶杯中飘散出一缕中国南方的味道，一切都再好不过了。

我说到欧洲、亚洲，说到环保，说到教育的重要性，片刻不休。

周家兄弟俩坐在我对面不住地点头，是真的表示赞同还是出于礼貌，我不知道。

“感谢你为中国思考了那么多。”周家弟弟说。

我们又坐了一会儿，喝茶，然后他们就离开了。

我将睡袋铺到沙发上，头倚着扶手，闭上了眼睛。机器的响声越来越大，我觉得自己不光能听到它，甚至还能感觉到它：从山里穿出，穿透屋内的地板后又沿着沙发腿爬伸，最后灌入我的耳朵里。它是两万吨沙石发出的长长的叹息，每天在这里被挖出，又在别处被消耗。我合上眼睛，就在这一夜和前夜的噪声在我头脑中融为一个号哭不止的巨型婴孩时，我心想，那这样的一座山又有多少吨重呢？

包子？豹子？

离开采沙场，耳朵里依旧回响着嗡嗡的轰鸣声，我慢慢沿着公路向山上爬去。大地是赭色的，时隐时现的草地好似它翠绿的遮羞布，一片压过一片。我来到一个小村休息，正好碰上集市。

麻袋遍地都是，满满地装着各种香料，妇女们个个裹着头巾。我特意多买了些食物储备着。

前面就是六盘山了。

周家兄弟说：六盘山上路窄坡陡，常年云雾缭绕。虽然如此，我还是得上去看看，因为这六盘山不光是成吉思汗的长眠之地，还是七十多年前红军长征途中翻越的最后一座山。

“我还真想跟你一块儿走。”周大哥说。语气中的喟叹，就好像六盘山的距离不是十公里，而是一万公里。

站在山脚下，我才明白了六盘山名字的由来——山路盘过六道弯。抬头只见公路沿着山坡蜿蜒而上，划出的一道道弯弧着实令人不禁心生退缩的念头——弯道可远不止“六”个！

想到它们，我的兴致可不高。

我离开马路，走上一条田间小道。一位骑自行车经过的老人把我叫回去，这条路哪儿也不通，他说。但我听不进去，田埂边的小径慢慢伸入山中，路面上的碎石也渐渐被烂泥所取代。

一仰头，山顶遥遥可见。山峰上竖着的那个小方形一定就是红军长征纪念碑了，周家兄弟俩跟我说起过。

一条小溪从我脚边潺潺流过。岔路口，我拿不定主意，愣在原地想了一会儿。最后还是跨过小溪，选了较宽的那条路。酉时的日光缓缓褪去，给夜色的清蓝让出了位置。

路延伸进入了一片针叶林黑蒙蒙的光影网之中，树的间距很紧凑，树根多已枯萎。我讨厌针叶林，环视四周，甚至连自己刚才走过的路似乎也没了路的模样：几根被我踩塌的草秆歪倒着，土面的颜色隐约有些不同，但又似乎没什么。这哪儿算是路？反倒更像一条有野兽出没的小径。

我心里惴惴地走回岔路口，跨过小溪，拐上另一条道，直到它也消失在一片灌木丛中。几分钟之后，我第三次站在那条该死的小溪前。

“你这该死的小沟。”我对它说。但它依旧淙淙地笑着，对我不答不理。

现在怎么办？倒回大路顶着月光一步三摇往山上爬？直到被某一辆卡车的后视镜撞上为止？

忽然，我想到了第一条小路尽头的那片草地。依我之前的目测，草地的大小搭一顶帐篷正好，坡也不算很陡。傍晚的深蓝渐渐转成一汪黑谧，我第三次跨过了小溪。

搭好帐篷，时候还早。但为了不再见到那片黑漆漆的树林，我飞快地刷好牙，钻进了帐篷里。

帐篷里料的黄色透着几分乐观的气氛，我打开电脑看连续剧，讲的是一群人越狱的故事。有情节的故事、有经历的人物形象总是很吸引我，跟灾难片一样。

一阵嚓嚓声吵醒了我，是雨点滴落在帐篷上的声音。帐篷布紧绷着，那饱和的声音，很悦耳，忽然似乎连睡袋也暖和舒适了许多。我合上眼睛，滑进了清晨时分贪睡在软床上的飘然之中。

“嘿！”一个女人的声音传来，“嘿，你在那儿干吗呢？”

她已经立在我的帐篷跟前了，而且不止一个人。几句小声的嘀咕。

我伸出头，只见四名穿着胶靴的农妇，个个围着红头巾，怀里还抱着柴火，地上一片白茫茫，夜里一定下过雪了。

“外国人……”我听到她们低声嘟囔。“早上好！”我说。“你在这儿干吗呢？这野外可不能随便露营！”那语气好像我违反了某项规定似的。

“反正我已经在这儿睡啦！”“这附近可有豹子呢！”“包子？”我学过的发音是“baozi”的词只有一个，那就是来自天津的美食——包子。

“包子？”我心里暗暗一喜。但那农妇不断冲我重复着这个词，只是她发的不是一声，而是四声，听起来似乎也短促些。

“豹子！豹子！豹子！”她嘴里重复着。旁边一个人问我：“你知道老虎是什么吧？”

老虎？

我赶忙翻出了字典，在“爆”和“抱”字之间，我找到了要查的字。

“你们开玩笑呢吧！”我指着字典叫起来。但她们整齐地点着头，豹子。

“可这哪儿有豹子啊？”“雪豹啊！”其中一个叫道。我才不信呢！另一个人过来帮腔：“你看见那些空房子了吗？”看见了，又怎么样？她没吱声，显然在等着我恍然大悟的那一刻。啊！“因为有豹子，所以人都搬走了？”四条红头巾都认同地点点头。

现在我才终于弄了个明白，豹子。

雾气很浓，针叶林郁郁葱葱，这感觉仿佛是一个满溢着松脂香气的细雨绵绵的秋日。我沿着溪流，抓扶着灌木和树根往上爬。坡比在下方看起来陡得多，我全身用力向上，脚下的沙土不断下滑。汗水浸湿了衣服，我一边嘀咕着脏话，一边一步步攀入雾中。

该死的山！该死的豹子！该死的徒步！终于，公路出现在眼前。双手用力向下一撑，我筋疲力竭的身体蹭到了柏油路面上。我喝掉了瓶子里的最后一口水，远近不见任何车辆，也没有任何声响，整座山悄然地躺在它的云雾中，我为自己脚底下又踩着平地而高兴不已。

又走了几公里，我来到红军长征纪念碑跟前。纪念碑旁还有一个展厅，厅内从上到下摆满了金灿灿的毛主席塑像。四个年轻人在这里上班，三男一女。他们个个裹着厚重的绿色军大衣，没有游客的时候，展厅的暖气是不开的。

最近，这里常常没有暖气。

现在也就只有领导还来，我们一起喝牛奶吃饼干的时候，他们说道。两天前，刚有一位北京的领导来过，他们跟我描述起当时的场景，我的脑海里浮现出一幅朝圣礼般的画面。

我讲起自己上山的经过还有农妇们所说的有关豹子的谣言，他们激动地打断了我：“山上真的有雪豹！这里所有人都知道。”

“你看不见它们，它们可看得见你！”其中一个笑着说。我也跟着笑了笑，却还是没怎么当真。

从西侧一路下山就好像一场午后的山间漫步。山的这一面没有云雾遮掩，碎石少，树木也稀疏得多，阳光暖烘烘地照着。我顺着公路往下走，只偶尔斜穿山坡抄抄近道，嘴里还轻轻哼起歌来。

到了隆德，我找了家宾馆，把所有东西都铺展开晾晒。接着，我打开了电脑。我还惦记着雪豹的事，没准儿还真有呢？从北京出发前，我查过一些有关中国熊和狼群分布的资料，也研究了各种毒虫和病菌，但是雪豹？

移动上网速度慢得真要命，“Leopard reappears at Liupan Mountain（雪豹重现六盘山）”，页面还在加载中，我已经看到了这样一句。

紧接着，我自顾自地哈哈大笑起来。

现在的我，住在一家房间门口还摆着痰盂的宾馆里。六盘山，归天的成吉思汗和长征路上的红军都已在我身后。这个网站说，国际环境保护组织发现六盘山自然保护区内现又有近三百只雪豹及野猫出没活动，感到万分欣慰。

三百只！

干得可欢?

在隆德待了一天后，我又继续上路。走过一片草丛边，我突然花粉过敏起来，鼻涕直流，眼睛发痒。自从两年前来中国后，我的过敏就没再犯过。为什么偏就今天犯了?

一个老农民走到我旁边坐下，于是我向他抱怨起来。他抽着烟，只不解地盯着我看。花粉过敏是个什么病?过了一会儿，他失去了耐心，从口袋里掏出手机给他孙子打电话。不知从什么地方跑过来一个小男孩，他立马就明白了我说的是什么。

花粉过敏就是，他宣布道，人碰到某种植物就会不舒服！是他从电视上看来的。

不舒服?普通的植物会让人不舒服?老农民笑着环视了一圈，这里可到处都是植物。风吹拂过它们的枝叶和茎秆，满目绿色，它们怎么会让人生病呢?小孙子一脸骄傲的神情，他爷爷则觉得此说荒谬至极。我抽出一张雪白的餐巾纸擦了擦鼻涕，站起来，逃离了这片绿地。

到达沙塘镇的时候，我四肢无力，一个头有两个大，要了一个位于里院的房间，屋里有炕。

房间让我很满意。肚子咕咕叫起来，于是，我走进一家餐馆。正要点菜，一扇门忽然开了，一个醉醺醺的男人走出来。他高声叫嚷着几句我完全没听懂的话，便连推带搡地把我弄进里屋，而我则累得没了反抗的力气。

满屋的烟味顷刻扑向我，五张涨得通红的脸，桌上摆着面和白酒。有人怪声怪气地喊道，我是他们今晚的客人。我讨厌这样的情况，我很不情愿地跟他们聊到希特勒，聊到种族区别。

夸耀奉承的词句满屋横飞，拍拍肩膀，德国坦克那可叫个牛逼。不知什么时候，话题转到了北京。

啊，你是电影学院的?嘿嘿！那你肯定也泡过表演系的姑娘了?

十只混浊的眼睛期望满满地望着我。这些男人都在五十岁上下，不容易的一代人。他们身上没有老人的慈祥，但也缺乏80后的一代人所有的自信，他们处在闫老道长和玩滑板的小黑之间的某个位置。人们常常都能察觉出，他们在这个位置上并不觉得特别舒服，尤其是在某些具有一定威胁性的事物出现时。比如，老外。

我在电影学院干得可欢，他们问我。

通常，我可能会微微一笑置之，但此类情况我已经经历过多次，我知道，这是个圈套。

“我不干这样的事。”我声称。

碰到那些来到他们国家睡他们女人的老外，中国男人的怒火能有多高，我已经从北京楼道上的涂鸦领教到了。这或许让他们想起了那个中国经济尚未发展的年代，当时的外国男人对于中国女人来说，意味着一种出国的可能性。但那个年代早已过去，如今，酒吧夜店门前的豪车都是中国人开的。我曾经问过小象以后想不想加入德国国籍，她笑笑说，就算有这样的机会她也得再好好考虑考虑。

尽管如此，有一类人依旧存在：生活在中国，迷失了生活方向也丢失了灵魂的老外。他们用“那些人”来指代生活在这里的人们，他们与这个国家唯一的联系，便是这里的女人。

“我没时间搞这些。”我说。五张充满着醉意的脸上同时出现了失望但又满意的神情。

第二天早上醒来，我不仅觉得头大，而且觉得一个头有好几十个大。我在炕上睡错了方向，上身躺在了热的那一边。作为奖励，我现在似乎能感觉到自己脑壳的内层。费尽力气，挪向门外。

一切都无以言表：头痛，昨晚的对话停留在我头脑中的回音，还有最后那张非拍不可的合照。

照片上是我和那群醉汉，我们站在屋里，身后的墙上挂着一幅已经有些褪色的瀑布。

幸好早晨的空气还有些清神的效果。我在笔直的公路上突破了两千公里，便架好相机开始跳舞。一位农民饶有兴致地望着我，跳完后我问他：“怎么样？好吗？”他答道：“好！”

我离开宁夏，再次进入甘肃。一块标示牌都没有，自己差点都没觉察，但中国移动没把我忘了。手机上有一条自动发送的短信：甘肃欢迎您。

天气一天比一天暖。

静宁城位于马路下方的山谷中。我第一次在公路上看到它时，已是深夜，整座城市看起来有如一个灯火通明的海盗据点。我给小象发短信说我想她，我更想经常跟她打电话。

在静宁待了两天，我接着上路，一切都是绿的。我在小卖部买了一根巧克力味的雪糕，想起了彬县和平凉之间那个属于我的桃花谷，那里现在会是什么样呢？

雪糕化了，顺着手指流下来。我心里想，其实只要有冰淇淋吃，无论干什么都是在度假。我喜欢这样的想法：太阳挂在天上，春天正在绽放出自己的艳丽，我在进行一次小小的郊游。

忽然，不计其数的自行车冒了出来，骑车人都身穿彩色的骑车服，戴着头盔，一个接着一个嗖嗖地从我身边经过，那样子木讷透了。他们超过了一辆超载的运草料的车，换作在德国，他们可能不会引起人们多大的注意。我一边在心里这样想着，一边朝他们挥挥手。不管怎么说，大家都是来玩的嘛。但只有一个人飞快地朝我举了一下手示意，没有一个停下来。

“一群呆子。”我小声嘟囔着。手上因为化掉了的冰淇淋有些黏糊糊的，双脚带着我穿行在春天里。

在一座小庙，我遇到了张师傅，他每天都来庙里换香。香存放在一幅半遮半掩的神像前，我不知道这里供奉的是什么神。

“这座庙是佛教的还是道教的？”我问。他却皱了皱眉头。

这是土地神，他说，是专管他们这个村子的神。他把香仔细地摆放起来，好让它们一根接一根地烧下去，这样，土地神才能香火不断，直到张师傅第二天来再点上新的。

他的工作完成后，便请我去他家里喝茶。我们离开小庙，深一脚浅一脚地并排朝赭色的山坡上爬去，他背在背后的双手让我想起了洪洞大槐树的故事。

我惊讶地发现，他家住的竟然不是窑洞，问他为什么，他咧嘴笑笑说，老婆想住间更现代的房子。

家里老婆说了算。她的王国里铺着地砖，一尘不染。她指了指炕，请我坐下。欣喜地发现炕还有几分热，我在手边摸到一个靠枕，便顺势向后躺了下去。

等我醒来时，一群小孩子正冲我笑着。

包得五颜六色的糖果，还有茶，我又坐了一会儿。临走时，张师傅指给我看通往废墟的路。

由黏土捣砌而成的四方盒子立在山顶，四个角上各有一个塔楼，看起来就像一座历史悠久的城堡，或是一段长城。

“它也是长城吗？”我问道。张师傅摇摇头。他不跟我一起上山，我们在此道别。

爬到山顶，绕着方盒转一圈，我找到个口子钻了进去。墙内除了几株枯草以外一片空荡，颇像一个废弃已久的足球场。我站了一小会儿，又钻出墙外。类似的废墟我已经见过好几个，但我还是不知道它们有什么特别的地方。

吃晚饭的时候，我才从几个村民口中得到了答案：这些废墟跟长城没有半点关系，它们是民国时期遗留下来的。一听到“军阀”这个词，我的脑袋便顿时嗡的一声：这段清朝灭亡后的混乱时期曾是我汉学历史课的一场噩梦。

“山高皇帝远”这个说法既不褒也不贬，意思就是，这种情况之于人民既可能有利，也可能有弊。在1911年后的一段时间内，它就对大多数人有弊。皇帝不再“远”，而是被废黜了。

与皇帝同时消失的，还有秩序。

1911年冬天，清王朝在被国内外各方势力威胁数十年之后，最终彻底灭亡。中华民国随之成立，一个国家也就需要一位总统。

他叫孙文，又名孙中山，留着大髭须的他出生证明上的出生地是夏威夷，但无人能判其真假。

他担任总统的时间不长，因为手里缺少了最重要的东西：军权。

他的接班人袁世凯也留着大髭须，但这位总统不仅体形较敦实，野心大得多，此外还有兵权在握。为加强对地方的控制，他下令裁撤各省都督，派遣将军督理各省军务，于1915年登基称帝。这一切其实并不完全出人所料，古往今来，旧的朝代衰退灭亡后，新的统治者握稳国家大权之前，不都经历过一个混乱时期吗？袁世凯所做的，无非是历朝历代开国元君之所为。只不过，他仅在短短几个月后便宣告失败了。各省军阀对袁称帝的作为深感不满，纷纷弄权使计，起义讨伐。由此，这片后来打响国共内战的土地便被动荡不安所笼罩。

山中的这些碉堡的废墟就是那个时期留下的。村民们自发修建了这些碉堡来对抗土匪和逃兵，因为这时，再没有谁会顾及他们的生命安危。每当危机来临，他们就带上家当上山，躲进这些黏土碉堡里，直到村里又风平浪静为止。

我坐在小餐馆里吸溜地吃着面条，回想起碉堡中间空荡荡的平坝，几百人战战兢兢地挤在里面。墙外，他们那没了皇帝的家乡正陷入一片混沌之中。

给路上结识的人们寄去他们的照片。

小象。

山西双林寺的一个大殿供奉着孔子。

新铺的马路直通厂房区。这泛软的柏油路面让我感到高兴，而空气不尽如人意。

宁夏山区的正午。躺下来，伸直腿，长舒一口气。

在离酒泉不远的地方碰到一群骑自行车的国际友人。他们是从欧洲骑过来的！聊天的时候，他们问我：前方还有没有戈壁滩？

崆峒山——道教圣山之一。

天气很热，我买到了八十年代最受欢迎的冰淇淋——娃娃头（雪人）。

工业城市兰州。有时我想，自己走不如被人背着走。

甘肃的乡间。拍下这张照片后我发现，自己并未吸引来任何注意力。

戈壁滩里经常有好心人停下车问个究竟。乐于助人的他们常跟我聊会儿天，有时还送给我个瓜吃。

彬县大佛寺。这座佛像足有二十余米高。

山丹长城。有人在墙壁上挖出了一条通道。我背着行李，要从中穿过不容易。

对的地方

一大群小朋友，足有一打，从村子一路跑进我屋里，我被团团围在中间。给他们看几张照片吗?

我们坐到炕上，在电脑上翻看照片，一张，再一张，再一张。要是哪张尤其讨他们喜欢，我可就得注意了。叽叽喳喳兴奋的叫声中，一根根小指头像火箭般地射落在电脑屏幕上。

我把前几天刚剪辑好的视频放给他们看。视频由几百张自拍照片拼接而成，从北京上路的第一天直到平凉，头发和胡子慢慢变长的过程。孩子们个个欢呼雀跃，我不得不把电脑高举起来，免得它遭受他们的手指之灾。

农家女主人终于再也无法忍受小朋友们的聒噪了，于是将他们通通赶出门去。

早晨，我跟住在旁边棚圈里的两头驴和一只猪说再见。小猪是黑黑的，听到我叫它，便慢慢挪到圈门口。我伸出手指头按按它的鼻子，嘴里一边发出几声叫声。它冲我友好地吧嗒吧嗒叫起来，尚不知自己在下一个春节便会成为人们饭桌上的菜肴。

山路引我来到一所学校。好几百名小学生正在操场上跑步，激起一阵灰尘飞扬。我刚停下脚步多站了一会儿，便又被包围了起来。他们有笑有闹，人越积越多，棕褐的山峰之间几乎都被这吵闹声填满了，好比上下班高峰时段的北京地铁一样。

当我终于又一个人站在路上时，不禁长长松了口气。周围的居民这么少，学校里哪儿来这么多的学生呢？前方出现一块路牌：兰州200公里。确实也该是时候了，鞋里层修过的地方不停摩擦我的脚，路面的状况也没让走路变得容易：路左右两边的外侧都微微下倾，如此已经几百公里。这样的设计肯定是为了遇到暴雨天气路面能有效排水，但这同时也意味着，我在微斜的坡面上已经走了好几个星期，着实难受。

我给小象打电话，跟她描述这野外山路上的景色有多美，这些山谷让我想起了美国西部。我坐在车里，望着窗外：满眼的壮丽金灿，连路中央的隔离带也树叶金黄。小象没吭声。我接着说下去，为了避免出现两人都沉默的时刻。我跟她说到那些孩子，说到碉堡的废墟，还说到愣头愣脑的自行车手。我不停地说着，说着，直到信号越来越弱，最后完全中断。关键的话还没说，通话就已经结束，不是什么好事。

在会宁，我住的旅馆楼下是家卡拉OK。门接连不断地被打开又关上，歌声冲入楼道里，我却不在意。一晚上过去。第二天醒来时，已有好几天征兆的感冒终归还是来了，有如昏沉的一掌将我一击而中。

“中药还是西药？”药店店员问。那语气似乎在说，西药更适合我。为安全起见，我还是又买了几支小瓶装的中药，以防万一。

接下来的三天，我都处在一种失重的状态中，要么在卡拉OK包厢过道上走走，要么到小卖部坐坐，一坐便是好几个小时，老板还特地为我搬了把椅子放到门边。人们进店买东西，其中有些也会待上一会儿，聊聊天。日光透过窗玻璃照射进来，玻璃是绿色的。我知道，我记忆中的会宁也将是绿绿的，有它的香肠以及它的可乐瓶。小卖部老板很热心，他说最好中药西药都吃，但得有一定的时间间隔，不能同时吃。我于是照他说的做了。

又该是上路的时候了。

公路像围巾般围绕在山间。它顺着山谷延伸开来，为了躲开斜坡而绕出一道又一道弯。看着这些长长的弯路，我不止一次失去了耐心。但我没有抄近道，途经的村庄和小居民点便是路给我的奖励，我为此心怀感激。

坐在树荫下，我打起了盹儿。我背靠在树皮上，眼前闪过一幅幅自己刚上路时的画面。从在北京关上家门到现在，已经快半年了。从那一刻起，一切都变了。那里，到处都是混凝土建筑，到处都是人。这里，零星散落的是黏土修葺的农舍。我坐在地上，静静地听着村庄的旋律：有人正在锯木头，风携来几声孩子的笑声，引得树叶一阵沙沙地响动。

离开会宁的第一天晚上，我来到一个村子。村里有一座气派堂皇的新庙，却没有旅馆。我在庙前的坝子上坐了一会儿，注视着夕阳将那泛着红光的墙壁照得越来越暖，直至好似在微微灼烧一般。

一个年轻男人坐在我旁边，正喝着啤酒。我跟他说自己不知道晚上要在哪儿过夜，他想了片刻，便把我的问题转问了一位同事，这位同事又把情况告诉了理发店老板。就这样，我得到了一个房间。

老板娘盯着我的胡子和头发，眼神中透着期渴。我知道，她早已迫不及待地想抓起剪刀了。

于是，我尝试着跟她解释这阿甘式发型的由来和它的意义，但她哈哈地笑起来说："哎，你们这些年轻人！"怔了一会儿，我才反应过来，她所指的不光是村里的年轻人，也包括了我在内，一股不可言喻的暖意顿时涌来。

理发店内的布置很精美：木制家具，还有各种各样的花花草草。看得出来，老板娘不仅仅把这里当作生意铺面而已。北京跟这里可相去甚远，无论是那些毫无任何感情灌注的后院门面，还是标价不菲的创意工作室，当然更别提那些几乎全都名为"温州发廊"的店面了，灯火幽暗中提供的服务既不用剪刀也无须吹风机。

这里才是对的地方。突然，一个念头从我脑子里闪过：如果今后要剪头发的话，我就要来这儿！然而，光是这样一个闪念已经让我觉得不堪重负了。头发和胡子，早已经成为我自己那些徒步规则的一部分。

笨蛋

前方肯定又有山脉。我虽然不知道它的名字，但已经可以确定它的存在：周围的山坡是赭红色的，公路有如一条灰色的缎带，房屋树木都愈见稀疏。

我穿着T恤走在路上，步履轻松。脚疼不减，感冒也没完全好，但我满脑子想的都是兰州。

翻过山兰州就不远了，我这样对自己说，有好吃有好喝，还能睡上雪白的床单。兰州。

周围静悄悄的，我迈出的每一步都挤压在柏油路面上，发出节奏均匀的嘎吱声，登山杖的细尖头清脆地敲响在路面上。一栋楼前有一棵弯扭的树冒出了新芽，树旁边立着一样颇像锅盖信号接收器的东西——太阳炉。我第一次见到这玩意儿是在拉萨，大概两年前。镶在锅盖内侧的镜面将光线反射集中到架于正中的锅上。光照强时，锅里便会慢慢腾起热气，水也就烧开了。

我听见身后传来一个声音，“Hello.”有人气喘吁吁地叫道。我转过身，只见一顶自行车头盔和一副反光墨镜。

汪秦，上海人。他辞掉了物流公司的工作，蹬上自行车环游中国。“就转这么一大圈。”他咧嘴笑着，伸手比画出的圆似乎足有一个洲那么大。

他比我大两岁，跟小黑同年。小黑刚认识我时，对我失望极了，因为我既不跟他喝啤酒，也对足球没兴趣。

汪秦推着车，跟我边走边聊，话题说到了男女朋友。“没，我没有女朋友。”我说。他笑起来，说：“要是真有的话，估计还不太方便呢。”我跟着笑了笑，心里却暗自在想：不知最近有没有到慕尼黑的特价机票，找小象。

我们一起走到了山坡顶端，路边有一个很小的村子，我们走进一家小餐馆吃午饭。馒头，还有番茄炒蛋。我们嘴里嚼着生的大蒜，正把筷子伸进油腻的碗里，与朱辉同路时的场景再次发生了：周围的人们问起我的自行车，我是哪里人，我身边这位朋友得负责所有的对话。

告别时，汪秦戴上头盔、墨镜，一跃跳到车上，我从他墨镜的反光镜片中看到了自己跟他握手的样子。他祝我一路平安，我祝他一路顺风。他脚一用力，便沿着山坡滑行下去了。车身发出空转的咔嗒声，惯性越大，声音越快。他不必费太大力气：前面是好几公里的下山路。转过一个弯，他便消失了，只剩下我和村民们留在原地。

“你朋友可比你快得多啊。”一个人说道。另一个人若有所思地补充一句：“你们到底为啥要干这个啊？”

他指的是旅行，不管是徒步还是骑车。我正在脑子里搜索着答案，忽然意识到，汪秦和我恰恰没有问过对方这个问题，似乎双方都已知道答案一样。

下山路不容易，路远，灰大，好些路段正在维修，路面铺满了碎石子。好不容易来到平地上时，我长舒了口气。两个老头坐在一家小卖部门口，我给自己买了瓶可乐，走到他们旁边坐下。

那个骑自行车的人啊，看见了，看见了，他们说，是下午从这儿过的，满脸的灰，头上还带着头盔。头盔！他们自顾自地乐起来。汪秦，我心想。喝完了可乐，我也朝着他前行的方向走去。落日将林间公路浸泡在蜜色的阳光中，放学回家的孩子们骑着车朝我迎面驶来，嬉笑不断，他们的声音好似鸟儿叽喳的啼鸣。

接下来的几天轻松得多，我在一个名叫搀口的小地方稍作休整。在饭馆门口的太阳伞下，我一坐便是好几个小时。风惬意地胡乱翻着我的书页，我喝着茶，观察着马路上的车来车往：卡车，小货车，还不时有一辆轻骑摩托冒出来。国道从搀口镇横穿而过，镇上倒也尽是七八层的高楼，明摆着一副自以为已是兰州市郊的样子。离兰州城还有八十公里。餐馆老板，一位留着胡子的回民，说到达兰州前，我还得翻座小山。

所幸，山上长满了青草，坡也不高，我不慌不忙地走着。路上的一群人让我停下脚步，一手拿着大刷子一手拿着颜料桶，他们正在给路边的隔离桩涂油漆。经过讨论我才发现，自己已经跟着他们的红白作品走了几天了，却对此浑然不觉，人群中顿时爆发出一阵哄笑。

不久，世界变成了黄色，在我面前随风摇曳的油菜花一眼望去似至天边。我伸出手，从片片花瓣上轻轻抚过。小时候，我很爱在油菜田里玩。它们一株株高高地立着，整片田就是我的迷宫，弥漫着花香的迷宫。只需找个好地方拉过枝叶遮在头顶，就没人能找到我啦！我瞥了一眼这片灿黄得耀眼的茫茫田野，心想，会不会有小朋友正躲在下面暗暗取笑着大人们的世界呢？

我接着朝前走，直到晚上才找到了一家旅馆。几辆卡车和客车停在门口，房间的窗玻璃用报纸糊上了。“看看老外如何养狗”，报纸上一行标题。文章对德国养狗者尤为赞赏，夸他们严格，讲究纪律性，真是典型的德国人。妈妈要是读到肯定会乐坏的。

我把东西铺开在床上，手机响了。小象，她在哭。她希望我们不要再联系了，惊恐慌乱就如冰冷的玻璃一般刺穿了我。

我问她的意思是不是要分手。“对，分手。”但我们都没在一起过，又怎么分手呢？她瞬间暴怒。

我们就到底怎么样才算“在一起”争吵起来，直到她突然又失声哭了起来。

我明白发生了什么：她猛地又想起了自己给我打电话本来的意图。

“什么都别说了，”我轻声说道。“我一到兰州就马上去找你。”为了本破护照我能飞回北京，为什么现在就不能为了你飞回德国呢？

没有回答。我已经迫不及待想再看看慕尼黑了！

几声咻咻的笑声里还夹杂着啜泣，但这样已经很好，她知道我多么受不了慕尼黑这座城市。

到时候，我们一起吃个肉饼小面包，去英国花园散个步怎么样？

笑声亮了一些，最后，她终于说了一句：“你这个笨蛋！”

挂电话时，我虽然依旧没有女朋友，但有了一个约定。拉开朝向院子的门，幽暗侵袭了我。

卡车犹如一只只睡梦中的恐龙躺在那里，夜空在它们上方闪耀着。看得越久，天上的星星就越显清晰，直到最后通通变得立体起来，好像一伸手便能摘下一颗一样，周围静悄悄的。我摸向门边灯开关，按下去，世界便沉入了完完整整的黑暗之中。门外传来狗吠。我仰起头，等着星星从一抹黑漆中重新凸显出来。也就是说，我要去慕尼黑了，慕尼黑。

震

兰花的兰，兰州，你的名字真令人心醉。那么兰州也就是长满兰花的州？我每次听到这个名字，便会联想到花儿或是蝴蝶。这里曾叫金城，一千五百年前，隋朝的开国皇帝赐予了它这个新名。

只是这兰花在哪儿呢？

越朝城里走，空气越显稠重。这座城市有许多重工业，而且四面环山。就有如一位未修边幅的老熟人躲在电话亭里抽烟，不小心被我撞见，难免尴尬。我其实也清楚，这座城市没那么糟。

两年前我就来过。当时，我从平凉坐火车过来，一见西瓜便跟着了魔似的。我坐在十字路口，吃啊，吃啊，甜甜的汁水顺着下巴滴落到地面，夜晚的尘埃好似棕灰的纱巾般裹在楼身上。

这一次，兰州给我的见面礼是一头死猪。它横在桥下，身体发灰而鼓胀，被一种悲怆的气氛环绕着，我差点都没注意到它的存在。但每过一座桥时，我都会习惯性地朝下望望——没准儿桥下还有留给我的讯息呢。看见那猪，我怔了一会儿便纳闷起来，为什么没有野狗来吃它。

现在，兰花在哪儿呢？

字典里说，“兰”字古通“斓”，斑斓的意思。小象说，只有外国人才会联想到中文地名里每一个字的含义。我们德国人说到汉堡时，也不会想到城堡吧？（汉堡的德语名为Hamburg，德语单词Burg是“城堡”的意思。）

始料未及地，兰州已经到了。我还踉跄地走在下坡路上，每走一步都要努力保持身体的平衡。猛然惊讶地发现，与其说兰州城像密封电话亭里站着的烟鬼，倒不如说它像玻璃罩下冒烟的烟囱，它的每一次呼吸已是瘟疫。我突然想到了洛杉矶的市中心，不由自主地轻咳了一声：Hello，兰州！

但它不同于自己那些位于大西部的乌烟瘴气的同胞，它还在不断长大。政府炸开城外的山，只为给它更多呼吸的空间。一幢幢混凝土大厦依旧接连拔地而起，如今，城里的高楼已经多得让像我这样的人目瞪口呆。从山里一路走来，每经过一个小村子，我都欣喜万分，而现在，眼前出现的是如此景象。

我拖着步子走在市中心。夕阳给整座城市镀上了一层金色，这倒还成全了它，这一刻至少还应了它的旧名，金城。我认出了上次到这里时拍过的那座人行跨桥，那时候，桥两端还密密地竖着一栋栋修建中的楼房。现在，满眼是琳琅的墙面。其中一栋的楼身上写着“兰州电脑城”几个字，字的下方悬挂着各类笔记本电脑和手机的广告牌。人流匆匆。填充这个世界的颜色混杂得足以令人尖叫。

流浪汉除外，他蜷缩在过街天桥上，四肢摆成一个问号的模样，身前的小碗里还有几张纸币。我知道，兰州是中国大西部磁性最强的吸铁石，没有任何一座城市中搁浅飘零着如此多生灵。但对于刚从桃源般的乡村和咩咩叫的羊群间走来的我而言，这是个不小的震撼。

今天走了近三十公里，筋疲力竭，却没有宾馆愿意接收我。“这也是为您自己的安全着想啊。”第一家宾馆的前台接待嘴上就像抹了蜜。我只摆摆手，她想说什么我早就知道。虽然“同一个世界，同一个梦想”的奥运会标语挂满了北京的大街小巷，但在这个远在两千多公里之外的地方，酒店宾馆仍须得到相关部门批准才能接待外宾。“这完全是为了您的个人安全。”第二位前台服务员重复着同样的论调。她还一脸歉意地朝我笑着，我已经不由得烦躁恼火起来，这座中国腹地呆愣的庞然大城。

又经过许多次尝试，我终于还是交了好运。房间在十楼，窗外，夜幕下山岭的黑影隐约可见。我插上网线，开始找去慕尼黑的机票。5月5号有一班航班的票价还可以接受，从今天算起还有将近一个星期。在这段时间内，兰州城和我都还得互相忍耐。

“所以你现在就打破计划，为了那姑娘飞回去？”“李小龙”坐在我对面，把手里的杯子放到桌上，咧嘴一笑，我这样叫他是因为他的李小龙式发型，“你确定你之后还想接着走吗？”

“说不定他压根儿就没买回程的机票呢？”滑板女孩插进一句，两人都含笑看着我。

在场的每个人都发表了自己的看法。

只有Cold Dogg（冷狗）神情严肃，“异地恋可不容易。”他小声咕哝了一句，又摇了摇头。

“冷狗”这个外号是他自己取的：他最喜欢Coldplay（英国酷玩乐队）

和Snoop Dogg（美国说唱歌手，昵称“史努比狗狗”），所以要我叫他Cold Dogg，冷狗。我们第一次见时，他这样郑重地对我说。

此时已经夜深，我们四人坐在塑料桌旁，桌上有毛豆、拍黄瓜和几十串羊肉串，服务员还在源源不断地端上更多，那感觉就像北京的夜宵。

李小龙和冷狗都是大学生，利用课余时间在一家户外用品店里打工。店里堆满了中外各种品牌的户外用品，其中大多时髦鲜亮，标价高昂，户外用品嘛。店内甚至还有一堵攀岩墙。我进店里是想买双新鞋，经过交谈，却发现我们三个至少有两种共同爱好：都爱到处走走，都爱拍照。

“你真不怕现在回家的话，整个计划都泡汤了吗？”离开饭馆时，冷狗这样问我。四周很静，不知从什么地方传来汽车启动的声音。我环视周围，恍惚中，几乎无法相信自己真从北京凭着双脚走到了这里。

我给了他一个很长的回答。

慕尼黑机场浸没在阳光中。海关工作人员有些恼火地瞅瞅我，看一眼护照，又看看我，还是不耐烦地摆摆手示意我通过了。去亚洲的游客，长胡子，嬉皮。我拎着一个大塑料袋，背包被我当作人质般地押在了兰州。到达大厅，玻璃门自动打开，我心里猛地一紧，万一她没来怎么办？我的目光落进一双黑闪闪的眼睛里，担忧瞬间消失了。我们有一周的时间。

七天过后，我坐在飞机上，依旧能够感觉到她手里的沁凉。飞机飞行在亚洲大陆上空，飞机上的电视里正在播放一部爱情喜剧片，我伸手摸出衬衣口袋里那张细长的纸条，上面写着“一位友人今天需你善待”。这张字条藏在我的幸运小饼干里，我和小象在慕尼黑的亚洲商店一人买了一个。中国虽然没有幸运小饼干卖，但字条上说得没错：小象今天需要我，其实我应该留在她身边。

早晨睁开眼，我的行李已经收拾好了。忽然看到一条新闻：四川地震，上万人遇难或失踪。当天所有的新闻频道充斥着这条消息，小象一脸惨白。联系上她家里人花了很长时间，电话网负荷过重。幸好最后得到的是好消息：家里人人平安，只倒了几样家具，但为了预防余震，所有人都得在室外过夜。

尽管如此，我却不能留在她身边。票已经买好，我还得继续走路，规则如此。送我去机场的时候，小象脸上一直挂着勇敢的笑容。会好的，大家到现在不都还平安无事吗？

飞机临近兰州。在回程的飞机上，我已经看到了成片的褐色山岭。如此庞大，我都不敢再多看一眼。电视里出现了感人的一幕，背景乐响起，人们互相拥抱着，嘴角在微微颤抖。

我对情节全然不知，只让眼泪悄悄地流进我的胡须里。

特殊的鱼

Trichiurus lepturus是一种样貌丑陋的鱼，它身形纤长侧扁，无鳞，也被人们称为白带鱼。它们生活在开放性大洋温暖水域，以猎捕小鱼：甲壳类为食，长着锋利的齿和微凸的眼，相貌凶残。

但作为食物，它的肉质是上乘的，中国任何大城市的市场都有卖的。

似乎只有兰州除外。

“非得要带鱼吗？”海产区的售货员一脸疑惑地指着面前品种繁多的鱼，大小胖瘦，多得几乎侵占了超市的半个铺面。冻僵了的死鱼眼一双双直盯着我，几只螃蟹正吐着哀伤的小气泡，空气中有些酸味。

我还得给售货员从头说起不成？我跟小象开玩笑说，如果她答应做我女朋友，我就送她一条鱼。结果她哈哈笑着问，那能不能送她一条丑巴巴的带鱼？

我冲着售货员摆了摆手，掏出手机发短信，肯定还有别的办法。

正要离开超市，我从一堵电视墙边经过。有许多人手里拎着购物袋站在屏幕跟前，一动不动地注视着不同的荧屏中播放的相同的画面：浓烟滚滚的废墟，哭花了的脸孔，那些数字及言辞似乎在试图解释前天发生的一切。四川地震的遇难人数已上升至六万，还不断有更多尸体被挖掘出来。所有电视机都是静音的，人群中也没有半点声响。我手里的购物袋发出干瘪的窸窣声，听来尤其通透。

再次上路的这一天，我站在宾馆的电梯里，目光偶然落在地毯上，这才发现今天是星期五。每天更换地毯，是宾馆宣扬其卫生程度的一种低调的方式。我也做了不少准备：鞋、短裤和衬衣都是新买的，我刚洗过澡，两周时间没有走，有几分懒散滞留了。我走出宾馆大门，抬脚迈进五月里。前台服务员欢悦地朝我挥手道别，他们都知道我的徒步计划，我的胡子，也知道我去找小象，所有这一切都让他们觉得有趣。“祝你赶快找到带鱼！”有人高声喊了一句，友善的笑声跟随在我脚后。

兰州的天空和半年多前的北京一样湛蓝。走过中山桥，我第二次跨过了黄河。这里的河床不及风陵渡宽，河水汩汩地从铁架桥下淌过。光凭观察，谁也不会想到这座桥上所有的钢筋梁柱都是一百年前从德国直接海运过来的。更令人难以相信的是，当时的黄河上再找不出第二座钢铁材料的桥了。现在，与兰州城内其他的桥或是河两岸的高楼大厦比起来，它便显得如此微小。不过也没有关系，这里的人们依旧对它钟爱有加。小卖部老板问我来自哪个国家，然后就竖起大拇指咧嘴笑起来，“德国人修的东西，质量好啊！”

我走在河岸边，穿过公园、新区，侧身从清真寺旁挤过，钻进小巷抄近道，但脚步并不如我原本希望的那样轻松。也许是因为我太长时间没走路了，也许是这双新鞋的错。

大雨袭击了我，那是第二天下午，我还没走出兰州市郊。起初，天边微泛起一副病恹恹的颜色，紧接着，乌云呼啦啦从山坡压下来，疾风横扫路面，豆大的雨点打在我脸上。我忽然想到从北京出发到现在，是否正儿八经地下过一次雨呢？一把阳伞飞过马路，一个女人拉着一个小男孩埋着头追了过去。远处传来震耳的雷声，我连忙躲进一家小饭馆里。

本来，我只打算在这里穿上外套，但一转念点了份饺子。门外的雨点像鞭抽般打在柏油路上，饺子腾起腾腾的热气。还没等我吃完，天空已经放晴，又魔术般地变回了先前的模样。只还有几处水洼见证了刚过的阵雨。

我看见手握着双节棍的小胖子时，他已经立在我跟前了，直愣愣地盯着我看了好一会儿，他才深吸了一口气问我在这儿干吗，声音因为紧张而有些颤颤的，他身边还站着一个小丫头。

“我在找晚上住的地方，”我答道，又指指饭店老板娘说，“但是那个阿姨说这儿没有旅馆。”

小胖子的眼睛在我和老板娘之间滴溜转了两圈，似乎顿时没了词儿，然后，他的小脸一亮。

“这儿当然有旅馆啦！”他指指我来的方向。

“多远？”“大概一百米吧！”饭店老板娘只笑笑，耸了耸肩。我带上行李，踏着凯旋的脚步走向门外，经过一家家店铺也目不斜视，直到我们来到一扇大门前。

我傻眼了。

“这儿有旅馆？”我指着围墙内的火电厂区问，几座圆挺挺的冷却塔矗立着，一团团白烟袅袅升起。

我向后退了一步，但已经晚了：门卫发现了我，从玻璃门后走了出来。我到这里做什么，他想知道，紧张的气息在空气中弥漫开来。

“不做什么，”我又朝后退一步，举起手说，“真的不做什么！”

我全然忘了身边的小胖子，他懒洋洋地晃了晃手里的双节棍，叫道：“这个叔叔要住招待所！”

我慌张地瞥了门卫一眼：他窄窄的胡须微微一动，眼睛出于猜忌而眯了起来。我连摇着头，又向后退。这时发生了我意料之外的一幕：门卫点了点头，转身走回了警卫亭。

进入电厂的路畅通无阻。

小胖子满意地哼了两声，迈步朝厂区走去。小丫头见我还畏畏缩缩地立着没动，便挥手招呼我过去。顾不上那么多了，我跟着他们俩走进了厂区。

经过冷却塔，我们转过弯，被一位头戴安全帽的老人叫住了。他一边听两个小朋友说，一边叫我出示护照，但最后还是点头放行了。我们走进了一栋高大的混凝土楼，所有窗玻璃都是深色的。

“招待所。”小丫头说着，跟在小胖子身后跑上楼梯。

我得一步迈两个台阶才能跟上孩子们敏捷的速度，五楼，我们站在长走廊前的接待台边。

“阿姨！”小胖子叫道，小丫头也跟着叫起来。他俩声音的回声越来越小，不过阿姨总归还是出现了。她愣了一下，刚伸出食指指向我，小胖子已经说开了。尽管她从头到尾一直在摇头，但还是拿出张表格放到我面前的台子上。

这里只接待电厂内部职工。我填好表格，在“工作单位”那一栏写上了“北京访客”。二十块钱放到台子上，阿姨为我开了房间门。

两个小朋友走了，我倒在床上，足足做了几分钟深呼吸才让那紧张发颤的感觉完全消失。

“早点睡觉，好好休息！”小胖子最后还说，并带着一副慷慨的表情指了指床。我走到窗边拉开窗帘，冷却塔、烟囱和货运火车站，一辆载满煤的火车正突突进站，起重机臂来回动作着，阀门栓里直滋着蒸汽。响亮的轰鸣声填满了夜的空气，这是火电厂心跳的声音。

神谕

第二天早上，我走出厂区大门，冲门卫挥手道别。透过警卫亭的玻璃窗，他们也友好地跟我打招呼。

“我就像米袋里长的蛆一样。”昨天夜里，我在电话里跟小象这样说，以此夸耀自己如何神不知鬼不觉地潜入了兰州工业区内部。

电话那端只传来一阵笑声作为答复，“如果有人管的话，不出两分钟，你就被扫地出门了！”

“那为什么没人管呢？”

小象还琢磨着如何回答这个问题，我自己忽然反应过来，“小胖子是厂长的儿子！”

我的脚步匆忙，它们带我经过灰色的住宅楼，经过呼啸轰鸣的厂房，一刻不休地向前，又带我来到河边，重工业的声响和气息都减弱了许多。我看见成片的山岭，听见水流优柔的汩汩声。转过身，终于火电厂的高塔看起来小了些。

我顺着河岸向西走，山坡上有座庙，让我想起了闫道长和他的五圣庙。等我爬上山坡，却发现大殿上了锁，只有几面五方旗在随风颤舞，铃儿叮当作响。一座座棕色的山立在周围，沉默不语，光秃秃一片，有如大张皮革。

公路如血管般贯穿于大地上，各类商店、餐馆和作坊都是它的镶边。我不止一次恍惚感觉像回到了固城，那个朱辉返回来跟我吃火锅的地方。我摸出手机给他发了条短信，叫他快去买瓶冰镇可乐备好，往他家乡去的路我走了一半。很快就收到了回复：你自己注意安全小雷，前面的路可不好走！

一块牌子悬在公路上方，蓝底上画着两个白色的箭头，左边写着“西藏”，右边写着“新疆”。前面是岔路口，这我还是知道的，但也没多想。

拐过一道弯，我几乎不敢相信自己的眼睛：马路被一栋房子楔子般地活生生劈成了两半，我站在房子跟前，楼前还立着一个水果摊儿，一个男人跷着腿坐在摊边，怏怏地盯着某处出神。

他身后墙上的字让我忍不住笑了起来：温州发廊。窗户里侧的帘子是拉上的。

我停下脚步，观察起了男人、他的水果以及他身后所谓的发廊，不禁自问，他是否意识到了自己正坐在一个多么伟大的据点上。这个路口仿佛刚从童话中脱壳而出：每一位至此的旅人都必须做出自己的选择。入山还是去往沙漠？醉溺在果蜜琼香里还是魂绕于纤纤玉腿间？要不请那位守卫路口的冷厉的神谕者给算上一卦？

我立在原地。那男人点上根烟，面露狐疑地瞟我一眼。如果选择左边的路，我到达的便即将是青藏高原，而不是那新疆的阔土！一想到这里，我的激动就膨胀得几乎快炸开来。

我想起了那个磕长头的女人，我是多久前碰见她的？一个月前？现在，她走到哪儿了？我努力想象着她来到这个路口后如何径自走上通往西藏的路，朝着高原上的佛寺而去，对坐在路口的男人吝于一瞥。靠着双膝双手去拉萨，或日喀则。

我接着上路，朝路口坐着的男人和他的水果挥手打个招呼，没说话。我靠右走去，去往新疆的方向。大约只走出了四五十步，我的脚步拖沓下来。一见有楼上写着“旅馆”二字，我便舒了口气，走进去要了间房。

把行李扔到床上，折回岔道口。不幸却发现，神谕者乃郁郁寡欢之人。他坐在他的水果摊儿前，吸着烟，疑心重重地斜瞅着我。我问他身后的楼里是否真是家发廊，他只动动肩膀。我站在那儿傻乎乎地笑着，熙攘的车流包围着我们。后来，我说我要买香蕉。

“香蕉。”他重复了一遍，把头转向我，如梦初醒。看也不看，他伸出手从背后的货架上抓起一串黄灿灿饱满的果物，扔到秤上，两公斤。为顺神谕者的意，我又要了个甜瓜。

地图显示我已进入了河西走廊，古丝绸之路中最重要的通道之一。它起于黄河，走向西北，有如一道褶皱穿梭于山间。

卫星图上，它是一缕深绿，到了第二天，我依然被惊住了——眼前山谷的葱茏茂密几乎无与伦比。油绿绿的田野、繁茂的树木、水渠、土屋，一切就好似一座大花园。两侧有高墙一般的山岭隔断，使得这花园的印象越发清晰了。此时正是玫瑰收获的季节，路边的大幅帆布上晒满了深红的花朵。我不止一次地停下脚步暗自想，我真想看看摘收前的山谷有多美。

将近两点半，我等在一家餐馆门前。远处传来一声喇叭声，又一声，紧接着四方皆响。餐馆老板伸出手指放在嘴前：这喇叭声是三分钟默哀的起始信号。14点28分，全国上下为四川地震中的遇难者默哀三分钟。

这天是“头七”，人死后，魂魄将于这一天返家。

喇叭声慢慢减弱，山谷里恢复了寂静。老板和我站在门边，望着外面，周围静得连冰箱的嗡嗡声也听得格外清楚。从兰州一路走来，我见到许多墙壁上贴着红色大字报，上面记录了某某人或者某某单位为灾区捐款的数额。但这于亡者，于整个国家所受之难，不过是无奈的慰藉。

默哀时间过去，我到老板旁边坐下。他打开电视机，取来一壶茶和两只杯子。夕阳如细细的雨丝般穿过门口的塑胶门帘射入屋内，我听见轻骑摩托发动时发出的嘶哑的声音。电视里正在播放支援灾区的节目：歌舞，致辞，在钢琴伴奏下的镜头掠过观众席上的一张张干部和明星脸。主持人讲述了一位年轻母亲的故事，她在楼倒塌的瞬间将婴孩紧紧护在身下。救护人员赶到时，孩子在妈妈已经冰凉的身体的掩护下毫发无伤地睡着了。人们在裹他的被子里找到一部手机，屏幕上有母亲留给孩子最后的话：“孩子，如果你能幸免于难的话，要记住：妈妈爱你。”

主持人的下巴微颤着，感动的浪潮席卷了整个演播室。“也让我们给这位母亲发一条短信！”他高声说道，嗓音震抖着，“如果天堂能够接到的话，让我们一块儿告诉她，我们所有的人，都会像她一样，爱她的孩子！”掌声，音乐，一片被感动的海洋。

“我真受不了这样的节目。”我脱口而出。“哦？”餐馆老板饶有兴致地瞅我一眼。“太做作。”“中国的电视节目大多这样啊。”“这话是没错，但人们难道不知道，这么多人遇难全是因为建筑质量不过关吗？”

“当然知道啊，我们这里不也一样。”他指指窗外，“那边就是学校，这儿要是发生地震，那栋楼也会塌，绝对的！”

“那你们怎么受得了这样的节目？”

他笑起来，“那不过是电视而已嘛！”

“正是盖楼的这拨人，做了这样的电视节目。”

“这你就说错了，房子都是地方政府修的！不管北京的政策如何，他们自己想干吗就干吗。“等没什么油水可捞的时候，就一个接一个都跑了，反正儿子女儿也在你们国外上学。”

如此的控诉我已听过无数次，中央的方针政策无可厚非，地方干部贪腐难治。

雨

上山路，兰州海拔一千五百米，到永登县就已经达到两千了。

但这还不算什么。

再往北走几天便是乌鞘岭，我还得从岭上翻过。刘爷爷一边说，一边伸出三根手指咧嘴笑开了，他的脸就像一只干瘪的皮匣。

三千米，我想起了自己在华山顶上吹风挨冻的样子。那里的海拔大约只有乌鞘岭的三分之二吧，要是把华山和乌鞘岭重在一起，它也就是个可怜兮兮的小坑而已。

我跟刘爷爷讲了自己在华山赛跑的事，不得不承认空军小伙子们还是比我先到山顶。他听着，欣然笑起来。刘爷爷是一名退役军官，与其他退休老人一样，他也在公园里享受着这样一个春日，只是头上颇为年轻的太阳帽和身上的军装让他显得比别人矫健许多。我们站在露台上，望着城里的楼林幢幢。时不时有一列火车哐啷啷地驶过，拉着刺耳的汽笛。我脑子里还惦记着那三千米海拔，这个数字听起来高得吓人。

武胜驿紧紧扣抓着公路，如鹰巢一般。山峦倒影之下，淡青色的云雾缭绕。镇上总共不过十几栋房子，还有座清真寺。我找了一家旅馆要了间房，走进餐馆，却闹起了肚子。

罪魁祸首是那碗面。起初，身体里某处咕噜叫起来，一阵冷战紧接而来，从颈背直灌脚底。我手脚冰凉，肠子似乎在肚里蜷缩成了一个拳头，这感觉可是我的老相识了。我撂下筷子，又朝面碗掷去一瞥，摸出几张纸币塞到老板手里，快步小跑回街上。旅馆只有一个公用卫生间，狭长的墙壁上铺着瓷砖，墙边有一条沟，卫生纸需要自带。

灯光通明，没人，这点还不错。我讨厌上公共卫生间，但更讨厌还得摸黑找空位。连在北京这样的城市也有些公厕没灯，要辨认何处有人便只能靠闪闪的烟头了。

过道上传来脚步声，那声音越来越近，停留片刻后，又渐渐远去。我舒了口气，这臭烘烘的王国还归我独有。突然，那脚步声变响了。

一具笨重的身体咚一声将门撞到墙上。可怜的瓷砖，我正想着，胖子已经站进了屋里，他喘着粗气，活像一只搁浅的鲸鱼。我低下头，暗暗希望他找个离我越远越好的位置，处理好自己的事务后赶紧消失，如厕所箴言之所在。

但现实相反。

他一摇三晃地向我逼近，脚重重跺地。瞅也没瞅我一眼他便径自在我旁边停下，把手伸进了裤子里。我一下子慌了：周围到处都是空位，但他偏要挨着我站，瞄准我旁边的墙？

屁，吐气，一阵雨。我背包徒步两千多公里，留起了胡子，寄了条带鱼到德国，上过报纸杂志。我现在蹲在这沟上，面前的胖子在晃，肥肉在抖，呼吸在震。他斜冲着墙上撒尿，液体冲击壁面分散成为毛毛细雨，朝我落下。

旅馆的浴室不过是一间空屋，墙上有个孔，孔里流出来的水带着消毒液的氯味，这样反而更好！我抹上香皂，直到把皮肤都搓红了才停。身上的衣服也索性一起洗了，反正现在的气温穿短裤也还太凉了。

然后我去小卖部买了饼干和可乐，德国人治疗拉肚子的偏方。随便说给哪个中国人听，他们都会笑岔了气。

我最先见到的，只有山坡上孤零零的一座小塔，雪白轻盈得有如一团奶油，旁边交叉串联的经幡在阳光下显得尤其耀眼。我又进入藏区了，我在村子里听见接连不断的齿擦音和许多“呃”，自己却丢人地连藏语的“你好”都不会说。但也没关系，村里人仍然很高兴来了客人。这里房屋的窗框都是黑色的，能在阳光下吸收热量，有自然的隔热功能，但总被游客们浪漫地当作诗情画意的体现。我来到天祝藏族自治县，进了城，果然所有指示牌都是汉藏双语的。

晚上，我跟着三名英国学生进了一家酒吧。他们是我在街上碰到的，两男一女，浅色皮肤，个个都跟弥撒侍僧一样腼腆。他们笑盈盈地说，他们莫名其妙地来到这里当英语老师，除了他们以外，天祝没有别的外国人。究竟怎么来到了这里，似乎连他们自己也不清楚。

但酒吧在哪儿他们倒是知道。

这家藏族酒吧灯光幽暗，屋顶门栏上都雕着花，到处挂满了纱巾和装饰性的花花草草。老板名叫欧珠，蓄着小胡子，身形略有几分敦实，脸上一直挂着种老板式的神情，让我联想到新乐洗浴中心的董哥——两人身上都有种凭靠自身努力取得成功并且颇引以为豪的气息。

我们坐在大垫子上，手里端着一杯茶，其他人都在喝啤酒。交流断断续续，因为英国学生的中文不太好，换用英语交谈也没让情况有多大好转。但这都无所谓，撬开啤酒瓶盖的时间间隔越来越短，一张张脸上都泛起了红光。

或许是这高原气候，或许是藏人的酿酒技艺，或许是刚换到新环境还需适应，也或许是他们对藏族人举国闻名的酒量还未有耳闻。

散局时，两名男生费尽力气才把烂醉如泥的女生塞进出租车里。欧珠一手搭在我的肩膀上，说："明天跟我进山，看牦牛！"他眼睛里闪着亮光，"白牦牛！"

牦牛

我们一行四人坐在欧珠的越野车里，还蒙头睡着的英国学生没一起跟来，同去的是欧珠的一对藏族夫妻朋友。欧珠身穿一件米色外套，戴着反光墨镜，一只小小的金法轮和两只曲蹲的小鹿立在仪表盘上。法轮的八个轮辐代表了八正道，佛陀基本教法四谛中的道谛。

“你来我们这儿真是太好了！”他说罢，用力拍了一下我的腿，“你能休息一下，做些走路之外的事情，看点别的东西。我们呢，又有借口出趟城啦!”

他讲到天祝在拉萨动乱后几乎完全与外界隔绝了，声音中流露出愤懑之情，“我们可是全国最早的自治县！从没和谁有过矛盾，与拉萨的事情也一点关系都没有，结果他们把坦克开到这儿来停着！”

“坦克？”

“反正就是部队的车嘛。”他笑笑，瞟了一眼后视镜，“不过现在已经基本恢复正常了。”

“基本？”

“哎，也就还有些小事情。”他叹了口气，“你知道吧，带着藏族身份证去宾馆登记，人家可能直接说没空房了。”

我们离开柏油马路，驶上一条碎石道。路边不时出现几间小屋，屋门前站着孩子和围头巾的女人。山里的人们养的都是大狗——藏獒，它们的鬣毛让人联想起狮子，据说连狼都对它们惧让几分。

我们的目的地到了，车停下，我打开门，一脚踩到松软的地面上，放眼望去，被周围的景色震住了。

山脉连绵直至天边，更远处起伏可见险峻的雪峰。云朵掠过头顶，滑过园林般青绿的矮草地，飘过零落的树木、溪流。我爬上山坡，倒在柔软的土地上。背底下的世界逐渐缩小，我几乎能感觉到它的曲面。西藏和阿尔卑斯的山区可不一样，这里没有那种牧场环绕山谷而成的紧闭空间，这里有的不是山脉，而是高原，那感觉好似整片天空都能被呼吸。

同行的三人成了溪边的三个小点，他们带上了凳子、钩竿和桶。晚饭有鱼吃，他们之前这样说，风儿偶尔将几声欢笑携上山坡。牦牛也成了一个个白色的小点，它们不停不歇地嗅食最好的青草，悠然地咀嚼着。相对于整片幽绿的草面，它们的移动几乎让人无法察觉。

这些动物是一群默不作声的喜剧演员，它们体形健硕，身体两侧的毛又长又密，遮盖住了纤细得令人吃惊的四肢。它们成群结队地立着，除了不希望被打扰之外再无所求。每当人靠近时，它们会先假装毫无觉察。等人跨进了某个“警戒范围”，它们便烦躁不安地挪几步。人走几步，它们就动几步。你朝它靠近四米，它便退后四米，却又懒得再走远些，想要传达的无非是一则讯息：“到别处去，高原大着呢！”

“牦牛跟水牛一样，”傍晚，我们返程时，我对一脸茫然的欧珠解释说，“别看它们个头大，头上还长角，但它们都害羞得很，一见到我就躲。”

三个藏族人扑哧一声笑开了。

“我跟你说啊小雷，发起脾气来的牦牛你还是别惹为好！”欧珠擦了擦眼角笑出的眼泪，“今天你看到的那些牦牛是我朋友养的，每一头都很温驯，不怕人，要不然我也不敢让你过去啊！”

我决定不急着上路，先在寺里待一天。我手里拿着书，坐在太阳底下，一位年轻僧人正沿着顺时针方向围着庙转圈。他头发剃得很短，身穿赤红色长袍，手捏一串木珠。等他终于转完停下来，我过去跟他搭话，想知道他总共转了多少圈。两百，他说。我在脑子里计算着这大约折合多少公里，忽然意识到自己也该上路了。

第二天上午，我将天祝留在身后。空气中散漫着快下雨的味道，但这并不影响我。我走过一条条的林荫道，途经一个村庄。村子是长条形的，房屋分布得很零散，一幅已经被遗弃的景象，一堵墙上有石灰粉涂写的标语：“毛泽东思想万岁！”我一惊，这肯定还是“文革”时代留下的。我第一次以这种形式看到这句话，它让我不由得想起了那些翻覆了整个中国的政治斗争。我观察起周围：这里多半曾经是座工厂，现在貌似闲置了。如果人们以后把房子拆掉了，标语也就一并消失了。中国的发展就是如此：它的步伐碾过城墙、古寺和诗人的身体。

越进入河西走廊深处，坡就越陡，四周景色的变化也越大。那感觉就像迈出了花园的后门，正朝着秃平的田野走去，反正，玫瑰这山上是没有的。

一天下午，天气有如大教堂里般干冷，我发现自己到了乌鞘岭。定位仪显示海拔将近三千米，四周一派高原之景：矮草，群山，遥远地可见连绵不绝的山尖。我愣住了：坡上，一排突起的黏土包延伸至远处，形似动物的脊椎。尽管已有几处无法辨认了，但它依然立在那里——长城。

我离开公路朝它走去，伸出手放在那土坯之上。它就如一位老友，这里的风沙已经吹蚀了它两千多年，使它看起来更加脆弱。这一个个土堆比明代所修的石长城早一千多年，但没人出于发展旅游的目的修复它。我沿着墙边爬上山坡，看见它延伸消失在远方的山间，便又出发朝山口走去。脚步踩在蓬松的土地上，很柔和。

公路的海拔最高处立着一块牌子，牌子上标写着确切的高度和一句口号：“创建河西千里双拥模范走廊”，略显几分笨拙。我想到了那句关于毛泽东思想的标语。

毛泽东去世后，情况发生了变化：此前的所有口号皆以阶级斗争为目的，自改革开放以来，形势不再如前。现在的指导思想之于多数人而言，并没有很大的切身意义。中国选择了一条有中国特色的社会主义道路，发展了一套自己的市场经济体制，修建了世界第二大的高速路网，平地砌起了一百五十座人口超过百万的城市。此外，反正也几乎没人有时间或者有兴趣为了某些抽象的理念走上街头。

毛主席的头像依然挂在各地，高于一切。表象的矛盾，它闪耀在天安门城楼上，闪耀在人民币上。毛泽东象征着共产党领导下的中国，象征着这个国家在历经了二十世纪的重重苦难后终于步入正轨。中国眼下的愿求只有稳定和发展，无论是哪一种指导思想指导。

每次我开始试图诠释某些现象时，小象都会笑我，这次也不例外。“那不过是一句旧标语而已，”她说，“人们开车经过的时候，压根儿都不会注意到它，没人在意这些！”

她给我打电话不是为了跟我讨论政见，而是为了告诉我，她收到了从北京寄出的包裹，昨天送到了她家门口。包裹里有一大包茶叶，茶叶里埋着个密封袋——带鱼。我在北京的朋友喀娜听我说完我想请她帮的忙，笑得喘不上气。鱼是她买好后自己在家腌的，我跟小象在她眼里肯定就像两个蛮招人喜欢的怪人。

“那你现在是我女朋友了吗？”我举着电话问。身边的高原静得好像在和我一起等待着答复。

小象笑了笑说：“嗯。”

政治

前方接连分布的绿洲城市如同晾衣绳上的衣物般排列于山岭和戈壁之间，武威是第一个。到了那里，地图上带星形标记的荒僻地区也就不远了。

经过一段陡斜的下坡，路在平地上伸展开来，景象如前：路上行驶的车辆比在高原上多，周围显现出一片片农田和小树林，山下几乎已是夏天。我在田埂旁沉沉地睡着了，醒来时，正有一群人嬉笑着围在我周围。女人们都围着头巾，没准儿是回族人。我还在迷糊之中，便也没多问。

遇到申叔叔时，我距离武威还有半天的路程。

他在路的另一侧与我反方向而行，身上衣服颜色很鲜亮，头戴头盔，自行车上载着大包行李。

他注意到了我，于是停下来，隔着过往车流冲我招手。我也朝他挥挥手，然后，一场照片之役便拉开了序幕：他摸出相机，我掏出广角镜头，他翻转摄像机，我调整长焦镜，汽车司机们一张张诧异的脸孔在我们之间晃来晃去。过了一会儿，我走过马路跟他搭话。

他今年六十岁，刚退休，名叫申周玉，我叫他申叔叔。他家在新疆首府乌鲁木齐，离朱辉的家乡不远。但他其实是河南人，十六岁时因为大西北工作机会多，能挣口饭吃，就去了那里。

他成了一名铁路机械师，当年那个子不高的小伙子如今变成了一个手掌宽大、胸腔浑厚、嗓音低沉的男人。他工作了四十多年，结了婚，养大了两个儿子。退休的时候，他脑子里萌发出一个念头：买一辆自行车环游中国。现在，他正往南去，然后转向东，最后向北。

“所有地方，都要去！”他大声说道，眼眸的闪亮超过汪秦和朱辉。虽然已经不再年轻，戴着自行车手套的双手布满了厚厚的老茧，但他知道：这个春天，是属于他的。

申叔叔和我站在原地聊了很久。互相告别时，天已渐入黄昏，这也就意味着我得尽快进城，找个住的地方。但有一个问题：进武威城之前，我可不能错过白塔。原塔虽然早已倒塌，人们现在见到的不过是复制品而已，但塔所在的位置意义重大，不能不去看看。因此，我拐下大路，走在田园村间。我来到门口时，售票处已经关门了。我敲敲门，一个面色疲惫的男人出来瞧了瞧，便招手让我进去。远近一个人也没有，我独自在此。我慢慢穿行在这些白色建筑之间，它们其实并非一般的佛塔，而是窣堵坡。大大小小上百座，如森林一般，幽蓝的暮色蕴含着一缕历史的气息。

这里，便是1247年西藏与蒙古使团相会之地，他们会聚的目的是为协商西藏与强大的可汗国之间的关系。我在脑海中勾画出一个个大胡子男人的模样，身裹兽皮，挥舞着马刀，相互对吼重要的词句，端着木杯喝酒，不过也许只是我电视看得太多了。这场严肃的谈判以一层师徒关系的建立而告终，西藏喇嘛成了可汗的老师，作为交易，蒙古人获得入驻西藏的许可。

天空染上了蓝紫色，几颗星星羞答答地闪烁其间，我在一个角落里找到了那片废墟。废墟有一辆公共汽车那么大，由易碎的砖瓦堆叠而起，残缺不全，还有几处长出了几株植物。这是原来的窣堵坡群遗留下来的最后部分，没人知道它们究竟建于何时。紧接着，我见到了那些塑像：陶瓷和金属做的小塑像，其中几个看样子像喇嘛教的菩萨，另几个像观音，似乎还有一座道教太上老君像也在其中。人们把它们带来这里，摆放在废墟的壁龛中。

这些人来这里既不为历史也不为政治，他们为的是自己的信仰。他们带来小小的塑像，路上也不为那几百座崭新的窣堵坡所动，哪怕为它们付了门票。他们目标明确地来到废墟，放下塑像，喃喃地念过几句经文后，便又离去。是汉族人、藏族人还是蒙古人？还是各种血统都有一点？毫无半点踪迹可寻。

到最近的小镇大概还要四个小时，我好不容易走到镇边的时候，早已过了午夜，甚至连马路上的霓虹灯都已经熄灭了。既找不到旅馆，也不见小卖部。无奈，我只好在唯一还卖吃的的地方停下——烤羊肉串摊儿。摊位的一半在屋里一半在街沿上，被电灯泡混浊的黄光照着。

我放下背包，找了张桌子坐下。老板下了单后，过来坐在我旁边。当他得知我来镇上的目的时，告诉了我一个坏消息：这里没有旅馆，我得去武威。老板娘充满同情地点点头。还有多远？我问。他说，三十里。我丧气地将肉串塞进嘴里，暗暗希望他们能给我提供一个过夜的地方，比如后屋的一张木板床，但我又不敢开口问。黑暗中，出现了一个男人，他到隔壁桌坐下，点了一打肉串。见到我，他心存猜忌地扬了扬眉毛，“这老外在这儿干吗呢？”

“这老外懂中文。”店老板笑着答道。立刻，他已经坐在了我对面。

“我姓赵，”他说，皮夹克，一张脸方正阳刚，“在镇政府上班。”

旁侧的阴影

敲门声把我吵醒，是赵先生，他的样子好像一只猫头鹰。

“你还在这儿呢！”他叫起来，那语气听起来不像好事。我看一眼手机：九点刚过。四个小时前我才躺下。

我舞了一下手表示明白了他的意思，他的脸消失在门槛间。我又一个人在他办公室里，到处都是啤酒瓶和烟盒，一片混乱。

昨天晚上，赵先生说能让我睡他的办公室，两串肉串之间的空当，拍拍肩膀，就这么定了。

我也不需要多想，不只是因为我觉得睡在政府办公室颇有意思，而且我今晚反正也到不了武威了。

没过多久，我站在一间不大的办公室里。门外，镇政府的走廊里是一片幽深的黑洞，门内坐着赵先生、我还有两个农民。两个农民身上的外套都有些褪了颜色，脸被烟气围绕着。我坐在赵先生提供给我过夜的板床上，手里端着芬达，不停地瞟向窗外，屋里空气的味道有如一块在烟草与酒精中浸泡过的海绵。

起初，他们还因我不喝酒而有些不满，但啤酒瓶一瓶接一瓶地打开来，不满声也越来越小。

划拳一刻不停：伸出手指，嘴里喊出几个数字，神色坚定地举杯仰头，目光愈加混浊。

其中一个农民显然在跟酒做斗争，每次喝之前，他都先将杯子端到胸前，直直地盯它一眼，才把酒倒进肚里。

赵先生带我去洗手间时，我才了解了情况，“他们俩争田，闹翻了，”他说，撒尿的时候，整个身体都有些晃动，“本来两人是邻居，但一个赚得比另外一个多。我们国家如今就是这样。”他转过头看着我，笑起来，“现在，我得来解决这事儿！”

通往武威的几乎是笔直的一条路，它从我脚下延伸出去，愈见窄细，直到天边。晕黄的尘土像纱巾般罩盖在路面上，热浪使得空气点点闪亮起来——沙漠不远了。

我满身是汗。

太阳还没升到最高点，我突然发现身边出现了一片阴影。我转过身，看见一个穿运动服的小伙子，干瘦得像根火柴棍，他略显笨拙的姿态和上嘴唇边的绒毛让我想起了北京小区的看门人。

“Hello！”他情绪不高地瞥我一眼，用英语说道。“Hello！”我回答。字词的回音逐渐消退，取而代之的沉默中其实带了一个问题。一个我已经不再陌生的问题，每次碰到新的人总是一样。

“我们可以说中文。”我说。他脸上的微笑表明，一块沉重的包袱落下了。

他叫齐羽添，明年考大学。准备考哪一所呢？那还得看成绩。他很勤奋，没时间想女孩子的事，喜欢看欧洲足球。中国足球简直就是悲剧，他抱怨道，言语中那种忧虑，我也常从小黑嘴里听到：中国的百万球迷无奈地自问，一个人口占全球五分之一的国家，怎么可能连一支像样的球队都没有呢？

一位骑摩托车的人在我们旁边停下，他友好地笑着跟我握了握手，递给小伙子几张纸币，又呼啦啦骑着摩托驶去。“回去的钱，”齐羽添数了数，将它们塞进裤兜里，“我爸爸想让我跟着你走一天，学英语。”

我们一起走了大概二十公里。有时，公路两边的草地在阳光下泛着光，或是有风拂过杨树沙沙作响，我的这位朋友都会略略矜持地伸出手臂，说出一句“我的家乡美吧”之类的话。

起初，我还不信他。这样的句子就像是学校灌输的，现在要在老外面前显摆一下：美丽的家乡，幸福的人民，中国特色的社会主义。我问他想不想搬到南方去，那儿冬天不冷，美食丰富。他只一脸意外地看着我，“中国肯定有很多地方比武威美，但我是在这里长大的。谁都觉得自己的家乡最好，不是吗？”

我想到了小象每每说起四川时的骄傲，想到了小黑在北京成天抱怨自己的工作和他想回南方的愿望，想起了朱辉说，他出了新疆就不吃羊肉，别地的羊都不够肥香。

我自己的家乡呢？一想到巴特嫩多夫，我首先想到的便是灰蒙蒙的天空。这片灰吞噬掉了其他的所有色彩，除去那硬砖楼面的淡红。也许有一天，我也能忍受那里的生活呢。也许这一天，就是我到家的那一天。

夏

Chapter 4

第四章

THE LONGEST WAY

你好，瀚海

2008年6月8日

四十里堡，戈壁滩边

黑暗中，我躺在垫子上，四周悄然无声。佛像只显现出一个个模糊的轮廓，天花板上经幡的颜色也已经无法辨清了。一束微弱的光线从屋顶的缝隙中穿透进来，一面经幡被映照成了绿色，还是蓝色？

夜晚来得让我措手不及。方才还在工作间看女画家作画，门外忽然已经一片漆黑，我得找个过夜的地方。女画家笑起来：村里没有旅馆，要是我不介意，可以进庙里睡。

缭绕的香画出浓郁的波状，充满整间屋子，深暗处那忽闪的小点肯定就是香头了。生活在这样的地方一定是件很美的事情，安享着山间寺庙的宁静，与众多雕塑、壁画为伴，度过修复它们所需要的时间。

有人来了，还没听见那拖沓的脚步声，我就已经感觉到了。门发出一阵簌簌的响声后，便吱呀着开了，粗重的喘气，清脆的“啪”一声，灯亮了。我看见一位老太太，一位生气的老太太。她指指我，指指佛像，又指指门。一段叽里呱啦的方言骇浪般席卷而来，听上去好似研磨中的石块。我一个字也没听懂，但清楚明白了她的意思：我必须离开这儿。

夜色下，我跟在老太太身后。背包斜扛在肩上，左右摆动着，我连系好鞋带的时间都没有。老太太走在我前面大概两步远，脚步拖沓，嘴里还不停地嘀咕着，听上去火气不小。

“实在不好意思。”我略有几分无助地说道，但她对我不理不睬。

我们来到了另一座殿前。她停下来，推开门，冲着门槛内朝我摆摆手，又指指地板。屋里，孤零零的一盏灯散着黄光，一块塑料布铺在地板上，有如一摊黑油。

这间殿是道教的：所有神像都身披斗篷，头戴方帽，还蓄着长须，颇像古时的大臣。老太太又指了指塑料布，我没明白她想说什么。

“让我睡这儿？”

她脸上浮起一丝笑容，这时，女画家突然出现在门口。

“奶奶跟佛教管事的人闹了点矛盾，”她解释说，“她怕让你在佛殿过夜会惹来麻烦。”

“那这里就没问题了？”

“这里完全没事儿，我们跟道长关系很好！”

两个女人走后，道长来了，他沉在自己的长胡子里嘟囔了几句，便走出门去，不一会儿，手里拿着一节插线板出现了。“充电。”他指指我的相机，吐出两个含糊不清的字。随后，他也走了，我又一个人待在殿里。

我把垫子铺到塑料布上，在上面放好睡袋，钻了进去，鞋、相机包和背包放在旁边。跟在前一座殿一样，这里也有香烟缭绕。我闭上眼睛，在这幽静中竖起耳朵，然后又睁开眼，站起来，走到神龛边数起神像来。总共二十七座，其中还有一座毛泽东的半身像。

第二天早上醒来，老太太来接我吃早饭，有馒头，我在寒冬里很爱吃的东西。我们坐在工作室里吃东西，喝茶。早晨的阳光透过窗户射进来，有一只猫在我们身边转悠。墙上挂着很多风景画，画前立着几块木头和秸秆混制的毛坯。接下来的工序是用黏土塑型，打石膏，最后绘画着色，有一抹松脂的气味弥散在空气中。

我嚼着手里的馒头，观察着眼前的佛像、女画家的蓝色工作裤，还有阳光下的那只猫。忽然，我仿佛觉得自己又变回了二十多年前的那个小男孩，妈妈在厨房里忙着，我在她脚边的地板上坐着。

“跟我们待一天吧！”老太太笑着说。这回，我完全听懂了她的话。

四小时后，我手足无措地站在茫茫戈壁滩里。一条长长的林荫路引我至此，路的两旁立满了杨树，一切都还是绿色。麦田延伸在路的左右，重重的秆随风慵懒地点着脑袋，一个布满阴凉的世界。紧接着，一条分割线出现，黄与绿，清爽与炎热，微风与烈日，杨树道与戈壁滩一线隔开。身边飞扬着尘土，遍地是亮闪闪的碎石。我感觉自己傻透了，怎么就没多做些准备呢？背包里还剩一瓶水和一个苹果，但我不敢把它们拿出来。当我在几百米开外的地方看到高速路时，才稍微平静了些——在不得已的情况下，我还有处求救。小小的云朵飘挂在空中，它们投下的阴影轮廓清晰，凉爽宜人。每当我头顶上方飘过一朵朵稍作停留，我都在心里感激不已。

想到北德的家乡，我总会联想到一片永无止境的灰蒙。在我从巴黎出发走路抵达的那一天，太阳露出脸来。世界有了光和影，弥散着芬芳。

“这戈壁滩还有多远到头啊？”在某个不知名的小地方，我问一群正在把干草垛装车的农民。

“戈壁滩？”他们笑起来，“那还得走好久呢，还有一万里呢！”

“一直到新疆！”“到哈萨克斯坦！”这片不毛之地如此广阔，三张面孔上都泛着一丝喜悦。

“那这一节呢？”我问。“这一节？大概有十里吧。”五公里，一个半小时。

我终于跨过了另一条黄绿的分割线，已经口渴难耐。我坐到一户人家的院门前，翻扯出水瓶，一口气全喝了下去。沁人的凉意在胸口扩散开来，又慢慢退去。一万里，我怎么可能走得完呢？

我想起了那句句叮嘱，想起了爸爸一次又一次眼睁睁地见我转身开溜，想起了姥姥借着酒意坚持说我是去戈壁滩里找死。突然，我也想起了北京的那个晚上，我跟一位导演和他朋友坐在餐馆里，听着对我的嘲讽。完全不可能嘛，想徒步穿过戈壁。他一直重复着这句话，满嘴尖酸。

我身后的门忽地开了，一位年轻女人走出来。她先被我吓了一跳，但又转而笑了起来，脚步很轻，一袭长裙有如整个夏天。

“前面的戈壁滩还有很长一段吗？”我问。她抬眼顺着我指的方向一望，“对，之后还有很长的一段，但你离那儿还远呢！”

她坐上轻骑，咔嗒嗒地发动起来。一溜烟便没了踪影，徒留发梢飘扬。我从包里摸出我的苹果，它闻起来有些淡淡的香气，很甜。

接下来的几天轻松不少，我在拂晓时分起床，走几个小时，找片树荫躺下，睡一会儿，然后再接着走。公路上的阴凉处很多，即使曝晒在太阳之下的地方也都是绿的，连绿色也没有的戈壁滩也不超出几公里长。

我遇到一个骑摩托车的人。他来自东北，从事心理学方面的工作，请了一个月的假，骑着他的红色摩托穿越中国。我问他戈壁滩到底有多大，他只说，要紧的不是地方，而是人，他有一次在西藏差点被几个人拖下车来。

“或许就因为我是汉人，所以他们想揍我一顿吧，”他说着，咧嘴一笑，“但也可能只是想抢东西而已。”

临别前他还说：小心蜜蜂。他在路上骑进过蜂群里，结果被蜇了一身包。

蜜蜂！光想到它们的名字，我就已经毛骨悚然了。

避雷针

第二天，吃的没有带够完全是我自己的错。马路引我来到一片高原，地图上显示方圆四十公里无人居住。尽管如此，我也没有带上更多食物和水，因为我还对那平行于国道的高速路抱有希望，满心想着肯定会有收费站或者加油站的。

然而，路上什么都没有。

我已经喝完了带的水，也吃光了所有的食物。风卷着厚厚的云朵扫过戈壁，幸好天还不太热，但我还是为自己的预见性不足后悔不已。

我躺在田埂上，正注视着几只小兔新奇地在我身旁围作一团，一群骑摩托车的人停在我面前。

三男两女，都是退休老人，在进山郊游的路上。他们递给我一瓶水当作问候，见我一接过来就迫不及待地往嘴里灌，便又把两瓶冰红茶塞进我背包里。“你们这些年轻人就是太不小心了。”他们带着一副慷慨施与者的神情说道。此外，暴雨马上就来了，让我当心。

远处的雷声震响了整片大地，我离目的地丰城堡还有四公里，转身回望，天空变换出一层绿色，黑色的云墙正从南面山岭上倾灌而下，朝我的方向滚滚而来，闪电突现其间。

我感觉自己就像这广大戈壁滩上的一根草秆。

肩上背着三十公斤重的行李，我每跨出一步，都把登山杖远远地伸出去，随时准备着一旦云层移动过来就立刻把它们扔出去，脚步越来越急。

空气中泛起一股金属的味道，或者只是我自己臆想罢了。暴雨渐近，雷声愈响，天空愈黑。

我想到了那些兔子：小家伙们只用躲进它们的洞里等着一切过去就行了，我却还要在外面疾走。想到这里，我心里不由得一阵发怵。

第一滴雨点落下，好似重击一般，顺着我的额头滑落。紧接着的一滴拍打在我的外套上，再一滴，再一滴。我仰头望去，云层已经移动过来了。它有如一顶幽暗黑沉的圆顶盖紧紧楔在地里，高低浑然一体。前方就是村子了，村口的路牌就立在路边，避雷针般地笔挺着。

我从牌子旁边经过时，不是在走而是在跑。行李在背上不停地摇晃着，发出哐当哐当的响声，身后雷鸣肆虐。我跑过第一栋房子，又跑过了第二栋。雨点噼啪地打在外套上，我来到第三栋房前，急急捶起了门。

“这儿有什么地方可以住吗？”

这家的主妇不安的目光越过我的肩膀，落到层层乌云上，我下意识地耸了耸脖子。

“进来吧，”她终于说，“我们家有间空房。”

房间很小，有炕，雨水顺着单层的窗玻璃流下。真是太完美了，我扔下东西，赶忙冲回门口的房间。“附近有餐馆吗？”其实我压根儿不想再出去，但又感觉自己已经饿得头晕眼花了。

女主人刚伸手指向下一个路口，我已经在往那边去的路上了。

餐馆的门开着，我掀起塑料门帘，走进了一个空房间。墙上有些花和风景贴画，桌子的木材都是深色的。除了门外的雷雨声，这里一点别的声音都没有。

“喂？”我叫道，不禁联想到了闫道长的五圣庙。我的声音回荡着，终于还是有了动静。一个小姑娘从屋里走出来，突然一惊，用手捂住了脸。

“爸爸，老外！”她喊道。厨师出现。“还有吃的吗？”我问。他点点头。

第二天早上我在炕上醒来，一切都已经过去。我朝西北离开村子的时候，有一头驴神色困窘地直盯着我看。距离下一个有人住的地方还有二十公里，矮矮的灌木丛中开着紫色的小花，偶尔也有几棵树。

这里几乎已经看不出有人居住的迹象，餐厅和几家纪念品商店围在一块空荡荡的停车场周围。看样子似乎已经很久没有游客光顾了，一块生锈的牌子上写着“长城展览大厅”几个字。牌子后面，它的确在那儿：一堵壮观的黏土墙从这一条地平线绵延至下一条。公路就像攥得紧紧的拳头，从墙正中央直穿而过。

我敲了敲展厅门，等了等，又拿不定主意地在原地站了一会儿。城墙带着几分惆怅，它已经有些歪斜，看上去脆弱得不堪一击，许多土块已经脱落到路边，一辆辆汽车心无半丝怜悯地从上面碾过。

有一家餐厅的门开了，一个女人走出来。她怀里抱着盆子朝水龙头走去，正准备洗菜。我高兴起来，我有吃的啦！

我一边狼吞虎咽地把番茄炒蛋塞进嘴里，一边听餐馆老板讲这里的旅游业曾经多么繁荣。

“后来，也不知道是谁的主意，所有的文物都被移到城里的博物馆去了！现在这儿什么都没了，城墙是真正地倒了。”

但有一样东西被保留了下来：这片地区的西瓜品种。这里出产的西瓜现在依然配有那惹人尊崇的名字——长城王。

餐馆老板突然想起了什么。“对了，”他弯下腰，把胳膊支在桌上，“你知道那个牵毛驴的女人吗？”

我不解地望着他。

“前段时间她也从这儿路过，跟你方向相反，也是个老外，不知道是哪儿的，美国的吧，牵着一头毛驴。”

我决定沿着长城墙边继续走。墙身上布满了凹洞和裂缝，其中一些甚至大得可以容下一个人在里面过夜。城墙一直延伸进高高的稻田之间，我一边走，一边伸出手抚摸这些谷穗，它们软软地从我指间溜过。我在一个地方找到了一条能爬上城墙的路，爬上来的过程不容易，但站在墙上，我能看得很远，很远。我见到田间的羊群和鲜花，听到乌鸦诅咒般地扑腾而起。

地平线上，云彩是一根根柔软的细条。我的脚步很轻，午后阳光把大地浸入一潭金黄里。我在中国西部，长城城墙上，这个时刻，是一个我不愿停止走路的时刻。

天刚擦擦黑，我来到山丹县城。在一家小卖部里，话题又提到了那个牵毛驴的女人。这次的说法是，她个子很高，非常干瘦。她从敦煌出发，为了治癌。

癌？

小卖部老板和他老婆都耸了耸肩，互相瞅了一眼，轻描淡写地说道：“或者别的什么病，反正很严重！”

陌生人

我在山丹待了一天，这座小城和武威一样充满了绿色，生机勃勃，只是小一些。市中心的公园里竖着一座纪念碑，雕塑的人物是两个白人：Rewi Alley（路易·艾黎）和George Hogg（乔治·何克），以及一群孩子。二战期间，他们曾在山丹生活过，并在这里创办了培黎工艺学校。

后来，何克被锈钉戳破了脚，感染了破伤风不幸身亡。艾黎返回北京，并作为中国共产党忠实的朋友定居下来，开始写作，他曾经获得北京市及甘肃省政府授予的“荣誉居民”称号。

艾黎的晚年生活应该过得相对安逸吧，因为直到逝世，他都保持了一种很引人注意的特质：胖。

过了山丹有一个蓄水湖，我顺着湖边走，在地面上印下一个个深深的脚印。青蛙、鸭子呱呱叫着，太阳照射水面，好似照在一面蓝色镜子上。我捡起块石头扔进水里，湖面上激起的波纹扩散开去，一圈一圈越来越弱。

“牵驴的老太太，当然啦！”祁家店的村民们说，“她也从这儿经过了呢，从嘉峪关过来的，跟你一样，走路！”

我问那女人看起来是否像有病的样子，他们一致摆起手来，“她才没病呢！不然怎么能走这么远的路？估计是要去哪儿上香吧。”善意的笑容漾开来，“你们老外总是有些我们没有的想法。”

我在庙里过夜。庙在村口池塘边上，老庙被破坏了，这座才重建不久。

两位老爷爷坚持找来插线板，把灯泡接到院子里，“你真的要在外面睡？”他们问。我想都没想便说：对，我要睡外面。

庙门朝南，空气中有一股浓浓的沃土的气息，远处的雪峰是那伴随我已久的祁连山。围着头巾的牧羊女吆喝着羊群到塘边汲水，接着，又赶着它们去了别处。现在，我和我的庙，就我们俩。大地无声无息，村里传出的各种声响也渐渐轻下来。这边或那边传来吱呀的门声，有人喊了一句什么，又是几声狗吠，垫子铺在灯泡下方的石板地上。夜，来了。

第二天早上醒来，我被叮得四处是包，冷得不住打战。我挣脱开睡袋凉丝丝的拥抱，一下子跳起来，在院子里无助地来回蹦跳着。第一缕阳光射入围墙，我立刻站进它的光束里，合上眼睛。暖意慢慢潜入我体内，那感觉让我想到了自己在北京用过的热水袋。寒冬已至，城内还没开始集中供暖，我便灌个热水袋塞进被子里。

脸上的皮肉在跳，这是对另一群池塘居民的纪念。傍晚时分，它们便嗡嗡群集飞起，狩猎开始。猎物，是血。到了我这儿，它们满载而归。

在电话里，朱辉听完了哈哈大笑起来，“我说吧，你之前把冬天的东西寄到我这儿来，说不定太早了点。你倒好，索性睡在山脚下，只有薄睡袋，还在池塘边？哎哟，小雷！”我又听见了他那低沉的笑声。这笑声在几个月前减缓了保定那四十公里的煎熬，那时候，我的头发还短。

铁轨的路基指明了方向：左边是田埂小路，右边是国道，两条都往西去。我选择了幽静的小道，穿过一个个村庄。群山的大幕之前，人们在田间劳作，但只再迈出一步，便是满目荒芜。农田不见了，路面上满盖着沙，我眼里只有绵延起伏的戈壁。铁路桥足有两米高，还有栅栏网隔断。我能听见铁轨另一侧车辆行驶发出的声音，但没有路过去。

我又在尘灰中走了整整半个小时，终于找到了通向对面的通道：一节埋在铁轨路基下的水泥管，或许是供雷雨天气排水之需的吧。问题来了：这水泥管高只有一米多一点，约莫二十米长，管内还堆满了粪便。

我半蹲下来，抓紧登山杖控制平衡，抬脚迈开第一个鸭子步。背包的重量将我朝下压，我脚前，是两坨已经风干的排泄物。我突然想，小象要是看见我现在的窘样，一定会笑出泪花的。

好不容易才又来到管外，我小心翼翼地直起腰。双腿不住地打战，后背全湿透了。我在路边踉踉跄跄地走着，还能感觉到脸上肌肉的挛动。远处有一个停车场和几栋房子，我便朝它们走去。“餐厅”，一块牌子上写着。我走进去，一屁股坐到椅子上。老板朝我走过来，用英语问道：“How are you？”

这里常来外国客人，他笑着说，接着也跟我讲起了那个牵毛驴的女人。对啊，她也来过。不不，她肯定不老，走路的样子还很精神呢，她要去东部沿海地区卖她的驴。

餐馆里没什么人，有几个男人围坐在一张桌子边打牌。柜台前面立着几盆大大的植物，蛋壳倒扣在土里做肥料。菜单贴在墙上，所有价格都被改过。中国的日常消费越来越贵，连在戈壁滩里也不例外。

我花十二块钱点了份炒面，瞟了一眼时间：三点刚过。门外，戈壁滩被日光炙烤着，到下个有人的地方还有二十多公里。“你们这儿有床位吗？”我问老板。他神色飞扬地用英语答道：“Yes，we do！”

天下第一疯

它在一座桥下，我起初根本没注意到它：一辆木制拉拉车，大小跟个柜子差不多，下面装了两只轮子。车前有木制的手柄，车身上贴满了各种从报纸上剪下来的文章，《徒步走西藏》是其中一篇的标题，下面的照片里是一张男人的笑脸。我四下看看：桥依然静静地立在那儿，戈壁在铁路桥的阴影之外灼烧，远近不见一个人影。

我决定等一会儿，读读这些剪报，于是将手扶在车顶上，弹起了手指。忽然，车里有了动静：咕隆隆的几声响，我又听见一声叹气声。紧接着，车身对侧开了一小扇门，照片上的男人出现了。他的个子很小，没准儿还没有小象高，年纪看起来跟我爸爸差不多。

他高举起双臂，“啊，老外！”很浓的南方口音。他掀了掀头上的帽子，咧嘴一笑——嘴里的牙不齐。

我也笑起来，在他身边，我觉得自己像是个巨人。

“走了多久了？”我问。

他的眼睛直勾勾地盯着某个地方，注视了一会儿说：“今年是2008年，我是1983年开始走的，那也就是……”

四分之一个世纪！我捂住了脑袋——这个人徒步的时间几乎等于我在这个世界上存在的时间！

我跟他说到我八个月前从北京出发，准备走回德国的家乡。他脸上一亮，喊道：“德国啊！康德啊，尼采啊！”

他的声音在桥底下激起几波回音，在他又喊出一句“哲学”时，我才明白了他的意思。

我们一起继续走。他提议把我的背包放到手推车上，我非要坚持自己背着。他摇摇头说：“你们这些德国人，总是这么严谨！”短促的笑声让我联想到了德国民间传说里的护家小神。

他叫谢建光，果然跟我爸爸一般年纪，家在浙江的一个小村里。“文革”期间，他上了小学，之后当了木工学徒。他伸出双手：两根食指都没了。“这样的活我可不想一直干下去！”他说道，笑起来。

十八岁时，他被查出患有某种心脏疾病，得动个风险不小的手术。术后，他又在家乡待了几年，二十四岁时，便扎好行李上路，去云南看山。

现在，他在路上的时间已有四分之一个世纪。木制的拉拉车就是他的家，他吃在这儿，睡在这儿。需要钱的时候，他便找个地方帮人下田收割，或者下矿，但近来，也有不少知识分子和记者时不时给他提供些帮助。

“我只上过五年小学，”他一边说，一边动了动食指残留下来的一小段，“但我已经在大学里面做过演讲啦！”

“康德和尼采也不是人人都知道的，谢老师。”我说道。

他摆摆手，“哎呀，别这样叫我，叫大哥或者大叔比较好！也有人直接管我叫‘天下第一疯’。”

但我看得出他喜欢我这样叫他，谢老师。经过一家小餐馆，我请他吃饭。他坚持要付账，因为他年长。但最后还是被我说服了。

“你女朋友是很重要的啊，”在我们埋头吸溜着面条时，他说，“冬天你困在天山走不动了怎么办？零下三十度，满山遍野都是雪。那你坐火车吗？还是搭汽车？”

“那我就等着。”“那她也会等着吗？”我不说话了。我也可以跟他说说我跟小象夏天的计划——她来找我，或者我去找她。

但我只点了点头。

“你们这些德国人啊，”我们吃完了面条，谢老师点了支烟叼在嘴里，“你们就知道遵守你们那些原则啊、规律啊，时间长了是没有好处的。你想走路回家，我可以理解。我要是有本护照的话，就跟你一块儿走，但必须每一步都是要走的吗？”

我有些迷茫地望望他，“当然每一步都是要走的啊。”

“人家女孩子等你一年、两年、三年。但如果你五年之后才走到家，她已经不在了，你怎么办？到时候，其他人都像欢迎英雄回来一样欢迎你，但那又有什么好的？”

谢老师吧嗒地享受着嘴里的烟，他的皮肤晒得黑黝黝的，头发、胡子都很长，但很整齐，身上穿着一件带领的衬衣。我突然意识到，他的样子比我可文明多了。

我们一起走到快进村的地方，交换手机号后便各走各的了。谢老师要找个停放拉拉车过夜的地方，我得进村碰碰运气。我们站在路旁，傍晚的暮色沉落到田间。我听见蟋蟀的叫声，某处还传来羊群哀怨的咩叫。

谢老师伸出一只手。他整个人都和上午不大一样了，护家小神的那份精怪劲消失了，他变得严肃了许多。“好好想想我说的话。”他提醒我道。

玩儿

村里只有一家小卖部还亮着灯。“请问这里有旅馆吗？”我问店老板，一位正在看书的瘦削男人。他摇摇头，“我们这儿就是个小村子，不过从这儿往城里去也不远了。”“还有多远？”“三十里。”我该继续走，还是在田坎间找个地方睡觉？

给谢老师打电话？我推开店门向外望去，眼睛一时适应不了那片黑。

“你们这里有庙吗？或者有没有谁可能愿意收留我过夜？”我接着问道，“警察或者村长？”

那男人放下书，神情严肃地盯着我，“我就是村长。”

“噢。”我一时间无语。他将手伸向身后，取出一把钥匙，“前面路口右拐就是我家，你去那儿睡吧，反正我今天整夜都在店里。”这下，我彻底无言以对了。他把钥匙塞到我手里，“院里有水管和盆子，你可以洗把脸。”不一会儿，我手里拿着钥匙，走进一间农舍。我尽量不弄脏任何东西，并控制好自己的好奇心，但还是在一个大相框前站住了：泛黄的照片上有军人，有风景名胜，还有穿上了自己最好的衣裳的孩子们，正冲着镜头勇敢地笑着。其中几张照片上也有村长的脸，神情几乎一直很严肃。我站在他家客厅里，一个人。他不在，他家里人也不在。我独自一人在他家里，就因为他信任我，一个完完全全的陌生人。

走进张掖城，我在鼓楼前看见了那辆相识的拉拉车，几个凑热闹的人已经把它围了起来。

“谢老师。”我在街对面叫道。他伸出头，笑容灿烂。

一对年轻情侣从我身边走过，我的目光停在了女孩身上。她一头栗色长发，浓密的大卷搭在肩上。我的目光碰上了她的，停留了太久，于是我连忙冲她男朋友夸赞一句，你女朋友好漂亮。两人笑起来，他们慢慢走远，我的目光又被她雪白的连衣裙勾住，直到谢老师骂了起来。

“注意你的行为啊！”他伸出残留不多的食指，笑着假装吼我道，“你这个小流氓！”

然后，他钻进拉拉车翻找了半天摸出来一瓶水，我瞬间顿悟，自己穿过戈壁需要的是什么。

“谢老师，”我说，“明天你先走，我还有点事要办。”

过了两天，我才找到了能为我做拉拉车的人。

他姓王，经营一家焊工铺。我跟他说起自己还真考虑过买把轮椅把背包放在上面推着走，他笑得直不起腰来。

随后，他给我的建议是：用金属管焊接支架，一只可拆移的铁皮箱，下面装自行车轮胎，备胎固定在箱后。它不会像谢老师的那么大，因为我不想在车里睡觉，只想用来拖运行李，所有的焊接工作需要几天时间。

于是，我处理一些杂事打发时间。近来，由于临近奥运，政府加大了打击盗版的力度，邮寄各种数据载体都是被禁止的。我有一摞刻着照片的DVD要寄回家，但这事没那么简单。

邮局的人说，我需要文化局的批准信。文化局却说，这事儿得找外事局。外事局没人，我被领到另一栋配备先进的管理局大楼，取号排队。但那儿也没人负责此事。我来到公安局，但那里的人们只恼火地发现，我住的宾馆忘了做我的入住登记。在我再三强调自己的来意后，他们让我去安全局。

这时，我也仅仅是出于好奇才继续走下去。

安全局当然也让我失望而归：所有的办公室挤在深深大院内，庭院里落满了灰尘，前台的接待人员一副已经下班歇息的模样，毫无半丝机警特工的风采。我被请进办公室里，一位友好的先生跟我解释说，此事也不属于安全局的管辖范围。

事情的结果是，我做了一次极其可悲的尝试——将DVD藏在包裹内层里。我的计谋被戳穿了，邮局工作人员冲我嚷起来，我大声嚷了回去。最后，我突然想到了一个简单的方法：把DVD放进电脑里给他们看看——还真行了。

就在我终于寄出包裹，长舒了口气时，忽然感觉有人碰了碰我的胳膊。我转过身，只见一头鬈发。

她冲我微笑着，“你不认得我啦？”“你男朋友呢？”“那不是我男朋友，我男朋友跑了。”还没等我问她这话是什么意思，她已经接着说了下去。

她叫莉莉，十八岁，正准备考大学。她想去南方，说不定去广州。她有一半回族血统，那满头鬈发估计就源于此。我的胡子让我看起来很“善良”，她一边说一边笑了起来。

我们要不要一块儿玩呢？她问我。

公共汽车一大清早发车，前往马蹄寺的车程是两个小时。我们下车时，我才注意到莉莉T恤上印的字：TELL ME WHAT LOVE IS（告诉我爱是什么）。

她指给我看庙的入口，幽绿的山谷让我想起了天祝的白牦牛。寺庙由峭壁上不计其数的石窟组成，每个窟中都有佛像和壁画，其中一些已有一千五百多年历史了。一座窟内有块石头上的印记酷似马蹄，寺庙因此得名。

“你男朋友去哪儿了？”我问。

她靠在壁龛上，朝外望去，“不知道。他是搞艺术的，有时候在周边走走，跟你一样，但这次已经去了好久。”她脸上漾起微笑，“你想你女朋友吗？”

站在一级陡峭的台阶前，她抓住了我的手。她的，又轻，又凉。

最上方那座石窟高悬于山谷之上。石窟内空间很小，弥散着香的气味，一座菩萨像坐守于此。

外墙上用木头搭建的阳台上有把椅子。我一屁股坐下去，透过栏杆望向外面，望向那片碧绿的、萦绕着藏地气息的土地。这里，居住着裕固族——中国少数民族中人口最少的民族之一。他们与西北信奉伊斯兰教的维吾尔族有族源关系，但跟藏人一样信奉喇嘛教。现有人口仅约一万，几乎等同于北京一个住宅小区的人数。

莉莉坐到了我腿上，石窟内香的气味和她头发的桃子味绞缠在了一起。我不知道自己的手该放哪里才好，最后还是放到了她腰下。她开始摆弄我的衬衣纽扣，我感觉自己的心跳提到了嗓子眼。

“我男朋友想让我跟他还有他一个朋友一起做。”她说。

我愣了一下，才明白过来她在说什么，“那你怎么想？”

她摇了摇头，斜撇了下嘴角一笑。她小心解开我衬衣的纽扣，伸出手指软软地滑过我的胸口，又重将纽扣扣上。我看着菩萨，菩萨脸上只见严厉。

她把自己的包放到我面前的地上，接着便站起来，走向石窟口，朝外看了看，又慢慢折回来。

当她朝我弯下身时，我被那头发的波浪严严实实包围了，她慢慢跪到我面前的包上，抬头望我一眼，将手放到了我的皮带上。

回张掖的车上，莉莉靠在我肩膀上睡着了。我送她回她住的小区，一栋灰色的高楼。她疲倦地给我一个拥抱，便消失在昏暗的楼梯口。

我的拉拉车做好了，王师傅给它贴上了白色塑胶以减少太阳下的受热，还在车里放了一套修理工具和一把自行车锁。在我付过钱，我们握手道别时，他说："你到了什么地方就给我打个电话，或者寄张明信片来！"

我拉着我的白色拉拉车，穿过街道，回到宾馆停车场。

"我明天就出发了。"我对小象说，尽量让自己的声音不显得异常。我一刻不停地说话，说到我因为DVD去找有关部门的麻烦事，说到定做拉拉车的经过，说到张掖城里的各种美食。

"我真希望，中亚最好发生一场动乱，你过不去，就早点回我这儿来了。"她轻轻地说道，有如细碎的玻璃碎片。

与车共舞

身轻如燕，落脚如风。我穿梭在油绿的大地上，拉拉车咕噜咕噜跟在身后，那感觉就像在梦里。

早该想到给自己做一辆拉拉车的！我在博客里叫它“Caboose”，这个词在英语中既有“船上厨房”的意思，也可以指“屁股”，而它对我而言其实是“Kabutze”（我自己造的词，“拉拉车”），含在其中的“Butze”指的是孩子们在林子里用树枝搭盖的小房子。

拉拉车最棒的地方在于，它不光可以运行李和水，还能装上无数甜瓜。

我走在向日葵田间，整片田野满盈盈的。自从有了拉拉车，我每天能走三十公里，有时还更多些。而且因为不用再自己背行李，我也不常觉得累。在一个名叫南华的小镇，我停下休整。

旅馆在四楼，透过房间窗户便能望见遥远处的山尖在阳光下闪闪发亮。热浪压得整个小镇昏沉嗜睡，一切都进行得慢悠悠的，大多数时间我都待在一家小餐馆里。餐馆是一对四川夫妻开的，他们教我说四川话里各种傻乎乎逗乐的词，让我以后说给小象听，我尽量不去想前几天发生的事情。

第二天，正午的灼热几近把人烤焦。我站在一家小卖部门口，正埋头在冰柜里翻找着可以解暑的东西，两辆自行车在我身后停了下来。车两侧挂着大包，还带着水壶和地图。看见我，骑车人一脸惊诧，因为我跟他们一样，是老外。

他们是波兰人，没费多少周折我便得知，但由于没有共通的语言，我们起初的交流不怎么顺畅。一群村民已经围拢在我们周围，个个新奇地观察着我们奇怪的音调与手势。

最后，我们拿起地图当辅助工具，我这才好像一句句渐渐听懂了他们的意思，在确认自己完全听明白之后，我冲着围观的人群高举双手。

“乡亲们！”我说。几个人嬉笑起来。这是炎热的一天，在这个小地方。这里的人们以种田为生，也向过往旅客出售些食品饮料，道道院门前的地面上都满盖着尘土。这里，少有激动人心的事情发生。“赶快回家搬凳子去，”我说道，“到路边找个阴凉地儿坐下，今天，大家可有好戏看啦！”

我指向那两个波兰人，“他们俩，是骑着自行车从希腊过来的！”

“噢！”人群里有人叫了一声。

“不光是他们两个人！他们跟着一个东欧团，二十个人，从雅典出发到北京支持奥运！”

“噢！”

“还有呢!他们的车队在路上遇到了二十个德国人,也从雅典骑车到北京!”

“哇！”

“这还没完！这两支车队又遇到了另外四十个从法国巴黎骑车到北京的人，还有给养车、客车，等等！”

一双双迫不及待的眼睛盯着我，我发现我的听众们还在等着我接着往下说，这才双手一拍，说：“就这么多啦！一大群骑车的老外！”

“八十个从希腊来的法国人？”有人笑着喊起来。

“他们得多喜欢骑车啊，我上南华去可都是坐车的！”

两个波兰人走后，我又在小卖部门前待了一会儿，吃冰淇淋。一个小男孩跑过来对我说:“前几天有一个人从这儿过，跟你一样。”我以为他说的是那个神秘的骑驴女人，我已经好长时间没听人说起过她，但小男孩摇摇头，“是个叔叔，拉着个大木车，跟那边那个一样。”他指着我的拉拉车说。我知道他说的是谁了。我摸出手机，“谢老师，你有没有看见那群骑自行车的欧洲人？”

他笑起来，“那群红人？看见啦，场面很壮观呢！”“红人？我不明白你的意思。”正在这时，有人指向公路：闪闪反光的自行车，蜷曲的身体，松紧有致的小腿肌腱。骑车人个个身着正红色专业自行车服，呼啦啦从我们身边飞驰而过，声音有如大群麻雀。

“这一队是法国车队。”我为身旁彻底沉迷在这场演出之中的人们解说道。一位妇女扭过头问我：“你们那儿的所有老年人都这么精干吗？”

路很长，直直向前，两旁树木林立。我拖着拉拉车慢慢穿行在热浪中，时不时有一辆卡车或拖拉机从后面超过我，除此之外，四下悄无声息，欧洲自行车手一小队一小队地朝我驶来。

他们由远处的几个彩色小点慢慢变大，接着，我便能看清头盔、车服，以及那些蹬转不停的脚蹬子，男男女女，老老少少。“Hello！”我叫道，“Salut（法语“你好”）！”但他们大都只从我身旁嗖嗖驰过。

有一支队伍停了下来，法国人，比利时人，丹麦人，美国人，德国人，还有中国人。我们拍了合影，互换了地址。有人问了一个让所有人焦心的问题：沙漠是不是就快到头了？我回答说，自己到现在为止只走过几小段。一群人个个都轻吐了口气。

后来，走到距北京三千公里的位置时，我还在戈壁的碎石滩里。傍晚的空气清凉了许多，整个世界都蒙上了几层淡逸的色泽，微微的一阵风吹干了我的衣服。把三脚架架到路面上，我翻出拍录像用的小相机，它却没法开机了。

我无助地乱按一气，在脑子里思量着如果不能录像，我还要不要跳舞。但我想到了更好的办法：我从拉拉车里拿出垫子、西瓜、刀和勺子，坐到路边，迟早会有欧洲人骑车从这儿路过的。

“你是说安德烈！”莎洛塔不信，“不可能！”她爽朗的笑声惹得两个同伴都睁大了眼睛。

我在晚上过夜的村子里认识了他们三人，他们是从雅典出发的。坐在小卖部的屋檐下，我跟他们讲起了自己头天晚上跳舞的经过。

我足足等了几个小时，才终于有一位骑车的老先生出现，单独一人。他留着髭须，来自波兰，他的名字是安德烈。我费了一会儿工夫，才用英语、法语，最主要还是连比带画，跟他描述清楚了情况：我想借他的相机拍我跳舞的录像，最好也要他跟我一块儿跳。

我左右胡乱摆了几下，“Dance！（来跳啊）！”我喊道，又问他难道不想一块儿跳吗？他只摆摆手，但他那大胡子已经兴致勃勃地跟着动了起来。“Juste comme ça！（法语“就像我这样啊！”）”我又说道，波浪式地舞起了胳膊。

突然，他在我身边又蹦又跳。

漫漫马路上，就我们两个人。他骑车从西边而来，我走路向西而去，在这里，我们碰上了。

风轻吟着抚过戈壁，没有音乐，我们仍在跳舞。挥舞着手臂，摇摆着双脚，我们在公路上蹦跳着。一个波兰人和一个德国人，在中国，庆祝这一时刻。

“这不可能是真的！”莎洛塔说，“安德烈这人相当古怪，向来独来独往。他从一开始就一个人骑车上路，我们好多人都从没跟他说过话，你跟他一起跳过舞？”

蜂暴

起初，一朵孤孤单单的乌云在远处堆叠成形，缓慢地压盖到戈壁滩上。苍白的指尖从中撩出，翻卷着碎石。天空是深灰色的，有风。

我慢慢向前挪步，随时注意着乌云的动静。它翻滚过石滩，翻滚过路面。观察得越久，我越觉得它像一只庞大的生物，紧接着，它变了方向。

它越发鼓胀，朝我移动过来。我听见自己发出一声惊叫，慌忙拉好所有拉链，又将零散物品都塞进拉拉车里，紧紧抓扶住车身，等待那团灰色席卷而至。风暴离得越近，声响越大。

一辆汽车以步行的速度从旁边驶过，我看见车的尾灯消失在灰蒙蒙之中——风暴袭来了。让我意外的是，沙暴里几乎没有携带多少沙尘。

碎小的石块噼里啪啦地落在拉拉车上，一个个打在我的腿和胳膊上，我能感觉到。我一手挡在眼睛前，一手紧扣住拉拉车，以免它被吹翻。风暴摇动着我，扯拽着我。它对着我的耳朵咆哮，以发泄它的怨怒。碎石滩上的沙如此之少，要不然，它也能摇身成为狂野的黑沙暴，卷扬起高足几米的沙墙，令过往商队闻风丧胆。

然后，它便又走了，只见那团黑云渐渐远去，颜色淡了些，似乎也不那么吓人了。我抖掉身上的尘土，检查相机，喝了口水，纳闷着小腿肚上那些红点是怎么回事，愣是过了好一会儿才反应过来，是那些被风卷起的碎石子惹的祸。

进了村子，我被村民嘲笑了一番。“沙尘暴？”他们问，“刚刚那个才算不上沙尘暴呢！”

他们坐在路边堆成小山的西瓜之间，等着生意上门，我对沙暴的幼稚想象逗得他们直乐。

“大沙暴的季节早就过啦！”一位满脸皱纹的老人跟我解释说，“刚才那顶多就算一阵小风。”

所有人都笑起来，一位妇女递给我一块西瓜作为安慰。

“你肯定被吓到了吧？你们那儿没有沙暴吧？”

“我们德国连沙漠都没有。”我说。

“德国？我家有亲戚在那儿！”

“在什么地方啊？”其他人也都好奇地望向我们。

“这我不记得了，”她答道，“他们已经在那儿住了很久了。”

继续向前走，路上满是蜜蜂飞舞。我听见耳后嗡嗡，看见许多小点在我四周无序地晃动。

它们无处不在，听上去有几分焦躁。

我忽然想起了几周前遇到的那个骑摩托的心理系学生。他让我小心蜜蜂，说自己曾经被蜇得浑身是包，指的肯定就是这儿了。附近大概有养蜂场或者蜂巢，所以它们才这般充满敌意。

我感觉到恐惧在自己体内上升，于是便迈大步子，加速朝前走去。

从小我就知道，夏天喝易拉罐饮料一定要用吸管，不然有可能吞下一只蜜蜂或者黄蜂，嗓子眼里被蜇个包。接下来发生的事还更恐怖：被蜇过的地方肿胀起来，堵住呼吸道。如果不在气管上切一刀，人将窒息而死，切下的那道口子在人艰难地呼吸时，便会吐些带血的气泡。

六岁那一年的一天，我坐在院子里的秋千上唱歌。周围开满了花儿，妹妹贝琪还没到能荡秋千的年龄。我前后晃悠着，正唱着歌，突然感觉到嘴里有什么东西。

那东西在我舌头上跳来跳去，还没等我吐出来，它已经蜇了下去，我感到嘴里猛然射发出一阵刺痛。看到地上自己的唾沫中那具黄黑相间的昆虫尸体时，我突然意识到，如果不在我的气管上切一刀，我就死定了。

虽然事实上被蛰的只是舌尖，我没有任何生命危险，需要的只是无数冰块，但对我而言，这也没什么区别。恐惧是真实的，直到今天依然如此。只要看见那些长有刺针的黄黑色昆虫，或是听见那独特的嗡嗡声，我便在交谈中突然走开，有时甚至直接离开房间。过一会儿折回来，又自己拿此取笑，为了让别人觉得我也不是真有这么害怕。

蜜蜂到处都是，只只暴躁。我误闯了它们的领地，它们要赶我出去。我越走越快，为了将蜂群甩在后面，但它们越来越多。我环视周围，大地绿茵茵的，我身处几公里长的绿洲中，有树，有田，蜂巢可能在任何一处。

“走开！”我大声嚷起来，用的是德语，“滚！别来烦我！”

我知道不能驱打它们，但我已经感觉到它们在我头发里四处乱爬，上下飞蹿。我伸出一只胳膊在头顶不住绕动着，只用另一只手拉车。我跑了起来，脚步踩下的频率愈来愈高，嘴里还不停诅咒着这些可恶的小玩意儿赶快滚蛋！

但它们的数量在不断增多。

我的头发备受喜爱，不知是因为像它们的蜂巢还是像一朵怪异的花。拍一下头，一蜇，再拍一下，我听见耳边愤愤不已的嗡嗡声。我的目光扫向周围，搜索着是否有水让我浇到身上，让我跳进去，把自己藏起来，躲过这些愤怒的蜜蜂。

但只瞟见路边的一家加油站，加油站门前站着几个人津津有味地盯着我看，看我如何边叫边跑，双手乱挥。过了一小会儿我才发现，那几个人个个都镇静极了，几米之外小卖部门口的男人也是如此。不过这时，我也已经把他们甩在身后了。

公路转了个弯，我满口脏话，双臂乱舞地跟着转过去，忽见到路边一块牌子：悦香农家院。我拐进去，拉拉车压到石头，当啷一响，三个男人正坐在大柳树下玩牌。

“我得进屋去！”我边跑边喊。他们抬头看看我，一脸惊讶。

“我要进屋！进屋！有蜜蜂！”

我扔下车把手，拉开其中一人指给我的那扇门，挤进去，又迅速把门关上，伸出双手在头发和衣服里一股脑翻挠，蜜蜂，以及它们的残体落到地上。我踩上一脚，又踏上一脚，直到自己完全看不见它们了，这才四肢瘫软地靠到墙壁上。除了吸气、呼气以外，什么都不做，心跳的节奏重新平稳下来。我望向窗外，三个男人依旧在玩牌，我的拉拉车还停在大门口。

我将门拉开一道缝，四周静悄悄的。

“它们走了吗？”我压低声音问。他们仨抬起了头，看似年纪最长的那个问：“谁走了吗？”

“蜜蜂啊！”“这里没有蜜蜂。”“有啊！我刚才跑进来就是为了躲它们啊！附近肯定有个蜂窝，我现在满头是包。”我小心地走出门，到他们桌边坐下。年长那个递过来一只杯子，给我倒上茶。我后脑勺上鼓起了一个大大的脓包，用手都能摸到，“能麻烦你帮我看看吗？”

我问年长那人。他略有几分迟疑，但还是弯下腰，拨开我的头发，然后咝一声往牙缝里深吸了口气说："哎呀！蜇得还真狠！"

"等等，"另一个人灵感突发似的冒出一句，"这跟蜂窝没关系！"

"那是什么？"他指向马路，"你是从那边过来的，对吧？""对。""刚才有一辆运蜂车从那个方向过来，就在你来之前不久。"我的脸唰一下涨红了。我知道运蜂车是什么样的：几十甚至上百只木箱叠放在敞篷卡车上，每只都有上万只蜜蜂。运送蜂箱时，许多蜜蜂会从车上跌落下来，被车行驶时产生的风朝反方向吹去。它们失去了方向，四下寻找自己的领土，提高了警备，焦躁易怒。

"你是说……"

三人都笑吟吟地看着我，年长那位又享受般重复了一遍，"运蜂车开过来，车周围全是蜜蜂，你跟在车后面跑，还奇怪这儿的蜜蜂怎么这么多？"

"再说了，我们中国蜜蜂不都是很友好的吗！"另一个人咧嘴一笑，教导般地让我明白了其实只需靠边几步，蜜蜂烦恼就不在了。

我用手托着脑袋，喝茶。他们三人接着玩牌，我坐在一旁看着。柳叶在我们头顶上沙沙地随风轻响，安静祥和。有人出错了牌，年长那个笑闹地给了他一拳。

整个后脑勺在咚咚跳动，我觉得自己累极了。

这就是戈壁滩？

我来到酒泉，尽管淋巴结肿着，我还是得看看这座城市，于是便走进一个公园，酒泉市名来源于此。

一口四方石泉，水底有几枚硬币。

“这口泉当然是新建的啦，”导游说，“但水还是以前的水！”

两千多年前，秦始皇统一中国几百年后，年纪轻轻的将军霍去病在这泉里倒进了一壶酒，与将士同饮。霍将军抗击匈奴有功，酒是汉武帝御赐的。

“霍去病死的时候才二十四岁，”导游抬了抬眉毛说，“瘟疫。”我在脑海中勾画起这位年轻将领的形象，他带领自己的部下穿越沙漠，与匈奴人搏斗，最后病亡，他死时还不到我的年纪。“他是哪里人啊？”导游想了一会儿，说出一个城市名，全中国污染最严重的城市之一。那是山西煤区的一座城市，距此两千公里，六个月，当时我跟我的记者朋友在城里转悠的情景，现在想来恍隔千年：临汾。

酒泉公园很大，园中央有一个湖。我绕着湖边走了一圈，平台上有一排塑料椅，恰在绿绿的树丫投下的阴凉里。一个长发男人正在弹吉他唱歌，几位老人喝着啤酒。我找地方坐下，静静听着，是首情歌，其他人交谈得很小声。我喝着茶，想起了山西。

那时候，我的感受是怎样的呢？那时候，这座戈壁滩中的城市在我眼里有多远呢？

手机振动，谢老师发来一条短信：他在嘉峪关等我，奥运火炬后天将在那里交接。

我能走到吗？

摸出定位仪：还有三十公里。

谢老师手拿一面小国旗，我们站在嘉峪关宾馆的大楼前。昨天晚上，只有这里还有空房。半个停车场都停着警车，谢老师的拉拉车夹在当中。现在是早上七点，宾馆门前的大街上已经站满了等着观看火炬传送的人们。谢老师一脸欣慰地笑着，塞了一面国旗到我手里。

身着绿色背心的志愿者在人群前站成长长一排，将街道隔离开。公安警察来回巡视，发出指令。圆嘟嘟的小朋友们骑坐在爸爸肩上，许多都在额头上系着红丝带，要么就在脸上贴有一颗心，一张张小脸激动极了。要不要我也把他举到肩上，让他看得清楚点，我问谢老师。

结果挨了他笑嘻嘻的一通骂。

音乐声宣告着第一辆车的到来：车身红得像可乐瓶包装一般，车上搭着的舞台上，身穿短裙的女孩跟着电子乐的节拍蹦来跳去，声音有几分刺耳。彩车围着转盘转了一圈，“呜啦”，舞者们喊出一声。但我们个个望眼欲穿的火炬手还没来，一切都没多大意思，谁都想第一个看到他们。

但他们没来。

没人告诉我们，我们站错了路口，甚至连宾馆的工作人员也不知情，不然，他们昨晚也不会专门封上了临街的每一扇窗户——为了“安全起见”。

我望向身边的人，一片失望的海洋。没有一句怨言，也没有一个孩子哭闹，只有他们头上的红丝带和贴纸显出几分迷茫，我们大家真的全都为此这么早起了床？

我给一位老奶奶拍了张照。她的额头上贴着一颗心，两手各举着一面小旗。她脸上全然不见失望的表情，却正好相反。她属于经历过毛泽东各种政治实验的那一代人，她经历过“大跃进”，经历过“文革”。很可能她知道，什么都不发生未见得是坏事，事情总有变糟的可能。

我回去睡了一觉，又和谢老师在步行街碰头。他坐在长凳上，正跟一个身穿西装的男人争执着，我老远就听见了他吼叫的声音：“我又不是傻瓜！”

西装男人打断他：“就是！你就是傻！为什么你就不能像正常人一样工作呢？你这样拉着你的车走路，靠别人施舍生活已经多长时间了？你是个没用的人，一个傻子！”

“我不是傻子！”谢老师瞥了我一眼，神色尴尬。

我坐到他旁边，对西装男人说：“我的谢老师不是傻子。”

那男人先惊讶地盯了我一会儿，又用手指着谢老师说：“他就知道走路，别的什么都不做！”

“那又怎么样？我也这样。”他脸上露出几分不解，“你……你也徒步？”

“对。”“那你肯定是记者什么的！”“哈哈，当然啦，所有老外都是记者！”“不然你干吗背着相机？”“我喜欢拍照。”“但是他，”西装男人亮出了王牌，“他又不拍照，只知道走路，是整个社会的负担！”“谢老师可是哲学家！你都不知道你自己能碰见他有多幸运。他在大学里做过演讲，国外都有他的粉丝！”那个男人面露惊色地瞟瞟谢老师，但我还没说完，“你知道你的问题是什么吗？你的问题就是你的钱还不够多！对于你来说，房子和车子最重要。但这些，谢老师的粉丝早就有了，所以他们才会觉得他很有意思。”

那男人还准备说什么，但还是作罢了。

“或许你家孩子什么时候能上所好大学，”我接着说，“到时候他就能跟你讲讲，你今天在这儿碰到的是谁。”

他站在那儿，不吭声了，我差点起了怜悯之心，“你还有什么要说的吗？”我问。他走后，谢老师点了根烟，深深地吸了一口。“国外也有粉丝？”他自嘲地笑起来。

“对啊！我博客的读者都觉得你棒极了。”“什么呀，”他说，“我也没什么好的。”但脸上含着轻快的笑。我们坐在板凳上，商铺的门都敞着，从一些店里传出了音乐声。男男女女拎着购物袋经过，年轻的一家三口走进快餐店。午后的阳光暖暖的，我们头顶上的树枝投下一片阴凉。谢老师吐出一个烟圈，微蓝色的烟团渐渐变白，直至消散在这夏日的空气中。

第二天我起床时，他已经先走了。我沿着出城路向西，这条路途经嘉峪关关楼，还有长城。

两处我都已经去过，在那个我从西安坐着火车一路来此的夏天，但当时，我什么都不懂。

周围的碎石滩就是戈壁，连这都是出租车司机告诉我后，我才知道的。

“戈壁滩？”我反问道。她笑起来说：“难道还有另一个戈壁滩不成？”

后来，地图摆在眼前，我才明白了嘉峪关的重要性，也明白了六百年前，人们为什么偏偏选在这里修建关隘：这里，是河西走廊上一道绝无仅有的峡口。峡口的南边耸立着祁连山脉的座座雪峰，北边是一望无际的戈壁。关隘恰在其间，在一条由河流与山岭夹构而成的天然狭道上。整整好几个世纪，嘉峪关都代表着中原世界的尽头。

我缓缓从关楼旁边走过，楼身是赭色的，高大雄伟，楼脚与长城相连，城墙隔断了整条山谷。

曾经，在这防御建筑还完整无缺时，每一个想由此处进出中国的人，必经嘉峪关。

现在，城墙几多斑驳，关楼也向游客开放了。我走到公路与长城的相交点，仿佛过往的车辆将这古老的黏土活生生地铣削开了一般，令人不忍目睹。我停下脚步。

两年前第一次来这儿，我从长城的终点走到关楼，足足走了几个小时。那天的天空灰蒙蒙的，比今天更阴些，城墙外侧的土地让我感到一种莫名的畏惧：在高温下沉闷孵化的碎石蔓延至天边，除此之外，城墙外什么都没有。唯一透出一丝生机的，似乎是空中飘移的云了。

这种感觉，现在又来了。我知道，这里才是戈壁滩真正的起点，我之前走过的都与前方等待着我的不能相提并论。

我想到的不是土库曼斯坦，不是伊朗，也不是穿过东欧的路。我现在所立之处，是古中国的尽头。这里粗糙险峻，灰茫茫一片。云朵划出道道弧线，移过大地，它们早已在这里，在所有的城墙与人类到来之前。

我的手机振动了，谢老师，“小流氓，你在哪儿呢？我都快到戈壁滩对面啦！”

他笑起来，我想象着他拉着他的车，走在这片戈壁的广阔之中，突然，一切不再如此可怕。

如何捕鼠

在沙漠的黑暗静谧之中，我们搭起了营地，离公路不是特别近，但也不是特别远。两辆拉拉车组成车营，我的帐篷立在它们中间。谢老师在地上铺了张报纸，摆上了我们的晚餐：米饭、香肠和茄汁黄豆。我的手电筒照射出一缕柔光，大漠悄然不语。

谢老师给我讲他几年前在西藏，在路边发现了一只受伤的动物。

“那动物很美啊，但已经只剩最后一口气了。估计被车撞了，就那样倒在路边，不停地流血。”

“那你怎么办的？”

“我得让它解脱啊，”他手上做出一个刺插的动作，“然后我就把它埋了。上面压了块石头，石头上写着：可爱生灵长眠于此。我都不知道它到底是什么。”

“那它可能是什么呢？”

他想了想，“依照其他人的说法，应该是只雪豹吧。”

雪豹！我想起了六盘山的那一夜。除此以外，还想到了别的什么，“那你完全可以把它的皮毛拿去卖的呀！”

“是啊，我是可以啊，”他抬起脸，“但我不想从这可怜的动物身上赚钱，它的皮毛我自己也用不上。”

我们没再说话，继续吃饭，我掏着罐头里的黄豆，心想着六盘山。突然，谢老师抬起手冲我一笑，“有一次我倒是带了样东西——一个牦牛头！”

“牦牛……头……？你怎么把它弄下来的？”

“那牦牛死在了湖边，我就用刀把它的头锯下来，把肉清理掉，然后埋了起来。”

“那可是不少活儿呢！”

“对啊，牦牛头很大啊！”他展开手臂，“等我过几个月再去，把它从土里挖出来的时候，那头已经很干净了，可以直接挂在车上。”

他看到我的表情，忍不住笑了起来，“它现在在宁波，我妈妈家里挂着呢，但是我还想再找一个。”

“为什么？”

“我也不知道，有了一个，就想再要一个。”

再次沉默。

他给我喝他的水，但我还是宁可喝自己的。我知道，那水都是他从河里、小溪沟里打上来的，瓶里微泛着绿色。

“是烧开过的啊，”他一边说，一边享受地啜着，“而且啊，这一带的水质特别好，连老鼠都特别肥。”

“老鼠？”

“你没看到它们挖的洞吗？我明天指给你看。”他又一咧嘴，“你要是乖的话，我就教你怎么抓老鼠！”

第二天早上撤营时，世界笼罩在薄薄蓝纱之下。戈壁滩沉浸在一种如同水下的色调中，大地满是石子，有时，那感觉真像漫步海底。

走到一小片绿洲，我们停下休息。白帽蓄须的男人们朝我们走来，对我们张开双臂致以欢迎。

我问他们可是回民，才得知他们属于东乡族，“信奉伊斯兰教的蒙古人。”他们说。

他们是吾艾斯拱北（即吾艾斯陵墓）的守门人，对于我不知道吾艾斯是谁，他们个个惊得张大了嘴。“吾艾斯啊，”他们叫起来，“先知派来的传教师之一！”

我们坐在葡萄架下，桌上摆着馕，一个男人怀里的小婴儿坏坏地打量着我。谢老师拉着车，找了一块林间空地休息。与其听人讲某个人，他更情愿看看书，写写诗。

我一边喝茶，一边听他们讲着。

先知派来三位传教师到中国，几个男人说道，他们的目的，便是在这片大唐的土地上推广伊斯兰教。然而，丝绸之路艰辛漫长。他们中的一个死在了西北方向的山林，一个是吾艾斯，遗体被葬在这里。只有最后一个进入了中原地区，并在广州修建了一座清真寺。由此，伊斯兰教真正进入了中国。

我忽然想到玄奘，他与这三位穆斯林传教师几乎在同一时间跋涉在这丝绸之路上。他往西，寻求古经，他们向东，传播新教。

三小时后，我们终于又上路了。谢老师的神情一下子轻松了不少，他更愿意处在大自然中，不爱待在人群里。

我们拉着车，戈壁依旧罩在蓝纱之下，四下无声。他指着一个满布着老鼠洞的小山坡给我看。

我向他讨教起捕鼠的方法，他只扬扬一侧眉毛，说："人，要懂得借助工具！"

有一回，内蒙古大草原上突然洪水来袭。他爬上一座小丘，捡了条命。身边的一切被水流吞噬，他被困在了山顶。

"第一天，我很害怕。"他笑着说。

当时他还背着背包，包里的食物很快就吃完了，于是他就吃草根，喝周围泛滥成灾的水。后来，他想起了当年做心脏手术前，医生对他说的话：如果没在手术台上一觉睡去，他就会活到一百岁。

"你懂吧？"他脸上扬着笑，"老天爷不能拿洪水来取我的命呢，我的时候还没到！"

"那你被困了多久？"

他举起手，手指合在一起成鸟喙状。

"七天？"我多问了一句，表示数字的手势也有地区差异。

他点点头，"整整一个星期。""那你都干些什么啊？""我能干什么啊？唱歌呗！"

我们走上了一段碎石小路，每一个脚步都发出饱满的挤压声，拉拉车的轮子轻轻咿呀作响。

忽然，我的鼻腔中充满谷香，不多会儿，眼前一片农田——快到绿洲啦。

"常常有人问我会不会觉得孤独，"谢老师说，"你知道我怎么回答吗？"那双盯着我的眼睛亮闪闪的，"我反问他们，自己觉不觉得孤独！干吗问我这样的问题？整个世界都是我的。我跟花花草草说话，跟小猫小狗说话，花儿都对着我笑，鸟儿都跟着我一起唱歌，我怎么会觉得孤独呢？"

我笑起来，努力装出一副也有同感的样子。

这天晚上，我们路过戈壁滩里一个服务区。

"我们一起要个房间吧！"我激动地说。

谢老师却摇摇头，“你去吧，我还是喜欢睡外面。”

“那我跟你一块儿。”

他站住了，指指那家旅馆，“你本来不是想睡旅馆的吗？”

“是，但现在不行了。”“为什么不行了？”“怎么可以我自己睡旅馆，让你睡外面？”

“为什么不可以？”

我想了想，“那样显得我很不够朋友。”

他表情严肃地盯了我一阵，突然大声笑开了，“你个小流氓，所有事情都被你弄得这么复杂！其实很简单：你想睡旅馆，因为舒服，而且可以充电。我想睡我的车里，因为车就是我的家。”

我还想说什么，被他摆手打住了，“你现在就进去，我在外面找个地方，我们明天早上见！”

第二天，我们俩站在马路上，冲着对方嚷起来。

“你不明白！”谢老师高声喊道。我嘶吼回击，说自己明白得很。

周围除了灰扑扑的灼热，一无所有。柏油路面已经晒得有些发软，脚踩上去黏糊糊的。阳光笞打着头顶，我们气鼓鼓地互嚷着。

话题有关爱国主义。

“雷克！”谢老师气恼地叫道，“我们中国人热爱我们自己的国家，事情就是这样！”

“人可以爱自家的村子，可以爱山，爱沙漠，爱大海，但怎么可能爱‘国家’这样一个完全政治理论化的概念呢？”

“那些我们也爱啊！”

“你们才不爱呢！只是这么说说而已，其实却乱扔垃圾，拆古建筑，街上开车撞人！然后还要装出一副一切都很美好的样子！”

他站住了，汗流浃背的片刻，我问自己，灼热的阳光占了这场争吵的几成。

“雷克，”他带着十二分的严肃，“我们自己也知道我们的国家有不够理想的方面。但就算许多地方都有严重的环境污染，人与人之间相处也不够融洽，我们依然爱我们的国家。”

“那为什么你们偏不肯承认，现在有些事情的做法就是不对呢？”

“中国人跟中国人单独在一起的时候，也会骂那些你看不惯的事情，但我们不喜欢外人来指指点点。”他转身背向我，我听见他说，“这会伤害到我们的感情。”

一时，两人无语。

我们继续走，空气中有零星光亮闪烁。抬眼望至天边，除了黄茫茫的戈壁延伸，别无一物。

我们两个人，各自拖着自己的愤懑，一声不吭地行走在炙热里。

“谢老师。”不知何时，我说。“干吗？”他没好气地应道。“谢老师，也就只有跟你我才敢直白地讨论这样的问题，你知道吧？”他面有疑忌地瞄了我一眼，“这话是什么意思？”

“你是我的谢老师嘛，”我开始对他美言起来，一丝笑容一掠即逝，暴露了他的心思，“你经历过的事，你读过的书，都比我多得多。你是用哲学家的眼光来观察这个世界的！所以不管什么话题，我都可以跟你讨论，也不会惹你不高兴！”

“小流氓！”他从衬衣口袋里摸出烟盒，点上一根，呵呵笑起来，“你很乖，但真的还有很多事情，你还不明白！”

我们结伴走的最后一天，谢老师逮着了一个拿我开涮的机会。

我脱下T恤来晒太阳，因为想在下次见到小象前让肤色变得黝黑些。路很窄，两边都是石子滩。谢老师跟在我后面走，还不时地发表两句笑话我的评论。“小流氓！”他叫道，“一看到你的肚子我就想吃回锅肉啦！”或者是：“那腰上晃荡晃荡的是什么啊？是巧克力还是可乐？”突然，他喊出了一句完全不相干的话：“小心，车！”

我听见发动机响，便拖着拉拉车靠向路边。说时迟那时快，一辆卡车辘辘驰过，车架上至少堆放着十几只木箱。还没等我反应过来这是辆运蜂车，蜜蜂已经窜得无处不在。

“谢老师！”我喊起来，慌乱地把拉拉车一扔，全速冲进了戈壁滩里。我不停地摆着胳膊，想把蜜蜂抖搂下来。双腿胡蹬乱踩，脚下的碎石滚动起来，我还得小心别滑倒。每每刚想放慢动作，我又听见了身后恼火的嗡嗡声，谢老师爽朗的笑声从某处传来。

“你在那儿干吗呢？”见我终于停下，他便冲我喊道。我蹲到地上，抱着腿，感觉到自己的汗水成串下淌。被蜇了个包的右脸跟随着脉搏肿胀跳动着，每一丝细微的声响都使我的马达再次转起。

“我怕！”我大声回答。“怕什么啊？这些小蜜蜂？”我见他点了根烟，靠在拉拉车上，神色安然极了。“回来吧，小流氓，”他叫道，“这些蜜蜂不会把你怎么样的！”

小鬼与蓝黄瓜

伴着哐当哐当的声响，火车朝嘉峪关方向行进。坐在我对面的男人正端着大红色的方便面盒，吸溜溜地吞咽着。“红烧牛肉味”。我的脑海中忽地闪过毛泽东的画像，他最爱吃的就是红烧肉。

我头靠在凉意通透的车窗上，戈壁在窗外飞驰而过，看的时间越长，我眼中的它就越显可怕：赭黄，干燥，无边无际。

一句吆喝，卖饮料的列车员正推着小车朝这边来。我买了瓶可乐放到太阳穴上，头在起伏跳动，脸颊肿着。

我望向窗外，努力勾画着自己和谢老师从这里走过的场景，却没成功。

“雷克，”临别时，他说，“你是我最喜欢的流氓！你长这么高的个子，满脑子就知道原则啊、规律啊，结果居然被小蜜蜂吓跑了——我喜欢！”

“你又笑我，谢老师！”

“不不，我是认真的。照顾好你弟弟，跟他说，他也要好好照顾你！”

鲁比，我看一眼手机。有一条短信是北京的同学丽萍发来的：人已接到，在宾馆睡了一觉，已经送上了去嘉峪关的火车，车程共三十三个小时。

我喝了一口可乐。窗外连绵起伏的戈壁滩，有如一汪石化了的海洋。望着那僵固的浪涛层叠，我才渐渐明白，为什么自己对它的畏惧在走路时还少几分：迈着小步前行的我，还未见其广、其阔。

回到嘉峪关，我待在宾馆房间里看了一整天MacGyver（《百战天龙》，1985年美国首播的动作探险连续剧）。城里在建一座新的炼钢厂，来了许多外国专家，宾馆里住满了德国人。

他们到这里已经几个月了，钱挣得不少，身边的城市依旧陌生，他们身上有一份类同于天视的英国学生所有的迷惘。

晚上，我们一起去了酒吧：德国工程师，他们的菲律宾籍女友们，一位女翻译，还有我，感觉有点像嘉峪关全体外国人民大会。菲律宾女子们跳舞，德国男人们将啤酒瓶端放在胸前，灯光迷暗，音乐嘈杂，墙上挂着喜力啤酒的广告。

我举可乐跟他们碰杯，脑子里想的是戈壁、绿洲、长城、关楼，还有等明天弟弟鲁比来了，这些我都要一一带他去看。

火车站，我迟到了十五分钟。出租车载我到旅客出站口，我请司机稍等，便匆匆跑向出站口。

四处都是人，箱子，背包，还有无数每一列火车上都少不了的大编织袋，唯独不见鲁比。

正在这时，我看到了他：大大的黑色背包，短裤，拖鞋，我认出了那件橘黄色衬衣。他站在车站前的宽台阶上，双手插在裤兜里，俯望着黄昏中的城市。

“小鬼！”我叫他。有时，我会忘了自己现在的样貌。他把我由上至下着实打量了一番，然后咧嘴笑着说：“哎，哥们儿，你先是来晚了，然后还把自己搞得跟Chuck Norris（查克·诺里斯，美国武打演员，常蓄大胡子）几乎一个样儿！”

接下来的几天如同度假。我们待在宾馆，要外卖，看碟。跟德国工程师们一起打发时间，参观城里的各个景点。在长城的终点，我们俩爬到土城墙上面走，惹来了麻烦。一个男人吼我们下来，还生气地教育我们说，这样做属于破坏文物。我知道他的话句句在理，自觉难堪极了，便假装不懂中文。“你就装吧，”他带着几分轻蔑的语气说道，“我在车站看到你了，你听得懂我在说什么！”

晚上，我们坐在出租车里，环岛周围围了一群人，看样子像是发生了交通事故，围观的人特别多。

第二天，我向另一位司机打听发生了什么事，他说：“交通事故，十八岁的小姑娘。”

“她怎么了？”我想到了莉莉。

“被一个喝醉酒的人给撞了！人家本来还有一周就要去南边念大学了，昨晚跟男朋友坐在草坪上，一个醉鬼开车冲了过去，”他停顿了一下，叹了口气，“头跟身子都分家了。”

我翻译给鲁比听，等我说完时，出租车司机在后视镜里瞅了我两眼，我觉察出了他眼神中的愤怒。“你知道最惨的是什么吗？”他问我，接着又自己回答说，“开车那人的爹是高官！”

“噢！”我应了一声。

他检验般地瞅了我一眼，“你会说中文，也该知道我们这儿都是怎么办事的吧？”

“你是说，肇事的人不会被判刑？”

“当然不会啦！家里掏点钱，这事儿就过去了。”

“他妈的。”

“对啊，他妈的！你想想人家姑娘的父母现在什么感受。”他握着方向盘的手，指关节微微泛白。

几天之后，我们离开了嘉峪关。火车嗒嗒开了一个半小时，朝向西北，然后在一个名叫玉门的地方把我们扔了下来。几排街道，一片老屋。我们走进我之前寄放拉拉车的宾馆，宾馆在城边，背靠戈壁。

“你说我们在这儿能不能也弄到一辆“黄瓜”？”鲁比问。我回答：“当然啦。”但其实自己并不确定。

黄瓜——我们这样叫农民运货用的三轮车。两年前，鲁比来中国找我的时候，我们也买了一辆，从杭州骑到了上海。三轮车是雨蛙般的绿色，在六天之内坏了六次——我们的黄瓜。

寻找的过程并不容易，玉门虽有一个农机市场，但它隐藏在巷子深处，货品种类少，价钱高。

“说不定我们真得打消这个念头了。”鲁比说着，一面怏怏地四下望去。

我知道，他其实更想跟我一起走路。

“我可是答应了爸爸的，”我说，“路很远，天又这么热，况且你还不习惯这样走路。”

我们面前出现了两个出售三轮车的人，正发问般地直直盯着我们。我们俩头上扣着草帽，也是爸爸的建议之一，他担心这里的日照太强。

“这完全不能算黄瓜！”鲁比指着那辆不怎么结实的三轮车抗议道。

“为啥？”“因为它是蓝的，不是绿的。”四百块，我们买下了这辆蓝黄瓜。

我坐在车后的载货架上，鲁比蹬着车穿城而去。路人那一双双紧随着我们移动的眼睛，比平时睁得更大了。我们进超市买羽毛球拍，得到了两个免费赠送的西瓜，回到宾馆，倒在床上，喝酸奶，看碟。

“上路之前，有一点我们得先说好，”我说，“一旦你有什么不舒服的地方，或者就只是不想走了而已，你必须马上告诉我，然后我们就坐车找宾馆休息，好吗？”

他点点头。“那现在就赶紧好好享受吧！”我说，“明天不光会热得要命，到处是灰，而且也没有干净的白床单了。”

鲁比笑起来，从他的眼睛里，我看出了他的心思：他不想看电视剧了，他也不在乎我们说好的约定——他要进戈壁。

第二天早上，我们把拉拉车固定在蓝黄瓜后面。爸爸打来电话，声音里透出几分忧虑：“你们俩好好照顾自己，我的孩子们。”我没告诉他，这时的我们因为看了通宵电视剧，困极了。宾馆的几个工作人员站在门口看我们打包，我们轻抬了抬头上的草帽道别，他们笑起来。

我们不走国道，选择了一条穿行村庄的路。我走路，弟弟蹬着黄瓜。一片又一片绿油油满盈盈的农田，高过两米的向日葵冲着我们低垂着头。有人指错路，害得我们走入一座废弃的工厂，途经一片大麻田，两人又一齐会意地笑起来。

我们把手机固定在车把上放音乐，几乎清一色朋克。音量有些小，还夹杂着嗒嗒碰撞的声音。

然而，太阳直射我们的草帽，五只轱辘轻声地吱呀着，这时候听这样的吉他重奏却很好玩。

第一天我们走了三十公里，第二天四十，脚下的路延伸进入一条狭长的绿色河谷。多数时间里，戈壁滩似乎还离得很远。有时，我们见到那碎石滩在绿茵中耸露一角，仿佛要将这富饶的田地活活缢死。

我们在小饭馆吃饭，在农民家过夜。从市场上买来的西瓜在蓝黄瓜后架上滚来滚去，直到被我们塞进肚子里为止，我们的包里随时都有杏干。

有一次，我们停下来看三位牧民如何将羊群赶过河里的浅滩。他们先试着大声吆喝了一阵，后来干脆抱了一只羊羔放到对岸，等着它可怜巴巴地咩咩叫起来。果然，羊群动起来，通过了河滩。

傍晚将至，我们还在路上。太阳悬在前方的空中，射出一面光扇穿透云层，渐染深红，落下天边。手机里传来一首Lokalmatadore（本地大牌，德国朋克乐队）的歌，此外，四周一片悄然。我们嘴里嚼着甜甜的杏干，气温不冷不热。

鲁比盯着我笑起来，“原来这八个月，你就是这样过的啊！”

盲

“他是我弟弟。”有时候，鲁比会这样跟人说。这两个字已经被我重复了如此多遍，他都能背下来了。他很愿意跟别人说，因为听众的反应多少都有几分茫然。

他指着我，说：“他是我弟弟。”收留我们过夜的农民满脸不解，看看他，又看看我，后来干脆一笑置之。

“你们往西北走可得小心啊，”他说，“从这里到安西，只有戈壁滩！”

“有多远啊？”虽然我已经从定位仪上知道了答案，但还是问了一句。

农民皱了皱眉，“一百五十里肯定是有的。”

三个西瓜，十几升水，四个馕，几听罐装玉米和茄汁黄豆。手机电池充满了，也就意味着有音乐可听。前方是辽阔无际的戈壁，我回想起了自己在火车上看到它的可怕模样。

这是一个没有阴影的世界。黄土覆盖着路面，我们经过一列坟丘。途中，我指着一个鼠洞说，捉老鼠只需要一个塑料瓶就够了。

谢老师最后还是把他的捕鼠秘诀透露给了我：瓶子从中间剪开，里面放点吃的，开口朝上埋进土里。老鼠一掉进去，就肯定出不来了。用刀捅死，烤着吃。鲁比做出满脸恶心的表情摆了摆手，跟我第一次听这故事的反应一样，我眼前突然出现了谢老师满意的笑容。

我们不吃老鼠，我们有罐装玉米，路面上还滴答留下了一串串西瓜汁。这会儿我们也不听朋克了，改听德国二十世纪六七十年代流行乐。伴着Wann Wird’s Mal Wieder Richtig Sommer（《夏日何时再来》，1975年德国畅销金曲之一）的旋律，我们来到一座高速路跨线桥。桥栏旁有一块阴影，正好可以停下歇息，吃点杏干。我们把杏核吐出去，地面上有个洞，谁能吐进谁就赢了——我一次也没中。

“笨瓜。”鲁比笑着说。他说得没错：我是笨蛋与傻瓜，合二为一。

这天晚上，我们在一个很小的居民点过夜，地方小得不过是路边的几栋房子而已。小卖部老板让我们睡在他家后院的房间里，屋里没有窗户，有炕、洗衣机和电风扇，还有控制电灯开关的拉线。

幽暗，酷热的一夜。我们躺在炕上，汗一直流，风扇咔嗒作响却没有一丝凉意。黑暗中飘移着一个形单影只的红点，有如一颗遥远的星星。

“你觉得你还要走多久？”黑暗中，鲁比的声音听上去有些低沉。我突然反应过来，飘移的红点原来是洗衣机的指示灯。

“两年，”我说，“也许三年。”

第二天的四十公里，我们一路唱过去，天气比昨天更热，我们的歌词大都与“身在沙漠，无奈尿意渐浓”有关。黄瓜吱吱呀呀的，但还是乖乖朝前跑着。

日落时，我们到了绿洲城市安西。它给我们送来一缕清风，还有谷物树木散发出的香气。我们看见一条小溪，还有孤单单的一只蚊子，在手电筒亮亮的灯光下舞蹈。

紧接着，两只、三只、整整一群，暴风雪般地扑面而来。我一巴掌拍到脖子上，感觉手下磨碎了许多昆虫尸体，我朝鲁比喊道：“快换衣服！”

还没来得及翻出外衣长裤，我们已被叮得体无完肤了。

也许正因为这样，抵达安西对我们来说才如此了不得。几天没洗澡，衣服盖满了灰，筋疲力竭，浑身是包。我们走进一家大宾馆，停放好黄瓜和拉拉车，要了一个带浴室和空调的房间。

“住几晚？”前台工作人员问。我回答：“先住一晚吧。”

打开房门，见到雪白的床单，我们俩都兴奋地乱蹦起来，冲进浴室，直到脚底流出的水再度透明为止。然后，我们瘫倒在凉意绵绵的床上，薯片，可乐，DVD，再完美不过了！

懒懒地待了两天后，我们终于又出了门，去市场买水、罐装玉米、馕。还买了两张塑料凳，一把超大的遮阳伞和一床薄凉席，用来铺在地上以便躺下休息。

“说不定我们的羽毛球拍还是能派上用场呢！”鲁比说。我附和一句：“那是肯定的！”但自己都不相信这话了。

回到宾馆，重新躺回床上。

在我们整装出发的清晨，前台接待提醒我们说，沙暴快要来了，“你们今天真的还要走吗？”她问，“天气可不大好。”

我望向门外的天空，蓝蓝的，很平静。我耸耸肩，鲁比也跟着耸了耸。

于是，我们上路了。

还没出城，沙暴就来了。街上的人们个个竖起衣领，低头快步小跑，车辆消失在远处。灰白的旋风卷带着尘沙从空中降下，在楼房和街道间摸索着移动。我见过这样的旋风，它是沙暴到来之前伸出的试探的手指。

“还真有沙暴。”我说。鲁比脸上漾起一丝笑，看得出来，他正为此兴奋着呢。

这场沙暴跟我第一次经历过的不同，它不只是黑霾的云朵翻腾于大地之上，而是整片天空都变了颜色。它从各方涌来，撕扯我们的衣服，卷起所有石子。就在这时，鲁比转过来冲我喊了句什么，风声嘈杂，我没听清，他于是兴奋地竖起了大拇指：“太棒了！”

我们来到一座加油站，站前架着几个卖瓜的瓜棚，摊主招手叫我们进去。我们把车靠在角落里，坐了下来。脚下堆满了成熟的水果，棚外，沙暴翻腾汹涌，我买了两个哈密瓜。

“再多拿几个，”老板娘说，“我们这里的瓜可是方圆最好的！”

重新上路时，鲁比和我都有点犯恶心。老板娘不停地塞来各种水果，我们俩的肚子已经圆鼓得再也吃不下了，她又拿来瓜干。这么美味这么香甜，莫过于瓜洲的瓜。光照抽走了一切，只留下了它的馥郁，我俩一直吃到头脑发晕。我买下一袋作为带给小象爸妈的礼物，接着又脚步不稳地上路了。

走进沙尘暴里。

我们担心起黄瓜来。每走一公里，它的咿呀声就变响了些。刹车早已经不好用了，两根皮带压在车轮轴上，由刹车柄控制，它们也随着每公里的行进愈见松弛。

我们走在路基上，穿行在戈壁中。路基约有一米半高，两侧都是斜坡，底部每隔一定距离就埋着一根水泥管道。沙暴呼啸着，噼啪作响。

夜幕降临时，天蒙上了一层深蓝色。我们抬着黄瓜和拉拉车，顺着路基一面的斜坡下去，想找个地方搭帐篷。

风狂暴依然。我们从拉拉车里翻出鲁比的帐篷，突然，他的垫子不翼而飞，分明刚刚还在这儿，肯定是被风刮走了。

把帐篷桩敲进碎石，我背对着风跪在地上，鲁比蹲在我对面，脸上表情变了形。我们一起用力，将帐篷向下压进地里。风吹得它前后乱倒，我们费了一阵工夫，才终于把它搭起来，但它立得不稳。风从侧面吹打底部，每一道缝的线口都承力过大，随时都有被撕开的危险。

我们把它重新收起来，塞进拉拉车里，又拿出了我的帐篷。虽然我的是一顶单人帐篷，但它足够结实，能抵抗住这风暴。好不容易竖了起来，它像只小猫一般在风暴面前蜷缩成一团——我头一次为没在买帐篷的时候节约而感到欣慰。

鲁比揉了揉眼睛，我说："小是小了点，但还能凑合。"他晃了晃脑袋。我又将拉拉车和黄瓜的车轮压到帐篷桩上，额外加固。"我的眼睛不舒服。"鲁比说。我把垫子铺到帐篷里，让他躺进去。

我来负责我们的行李和食物。一声呻吟咽回去了一半，作为回答。

夜，我坐在帐篷里，弟弟平躺在我跟前。风在吼，帐篷在抖动，电筒照亮了一小方黑暗，我手里拿着水瓶。鲁比的眼睛红红的，肿了。他正看着我，我从他眼中却不见一丝忧虑。我小心地用水给他冲洗眼睛，就在他一动不动听任我摆布时，我突然明白过来，所有这一切对于他和对于我而言全然不同：他无须担心，跟哥哥一起在路上，他知道，只要我在，一切都会好的。

"会好的。"我对他说，水顺着他的太阳穴流下去。我觉得不安。电筒灯光微弱，我们被黑夜中怒吼的沙暴包围着，方圆三十公里全无半个人影。我真是个笨蛋，但这话，我没跟弟弟说。

这一夜过得有如高烧一般，我们俩汗淋淋地挤在帐篷里，两人中间放着行李，又闷又热，帐篷布贴在我脸上。

鲁比也没法入睡。

"妈妈如果能看见我们现在的样子，肯定会笑的。"他说。我想了一会儿，回答他："嗯，她现在肯定正看着呢。"

第二天早上，风暴依然没有过去。鲁比钻出帐篷，已经完全睁不开眼了。两只眼睛都高肿着，还不停地淌着泪，看起来就像只受伤的海豹。

糟糕，我心想，嘴上却说："一切都会好的！"然后把眼罩和他的墨镜递给他，让他戴上，保护好眼睛。我拆下帐篷，收拾好行李，然后对他说，履行我们约定的时刻到了。

“我知道。”他叹了口气。

“这里离敦煌还有至少八十公里。我们现在有两个选择：或者招过路车载我们过去，这一段路我以后退回来再走，或者你躺到黄瓜上，我推着你走。”

“这可不好办。”他紧了紧外衣帽子。戴着眼罩和墨镜，只有他的嘴巴和鼻子还露在外面。

他咧嘴一笑，“也就是说，你推着我走？”

“对。”“我就躺在车上，什么都不用做？”“对。”“那太好了！在敦煌的宾馆里是躺，在这车后面也是躺，反正是一样的！”

逆风，有雨。鲁比脸朝车后斜躺在黄瓜的后架上，拉拉车绑在后面。我把定位仪固定在车把上，双手奋力在风里推着车前进，眼睛直盯着显示屏。

四小时后，我们走了九公里。我感觉自己就像一块被拧干的毛巾——一个笨瓜的计划。

鲁比在他的遮掩物下哧哧地笑了起来，他有个好主意。

我走在黄瓜边上掌握方向，他坐在车座上蹬着走。我依照路的坡度和风告诉他什么时候加速，什么时候减速。如此，我们便轻快地咯嗒嗒朝前走着。

突然，一条刹车带掉了，第二条也掉了。风变了方向，呼啦啦直直从我们背后吹来，力大得将我们接连推上了几段上坡路。有几次，我不得不将身体的全部重量压到车把上减速。还有几次，我跳到黄瓜前面，伸手结结实实顶住它，直到鞋摩擦路面，速度又降下来为止。

前面有下坡。

我一开始还没看见它，公路只似在某个点上停止了。风吹着我们向前，我得迈开大步才能跟得上。鲁比茫然地坐在车座上，没什么反应。忽然，我眼前突现一片几公里宽的洼地，路从中笔直地穿过。

我还在思考着对策，我们的车速已经快了起来。我尝试让车减速，但已经太晚了。

那一瞬，我做下了决定。

“快让开！”我喊出一声，一脚已经踩到了车中架上。鲁比还不明情况地抗议着，我们的旅程已经开始了。

我们在公路左侧啪嗒啪嗒地向坡下冲去，鲁比紧紧地抓着我的衣服，风在狂吼。我瞟了一眼定位仪：时速二十公里，还在加速，二十五公里、三十公里。黄瓜嘎吱嘎吱地叫响着，随时都会散架一般。我惦记起我的拉拉车，希望它还在后面，但又不敢往回看。

远处，一辆卡车正朝我们驶来。我脑海中浮现出一幅画面：卷作一团的胳膊、腿还有车轮，咕噜滚下路基，砸在戈壁滩的石面上，摔得粉碎。

"你听到我喊'跳'，就使出吃奶的力气跳出去！"我大声喊道。鲁比没答应，反倒问我："我们的速度很快吗？"

我又瞟一眼定位仪：时速三十五公里。

"还好，"我骗他，"是风！"

卡车划了个大大的弧形避开我们。来到洼地对侧，我们的速度也减慢下来。我感谢命运让我不必再跟爸爸解释，为什么他的小儿子眼前挡着一块布，在戈壁滩里横飞了出去。

终于，我们停了下来，我的双膝打战，满额头都被汗打湿了。

"刚才怎么回事儿？"鲁比问。我们在路边靠着黄瓜坐下，我才鼓起劲来跟他描述刚才的情形。

"……那也就是说，大约十公里的路你没有走。"他总结道。

"对，"我说，"就是这个意思。"他把手放到我肩上。在为我们俩平安无事的感激中，在为我全程步行的计划破灭的失望中，夹杂着另一种情愫。我花了些时间才领悟到那是什么：轻松。我打破了自己的一条徒步规则。

也许，早该如此了。

保时捷

又一个尘雾弥漫的夜晚过去，鲁比的眼睛有了好转。我们起床时，风势已经减弱。我们差点轧到路上的一条小蛇，一起笑了。

夜色愈浓时，我们到了敦煌。整座城市被各式彩灯和霓虹广告装扮起来，在各方一闪一闪地亮着，景象壮观。

我曾来过这里一次。敦煌是我西部火车游的最后一站，继西安和兰州后，它在我眼里就像一片骆驼放养地。但这次截然不同。刚在戈壁滩里过了夜，顶着沙暴走了两天，敦煌对于此时的我们来说，是一座灯火通明的大都市。

第二天在酒店里醒来，鲁比拉开窗帘，呆住了：排排屋檐后，高耸着一座巨大的黄山——是沙丘。

“我们还真在沙漠里了。”他说。

我们推着黄瓜在城里转悠，寻找买主。结果后来有个男人付给我们两百块钱，又少了一桩操心事。我们去了莫高窟、鸣沙山，还有月牙泉。电视里片刻无休地播放着关于奥运筹备工作的节目，但北京感觉依旧很远。

电话响了，李露。她问我们哪天到。

8月6日将近下午三点，载着我们的飞机在北京着陆，三个小时的空中飞行。还有两天便是奥运会开幕式，机场每一个角落都堆满了人。我们在人海中挤出一条道来，相机和写着运动员姓名、画着心形的牌子无处不在，还有一双双灌注了希冀而闪亮的眼睛。几个人给我拍照，我于是摆出各种姿势，鲁比在一旁笑得直摇头。

北京笼罩在热气下，闷热得似乎整座城都浸着汗，兴许也是出于奥运开幕前的紧张吧。

我们来到一片住宅楼。李露打开门，先对我的这副模样取笑了一番，放下背包、手提袋，坐在沙发上，我们到了北京。

接下来是与出租车一同度过的几天。我们去取我的新护照，带着它去找一个自称能帮我办签证延期的人，虽然现在延签不好办，但付钱就行。我们去看我的朋友们，到那些我最为怀念的餐馆吃饭。8月8日晚上八点，我们坐在公园里，大大小小的五星红旗好似充满了空气。身边的人个个神情激扬地盯着大屏幕。我心里思忖着，秋天离开这里时，这个时刻对我来说还多么遥远。

我送鲁比去机场，回来看见李露坐在沙发上。

我们一起喝茶。

“你觉不觉得一切都有点怪？”过了一会儿，她问我。

“哪方面？”

“我是说，切换在完全不同的世界之间，肯定不容易吧？！前几天还在戈壁滩里走，现在已经回到北京了。再过两天小象来了，你们是怎么计划的？”

“她要带我回家见她爸妈。”

“去四川？”她面带忧虑地瞅瞅我，“对你来说不会太多了吗？”

带着阳光，小象来了。我准时到了机场，穿着新裤子和洗得干干净净的衬衣。天上无云，只绽放着通透的蓝。

我远远地就认出了她：行李车在她身前显得如此粗大笨重。就在她也瞥见我的一瞬，那微笑穿透了整个机场大厅。她向我跑来，裙子过膝。我不禁又一次纳闷，她怎么能在十小时的飞行后，看上去依然如此新鲜动人。

去成都的飞机在四天后。“现在你可有足够的时间来收拾你的胡子跟头发啦。”她笑着说。

她妈妈问，我能不能让自己的模样别像照片上那么野。

“我该怎么办？”我问李露。她说：“胡子不是最主要的！是剪还是留，你大可随意。她爸妈会喜欢你的，不管你什么模样！”

我和小象坐在飞机上，浩瀚中国掠过我们脚底。她头靠在我肩上，睡着了。我试着用发胶把头发拢紧些，但我看起来依旧像个野人。

之前李露说，我的眼睛透着狂热。

“好好对小象，不许再骗她了。”她说。见我没答话，便朝我投来尖厉的一瞥，“你不会又干了什么吧？”

“没有。”我宣称道。“那就好，不然你就真配不上她了。”

成都机场，我看见花束和几张惊诧的面孔。小象一阵小跑过去，给了爸妈一个拥抱，两个身材不高、衣着精致的人看我的目光如见怪物一般。我抱着两束花，花香令人眩晕。

“你终于来了，小雷。”小象妈妈微笑着说。她爸爸站在一旁打量着我，眼神中带有几分狐疑。

然后，我们坐进了一辆黑色保时捷卡宴里，新车的味道还很浓。

“我爸妈为了接我们，专门跟朋友借的车。”小象说。我伸手抚摸着车里沁凉的皮革。

“我还从来没坐过这样的车呢。”我没话找话地说。

小象爸爸从后视镜里瞟我一眼，他的眉毛如刀刃一般，“我家女儿在德国，你在戈壁滩里走路。”他总结我们的情况道。

我不知如何回答是好。小象跟我说，她爸爸提到我时，总会用个代名词——“走路那个”。此外，她还得跟他解释，我家虽然不住在大城市里，但也不是农民。

“我已经走到敦煌了。”最后我说。

保时捷轻盈地向前，她爸爸的目光在我和街道间来回移动，小象紧紧地抓着我的手。

“那你以后打算拿什么养家啊？”她爸问。

我们在成都待了一周。整座城是绿的，潮湿且温暖。大街上满是人，有些喧闹。空气里一直溢着饭香——过了这么久后，我又回到中国南方了。

小象父母给我的礼物盒里装着一块抛磨过的玉石护身符，价签还没摘，我瞟了一眼，不禁一哽。然后，我把我的礼物放到桌上：一袋瓜洲的瓜干，塑料袋的窸窣声让我忽地难堪起来。

我说：“这是最甜的瓜做的。我在瓜洲买了之后，还背着它走了几百公里！”

小象妈妈谨慎地拿起一块，礼貌地笑着说：“还真是好吃。”

她爸爸皱了皱鼻子，他不爱吃甜食。

整整一周，我们被传递周旋于各种家庭聚餐之间。每一次，我都愣愣地杵在人堆中，感觉自己有如一只来自冰河世纪的长毛动物——剑齿虎或者猛犸象。

第一顿聚餐，我们迟到了，包间圆桌旁围坐着十多个人在等我们，每双眼睛都分外留意地盯望着我——我真想回到戈壁里去。

“这是小象的同学。”她爸这样介绍我。小象一下子抓起我的手，大声说：“他不是我同学，他是我男朋友！”

窘迫的沉默，她的小手在我手心，我真想带她一起去戈壁。

第一次，我为自己做的事羞愧起来：留胡子，走路，拍照，写博客。

尽管如此，我还是背着我的相机，在城里转悠。小象说，她能理解拍照对我来说多么重要。

她去会朋友，我便看看毛主席像，逛逛刘备墓，有时甚至恍惚觉得自己仍然在路上，一切似乎都还在我掌握之中。

博客上挤满了叫我快回戈壁滩里去的评论，我一概不理。

“我们去海南吧？”一天，小象说，“那儿比较安静。”

没过几天，我光脚踩在白细的沙滩上，大海绕着我的趾尖嬉戏。小象站在我旁边，正指着一只被冲到岸边的大胖水母哈哈笑着，“现在就我们俩了，终于可以好好休息一下！”她说。

但我早已不会休息了。

白天，我拉着她到处拍照；晚上，我翻来覆去睡不安稳，常做噩梦。

有一次散步的时候，我忘了打开定位仪记录自己的路线，差点急出了眼泪。小象望着我，满脸不解。

另一次，我告诉她自己要去拍几张日落的照片，让她在沙滩上等我一会儿。过了三个小时，我才回去，怒火让她的眼睛更加黑沉了。

小象爸妈也要来海南待两天。我跟她坦白，自己有点怕她爸爸。她安慰我说，他虽然样子常常凶巴巴的，但人其实很好。况且，她妈妈很喜欢我，这才是最关键的。她又莞尔一笑：你难道不知道在四川，家里都是老婆说了算？

我跟小象爸爸单独两人，面对面坐在餐馆露台上。小象跟她妈妈洗手去了，耳边浪声涛涛。

两人谁都没说话。

他检验般地瞅了我一眼。

“来，我们喝一口吧。”他说着，一边举起啤酒瓶，准备给我倒上。

我知道其中的意思。

小黑在劝我喝酒的多次尝试中，曾给我解释过，“中国男人谈正事，”他说，“基本上都得喝酒，不管是谈生意，还是交朋友！”

我抬起手放在杯口，小象爸爸迷惑地看我一眼。“我从来不喝酒。”我说，又解释起来：不喝酒是我的原则，就像我的其他徒步原则一样；我希望一直保持清醒，不让自己失控，再说喝酒对身体也不好。

“没事儿。”他笑笑，给我倒上了可乐。

离别的场景很压抑，小象和我坐在机场候机厅里，屋顶低矮，地上铺着地毯，沁凉的空气中飘散着所有机场共有的气味。小象穿着花裙子，戴着太阳帽。

我为发生的一切道歉。

“你不用跟我道歉。”她说着，伸手抚摸着我的头发。

“别这样，我做不到。”我说。她的笑容里含着忧伤，“我懂。”

又一秋

Chapter 5

第五章

THE LONGEST WAY

眼中的闪耀

2008年9月5日

敦煌，河西走廊西端

敦煌，才踏上停机坪，戈壁的风沙又袭向我。回到之前住的宾馆，有人问我是不是长胖了。

我笑笑，我的身体需要囤积点脂肪。

中国人不爱吃罐装食物，我也不爱，但走路的时候很方便。因为担心出城后买不到了，我便买了许多罐装玉米和黄豆，还有八宝粥、饼干、牛肉干和几件矿泉水，把拉拉车塞得满满的，又将方桶灌满水，晚上洗脚用。那副没用过的羽毛球拍被鲁比带走了，阳伞不知被丢在了什么地方。我带上那两张凳子，没准儿还会有客人来访。

收拾好行李，我便早早上床睡觉。

一个女人在楼道里来回跑动，吵醒了我。她在检查所有的窗户是否已经关好，“沙暴！”她喊着。

这时，我也听见了，掀开窗帘，只见褐色的旋风，树干被风刮得耷拉下来，枝梢折断了，沙砾噼啪地砸在玻璃窗上。

风暴在城外的沙丘补足了能量，俨然成为一只凶猛的黑色巨兽。我穿着内裤站立在窗边，试着想象自己此时和拉拉车在外面找避风处的窘状。这应该算是真正的沙暴了吧。我又倒回床上。

小象打来电话，我跟她说今天走不了，有沙暴。

“噢！”她应了一声。“我不知道它什么时候才能停。”我说。“小心点！”她提醒我。

第二天早上，天空重又放晴。我跟宾馆工作人员道过别，便拖着拉拉车上路了，穿行在一层薄雾细沙之中，身着橘色背心的人们正忙着清扫路面上的断枝。我转往北行，途经一个月前鲁比和我卖掉黄瓜的路口。我在那儿站了一会儿，冷不丁意识到自己的目光正在搜寻着刹车不灵的蓝色货用三轮。我想念起鲁比来。小象在成都，父母身边。谢老师在我前面离得很远，新疆某一处。

我给他发去短信，说自己终于要开始追赶他了，接着，我踏上一条漫漫林荫道，离开了绿洲。两侧的树尖聚拢在中央形成绿荫篷顶，盛夏的熟郁飘漾在空气中。我顺着路望去，想起了自己徒步的第二天：那条通过卢沟桥后的秀美林间道。那时候，我还暗暗奢望一路如此。

走过绿洲，戈壁突显出来，一切依旧。我迈步向前，车把捏在手里。轻风抚过，赭黄的戈壁滩心平气和。

我见到骆驼和长城废墟。伴着震耳的隆隆响声，一辆大货车在我身后停住，司机从车上跳下来，站在一旁谨慎地冲我眨眨眼，旋即朝我伸出一只手。

他在这条路上已经看见过我三次了，每次他都按按喇叭，冲我挥挥手。这一次，他终于鼓起勇气停下车来，问我会不会说中文。他塞给我一个哈密瓜，笑脸一扬，“拿着，哥们儿，没准儿咱们还能再见呢！”

他发动轰鸣的汽车，又朝我招了下手，开走了。

剩下我站在浓浓的灰雾中，干咳几下，手里抱着个哈密瓜。一路上，我因为这些卡车司机不知冒过多少回光火，噪音、浊气、完全不顾及他人的驾驶方式，还有无休止的喇叭。

天气闷热，从敦煌出发时带上的四十升水消减得很快。我拖着拉拉车，走在戈壁里。饥饿感不很明显的时候，我吃一罐玉米，觉得饿便吃一罐黄豆，很饿的话就两样一起吃。

一天中最美的，莫过于落日将整个世界都镀上金色的时刻，之后，空气慢慢凉爽下来，连这戈壁也显得温婉和善起来。我一直走到天边烧得通红，才找地方搭帐篷，离路不能太近，也不能太远，最好还得是平地。

等我搭好帐篷，太阳只剩天边耀眼的一条细线，余下的天际徐徐过渡，深蓝至黑暗。星星闪耀着，多得让我觉得好似站在圆球之上，旷大的空间，球在正中。

四天后，我到了柳园，一个骑摩托车的男人在街上拦住我，“你也没我想的那么高嘛！”他说着，笑起来。他的姐夫在敦煌见过我，消息比我来得快。

我又想起了那个神秘的牵驴女人。

我在小居民点待了一天，上街散步，跟村民聊天。这里不是绿洲，他们说，这座城市全靠附近的矿井和沙石场，生活用水都是从很远的地方疏导过来的。

对我来说，无论怎样都好。火车站旁，我坐在阴凉处，望着站前的广场，餐厅、宾馆的广告牌上写着的字，退休老人在树下聊天。我不禁问自己，若有一天真要离开中国，我会不会哭呢？

第二天出发时，我不再是一个人。一个男人站在角落等着我，他一袭黑衣，神情中夹杂着几分独有的执拗。

“我跟你一起走，德国朋友。”他向我宣布道，口音浓重。他叫雅库布，维吾尔族人，是哈密的一名卡车司机，他想跟我一起走戈壁。

我瞅了一眼他的脚：黑皮鞋。阳光射在身上，刺得生疼。我在拉拉车里装了许多食物，够吃一个多星期。雅库布除了身上的衣服外，什么都没有。

他的目的地就是哈密，他说，三百公里。他想跟我一起走，要是什么时候累了，他就拦辆过路车。

“所有卡车司机都是我朋友！”他的语调高高扬起。于是，我们走进了正在灼烧的戈壁。

我觉得他有些古怪，这个人，他到这荒郊野外来做什么？想对我做什么？

我停下喝水，也递给他一瓶，他没接。现在是斋月，太阳下山后他才能吃喝。我看一眼定位仪：十点刚过。我们身处戈壁滩中，阳光烫人。我的舌头和上腭粘在了一起，嘴里干得恶心。

我又迅速喝了几口，把瓶子塞回拉拉车里。本来还想吃点什么，但我还是忍住了，相机也很少拿出来。这人我之前从未谋面，这里，还只有我们俩。

我们继续走着，他好像不知道渴和饿，也不知道累，但话不少。

他说他想去俄罗斯，说维吾尔族人在这里生活不容易，说他家投资的铜矿后来才发现铜太少，压根儿赚不回钱；说他当卡车司机，辛苦得很，钱还挣得少。

“要是去了俄罗斯可就不一样了，”他说，“或者去土耳其也行！但在这儿，在中国，生活不好过。”

有一次，他指着远处的两团灰雾说：“那边的，也是卡车。”

“他们干吗不在路上开？”我问。他诧异地望我一眼，“节约过路费啊！还能躲过警察检查！”

“那不危险吗？”

“当然危险啦，还有人送命呢，车子陷进沙里，又没带够吃的。最可怕的是冬天，这外头零下三十多度，年年都有冻死的。”他又笑起来，“不过，我们维吾尔族人出不了事，出事的都是不熟悉情况的汉族人！”

这让我想起了西藏，想起了藏民们脸上的骄傲。许多外地人不适应高海拔，只能叫嚷着头痛缩在床上，但藏民们完全不以为然。

雅库布在我旁边走着，一刻不休地说话，三句不离维吾尔族人的生活状况。我了解到，维吾尔族人总是比汉族人好客。

突然，我恍惚看见雅库布眼里一闪。

我有些发晕，渴饿交加。我很想吃点东西，休息一下，但更想先甩掉这个同伴再说。

“你一般每天花多少钱？”他很直接地问，从旁瞅瞅我。

“有时候多些，有时候少些。”我说。我不想跟他谈论这个话题。

但他很执着，“等你到了哈密，什么都比这儿贵。”

“我可以省着花嘛。”

我们俩谁都没说话，并排走了一会儿，然后，我又听见了他的声音：“那现在呢？现在你身上有多少钱？”

“这算个什么问题？”我的手将车把抓紧了些。

“就是问你有多少钱？”

“两百。”我嘴上说着，脑子里清清楚楚地认识到，这里除了我们俩，再没有第三个人了。远处，一辆卡车的影子缓缓朝我们移动过来。我加快脚步，沙丘从我身旁滑过。天气很热，我感到眩晕。我瞟了一眼定位仪：今天已经走了二十多公里，几乎没有休息。我暗暗希望能找个搭帐篷的地方，但这个奇怪的维吾尔族人得先消失才行。

我听见他跟在我身后嘀咕着什么，声音单调低沉，像是在祷告，似无休止。又过了一会儿，我停住了。“雅库布，”我从牙缝间挤出一句，“你在那儿说什么呢？我不懂维语！”

“我在算你的钱。”“啊？”“你的钱！我在算呢！”“你别闹了！”

他不知所措地盯着我，随后一阵沉默。我们一个字没说地继续走，影子越拉越长，太阳落下来，整片戈壁滩都笼罩在金光里。我开始想为什么偏偏是我，在这茫茫戈壁上招惹了这样一个人，穿着皮鞋跟在我后面，还计算着我的钱。

我得甩掉他。

红色的卡车停了下来，两个男人跳下车。他们拍拍雅库布的肩膀，朝我笑笑。我们怎么会在这里，他们想知道，我们怎么认识的，还有什么打算。

雅库布脸上出现了一种几乎含带着慷慨的笑容，他解释说，我是他的德国朋友。我努力挤出笑脸，暗暗希望他们能把他一起带走。

但他们自个儿接着上路了，他们走后，雅库布转身对我说：“我朋友！”

“我知道，雅库布。”

我不笑了，我注视着脚下的路面，努力克制住眩晕感，脑子里思量的全是吃东西，喝水，还有睡觉。还有两千步，还有一千步，然后我就拐个弯，拖着拉拉车走进碎石滩里，不管雅库布干什么。然后我要告诉他，他不能跟我一起走。

我斜瞟了他一眼，他的样子并不疲倦，连汗都没出。

“德国朋友！”他突然停下脚步说，“很高兴能跟你一起走，但现在我得告辞了。”

终于，我心想，“噢！”嘴上却说。

“我就在这儿等着，哪个朋友路过就让他捎我一程。”

“那好吧，雅库布，祝你好运！”

“需要好运的是你，不是我！”他的一只手伸进裤兜，掏着什么，“我刚才算了一下，你的钱到哈密可不够！”

还没见他从裤袋里掏出来的到底是什么，我已经知道自己彻底误会了他。

“不不不，雅库布！”我急忙喊起来，连连摆手拒绝他要给我的钱，“我真的不能要你的钱！”

又说了好一阵，我终于说服了这个小个子卡车司机，我们的友谊比金钱重要。

我陪他一起等下一辆过路的卡车，司机们看见他，招了招手。那个庞然大物在腾起的灰雾中站住，门开了。

“后会有期，德国朋友！”雅库布说。我答道：“后会有期，维吾尔族朋友。”

我们握握手，相视一笑。他上身一摆，跃进了驾驶室里，关上门。卡车再次发动，起步，轰隆远去，我的目光也跟随着它。

我拖着拉拉车，慢慢走向戈壁滩深处，找到一个无风的好地方，我搭起帐篷，前面放张板凳。因为早就饿坏了，我打开一罐黄豆和一罐玉米。两分钟不到，它们通通进了肚子。

我刚躺进帐篷，绞痛就来了。身体正中的位置，肠道一阵扯刺。我后背连起鸡皮疙瘩，疼得直发抖。

一定是那豆子，我心想，慢慢摸爬到帐篷外的夜色下。

戈壁滩一片寂静。我在帐篷前反复做着下蹲，抬头，望见天空群星闪耀。疼痛却丝毫不减，我把上身压到板凳上，将两个指头伸进喉咙里，什么都没有。

这个戈壁滩的夜，我孤单单一个人，抠着嗓子眼不住地咳嗽，想到了妈妈。

同事

这是一个不眠夜。第二天早上，我吃力地爬出帐篷，打开手机，看见有小象的未接来电——十九次。我打回去，她的手机关机了。

喝了水，收拾好东西，我又拉着拉拉车回到公路上。肚子感觉好多了，这条戈壁路安静又遥远，我担心起小象来。没过多久，她发来一条短信：我一切都好，希望你也是。

一直走到中午，然后我找了个地方坐下，打起了盹儿，头沉在拉拉车的阴影里。天气燥热，我做了凌乱的梦——梦见路两边的岩壁朝我推挤而来。猛一惊醒，头撞在了拉拉车上，我能感觉得到那覆盖在皮肤上的热气。又试了试给小象打电话，依然关机。

傍晚，我经过一处已经废弃的居民点，戈壁滩之上的板房显有几分颓废。我从路上望过去，心里估摸着曾几何时，这荒郊野外还有人住过。

风吹来微弱的喊声，一个男人从板房里跑出来，朝我挥起手来。

我也举起胳膊挥了挥，转身继续朝前走。这地方有些莫名的阴森，戈壁，废楼，跟在我身后的男人声。“哎，过这边来！”他在喊。

我突然想到雅库布，人们对别人的主观印象不乏差之千里的可能，我站住了。落日挂在地平面上，那个人舞着双手冲我跑来。我拐下公路，朝着他和那些废楼的方向走去。

“我们这儿有两个人，我跟我同事。”老刘说着，给我倒了杯茶。他在微笑，更确切地说，他努力在微笑。面部的表情经常并不听他指挥，说话对他来说也非易事。脸都变了形，他结巴着与每一个字斗争。要是不成功，便一脸怏怏的神色。

我喜欢这个老刘。

他有着巨人般的体形，宽肩阔掌，人却温和如观音。

“我们在这里守金矿，”他解释说，“你，就是我们的客人！”

这里曾住过几十个淘金工人，直到矿上没什么可挖了才撤走。如今，只剩下这些废楼和每一步都能踩到的啤酒瓶碎片。

我想知道这里到底还有什么值得看守的，老刘瞅瞅我，就像我刚问了一个蠢透了的问题。

“这儿的东西可不能丢！”

我点了点头，并没明白他的意思。

老刘的同事是一个性情阴郁的胖子，就在老刘跟我解释他们的工作时，他一直闷不作声地坐在角落里，直盯着我们看。

他们俩守矿，每人有一栋房子和一只大狗。有水，但没有电，每星期有人送一次食物。夏天有四十摄氏度的高温，冬天则零下三十摄氏度，距离最近的有人住的地方也好远好远。

“这里可比其他地方好多啦。”老刘说，歪转着脸上的肌肉拼出一个笑，他以前在山里守的矿，连车都不通。

我喝了茶，主人便领我去另一间板房。我从旁经过，两只狗凶恶地狂吠一通。板房里立着床架和桌子，老刘放了只插着蜡烛的玻璃瓶到桌上，“灯！”他挤出一个字，又递给我一壶开水和一包方便面，便扬扬手走了。

我看了看包装袋：一个我从没见过的牌子，几个月前已经过期了。他肯定留了好久，舍不得吃。

夜里，我被一只老鼠闹得心焦欲焚。我刚吹灭蜡烛，它就从洞里蹿到桌上偷啃我的饼干。我打开手电筒，却只见它一溜烟地钻进黑暗里，没了踪影。不幸的是，它找到了一只塑料袋，从此恼人噪音不断。

手机快没电了，备用电池我也忘了充电。我给小象发了条短信说这儿有老鼠，又对着屏幕的蓝光盯了一阵，才关了机。老鼠在与塑料袋歇斯底里地舞蹈。我思量着要不要按谢老师的说法，也拿半个瓶子把它逮起来，想着想着，我睡着了。

第二天早上，我站在板房厨房里，手里捏着一个一欧分的硬币。我把它送给老刘做纪念，这也是我身上的最后一分欧元了。他双手接过小硬币，高兴劲儿全写在脸上。

我的目光瞟到胖子。他又坐在他的角落里，眼里冒着嫉妒的火光。

我在包里翻腾了半天，除了一张名片外，什么都没找到。

“还是把它给你朋友吧。”我对老刘说。他满脸疑惑地望着我，“他不是我朋友。”旧金矿的板房里布满了灰尘，光线昏暗。胖子坐在角落，老刘像个巨人般立在我面前。

“你过来一下。”我对他说，走到外面刺眼的阳光下。空气干燥，灼热，我听见狗发出咕噜咕噜的声音。

“他不是你朋友，那是什么人？”我问。

“同事。”

下一个问题还没说出口，我自己已经知道了答案。

“你们互相不怎么喜欢，是吧？”

他面部的肌肉抽搐着，下巴左右摩擦起来，眼神显露出他的努力，一句不外乎复述的回答：“对，我们互相不喜欢。”

这个身材高大的男人在我脑子里打转。他跟两只狗，还有互不待见的同事，在这茫茫戈壁里看守旧矿。

公路上坡，两旁时而是石滩，时而是岩壁。骆驼立在路边，鹰隼翱翔空中，身姿泰然地俯视大地。

我感觉自己异常渺小。

拉拉车跟在我身后辘辘向前。脚有点痛，刚出敦煌不远还流了血，现在几乎已经长好了。手机彻底没电了，没有音乐，更没有小象的短信。天气炎热，我感到累。

我走啊走，脚下的步子带我翻过黝黑的山坡，离开甘肃，进入新疆。这是漫长的一天，最后，我来到了星星峡。

首先吸引我注意的，是岩壁上的涂鸦：日期、名字、车牌，还有胡乱涂画的女人胸和屁股。一处写着“我恋你”“女人”，为了更清楚地表达作者的意图，一旁还画着阴茎。

零星几座碉堡塔楼的废墟立在两侧岩壁的制高点，我想起了平凉山里那些土堡和曾在堡里抗击土匪、反对战争的农民。

上个世纪初，中国西北一片混乱：在遥远的京城，大清王朝正式灭亡，民国动荡不安；在这里，藏人、蒙古人、哈萨克人、柯尔克孜人、维吾尔人、汉族人还有日俄间谍血腥的争权战打得如火如荼。民国政府的都督本应尽力维持安定，但却个个残忍无能：谣传他们曾在乌鲁木齐宴请八方，只为将宾客一一斩首。

但最让人闻风丧胆的还是回族人。军阀马步芳的将领个个都受过精良训练，下手也毫不留情，士兵宁可自刎也不投降。

曾经就有共产党人落到他们手里。1936年冬，毛泽东和他的同志们翻越六盘山，建立了陕北根据地，长征结束。党中央为与苏方联系派出一支队伍前往新疆，西线红军两万多人跋涉在河西走廊，但从没到达新疆。

几个月后，星星峡山里出现的几百剩兵便是整支队伍余部，数千人命丧黄泉。戈壁滩及马家军带给红军的打击，是长征全程前所未有的：部队的前进被彻底阻断，几乎全军覆没。

我走在岩壁间狭长的通道上，壁面上的涂鸦从旁经过。我尝试着想象七十年前战士们行进于此的感受，但没成功。一辆卡车轰鸣而过，空气都在震动。我停下喝了口水，它便在眼前了：星星峡。

峡谷自身不及它的名字浪漫，几十栋低矮的房屋，一个加油站，一幢行政楼。楼前，一个身穿制服的胖男人站在阳光下冲我笑着，“你也是摄影师？”

他叫阿布杜，负责货车车检，载货卡车到了星星峡，都要接受车重及所运货品的检查。“卫生检查。”他说。

阿布杜酷爱摄影，一有空闲便带着他的数码相机进山拍照。他一听说我在北京电影学院上学时有个维吾尔族朋友名叫阿布，便激动地掏出手机，没过几秒钟，我果真听到了阿布的声音。

我们俩谁都不敢相信，我在这个大的戈壁滩里，居然碰到了他家亲戚。

阿布杜陪我找了家旅馆，旅馆里很静，摆设简单整齐，几乎吻合我对和尚居室的想象。没有浴室，常住此地的人不多，人们洗澡都去哈密。

我用毛巾擦洗了一下，便倒在床上。手机正在充电，一条小象发来的短信：她已经回慕尼黑了，这几天很忙，希望我一切都好。听起来情绪压力不小。还有一条是谢老师发来的：他已经往回走了，刚过哈密，正朝我的方向过来，我们什么时候能见到？

我打开电脑，导进照片，写这些天的博客，又思量着要不要去外面坐坐，看会儿书，但还是放弃了这个想法。我继续躺在床上，跟电脑对打Defense of the Ancients（《遗迹保卫战》，电脑游戏）。没有网，也没有同伴，全无意义。屏幕上的角色互相厮杀，我脑子里出现了那些岩壁，还有那些涂鸦，不知什么时候睡着了。

早上，我见到阿布杜，他坐在阳光里，面庞如王一般。

“阿布杜，”我叫他，“我需要颜料，最好是喷罐的那种！”

他朝我投来爽朗的一笑，点着食指说：“我知道你想干吗！”

越野摩托

第二天，我收拾行李准备离开时，星星峡的岩壁上又添了一片面积不小的装饰：“2008-9-16我从北京徒步到德国经此留念！”一排英文，一排中文。我用掉了很多个所剩不多的喷罐，最后还用毛刷蘸着小桶颜料才把所有的字涂完。我刚放下刷子，一位过路司机就停下车冲我一笑：有个字写错了。

跟阿布杜道过别，我拖着拉拉车走过各家商铺，昨天吃饭的餐馆、加油站和最后一栋房子，又置身于险峻山岭之中了。

星星峡在我身后。

刚转过第一个弯，耳边只剩下风声，居民点好似从未存在过，如同胡须乱发所穿行的浩大空洞中，它只是我的幻影罢了。

我想到了谢老师。我知道他正朝我的方向走来，但不知道具体位置，他的手机关机了。距离下一座城市哈密还有近两百公里，他有可能在这一路上的任何地方。

远处，一个小点闪亮跳跃着，有如浮游水面的生物，缓缓向我靠近。不是谢老师跟他的拉拉车，而是一辆小汽车。我盯了它一会儿，脑子里突然萌发了个点子。我放下拉拉车，挥起手来。

帐篷搭好了，食物都摆在地上，月亮圆圆满满，谢老师坐在他的拉拉车里，指间夹着根烟。

“你这个小流氓，”他扑哧一声，“他们的表情可不让你乐坏了？”

我讲了自己让过往的司机替我捎口信的经过，我向从谢老师方向驶来的司机们，打听他们具体在什么地方见到了他，与我同向的司机则要帮我给他带个信，约定碰头地点。

各个司机反应不一。“既然你们俩是朋友，”其中一个直述了他的疑惑，“那为什么不一起走呢？”

这天晚上，谢老师的笑声一次又一次回荡在黑色的苍穹下。

我讲起自己去见小象父母的经过，尽管已经努力美化渲染，但还是遭了他的骂："你就是该收拾你的头发和胡子！别总那么倔！"

他跟我讲他的计划，"再走几年，我就'退休'啦。你赶快走回德国去，赶快结婚，然后跟她一起回中国来。"他扬着笑脸瞅瞅我，"生几个小孩，我去找你们的时候就有的玩儿啦！"

第二天早上分别时，他张开胳膊拥抱我，又拍拍我的背，一根烟叼在嘴角。我没想到，他的肩膀竟然这么硬。

"你自己可要多加小心，小流氓。"他说，再次提醒我这戈壁滩里最危险的就是风。他曾经连人带车地被吹翻过一次。问我知道为什么吗？因为老天正跟他闹着玩儿呢。他说着，笑了起来，然后指了指公路——该上路了。

我走出几步，回转身。他站在拉拉车旁，瘦弱直挺的身躯，头戴一顶帽子。他拿下嘴里的烟，冲我招了招手。

我又走了几步，再次转过身，他依旧立在原地。我们之间的距离让他显得更小，更黑，只是路尽头的一个人影。身后，群山黯然危坐。"再见，大流氓！"我喊道。风又将他的声音送回给我，他什么都没说，只发出了几声短促粗糙的笑。

我望向前方，望向那条将我从北京一路带往这里的路，一条灰色的宽带。同往常一样，我交替着摆动双脚，心里忽然产生了一种奇怪的感觉——我感到伤感。

接下去的几天不容易，戈壁一抹红赭，唯有风啸和卡车的轰隆刺破它的宁静。拉拉车坏了两次，我焦躁沮丧地仰视天空大声喊叫。

有一次，我在一个小坡上过夜。坡就在路边，我本想扎营坡后，免得被人看见。但就在我拖着拉拉车走进碎石滩时，突然思量着在夜里俯瞰戈壁一定也很美，于是，我爬到坡上。

世界静悄悄的。

我把石块清理到一边，搭好了帐篷，便坐在凳子上，把水倒进盆里。茫茫沙石滩上倾洒着暮光，我把脚伸进沁凉的水里。

帐篷布簌簌作响——是风。

我想了想是否该在天全黑前收拾东西搬去坡下，最后还是决定不要。难道还真能出什么事儿不成？我把拉拉车移到承压的帐篷桩上压住。东边地平线已经暗了下来，西边还有一缕灰白的亮光。我打开手电筒，坐在帐篷口，拉开

灯笼点缀着绿洲城武威。条幅上是某家肿瘤医院的广告。

跟申叔叔一道上路。他来导引我走过戈壁滩里的一段“臭名昭著”的风口。

河西走廊上的农家晚餐。几乎天天离不了面。

抉择的岔路口：左边通往西藏，右边通向新疆。

天祝山区的喇嘛。他每天都围着庙转两百圈。

我在佛寺里铺展开我的垫子。这份安静却没持续多久。

穿越戈壁的公路。它们常常如此笔直地延伸几十公里。

郊游——敦煌城外的沙山。

谢老师和我拆完我们的“营地”。四下空无一物。我们取笑逗闹着打发时间，直至分别。

路边的瓜摊。大西北的人们很为自己的瓜感到骄傲。

坐着蒸汽机车下煤矿。一场浓烟滚滚，车轮轰鸣的梦。

戈壁滩中深夜露营。公路上驶来一辆车。离我好几公里的时候，我就能看见它。

一听罐头——茄汁黄豆。

风声更大了，低吼转为咆哮。支架下，帐篷壁摇晃起来。我望进这迅速降临的黑暗之中，下方公路上有车灯晃过，上方是月亮皎洁的圆盘。帐篷咯吱哀叹着，震颤着，我吃着豆子，不禁有些担忧。

就在把空罐头扔出帐篷的那一刻，我才意识到在山坡上扎营是一个多大的错误。罐头脱离手心，向外飞去，还未触及地面就已被风擒住，卷进了黑洞中。我竖起耳朵听着，但外面只有风的哀号和它在帐篷布上的一次次鞭打。

现在撤营已经太晚了。我在风里慢慢移动步子，找较大的石块压在帐篷桩上，抵住拉拉车。

然后，我在睡袋里蜷起身子，努力告诉自己别害怕。

帐篷弯折下来，几乎平盖在我头顶。我打开手机，输进一条发给小象的短信，三个字：我害怕，但没有按下发送键。

这天夜里，我不住地翻转身子，一次次被诡异的梦境惊醒。梦中，我看见自己的帐篷立在山坡上，摩托车绕坡而行，坡是越野赛线路之一。我躺在帐篷里，它们一辆接一辆地伴着呜呜发动机声从我上方飞跃而过。我心里明白，迟早，它们会将我压得粉碎。但我并不反抗，反而伸出双臂，招呼它们过来，赶快过来，结束这一切。

风在抽打，摩托在轰响，我忽一下迷乱了方向。躺在帐篷正中的睡袋里，我把身体缩成一团，脸埋进行李堆里。帐篷布起伏拍打，它的噪声掩盖了我的呜咽。

穿越王国

天亮了，我爬到帐篷外。风劲减弱了些，但帐篷布依然紧绷着，拉拉车还在原来的位置。

我环视四周，红褐色的火成岩直至双眼能及之处，马路空荡荡的。我试着探寻昨天扔出帐篷的罐头，踪影全无，一定是早被风刮跑了。

我在一支护送队伍的陪伴下抵达了哈密：十几个小男孩跟在我身边跑跳欢呼着。阿布杜已经到了，还为我订了个房间。

连吃饭洗澡都顾不上了，我筋疲力竭地径直倒在床上，床单的白朝我扑面而来。就在躺倒的那一瞬，甚至还未意识到自己已躺下，我已经睡过去了。

第二天，阿布杜带我在城里转转。他背着一个材质颇好的斜挎包，包里装着相机，骑在一辆对他而言太过小的轻骑摩托上。准备出发，他递给我一个头盔，冲我咧嘴大笑，然后我们便嘎嗒嘎嗒地上路了。

哈密是一片绿洲。我看见了棉花田和葡萄架，戴着彩色头巾的女人，还有坐在帷帐下卖饼的大胡子男人。

“这种饼子叫馕。”阿布杜说。我说它的味道让我想起家里，阿布杜笑了笑。

“你到底为什么要离开家啊？”他问。我们坐在咖啡馆里。我面前摆着一份店里自制的冰淇淋、一块核桃糕、一杯酸奶。我说出了关于这些甜点的一项事实，阿布杜骄傲得涨红了脸：这是我在整个中国吃过的最好吃的甜点。他自己什么都没吃，摆了摆胳膊打发走服务员——斋月。

“你不想你家里人吗？”他问。

我想了想，然后摇了摇头，“就算想，我也不能回家。”

“为什么？”

我想到自己徒步的原则，不确定应该怎么跟他说比较好。

“今天，我属于这里，”最后，我说道，“明天，我又属于别的地方了。”

他脸上浮起一个笑容，慢慢地摇摇头，“今天，在这哈密古国，你是我的客人！”

曾经，哈密真的是一个王国。从十七世纪末直至1930年，维吾尔贵族世家统治于此。哈密回王的半自主政权受到了大清朝廷的庇护，交换条件只是每隔几年进京上贡。

1911年清朝灭亡后，民国政府成立，后来又渐失民心。随后几年的动荡，哈密王朝亦受到不少撼动。1936年，国共内战期间，共产党西线红军正端着枪躲避马家军队毁灭性的攻势，昔日的哈密国只还剩下了最后一座王陵。

直到今天，它依然立在那儿，并以其中伊斯兰式、蒙古式及大清式合为一体的建筑风格而闻名。我们到达寺内，阿布杜张开双臂，深吸一口气，连他的步态在我眼中都似添了几分高贵。

“你有什么感觉？”他问。我的回答是：太宏伟壮观了，这雕纹，这木柱，这细塔，还有这宁静。

“这里就是我的家。”阿布杜说。我看着他，明白他之前在咖啡馆里说的话句句发自真心：虽然在内地的西安上了大学，但他一直都很清楚自己想回新疆，“回到这个全世界最美的地方之一。”他笑着说。

拉拉车轮胎坏了，路上的碎石可够它们受的，不光漏气，连整个车轴都弯了。

我们找了家自行车铺，他们可以帮我换山地车的轮胎，但开价太高。我心不在焉地还价，跟修车师傅说只要他能保证新轮胎不会有问题，我也愿意付他要的价钱。

“我的活计绝对一流。”他头也不抬地说。

“但我可要拉着它走戈壁滩呢。”他点点头，操起工具忙活起来。

第二天早上，拉拉车又坏了。还没走出哈密城，它已经开始晃悠起来，新轮胎的辐太松了。

我毫无成效地一阵捣鼓，最后还是把它拉到了路边一家店铺。铺子里的老人翻出工具，耐心地拧紧了所有的接口。

终于再次站在公路上时已是下午，天色已晚。远处，一团黑色的烟雾悬浮于大地之上。阿布杜跟我提过：吐哈油田。

吐哈控管吐鲁番与哈密地区的石油勘探及开发，这是一座戈壁滩里的人造城，四方城内的公园、街道和楼房均为油田员工日常生活所建。

我在石油勘探公司的宾馆要了个房间，坐到窗边，打开一听阿布杜最爱的瓒瓒可乐（健力宝公司出品）。维吾尔人生产的食物人们可以放心购买，他这样说，因为维吾尔族人都很诚实。在乱糟糟的内地，买东西的时候可得多长个心眼。他的言下之意再清楚不过，近几周来，全中国都处在一桩食品安全案引发出的震惊之中：石家庄某集团旗下的奶粉受化学物质污染，已致多名婴儿生病。

我给小象打电话。她正跟父母在欧洲旅游，打电话不太方便。接通了，咔嗒一声响，她的声音听上去很疲倦。

“你已经跳过舞了？”她问。

我跟她说还得等到明天，我距四千还有四公里。

“噢。”她应了一声，我们没聊很久。

第二天，我走完剩下的四公里，便把拉拉车停到路边，开始等。一辆辆货车从我面前驶过，其中也夹着几辆小汽车。我坐了一会儿，一个可以陪我跳舞的人也没等来，便自己跳了起来。左蹦蹦、右跳跳、转个身、摆摆手、踢踢腿，伸手指向按着喇叭驶过的车。

跳完后，我如释重负。这舞并不欢乐，我不过在履行自己对自己的一项规定而已：每一千公里跳一次舞。然后，我拖着拉拉车，继续走在这片维吾尔族人的土地上。途经沙漠和幽碧的绿洲，正午，我倒在枯树的阴影下睡觉；晚上，我在荒僻无人的地方支起帐篷。放眼一望，足见几公里之外。天黑下来，四周变得如此安静，我连自己吃东西的声音都听得一清二楚。我看见星星悬在空中，手电筒灯光里，一只大蚊子正如加利恩帆船一般，航行在我的帐篷内。

哈密的这一边，一切都变了样，我觉得自己仿佛来到了一片陌生的国度。我在村里遇见了误以为我是维吾尔族人的汉族人，也遇见了无法交流的维吾尔族人，因为他们不懂汉语，我不懂维语。

其中也有人出现得不是时候。一天下午，我拖着拉拉车朝着一段长坡爬去，正因为车又坏了而憋了一肚子火气。车轮吱吱呀呀地摇晃着，几乎不能再往前走了。这一次，是球轴承。我的怒气烧了起来，放开嗓门吼到头疼。戈壁滩围绕着我，一闪一闪。

一辆货运摩托在我身旁停住，司机穿着运动裤和一件薄军装，留着板寸，颇像个足球流氓。

他脸上堆着笑，操着维语对我一通叽里呱啦。

我继续走。

摩托喷排着臭气，嘎嗒嘎嗒地跟在我旁边，他正大声嚷着。我转过脸看着他，本想用个表示反感的表情把他赶走，可他满不在乎地继续说着，一个个词语甩向我，咧嘴笑着。

我焦躁至极，因为拉拉车，因为他，因为这所有的一切！

他骑过我身边，在前面几十步远的地方停下来，把车熄了火，一边朝我走来，一边冲我招手，手里有一本笔记本和一支笔。

有那么一会儿，我还尝试着说服自己满足他的愿望，在本子里写几句话，“别烦了，你这个笨瓜！”怎么样？

但取而代之地，我停下脚步，直起腰，以一种毁灭性的眼神直直地盯着他，嘴里接连喷射出一个个音节。它们应当构成的，是不满的咆哮、愤怒的发泄。

果然，他不出声了，满脸惊诧地向后退了一步，放下拿着笔记本的那只手。我胜利了！

我接着朝前走，拉拉车摇摆着，我能感觉到体内肾上腺素的流动。

半小时后，我坐在路边，满手是油。拉拉车的各个零件摊摆在地上，只有先把它拆开了才能修。一个轴承脱落了，我拿着工具一阵敲敲打打，同时还得尽量不要引来过多的注意力。我在一个村子里，可不想又被一群好奇心过旺的观众包围。

刚过了半分钟，就有两个男人站到我旁边，用普通话讨论着我在做什么。

紧接着，我听见了一个熟悉的声音：咔嗒咔嗒的摩托。我抬起头，笔记本维吾尔族人又立在我跟前。

“他是德国人，”另外两人对他说，“正在修他的拉拉车。”

他用不够流畅的普通话回答道：“我知道，刚才我们说过话了。”

我停下手上的动作，瞧了他一眼。他笑起来，眼神中不带半点讥讽。

我抹了抹额头上的汗。“要帮忙吗？”他问。我说：“不用，谢谢。”又回给他一笑，“你的笔记本呢？我刚才忘记写了。”现在，我知道应该写什么好了。

莫扎特

起初我还不知道那到底是什么，我穿行在山坡与小村之间，走入愈渐黑暗的夜里。房屋灯光接连点亮，一位裹头巾的妇女跑着穿过马路，把一袋葡萄干塞进我手里。拉拉车基本能走了，我也不觉得特别累。

但就是有什么不一样的地方。

或许是天空的颜色，从某扇窗里透出的灯光，或许是那股我刚开始几乎没有注意到的气味。

它越来越浓。我继续走，不住四下张望，我还思考着这味道究竟从何而来，它已经浓烈地将我席卷。

它让我想起了小时候，大人们在长途行车后抱着我进屋的时候，走上嘎吱作响的楼梯，经过低声交谈的亲戚，我紧紧闭着眼睛，无须睁开都能辨认出外婆家的房子。那是一种特殊得不容混淆的味道：木柴、布料，夹杂着书的味道。我被放到床上，小心翼翼睁开眼，便看见墙上那幅让我又喜又怕的山羊的画。

此时，在这荒郊野外，正是这种已被我遗忘多年的气味。

我穿过村子，感觉到自己身体沉重起来，脚步也慢下来。我想到了妈妈，想到了那幅山羊的画，那是夏加尔（超现实主义画家）的作品，名叫《我和村庄》。

经过一段碎石滩后，是三道岭煤矿，之前得横穿铁路。伴随着拖得绵长的汽笛声，一节蒸汽火车头拉着一排车厢驶过，跨过铁道，公路变成了黑色。

远处，一座座深暗的厂房塔楼高耸，让我想到山西矿区，想到工人们戴的面罩，和那条注满了牙膏般的河。

我沿着这黑色的路走下去，空气中弥漫着煤灰的味道，随后，我看见它躺在夕阳的金辉中：矿。既没有隧道也没有矿井，不像山西的煤矿般藏在山里，它是露天的。我的目光顺着烟雾缭绕的黑色峡谷投向远方，它直至天边。路和轨道交错，我看见满满的卡车缓缓穿行其间，好似在深深的伤口里蠕动的蛆。

三道岭不只是座煤矿，它还是一座有几万人口的小型城市。我走进一家挂牌上没有名字，只有“旅馆”两个字的旅馆。房间很干净，价钱很实惠，网速很快，工作人员很热情。为此，我将它评为我徒步途中的最佳酒店。前台的工作人员笑起来：他们这儿不为盈利。酒店是矿主开的，主要接待客户或领导，少有游客。

第二天下午，申叔叔到了，从乌鲁木齐骑车而来。自从在武威相机一战后，我们常通电话。他提醒我注意某些难走的路段，以及各地不可错过的美食。

这次他来，是为了陪我走这里和乌鲁木齐之间的风口。这段路上，北风经过山岭间隙后风力猛长，有时甚至能对卡车或者火车形成威胁。我又想起了谢老师的话：注意自己的死脑筋牛脾气，当心戈壁滩的风。

申叔叔的声音回响在大厅里，他喊着我的名字，双臂张开，头戴一顶扁平帽，比我记忆中壮得多。

“终于又见啦，小子。”他说着，给我一个结实的拥抱。

我们在三道岭待了一天。

有人跟我提起过矿地里永恒的火，申叔叔找到一位愿意带我们下去看看的司机。天刚黑，我们便朝峡谷矿地开去。山丘间的小路上，时而有施工机械的大灯迎面射来，紧接着一阵轰鸣，半空中尘土飞扬。到了矿地底，司机关上车灯。黑暗罩在我们头顶，我看见了它们，地下，灼灼发亮，红热地灼烧着，喷出火焰。那是些一燃烧起来便无法熄灭的煤堆，有如地狱入口。

“当心脚下，小子。”申叔叔抓住我的胳膊说。我们站在谷底，被黑暗寂静与尘土包围着。几百米外，施工机车的大灯有如一颗颗星星，一声饱满的汽笛剪断夜幕。

火车。我瞅瞅申叔叔，他是一袭宽厚的黑影。“对了，”我问道，“你说，我们能去看看蒸汽火车吗？”第二天早上，我们俩站在煤矿装载处。

申叔叔拿着一盒烟，递给一双双沾满煤灰的手，我在一旁友好地咧嘴笑着。几句交谈，有人笑起来，紧接着，我们已经站在了车头里。

咔嗒咔嗒、嘟嘟、呜呼。锅炉门唰啦一下开了，我手握铁锹，也被允许给它喂煤。我们在蒸汽机车的车头里，行进于戈壁滩上，那感觉仿佛随时会有印第安人，抑或土匪强盗闪现偷袭一般，我此刻的欢乐无法言表。

申叔叔咔嚓地按着快门，笑着。他不明白我的激动，这样的机车，他曾修理了四十个年头。

我们离开三道岭时，风很大，空中还斜飘着细雨。申叔叔抱怨脸颊上微有些肿胀的感觉，于是用围巾把头包了起来。他蹬着自行车跟在我身边，有时还大声唱起歌来，车后架上的小国旗在风中扇动着。

茫茫戈壁在将自己完全展开前，显得不慌不忙。我们路过店铺、旅馆、加油站，在一家小餐馆吃午饭。餐馆是三个女人开的，我们是店里唯一的客人。饭菜并不特别可口，但交谈很愉快。

她们三人都来自南方，多年前为了生计来此，店里生意还行，总比在家乡好得多。

“我们那儿人太多了。”她们说。我们吃完后，又说我们可以进屋休息一会儿。

“休息？”申叔叔跟我惊讶地互望了一眼。申叔叔解释说，我们还得赶路。“就半个小时。”她们眨眨眼睛，爆发出一阵另有深意的笑声，回荡在墙壁之间。“哎呀！”我们俩又站在路上时，申叔叔叫起来，“你明白她们刚才想干什么吧？”他头朝后一仰，闭着眼睛笑起来。

那是几声响亮的笑，哈哈哈哈，似乎发自战鼓内部，能一直传至地平线上的天山，漾出频频回音。

我们走进戈壁。

我跟他说到小象。“如果你对你女朋友是认真的，那她父母非常重要，”他说道，重复了一句我已听过数次的话，“在你们国外，结婚是一男一女的事，在我们这儿，结婚是两家人的事。”

我应了一声“噢”，又跟他讲了自己见小象父母的经过。听我说完，他笑着摇起头来，“小子，你自己也知道你全搞砸了吧？”我没出声。“不过也没什么，”他安慰我说，“谁还没点自己的问题。比如，我老婆就不想让我骑车出来！”

她觉得这想法又蠢又不安全，怎么都说不通，于是，他只好偷偷买了辆自行车私自跑了出来。出城给她打电话的时候，他已经在去往哈萨克斯坦边境的路上了。

回来的路上，他遇到暴风雪，得了重感冒，所以没有直接回家。先到朋友家住下，把病养好，洗好衣服，擦亮自行车，然后他才出现在他老婆面前，又懊悔又骄傲。

“那她生气了吗？”我问。

他笑起来，“当然生气啦！那也没办法啊，这回又是一样的。等我回了家，就得收拾家务，擦窗户，洗窗帘。”

路上，我们见到了可谓完美的绿洲，它有如海中的热带小岛般坐落在戈壁滩上。树木、深草、天空倒映在池水上面，还有一座废弃的瞭望塔——童话一般。

两匹马和一头驴站在池塘边。我们走近时，那头驴扬起一团沙尘，飞快地朝我们冲来，径直停在我们面前。噗，一个屁。它耷拉下脑袋，一副不屑理睬的神情。我们俩站住，申叔叔小声说：“别动，谁知道它想干吗！”

世界静悄悄的，我听到一只苍蝇吱吱乱舞的声音，猛地意识到，这可是很久以来的头一次，苍蝇可不会轻易飞进戈壁滩里。

驴又发出一声呼噜，踢踏小跑地回到两匹马旁边，趴了下来。

那模样好似在说：“欢迎来到我的绿洲。”

这天晚上，我们陷入了一场与漫长上坡路的斗争中，我累得几乎倒下。但申叔叔说，坡顶有个收费站，说不定我们能在那儿找个地方过夜。

我们到坡顶时，周围漆黑一片。收费站浸在刺眼的光线中，后面立着几间板房。我们挨个儿问过去，申叔叔又掏出烟来请一圈，几句低声交谈后，我们有了睡觉的地方。

除去几张上下铺，木板房里空荡荡的，房间正中吊着一只灯泡，几个男人一声不吭地进进出出。申叔叔指指一上一下两张床，这是我们的。

我在上铺展开垫子和睡袋，走到外面刷牙。一个男人弯着腰站在脸盆前面，电动牙刷的声音突然显得很响。

工地上的人们睡得早。

有人关了灯，我只还听见几句小声的嘀咕，一切便安静下来。

没过多久，第一声呼噜响起，第二声也紧接而来，整个房间被填充满了，床似乎都在振动。

我把头埋进睡袋里，没用，它们就如割草机一般。所有的贵重物件都在身边，我摸出手机，把耳机塞进耳朵里，好些，但还是不够。

呼噜吞噬了这夜。

我打开手机，选了莫扎特的小提琴音乐会，望向窗户。报纸粘贴在窗栏上，收费站淡冷的灯光照射进来。小提琴的旋律之上盖着呼噜跌宕起伏，我不知什么时候睡着了。

我是最后一个醒来的，耳机线绕作一团，一根挂在我脸上。申叔叔站在我面前。

“你看看我的脸怎么样？”他问。肿胀的部位更突出了。

我们没有立即离开，申叔叔担心天气。前方便是通往乌鲁木齐路上的第一个风口，长约五十公里，天色不妙。

他跟收费站里的人讨论了一阵，怏怏地望一眼天空，说：“我们在这儿待着天也不会变好，出发！”

白黑相间的细长云朵飘过我们头顶。我们经过一块路牌，上面画着几个鼓胀的风向袋，我们的衣服被吹得咔嗒直响。我们几乎不说话，风声大得每一个字都需要吼。时而有一阵劲风刮来，好似威胁着要把拉拉车彻底掀翻。

数小时后，我们看见了戈壁滩中的另一间板房。申叔叔指指那个方向，又指了指自己裹起来的脸。他的双眼显得疲惫不堪，我知道他难受。

“安全生产责任重于泰山”几个字写在房子墙上，房前地面上布满了玻璃碎片。一个男人打开门请我们进去，什么都没问，端来茶和甜瓜。申叔叔小心地揭下围巾，他的整张脸都红了，肿得高高的。

他沉闷地又望了我一眼。

“你得去看医生，申叔叔。”

“我知道。”

离别的场景很伤感。我们站在路边，等过路车捎上他和他的自行车。风依旧在呼啸，无法交谈。我的一只手搭在他肩膀上，我忽然发现自己从昨天晚上起，就再没听到他响亮的笑声了。

一辆白色货车停了下来，快速地讲好价钱，我们把自行车抬到车上，申叔叔坐上了后座。他拉下脸上的围巾，挤出一个疲惫的笑脸，“你自己可要当心，小子！”他说完，紧紧握了握我的手，然后，他走了。

我独自一人，跟这风，一起走。定位仪上标示着我今天的目的地——红山口服务区，山坡上立着的几栋房子。直线距离还有十七公里，但我现在已经累了。

我握紧了车把手，迈步走了起来。

还有九公里，我彻底精疲力竭。我坐到凳子上，喝了瓶水。公路又直又长，陡斜的上坡路。

我望进戈壁滩里，在那棕褐色的远处，傍晚的暮光与空气中的尘雾缭绕而生的迷蒙中，我看见了骆驼。它们逐一排列着，两两之间距离相当，果然和我在西安看见的丝绸之路纪念碑上的一模一样。

申叔叔说，遇到沙暴的时候，骆驼会躺到地上，头避开风的方向，等着，等风暴过去了再走。

我从拉拉车里拿出苹果、饼干和水放到车箱外的相机旁，又翻出手机备用电池，塞上耳机，翻看播放列表，停在Sepultura（神碑合唱团，巴西重金属乐队）的Ratamahatta上。我的目光顺着路面望去，小如蚂蚁般的车辆在日落的光线中奋力爬向坡顶，那坡，好似没有尽头。

Sepultura，我按下播放键，再按下重复键。

见新疆，离新疆

我在一家脏兮兮的小饭馆里，坐在桌旁啜着可乐，听周围人如何谈论我。他们的话题其实不在于我，而在于我的筷子，筷子是金属的，闪亮闪亮的。

它们是我从哈密一家超市里买来的，在中国待了将近三年后，我才隐约意识到一次性筷子可能不够环保。

但旁边桌坐的三个男人不知道这一点，他们时不时斜瞟我两眼，沉浸在对我随身携带银筷的缘由的各种猜测中。其中一人突然猛一拍脑袋，答案天衣无缝而且简单至极：怕被下毒！一旦饭菜有毒，我立刻就能发现，因为银筷子一接触到毒素就会变色！至于谁可能对我下毒这个问题，他们选择跳过。

饭馆老板和他的几个朋友坐在另一张桌旁，啤酒瓶堆着。他的高嗓门回荡在四壁间，他去过德国两次，那儿的人都会三四种语言，肤色比其他欧洲人黄些。

“噢。”同桌的人叫道，他暗暗满意一笑。我全身瘫软疲倦，没吱声。昨天那段上坡路的艰难是之前从未有过的，我将每一千米分成一个小节，不是走，而是一路跌撞。我挣扎着向上，胳膊被拉拉车的重量向后扯拽，耳朵里重复着一首歌，我眼盯定位仪显示屏，倔强地默数着每一米的减少。每走完一千米，我就一屁股瘫坐到板凳上，倚靠着拉拉车，吃个苹果或一块饼干，喝一口水，又跌撞着继续走——下一个一千米。

中途有位司机停下车问我是否需要帮忙，他愿意捎我一程，还有我的拉拉车。我看他时眼很模糊，似乎隔在一层雾后。

“不用了。”我听见自己的声音说，果真摇起头来。

红山口的旅馆脏得令人恶心，但我连感到失望的力气都没有了。与其称之为房间，不如说那是两个正在攀比谁更简陋的洞。我要了另一间，有床，有门。先将蜘蛛网抚开到一边，然后铺开垫子，好心的手递来一个插线板，灯便灭了。

翌日的晨光斜射入窗，坐在饭馆老板桌边的一个妇女站在我跟前，身上的衣服显得过紧，那脸庞或许还曾有过几分姿色，但现在硬邦邦的。

“别听他瞎说，”她指着餐馆老板说，坐到我对面，“所有人都知道他从来没出过新疆！”

“嘿!”餐馆老板愤愤的声音传来。其他人都笑起来，又给他斟上一杯酒。

我看看钟，快十一点了，我该赶路了，也没兴致聊天。

那妇女问了我一些再普通不过的问题。年龄？今年二十七。职业？如果非得选一项，学生。结婚了没？没有，但有女朋友。到中国多久了？快三年了。喜欢这儿吗？喜欢。为什么要走？为了玩儿。

之后，她又想起了什么——谢老师最喜欢的问题。我也从不同的嘴里听到过，男女老少都有，酒店老板、路旁旅行团、网上的人、理发店店员或者警察。

“你不觉得孤独吗？”

通常，我都用些普通的解释或者索性说些空洞的套话回答。“还行。”或者，“我有手机啊，可以随时给朋友打电话。”

但这其实不是真正的答案。

我的目光在这小餐馆里环转一圈：朦胧的玻璃窗渗着阳光，棕榈沙滩的大贴画、客人们、店老板、他的啤酒以及他在笑的朋友们。

然后，我吐出了那句自己一直重复的话：“没那么严重。”

其实，我早已不知孤独是什么感觉了。无论正在做什么，我总觉得冥冥中一直有两个人守在我身边：我那从未谋面的亲生父亲还有妈妈。

距离鄯善还有几百公里，风力减弱了些，天空透出一股寡然无味的蓝色，一朵朵小云飘移着，好像小舟一般，戈壁滩一如既往地广阔、空荡。我走在国道上，走过一段尚未通车的高速路，又拖着拉拉车踩过咯咯作响的碎石。

我想起妈妈。

想起她走后不久林子里的那个新年夜，一个个难熬的夜晚过去，我醒来时除了害怕，什么都不记得。

想起那个我猛然发现自己整整一天没有想她的时刻。

想起巴黎，想起走回家的路，想起在慕尼黑上大学的日子，我随便瞎选的专业中文后来成了救命稻草。

想起北京，想起形色印象与浮华交织的混乱。

为了让自己显得更有学识，我买了许多大部头的书。读到《荷马史诗》，里的所有英雄一遇事便哀怨连天，我觉得惊异极了。帕特洛克罗斯死了，阿喀琉斯悲痛欲绝。英雄倚坐岸边，欲哭无声，诸神降临，赐予他眼泪。整书八百多页，我读完时，学会了哭泣。

我在戈壁滩里一家补胎铺过夜。店主人是两对来自内地的夫妻，他们从陕西来到这里谋生，生活费越来越贵，孩子们要上大学。我不禁想到山西煤区的胡阿姨，她的耶稣像，还有她在北京念书的儿子的照片。

他们请我吃晚饭，白菜和面条。发动机嗡嗡转动，一个大塑料桶里储着水。我问哪个司机会专程开到这里找他们修车。他们笑笑。没有哪个司机愿意在戈壁滩里拖着爆掉的轮胎继续跑，而且，陕西人的补胎技术可是全国出名的。

他们想念家乡。这外面很孤独，土地也不好。他们养过狗，至少有五六次，但每一只都或早或晚开始拒绝进食，全都饿死了。

“这戈壁滩煞气太重。”他们说。

到达鄯善市郊时，有一个年轻人在路边等着我。“你就是诺诺吧？”我问他，他有些木讷地点点头。

诺诺是一个自哈密以来和我邮件往来的陌生人的名字。我们的邮件里夹杂着英语和中文，主要是关于我愿不愿意让人跟着我走一天的问题。我的回答是，无所谓。诺诺到底是男是女，我都不知道。

现在，他站在我面前。一个戴着眼镜和帽子、背着背包的瘦小伙子，朝我伸出一只手。他在微笑，而我，则因为自己终于走完了这一段戈壁，市郊的马路上飘着饭香，也因为头顶的夕阳金灿柔和，也跟他握了握手，回给他一个微笑。

他叫吴江，医科刚毕业，来自陕西。我从那里走过，他知道，他跟我说自己能来新疆无比开心。我回了几句客套话应付，没说自己其实偷偷希望来的是个年轻女孩，不是他——不过或许这样更好。

我们找好房间后，来到街角的小吃摊旁。一家维吾尔族人在卖馕和羊肉串，我点了特大份烤串、泡黄瓜和可乐，便一屁股坐到塑料椅上。

烤肉香。路灯下，蚊子嗡嗡飞来飞去，一群孩子正围着一张戳破的台球桌嬉闹，吴江坐在我对面。

“来，说说！”我对他说。

他说到自己的专业和以后的工作，虽然当医生很辛苦，工资也不高，但他不介意。他从小就知道自己以后想做一名医生，还有一件事他也早就知道：他想来新疆看看，看看这里的浩瀚与荒芜。若不是家里人反对，他很多年前就来了。

“我当了二十四年的乖孩子，别人希望我做什么我就做什么。那时我父母说新疆太危险了，我就听了他们的话。”他笑起来，“后来，我在网上看到了你的视频。”

我的视频。从上路第一天起，我每天都给自己拍照。相机端在正前方，手臂伸直，到现在为止已有将近一千张照片。我把它们粗略剪辑后，放到网上——初版。

原来是由于那段视频啊，我还得给它配段合适的背景音乐。

“你知道我第一次看到你的视频时是怎么想的吗？”吴江问我，咧嘴笑起来，“我想，一个老外可以在新疆徒步，那我为什么连坐火车去都不行呢？”

我猜到了他接下来要说的话。

毕业后，他便给我写邮件，买了张车票到新疆，瞒着家里人，背上背包，戴好帽子，去了火车站，坐在火车上，他才给家里打电话。

“我想做两件事情，”他说，“看看新疆，跟你走一天。”

“明天你就有机会啦，从这里进城还有三十公里呢。”

他的脸闪亮着。

这天晚上，我们聊到很晚。不知什么时候，话题换到了女朋友上。我的正跟父母在欧洲旅游，已经好几天没有联系；他的刚刚跑掉了。

这是一段复杂的故事，似乎一切都事与愿违：不在同一个城市，双方父母反对，两人都没钱，也没有时间，最后还有情敌出现。吴江后来又见过她一次，就在几天前，在西安，然后他就坐火车来新疆了。

“也许你该忘了她。”我说着，已觉得自己的话不堪入耳。他点点头，没作声。

第二天早上，我睁开眼，他正坐在床上写日记。看见他我很高兴，和当时看见朱辉一样。“走？”我问。我们收拾好拉拉车，吴江的背包绑在车顶，就像谢老师曾经想把我的绑在他车上一样。然后，我们跟宾馆老板和烤肉摊的维吾尔族一家道过别，便出发了，走在新疆早晨的空气里，朝着绿洲城市鄯善的方向。

火焰

沙，我很高兴自己到这里只是来玩儿的，双脚下陷，向上迈出的每一步都伴随着一小段下滑。

我能感觉到地表在我趾间的移动，这里的沙远不如敦煌鸣沙山那般烫人，但当时还是八月，现在已经十月了。

我爬上沙丘顶，满头大汗，外套铺在地上，相机和三脚架放到上面，幸好，拉拉车被我留在了宾馆。

眼前，一片凝结的黄色浪涛：库姆塔格。这个词在突厥语中的本意是“沙山”，果不其然，这绵延沙山铺展开来的广阔着实令人心生畏惧。

我身后，是绿洲城市鄯善，目光从城上掠过，还能看得好远。我看见它的树，它的房屋，它的中心广场，广场周围，最高的楼房聚成一团，好似意欲闲聊的人群——城内居民多是维吾尔族人。这里与许多绿洲城市一样，主要发展农业及旅游业，人们以种植瓜果、棉花为主，只有四轮驱动汽车才敢进入沙漠。

我很庆幸自己不必穿越这片沙海。

我需要公路、碎石道，或者被人踩出的小径，但最需要的还是人。申叔叔发来短信说他出院了，医生估计是过敏。吴江回陕西了。

走完我们的三十公里后，我们一起吃了罐头黄豆。有老农送给我们一个瓜，我们聊天说笑。

到了鄯善，我打车送他去火车站。

我在沙丘顶坐了一阵，又拿上我的东西，决定再往沙漠深处走走，定位仪带在身上。

我在各个沙丘爬上又爬下，能感觉到脚下沙砾温度的变化。不知何时，最后一瞥那笼罩在雾气中的城市，我终于找到了它：站在此处能见的只有天空和这大漠。

我在雨中离开鄯善。拉拉车已经很久没有跑得如此顺畅了，我把它送到工匠铺里彻底翻修了一次。我自己也感觉身体休整好了，精神又充沛起来。这两天，除了吃东西和在城里闲逛，我什么都没做。我给小象打电话，她已经回到慕尼黑，事情多，过几天再跟我多聊会儿。

晚上，我来到一座小城。城里摩肩接踵，正碰上赶集，有买有售，讨价还价声在马路上方来回蹿跃。我拖着拉拉车扎进熙攘的人群，收获了在别处也曾收获过的眼神。无论在位于山西的山中还是在广阔的戈壁滩上，无论在乡镇还是在大城市里，总有一些人绽放着笑脸，一些人指手画脚，一些人窃窃私语，一些人满目猜忌。我友好地微笑着，打听起宾馆来。

走进一幢房子里，一位很老的老太太努力跟我解释，虽然她有两间空房，但不能留我过夜，出于某个我没听明白的原因。我正问她可否破一回例，有人忽然递了一根蜡烛和一把钥匙到我手里。我找到房间，打开门，乱按了几下电灯开关，最后还是徒然地坐到床上。一个年轻男人手拿打火机出现在门口。他点上蜡烛，开始道起歉来。我这时才恍然大悟：因为有维修工程，整个小镇都停电。

蜡烛在燃烧。

夜幕蓝幽幽地落在这个没电的小地方。外面，人们在汽车大灯的光线中聚在一堆，烤肉的香气透过窗户飘进来。我躺在床上，给小象发了条短信，描述此刻的浪漫。

然后，我便睡去了。

幸好维吾尔族人烤馕不用电。第二天上路时，我立在路边注视着一个年轻男人。他在空中飞转起面团，直到它变得又薄又圆，接着他将它贴在黏土烤炉的内壁上，等上一会儿，再把它拿出来。这块热气腾腾的黄金馕，是我的。我用双手掂拿着它，面饼香、烤炉香还有这整片维吾尔族大地的香，一齐在我嘴里绽开。

这一天有如馕里层的面饼般柔软。天气温煦，双脚似乎无须指令便会自动前行。它们驮我下坡，经过一个个维吾尔族小村落，村内有清真寺和许多箱子状的方房子。这些房子仅由四面墙壁和屋顶组成，墙上布满小孔。一个会说普通话的小男孩告诉我，它们是制作葡萄干的阴干房。

我还注意到，维吾尔族人另有一点让他们更显可爱：几乎家家户户都有一个搭着葡萄架的庭园。其中大都以木架做顶，葡萄藤盘绕其间。架下，在这片世界上最甜美的阴凉中，摆着一张床。

越朝前走，村庄越小，各种声响越轻，不知何时，我离开了最后一个村子，拖着拉拉车走在田间小路上。

接着，我看见了它：火焰山。

它其实不是真正的山，而是光秃秃的红色土丘，嵌在坡上的生硬纹路和褶皱，看上去倒还确有几分像火焰。

火焰山的名气，源于许多中国人对它怀有的美好想象，它曾出现在那个一千多年前一个和尚去印度取经的故事中——《西游记》。

故事讲的不是真正由此经过的玄奘，而是很久很久之后，他所成为的那个传奇。在这部明代小说中，他与徒儿必须克服途中的各种艰难险阻。火焰山高温难耐，他们无法跨越。猴王偷来魔扇，给山降温。

我进入一条碎石路，路直穿于峡谷的半山腰上，两侧沟壁光秃陡峭，只在深深的沟底有一条细流，水边蕴着几点绿色。

它们微小纤弱得好似试管内的孢子，有如万物的起始。

艺术

峡谷尽头，溪边的山坡上有一个村庄。我走到村口，只见一排栅栏旁边立着一间小售票亭。

一个年轻女人走出来，头戴一顶扁平帽，脖上挂着钥匙串，精力万分充沛的模样，她说："欢迎来到吐峪沟。"

我得知，村后头有许多画满了佛教壁画的石窟，但现在无法参观，因为它们受损严重，正在修复中。

正当我失望地准备离开时，她叫住我：除了石窟以外，村子本身也值得一看！问我可见过原始的维吾尔族村寨？

立在票亭和栅栏前，我回忆起一路经过的村庄，它们不算"原始"吗？

进村参观票价五十。导游把我带到一户人家，这家里有宽敞的木制游廊，我可以在这儿过夜。

又一张绿色的五十元离开了我的裤兜。

我放下行李，开始跟着导游参观。村子很小，黏土房、石坯房、内院。导游指了指房子间的电线，"这里以前不通电，"她说，"跟外界几乎完全隔离。"

"那人们都靠什么生活呢？"

"农作，种葡萄，还有和周边村庄的物品交易。"

村正中的清真寺对于如此谦逊的小地方来说似乎太大了些。

"村民们靠旅游赚来的第一笔钱就投在了这上面，"导游一边说着，一边意味深长地点着头，"这里的人都很虔诚。"

她自己是回民。这有很多好处，她跟我解释说，在文化方面，她处在汉族人和维吾尔族人中间，跟两边都能相处融洽。关于我问她是否守斋的问题，她答道，她老板不想看到员工一整天都不进食，"对身体不好。"

她带我到村外山坡的高处，指着木廊房子说："你住的那一家，是这里开始接待游客的第一家人，"她扬了扬眉毛，"现在，他们是全村最富的。"

我的目光越过了峡谷，越过了清真寺和旁边不起眼的房屋，还有遥远背景中的火焰山。鸡咕咕叫着，有人在说话，全是山村生活安宁的声响。

我不是这里唯一的客人。我刚在木廊里一张矮桌边坐下，便走来了一个年轻男人。他长着一张温和的脸，说话时声线有些高。他叫刘文强，来自西安的艺术系学生。

他是来村里画画的。

他理解我徒步旅行的计划，他说："给自己点时间，挺好的。"

老板娘端来面和茶水，我们坐在地毯上，头顶的灯泡洒下一片光亮。我们周围，整座村子正准备入眠。

"我很羡慕你。"我对刘文强说，他愕然地看看我。

"为什么？"

"看见的东西，你想怎么画就怎么画。比如，你可以自己决定要不要画上这些电线。"

他笑起来，"这些对于我的画来说不是很重要，我画的是氛围。"

他从小就想当艺术家，但家里条件不好。十四岁时，他就离开学校外出打工，在建筑工地干过，在工厂里干过，哪里有活儿他就去哪儿。一有空闲他就画画，申请艺术学院。后来，他真的被西安一所学校录取了。从那时候起，他就常常到全国各地寻找创作题材。

他想知道我有没有遇到过抢劫，见我摇头，他笑起来，他自己已经遇到过好几次了。大概是因为他看起来太年轻，不够强壮，但他后来还是学会了反抗。

"你多大了，小刘？""三十一。"我差点被嘴里的食物呛到，他看上去不过二十出头的样子。"那你结婚了吗？""没有。"两人沉默，各自吸溜着碗里的面条。他又开了口，女朋友的父母不接受他，她是做房屋中介的，经济条件不错，但他把自己为数不多的钱通通花在了颜料和画布上。只要一有时间，他就外出写生。

"但她知道，我从来不会走很久，总会回到她身边的。"他说。

第二天早上，我跟主人夫妇道别时，我的艺术家朋友已经站在画架前了。我站到他身边。他的画落笔豪放，偏重土地色，细节模糊。画中的村庄就是我认识它的样子，还有它音乐般的咝咝声响。

我想到了那座村民们自己修建的清真寺，也许在不久后，他们也会买数码相机，买电脑，跟我身上带着的一样。

“这村子在变。”我说，刘文强点点头，“一切都在变。”

废墟之中

高昌古城外，有维吾尔族小朋友在嬉闹，其中几个的发色浅得泛金。一见我，他们都咯咯笑起来，我也回以一笑。当他们听说我不懂维语，但会说普通话的时候，我又听见了那个词：阿甘，久违了。

太阳火辣辣地停在天上。

我把行李留在售票处，走进了四四方方的废墟里。一片易碎的棕色，多处已经没了房屋的轮廓，有的只是一个个无甚形状的土堆。走在灼热之下，我无法想象这里曾是一座王都。

玄奘西行途中曾长留于此，当时的高昌是丝绸之路上最繁盛的枢纽城市之一。几百年后，蒙古人将它摧毁得如此彻底，以至后来人们都放弃了对它的修复。

我想找块阴凉地休息一下，但根本没有。在这座昔日城市的灰土方块间转了一阵后，我朝着城中心走去。那里立着几栋较高的房屋，其中一座很像佛教的窣堵坡，外壁上布满了小龛格。格里肯定有过各式各样的雕像和壁画，几处还有些模糊的印迹。

一位长胡子维吾尔族老人正坐在地上吹笛子，神色倦怠。天很热，我静静地听着笛声，眼盯着空荡的龛格。

一个旅行团出现，他们是我见到的第一拨除我自己以外的游客，团里有个导游。高昌古城的历史从她口中滚滚而出时，我带着几分犹豫站在一旁。然后，我问她龛格里的工艺品都上哪儿去了，“文化大革命”，还是二十世纪初的欧洲人者？

她摇摇头，多数都是本地人干的。一些人觉得自己有义务毁掉它们，还有人来这里挖找可用的建筑材料，或者把这里当作了自家仓库。我脑子里闪过一个想法：“那吐峪沟的石窟呢？也是被当地人破坏的？”

她点点头。

旅行团离开了，笛声也停止了，我来到一个出售纪念品的摊铺前。摊铺就架在废墟间，长长的布帘拉成一块顶盖，帘底下的桌子上摆放着各种纱巾、小挂件和首饰。

几个小贩坐在货物间的椅子上，他们一发现我，便开始朝我又挥手又招呼，想让我买点什么。

但我眼里只有他们布帐下的阴凉。

这里，只有他们、我、废墟、太阳、阴影。

我飞快地从几张茫然的面孔前跑过，站到布帐下，长吐了一口气。

一个戴着回民小帽的胖男人首先反应了过来，他冲我笑笑，推给我一张凳子。

“幸好你没在夏天来，”他说，“那才真热得让人受不了呢！”

“噢。”我颇感震惊，同时在努力摆脱两个女人想让我买几条纱巾的纠缠。每每遇到这样的情况，我的惯用方法便是告诉他们我徒步旅行，就算想买也不行，带着不方便，这个办法比跟他们久久争辩不清好得多。

“徒步？”她们望望我，脸上写满了不相信。

那胖子倒很泰然，“男人嘛，就该有些经历。”他说道。这几乎是我听过的最好的解释了。

我在布帐下坐了很久，跟小贩们聊天。他们中有汉族人、回族人，也有维吾尔族人，个个都对现在的生意状况失望不已。

缘由是奥运会。

“所有人都跟我们说，今年，来中国旅游的人数会飞涨，”胖子说，“那我们当然得做好准备啦，下了更大的订单。”

“结果呢，一个人都没来！”他老婆愤愤地说。

我想到自己八月份在北京延长签证有多难，事实的确如此：外国人根本来不了，因为中国几乎不发签证。国内的人也来不了，这段时间外出旅游太麻烦，政府在方方面面都加大了安全管治的力度。

我们坐在布帐底下，喝暖壶里泡的茶，吃葡萄干，一直聊到太阳下坠。日光不再烫人，只还柔暖地洒溢着。

又来了一个旅游团，人数不少，肯定能坐满一辆大巴。团员个个戴着帽子，胸前挂着闪闪发亮的相机，带有几分出神地环顾着四周。

“韩国人。”胖子说，其他人也跟着点点头。

这群韩国人经过我们面前，前往窣堵坡的广场，我又听见了维吾尔族老人的笛声。几分钟后，他们看完了，原路折回。那些眼神是缺席的，他们没看见我们。

我们跳起来，叫着，挥着手，将纱巾和首饰朝外递去，没有任何作用。

两个小姑娘离开队伍，朝我们这边走了几步，但立刻就被队里的人唤了回去。我们又喊了几声，旅行团走了。笛声停止了，一切又安静下来。

“瞧他们那样儿，好像我们卖的是假冒伪劣的东西一样，”一个女人说道，绕着手里的纱巾，“所有这些东西都是在这附近生产的，我们还得交摊位费。”

“破韩国人。”我说道，努力不去想自己跟纪念品商贩做出过多少次轻蔑的手势，以示我的厌烦。

这天晚上，我到了布尔汉家，摊铺上的一个维吾尔族人。高昌古城外的村子里没有旅馆，他说我可以去他家过夜，吹笛老人也一道。

我们来到一扇大门前，走进内院，院里的葡萄架下摆着一张床。一个小男孩朝我们跑过来，布尔汉的儿子，他的普通话说得比爸爸好。

我们走进屋里，脱了鞋坐到地毯上。布尔汉搬来一张矮桌，小儿子端来茶，茶里有大块大块的冰糖。我回想着自己上次喝这样的茶是什么时候：在巴黎的大清真寺里。

吹笛老人几乎不会说汉语，他脸上含着笑，在抽烟。布尔汉紧锁着眉头，讲起了他的困境。

生意做不下去了。去年他还雇了几个小姑娘穿着维吾尔族的传统服装供游客拍照，收入不错。

现在几乎没有游客来，这些小姑娘也不干了。他还有这个吹笛人和他的摊位，但这两项收入远不够维持。

晚饭是热奶泡馕、炒鸡肉和蔬菜，鸡是布尔汉的父亲听说我来了亲手杀的。

“我父亲是村里的阿訇。”布尔汉说道，声音中流露出几分骄傲。阿訇应该与阿拉伯语中的伊玛目相当吧。

我正努力拼凑着客气的词句致谢，他却摆摆手，“我们维吾尔族人就是这样。”

他父亲对他很不满意，他说。作为村里的阿訇，父亲很受全村人的敬重，他不愿意看到自己的儿子用不道德的方式赚钱。

“不道德？”我问。

布尔汉放低了声音，“那些穿传统服装的小姑娘，这可不是什么体面的工作，还是你们那里的人会有不同的看法？”

“在德国，一点问题也没有。”我说。

他怔怔地盯着我看了一会儿，“在这儿就有问题。”

饭菜好吃极了，鸡肉细嫩，奶泡的馕从外暖着心。吹笛老人和我专心地一口接一口地吃着，布尔汉只闷闷不乐地在碗里挑了几筷子。

“我本来想去内地，兰州，说不定。我有一个表哥在那儿开餐馆，我要是去了，肯定挣得不错。”他叹了口气，“但我母亲坚决不同意，她说太危险了！”

“危险？”“是，内地城市人太多，每个人都打着自己的算盘，跟我们这小村里可不一样。”

“那你现在有什么打算？”

“我能有什么打算？我父亲希望我也跟他一样，当农民。”

他又沉闷地望了我一眼。

上床睡觉的时间到了，吹笛人以一个庄重的手势跟我们道了晚安，布尔汉指给我看电灯开关和洗手间。

我把垫子铺在地毯上，躺了下来。地板很硬，如果在刚开始徒步的时候，我一定睡不好，但现在我已经习惯多了，就像走路带来的疼痛感也少了许多一样。

我等着，等到一切都安静下来，然后给小象打电话。

她问：“你在宾馆吗？”她想视频聊天。

没有，我说，我在村里维吾尔族人家。

“那就改天再说吧。”她说。

拥抱

我来到了吐鲁番，这座城市位于海平面以下很低的位置，是全中国夏天气温最高的地方。

我跟布尔汉道过别，揉揉他小儿子的头发，便穿过维吾尔族村子，向北走去。没过多久，火焰山再次出现在前方。我来到一块为纪念《西游记》而修的场地，四下充溢着鲜艳的颜色，场地中间竖着一根巨大的温度计。我碰到一个来自香港的旅游团，正拿这些俗气的建筑取乐。

他们问我为什么走路，我说，我想经历点什么。

日落时，我到了吐鲁番。在一家大酒店要了个房间，便直直地倒在了床上。我给小象发了条短信，她回复道：我们明天再说吧。

今天就是明天，我睡了很久，又写了博客，整理了照片打发时间。

刚过四点，她的名字在我的电脑屏幕上闪跳：小象。

我双击她名字旁边的照片，黑色的窗口弹出，铃又响了一会儿。咔嗒一声，画面慢慢呈现。我看到了她：她在她慕尼黑的房间里，身前的桌子上摆着一杯茶，她望向摄像头，样子很美。

“嘿，”我说，“你很好看。”她微微一笑，移开了目光。

然后她问：“你住的地方好吗？吃的好吗？脚好吗？”

我说，一切都好。我只是得快点走，如果想在冬天到来前进入比较好走的地区的话。或许可以找个地方过冬，学俄语，没准儿还能和她一起，在她放假的时候。

沉默。

我问：“你怎么样？”

沉默。

“雷克，”她说，她从没这样叫过我，“我们还是分开吧。”

我既没有被吓到，也不觉得惊讶。我问：“这次又是为什么啊？”

她说，她曾经一直想要我在她身边。她甚至暗暗希望某片地区动乱，我不得不停下来。后来她发现，所有的一切都比她重要。

我问，那这个夏天不算吗，我们去成都去海南不算吗，我到慕尼黑去看她不算吗?

沉默。

她换了语言，用德语说道：“我们真的完了，我认识了别人。”

到了某个时刻，再也无话可说。她不说话，我把鼠标移动到“结束通话”的位置，按了下去。我知道，通话窗口在我松开手指后才会关闭。我又看看小象，她把头扭到一边，我松开鼠标，窗口关闭了。

屏幕空空，她不在了。

我到床上躺下，直勾勾地盯着天花板，一开始还什么都没有，只有房间的白，床单的软。

随后，认知才真正到来。先是一滴一滴的，然后成了一场暴风雨，最终，它像海洋般吞噬了我。

小象真的不在了。

我哭累了，给爸爸打电话。他说：“噢，太糟了。”别忘了喝水吃饭，他说，他很想抱我一下。

我需要空气，我冲出房间，穿过过道，走下楼梯，经过前台，跨出大门，站在室外，我环顾四周。

留着髭须、穿着制服的维吾尔族保安看起来个头挺高，我朝他走过去，伸开双臂，他纳闷地瞅瞅我。然后，我拥抱他，眼泪滚落到他的外衣上。他拍拍我的肩膀，喃喃自语地说了几句维语，好像人跟鸽子咕咕讲的话一般。

我接着走，沿着路边走到街拐角的一家餐馆，我昨天晚上吃饭的地方。餐馆老板来自四川，小象的家乡。他们问我是否一切都好，我收住眼泪，任意点了两道菜打包，又回到了宾馆。

走进大厅，经过前台，脚刚踩上第一级楼梯，我又转身退回去。

“这里除了我以外，还有别的外国人吗？”我问。前台的工作人员疑惑地看我一眼。“我想认识外国人。”我说道，努力让这句话听起来正常。她点点头，五楼住着两个荷兰人，这里除我以外仅有的外国人。她的语气中带有一种奇怪的弦外之音，但我没有细问，径自朝楼梯间走去，过道又黑又深。我手里拎着装满食物的塑料袋，站在褐色的房门前，深呼吸了几下。荷兰人，我心想，大多体形高大，情绪稳定。我敲了两下门，门开了，一嘴巨大的黑胡子出现在我面前。我看见一件长袍、一顶白色小帽，还有一双黑色的眼睛正亮闪闪地盯着我。“不好意思，”我用英语说，“我在找来自荷兰的客人。”他朝屋内吼了几句，第二个“胡子”出现，他相对而言没那么令人生畏。

“我们就是从荷兰来的，”大胡子说，“你想干吗？”“不好意思，我以为你们是荷兰人。”“我们就是荷兰人。”他的眼睛一闪一闪。“但你们本来是哪里的？”“阿富汗，你到底想干吗？”我拎着塑料袋站在走廊里，思量着是否该转身走开作罢，但最后还是说：“我想要个拥抱。”

胡子上方的两双眼睛惊得瞪圆了起来。

他们直直地注视着我，在我解释发生了什么事的时候，我说到自己本来计划从北京走路回家。说到她不在了，说到我把一切都毁了。我的眼泪滚落到地毯上，装着饭菜的塑料袋在我胳膊上沙沙作响。

他们两人都看着我。

“一个拥抱？”大胡子最后问，“跟我们俩哪一个？”

月亮

2008年10月20日
吐鲁番，中国西部戈壁

我朝着西北方向出城。房屋从我身边经过，脸孔，车辆。我的一切感知都混沌不清，有如坐在奔驰的火车上望向窗外。

走到吐鲁番与戈壁公路间的收费站时，我被拦住了。两名警察站在我面前，一个在腰上挂了一大串钥匙，另一个穿着警察背心，他们冲我大吼。

“你不能从这里过！”他们说。

许久之后，他们终于放我通行时，我包里有一个电话号码。他们理解我的情况，如果碰到什么困难，我可以给他们打电话。往前十二公里有加油站，我得走到那里。

我踉跄地走在棕色雾霭之中，沙尘石子漫天飞，能见度很低，偶有车辆驶过，都朝我的方向开来，没有一辆与我同向。

风在咆哮。它若从我正前方吹来，我根本无法向前。有时，它又从侧面猛烈地刮来，我不得不到对侧抵住拉拉车，防止它翻倒。

我走到加油站时，天刚黑。三个年轻人在值班，他们给了我一个带床的小房间，没问多少问题。我想知道天气情况，他们也只重复了我早就知道的话：这里的沙暴有时持续几个小时，有时则一连几天。

我走进自己的小屋，锁上门。展平床上的凉席，再把垫子铺在上面。按下电灯开关，屋里黑了下来，我能听见外面风声呼啸。我直愣愣地站了一会儿，才跪到垫子上，合拢双手说：“请让天气变好些吧。”

我一遍又一遍地重复着这句话，不知什么时候睡着了。等我醒来时，天一片湛蓝。我收拾好行李，迈出门去。

风依然强劲，但与昨天相比，它已经相当友善了。

我收到一条朱辉发来的信息，他帮我买了一张从乌鲁木齐飞到慕尼黑的机票，26号，还有五天。他写道：希望你能赶得上。我回答：我必须赶上。

拖着拉拉车，我仿佛置身于月球，戈壁就是那蔓延的深暗碎石。没有植物，没有动物，没有人。

风在号啕。偶尔能见一辆车。我们在公路中间相遇时，那感觉就像两个航天密封舱在太空擦肩滑过。

有时，我在桥的背风侧蜷成一团，都不再费力气去抹脸上的泪水。

空中灰白的云条染上红色，我身后的地平线渐渐暗下来的时候，我到了小草湖服务区。既不见湖，也不见草，但这里有旅馆，到处是灰。老板娘给我一间相对干净的房间，并抱歉地说：昨天夜里的风暴刮坏了好几扇窗户，风力十二级。她盯着我的眼神似乎在等我的反应。

我跟她说，自己完全不知道这说明什么，是强还是弱。

“去年刮过一次十三级的风，”她说，“吹翻了一列火车，死了好几个人。”

穿越天山的路进入了一条长长的峡谷，走向朝北。路两边都是岩壁，满目尘土飞扬，一片灰蒙。贝琪打来电话，问我为什么还在走。我也可以马上抛开一切，去找小象，而不是继续在这里遭罪。我说：“我必须先走到乌鲁木齐，没有别的办法。”

“为什么？”“我不知道。”“那你回家来吗？”我说，不行。她又想起了什么：“你去找她的时候，胡子跟头发怎么办？剪掉？”我无法考虑这个问题。

双脚驮我向前，定位仪记录下我走过的路。我通过灰茫茫的桥梁，挤过卡车边，看见一条闪闪发光的小溪。有时，我拿出相机随便拍几张照片，拍桥、拍路、拍山，拍山上的那一片天。

我尽量规律地吃饭，像爸爸嘱咐的那样，但不是一直成功。我啃一个苹果，嚼几块饼干，有时吃点米饭。晚上，我在村里找好了房间，等待深夜降临的时候，就洗脚，洗袜子，导出定位仪记载的数据，整理照片。它们在我眼里很陌生，一张张风景在屏幕上倏然而过，几乎不见人。我删掉一些，把一些上传到博客上。我不知道自己该就这些照片说什么，我从这里路过？这是我想到的唯一的话。

我给谢老师打电话，他是那个警告过我可能会失去小象的人，肯定有好的建议给我。费了些时间我才联系上他。“小流氓，”他语气柔和地说，“你只要想清楚对你来说最重要的是什么，其余的一切自然就会来了。”

我迈入秋天里。天山的另一侧，黄灿的景色送走了戈壁。我看见盯着天空的脆弱的草，还有枯萎的树叶，偶尔，一小段碎石滩出现。

一次，我在一个湖边停下。湖面静静躺在山前，太阳投影其上，反射出万千零碎。

朱辉打来电话，他的声音如往常一样深沉，令人安心，他笑着说：“小雷，命运总归是命运。该是你的，终究还会是你的。命中不属于你的东西，也不必为它伤心难过。先来乌鲁木齐吧，申叔叔跟我在这儿等着你！”

是时候了

我到达乌鲁木齐时，朱辉还没来，只有申叔叔在。我站在城南一家宾馆门前等他，他骑车过来，一见我，他满脸惊诧："小子，瞧瞧你都成什么样了啊？！"

我勉强挤出一个歪斜笨拙的微笑，最近这几天，我整个人都被吸干了。

昨天早晨，我在一个后院醒来。那里的时间似乎停止，尘埃、红砖，还有大幅标语。我跟收留我的人家道别，前夜听我诉苦的阿姨送给我一句话带着上路："时间会证明一切。"

出发的时候，天空又清又蓝。我从风力电站的一个个风轮边走过，穿过桦树林，有时也能看见山。后来，我拐入一座山谷，空气变得混浊阴霾起来。我知道，城市不远了。

身边转眼间满是车辆，公路变宽了，送我走上一座又一座桥。我的下方有水渠、铁轨，还有一条六车道高速路，一块大牌子上写着"创建和谐天山"几个字。

接着我便走进了城，路将我带至一条延伸向远方的大道，两旁的树木早已抖掉了所有叶子，树枝几乎都光秃着，地面上铺盖满橘色、黄色的落叶。

申叔叔站在我面前，他来接我去城北，机场附近，他家在那儿。

他问我："你吃早饭了吗？"

我摇摇头，于是他带我走进一家小馆子，点了份饺子放在我面前。

我无精打采地拿起筷子在盘里拨弄了几下，申叔叔盯着我看了一阵，然后开口说："我最近读了篇文章，文章里说，每一个人在世界上都有二十万个适合做伴侣的人。"

我没吭声。

"二十万，科学计算出来的！"他指指我面前的饺子，"快吃！"

这一天，我在城里走了11.9公里。申叔叔在我旁边蹬着自行车，跟我说话。他反复说到那个二十万理想伴侣的科学理论，又充满憧憬地为我设想起我再见到自己家里人的情景，假如我还是决定回家看看的话；他还跟我说起乌鲁木齐的独特之处：世界上没有任何一座城市离大海的距离比它更远。

我没有一直在听，我看着街道上的往来车辆、房屋还有树叶。天变清澈了，也变蓝了。我恍惚觉得回到了自己近一年前离开北京的那个秋日，仿佛我又转回了原地。我看见购物归来的老两口，慌忙望向别处——不能让申叔叔看见我哭。

下午，我们站在另一家宾馆门前，宾馆是申叔叔选的，他认识这里的老板。

他帮我卸下拉拉车上的行李，我没准备留下多少东西：登山杖、水桶、洗脚盆、固定背包用的带子、修理工具和那两张凳子。

储备食物反正已所剩不多。

申叔叔问："你想看看我把它放在什么地方吗？"

我摇摇头。

他拉着拉拉车走了，我和自己其余的行李待在房间里。

晚饭时间一到，他就来了。我说自己不饿，他对此全然不理。

我们进了一家维吾尔餐馆，有抓饭、羊肉和葡萄干。

他想看看小象的照片。我把钱包放到餐桌上，钱包里有一张我们的照片，是我上次去看她的时候，我们在慕尼黑的自动照相机上照的。照片是黑白的，我俩的表情都傻透了。看见它，我的心猛一扯。

"也没多好看嘛！"申叔叔说着，笑声有些过分响亮，"像她这样的，到处都是！你看这鼻子，确实不怎么美观。"

"申叔叔，谢谢你，我知道你的心意。"我应道。

这天晚上，申叔叔把我送回宾馆后，我又出了门，给小象发了一条短信，告诉她我要去慕尼黑。她的回复是，我去不去已经没有意义了。

我站在小巷里，周围很暗，从几扇窗户里透出灯光，还有几扇蒙上了雾气，有人在煤炉上烤羊肉。行人往来，成群结对或独自一人，我孤单地站在中央。

申叔叔打来电话问我在哪儿，叫我快回宾馆，几分钟之后，他出现在我的房间门口，怀里抱着一只小狗。

“来，我老婆的狗。”他说着，把它放到地上。

这狗简直就是一根神经质的棕色肉肠子，我坐在床上，它就在地上蜷作一团，不断试图跟我的腿交媾。申叔叔坐在沙发上，欣慰地看着我。

“你终于又笑了，小子。”小狗把我整只手都舔得湿答答的时候，他说。

第二天早上，他拽着我去吃早饭。等我吃完，他便指了指我的头说：“小子，是时候了。”

我咽了咽口水，我知道它迟早会来，但自己还没准备好。“我做不到。”我哀求道。

四十五分钟后，我的头发和胡子都被剃掉了。坐在理发店里，我身边围着好几个人，一个个都兴致盎然地看着老板用推子推掉我剩余的碎发。镜子里，与我对视的这张脸孔晒黑了，眼窝深陷，我突然觉得头很轻。

我朝四下望去，有些无助地找申叔叔。他一惊，笑起来说：“原来你还真是个小伙子啊！”

朱辉打来电话，他的火车刚到，正在过来的路上。

一见我，他便大声笑了起来。“小雷！”他喊道，“从北京到这里这么短的路，你花了一年才走到。现在我们终于见面了，你还哭丧着个脸？”

他带我去商场买些新的衣物，运动鞋、外套、裤子和衬衣。

将它们都穿到身上，我看着镜子里的我，觉得比上午在理发店里更加陌生。

这是我在新疆的最后一晚，我们一起进了一家门面很大的火锅店。“火锅，跟当时在固城一样！”朱辉说着，眼睛一闪一闪。我们总共六个人，他还请了自己的朋友。

我们吃着，喝着，申叔叔表扬起我的好胃口。我说到自己一年前怎么从北京出发，因为我想经历点什么；说到我起初怎么认识朱辉，怎么认识申叔叔，后来怎么跟谢老师、跟我弟弟走戈壁滩；说到小象，说到我自己把一切都搞砸了；说到我明天要飞去找她，就为至少再见她一次。

等我说完，朱辉的一个朋友站起来，端举着杯子，已略有醉意。

“我们的德国朋友雷克，”他说，“我很高兴我们中国有一个姑娘能让你产生这么真挚的感情。但愿她能听你解释，无论你以后留在她身边，还是回来继续走，只要你开心就好！”

我举起杯子跟他碰碰。火锅在我们中央翻腾，桌上其他人都注视着我们。我不知道说什么好，于是便说：“谢谢，哥们儿。”

我的飞机上午起飞，朱辉、申叔叔和我站在乌鲁木齐机场大厅里，他们俩坐出租车送我过来。

“你还会回来吧，小子？”申叔叔问。

我说我不知道。

“这样吧，”朱辉说，“先回去看看再说，其他的一切反正也跑不了。”

在飞机上坐定后，我给谢老师打电话。运气不错，一下就接通了。

“谢老师，我在飞机上。”我说。

“小流氓！”他心情愉快地叫道。那一刻，那感觉又回来了——和他一起走在路上，脚下是整片戈壁。

马蹄莲

Zantedeschia aethiopica是一种温柔得如同忧伤舞者般的花，它原产于非洲南部，喜温湿气候，全世界都有栽培，它的中文名是马蹄莲。

八月里的一个晚上，我跟小象走在闷热的成都街头。因为正要去吃晚饭，我把相机留在了宾馆，我把她的手拉在手里。

路过一家花店，她停下来，指指店里。店门敞开着，我看见一根根细长的花茎伸展在霓虹灯光里，白色的花冠有如高脚酒杯，柔嫩动人。

“这是我最喜欢的花。”小象说。她知道它的德语名字，但发错了音，念成了那个帮我寄带鱼给她的朋友的名字：喀娜。

回到慕尼黑，我住在李露父母家。他们出门旅游了，我拿到了钥匙，一个人住在这里。

每一天都是一样的，起床、洗澡、出门、散步。路过花店，我问老板要马蹄莲，最好是白色的，带到小象住的地方，放在她门边。然后，我又像游魂般地走回去，穿过这座我上学时厌恶至极的城市。

一个星期后，我收到了她同屋发来的一封邮件。她说花很美，但小象现在根本不在家，她去看望朋友了。

我买了缬草药片，为了能再次睡着觉。

夜里，空荡的房子，我躺在床上，直盯天花板。两周前，我还在布尔汉家硬硬的地毯上伸直着腿。现在，我躺在床上，床很软，墙上的柜子里满是书，我本该为此高兴才是。

整整这一年里，我只读了一本书，讲的是一个中国南方男人失去了自己的整个家庭，最后依旧找到了安宁的故事。

11月5日早上醒来，手机里有一条小象发来的短信。她想跟我见见，在河边一家咖啡馆，两天后。

我兴奋得欢呼起来。

我走出门，吃了一大个汉堡包和一些薯条，还要了冰淇淋，我一遍又一遍地盯着她发的短信出神。

见面，咖啡馆，河边。

世界变了。这天夜里，奥巴马当选了美国总统，所有的电视频道和报章杂志上都是他的脸。

他不断重复的其实就是一个词：“Change（改变）”。

那张脸上洋溢着乐观。

11月7日下午，我走进那家咖啡馆，环顾四周：木制镶板，吧台后排列的酒瓶，抒情的音乐，氛围时髦。我心想：啾小象，你怎么会选了这儿？我找了张桌子坐下，我早到了一个多小时。

翻看酒水单：咖啡、果汁、可乐、水还有酒，一个个听似威士忌、朗姆、伏特加或者龙舌兰的名字婉转诱人。

我要了一杯橙汁，去了一趟洗手间。喝完后又请服务员收拾了桌子，不能让小象发现我已经在这儿坐了很久。

又翻开酒水单。

我将小号字体印刷的标注与每种饮料一一对号，标有一的含有奎宁，二的含防腐剂。

我朝窗外望望，又看看手机，考虑要不要再去一趟洗手间。然后，她来了。她站在门口，正四下望着。我挥挥手，她走过来，给我一个微笑，我几乎跌下椅子。

我说：“你真美。”

其实我想说的是，她美过整个世界。

她穿着贴身的黑色，抹了淡淡的眼影。我注视她的眼睛，它们有如戈壁的夜空般，又黑又亮。

她回答说：“你看起来也不错。”

我假装看了看饮料单，然后说：“我就要杯橙汁吧。”

她点了杯芒果汁，互换了几句客气的话后，她说，这是我们最后一次见面了。

我头脑一嗡空荡地站在河边，哭。“我会等你的。”我对她说。她回答：

“别等我。”我又跑回咖啡店里，她已经不在那儿了。我打她的手机，关机。

慕尼黑的街道是灰色的，每一条都一模一样。还有两天是我的生日，我不想待在这儿。回到房子，我收拾好行李，打扫整理了一下，便扣好相机，背上背包，把钥匙扔进信箱，走了出去。

门锁在我身后落下，虽然在这阿尔卑斯山北沿，在这座好似所有人都屡屡进山徒步的城市，我并不会引起旁人的注意，但我还是更愿走小道。

在火车站，我买了一张去埃菲尔山区的车票。来自匈牙利的舅公的家在那里，我们每年都去过圣诞节。上一次我去，已经是三年前了。

傍晚，我到达埃菲尔时，天色还早，舅母站在站台上。“Chrischie.”她叫我，和妈妈家的大多数匈牙利人一样，小舌音发得尤其突出。

“你想吃点什么吗？”她问。“我想去看妈妈。”我说。

妈妈躺在离舅公家不远的地方，我们爬上一段坡路，进入一扇敞开的门，走过一排又一排墓碑。每一次落脚，路上的石子都被压挤出咯咯的响声。我回想着自己上一次听见这声响是在何处，在周家兄弟的采沙场？还是在我为躲蜜蜂跑进去的那栋房子门口？

我们在一块不大的天然石前停下，石块后有一棵小树，一盏永明灯亮着，肯定是舅母点的。

我沉默。

过了一阵，我才指着小树说：“它又长高了。”

舅母瞅瞅我，我努力挤出笑，却没成功，我跪倒在地上。

回到家，舅公给我们开门，见到我他很高兴，“你最近都在做什么，Chrischie？”他问道。给我一个用力的拥抱，左右脸上各一吻。

这天晚上，我们很晚才睡。我们坐在厨房里，有表皮香脆的面包、奶酪、甜椒和萨拉米肠。带有丝丝甜味的雪茄烟云缭绕。

我讲了自己路上的事，讲了一年前出发，城市，矿区，雪地里那一晚，讲了寺庙、戈壁、骆驼、牦牛，讲了沙尘暴，讲了谢老师。

舅公很喜欢他，尤其喜欢那个牦牛头的故事。

“你的谢老师绝对是对的，”他说，“有了一个，当然还想要第二个！”

他又吸了一口嘴里的雪茄。

然后，他跟我讲起自己三十多年前从特兰西瓦尼亚出逃的故事，讲起他如何逃到德国上大学，赎出家里的其他人——那是一段承载着许多徒步的故事。

我第一次听他讲起。

第二天，爸爸打来电话。他说："明天是你的生日，你不想回家来过吗？"

我说不行。

然后，我二十七岁了。门一开，全家人都从巴特嫩多夫来了：贝琪、鲁比、爸爸、爸爸的女朋友还有我们的狗——普克，我的表姐妹们也来了。

有生日蛋糕，还有几样在匆忙间置办的礼物。我们坐在大餐桌旁，大家各自聊天，普克趴在我脚上，那感觉好似圣诞节一样。

他们只待到晚上，临走时爸爸说："车上还有一个位子。"

我摇摇头。

他抱抱我，所有人又都走了。

"你现在有什么打算？"只剩下我们两人时，舅公问我。

"不知道。"我说。

他笑起来，"那明天先帮我铲沙吧。"

天飘着小雨，我穿着工作裤、橡胶靴子，戴着手套，手拿着铲子和两个塑料桶，舅公跟我一样。我们站在高高的沙堆前，细雨洒在脸上。

"我们得把这堆沙，"他指指沙堆说，"移到那边去。"又指向另一边。我们将沙铲进桶里，等桶装满后，就提到另一处，倒出来。沙从桶里滚滚流出，发出一种软软的美妙声音，剩下的不过是体力活。

我们停下休息，舅公吧嗒吧嗒地抽着他的雪茄，我喝几口水。沙堆看上去依然与起初时一般高，我的胳膊酸疼。

我们接着干，雨下大了。我铲进沙，装满桶，提到对面，听见沙流出时细软的声音，想着小象，想着我的路，想着我的徒步原则，想着谢老师说过的话。

渐渐地，沙堆变小了。

我们又休息了一次。

铲、走、倒。

舅公拍拍我的肩膀。沙堆不在了，只有地面上的一片深色还见证着它曾存在过。

余下的时间都很平静，它伴随着一种由吃饭、聊天、睡觉构成的节奏逝去。我每天都去看妈妈。

我喜欢待在她身边。

不论发生什么，她都在。我跟她讲了我的路，讲了小象，讲了我的希望，虽然这一切，她肯定都早已知道。我问她我的亲生爸爸过得好不好，他的墓离得太远，我无法去看他。我跟她讲了我在飞机上最后一次跟谢老师通电话时他说的话：我有所失时，也必有所得。

后来的一天，又去看她时，我跟她说自己终于知道自己要做什么了。

第二天，我坐在回巴特嫩多夫的火车上，先坐区间车，再换慢车，每个村镇都停，我不愿让窗外景色太快地驰过。

人们上车，人们下车，退休工人、学生、上下班的人、家庭主妇。天空是灰色的。我熟悉这灰色。

不知何时，我看见了森林茂密的侧影。我知道，那曾跟我一道等待新年来临的灯塔，离得不远了。车外某处就是奥厄河，家里的房子离得也不远了。

广播播报出下一站的站名，巴特嫩多夫。

车减速，行驶间的嗡嗡声响愈加低沉——车停住了。

门边按钮上绿灯亮起，我伸出手指按下去，门开了。

巴特嫩多夫。我左右各挂着一部相机，背包背在肩上，迈腿踏上站台。除了我以外，还有几人下车，他们经过我身边。我立在原地，环视周围，一切依旧。

这一刻不长。我身后，车门再次关上，火车呜呜发动，驶去。

我独自站在站台上，秋天的空气清凉湿润。

我深吸一口气。

摸出手机，存下一条短信，不知收件人是谁。

内容只有两个中文字：谢谢。

读行者

“读行者”是由中南博集天卷文化传媒有限公司精心打造的思想文化类图书品牌，主张“从阅读走进现实”，立意是为文本、作者和读者打造沟通交流平台，分享读书人对历史文化、现实人生的思考与感悟。以下为读行者出品的重点作品：

《南渡北归》未删节完整版
（2013年5月上市）岳南／著

新增10万字全新内容，
独家揭秘台湾“中研院”大量珍贵史料

莫言、茅于轼、柳传志
俞敏洪、任志强、张鸣
联袂推荐！

首部全景再现20世纪中国
最后一批大师命运变迁的史诗巨著
我们怀念的不是民国，是自由

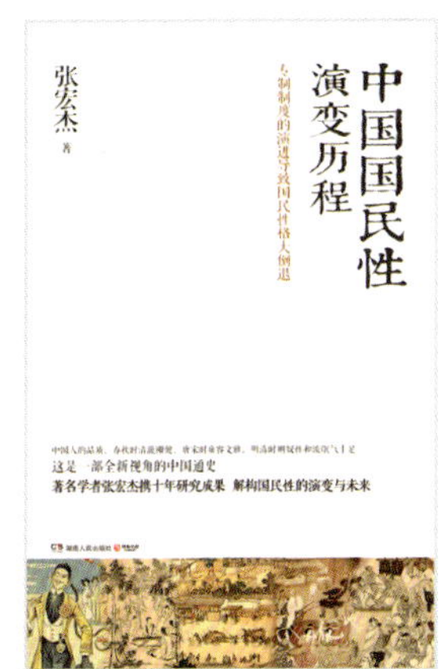

《中国国民性演变历程》
（2013年5月上市）张宏杰／著

这是一部全新视角的中国通史
中国人的品质，春秋时清澈刚健，
唐宋时雍容文雅，明清时则奴性和流氓气十足

葛剑雄、秦晖、马勇、张鸣
四大学者
阅后诚挚推荐

著名学者张宏杰十年精心研究，
详解专制制度的演进如何导致国民性格大倒退

读行者